LEO BORN
Blutige Gnade

AF178144

Weitere Titel des Autors:

Blinde Rache
Lautlose Schreie
Brennende Narben
Kalte Schuld

Titel auch als Hörbuch erhältlich

Über den Autor:

Leo Born ist das Pseudonym eines deutschen Krimi- und Thriller-Autors, der bereits zahlreiche Bücher veröffentlicht hat. Der Autor lebt mit seiner Familie in Frankfurt am Main. Dort ermittelt auch – auf recht unkonventionelle Weise – seine Kommissarin Mara Billinsky.

LEO BORN

BLUTIGE GNADE

EIN MARA BILLINSKY THRILLER

lübbe

Dieser Titel ist auch als Hörbuch und E-Book erschienen

Originalausgabe

Copyright © 2020 by Bastei Lübbe AG, Köln
Textredaktion: Bernhard Stäber
Umschlaggestaltung: Massimo Peter-Bille
Unter Verwendung von Motiven von
© shutterstock: Dmitriev Lidiya | Midiwaves | KHIUS
Satz: hanseatenSatz-bremen, Bremen
Gesetzt aus der Stempel Garamond
Druck und Verarbeitung: CPI books GmbH, Leck – Germany
ISBN 978-3-404-17958-9

2   4   5   3   1

Sie finden uns im Internet unter
www.luebbe.de
Bitte beachten Sie auch: www.lesejury.de

Teil 1

Totes Fleisch

1

Grauschwarz lag der Abend über der Stadt. Nebelschwaden umhüllten die Straßenlaternen und nahmen ihrem Licht die Kraft. In den Morgenstunden würde sich gewiss der erste Frost bilden. Der Herbst war mit der jähen Heftigkeit eines Peitschenhiebs über Frankfurt gekommen.

Peter Johannsen stand regungslos am Fenster und blickte auf die ruhige Wohnstraße. Er fühlte die Aufregung, die in Wellen in ihm anstieg, das Adrenalin, die Bedeutsamkeit der vor ihm liegenden Stunden und Tage.

Tief atmete er ein und aus.

Monatelang hatte er alles vorbereitet, unermüdlich recherchiert. Er hatte beobachtet, Fragen gestellt, sich Notizen gemacht, Fotos angefertigt. Er hatte Geduld bewahrt und seine Schlüsse gezogen, so lange, bis es keine Lücken mehr gab. *Wasserdicht.* Genau das war es.

Jetzt würde sein Moment kommen.

Es war schön, von dem Eindruck überwältigt zu werden, etwas Nützliches zu tun. Nicht nur einem verdammten Job nachzugehen, sondern etwas zu *bewirken*, der Allgemeinheit zu helfen.

Dazu gehörte Courage. Und darauf war er stolz.

Ein Blick zur Uhr.

Es wurde Zeit.

Johannsen wischte sich den Schweiß von der Stirn. Er war groß und schlank, bekleidet mit praktischer Cargohose und einem Baumwollpullover. Er war achtunddreißig Jahre alt. Und er war bereit. Bereit für den großen Coup.

Rein in die Schuhe, rein in die Jacke. Dann erst nahm er von dem inzwischen wieder ordentlich aufgeräumten Schreibtisch einen USB-Stick. Er betrachtete ihn, als besäße der Gegenstand unerklärliche Kräfte, und wog ihn mehrere Sekunden in der Hand, bis er ihn in einer winzigen Geheimtasche verstaute, die an der Innenseite seines rechten Hosenbeins, direkt über dem Saum, eingenäht war.

Auf dem Stick war alles abgespeichert, was er herausgefunden hatte. Seine gesamten Recherchen. Heute würde er zum ersten Mal etwas davon preisgeben. Es gab noch mehrere solcher Sticks, alle an sorgfältig ausgewählten Orten in der Wohnung versteckt. Johannsen war ein vorsichtiger Mann. Einmal hatte er wichtige Dateien durch eine dumme Unachtsamkeit verloren – das würde ihm nie wieder passieren.

Mit entschlossenen Schritten verließ er seine Wohnung. Kälte empfing ihn, er bekam eine Gänsehaut. Seine Schritte hallten durch die leere Straße, an deren Ende er innehielt und wartete.

Noch ein Blick zur Uhr.

Er war auf die Minute pünktlich, wie immer schon, sein ganzes Leben lang. Auf ihn war Verlass.

Gleich darauf ertönte der Motor eines sich nähernden Autos. Ein schwarzer Audi, wie es angekündigt worden war. Offenbar legte nicht nur Peter Johannsen Wert auf Pünktlichkeit.

Der Wagen stoppte am Rand des Bürgersteigs, die hintere Tür sprang auf. Johannsen nahm auf der Rückbank Platz. Ein solcher Abholservice war nicht üblich, aber Johannsen nahm ihn gern in Anspruch. So konnte er auf den eigenen Wagen verzichten und sich im Anschluss an das Gespräch noch zur Entspannung in einer Bar einen Drink genehmigen. Der Fahrer sah nach hinten, nickte ihm zu und fuhr los.

Wieder atmete Johannsen tief durch. Anspannung und Konzentration hielten sich die Waage, so wie es sein sollte. Was für eine Erleichterung, dass es endlich losging. Die Reaktion in der Öffentlichkeit würde gewaltig sein, ein wahres Beben, davon war er überzeugt. Nun stand das erste von mehreren Gesprächen an, zu denen er sich mit verschiedenen Print- und TV-Redakteuren verabredet hatte.

Rechts und links flogen die erleuchteten Fenster der Stadt vorbei, vermischten sich zu einer grellen, vom Nebel verschleierten Collage. In Gedanken war er bereits bei der Unterredung, sodass es eine Weile dauerte, bis ihm klar war, dass der Audi der Hanauer Landstraße folgte.

Irritiert runzelte er die Stirn. Sollte er nicht in die City gebracht werden, in die Lounge eines Hotels?

»Entschuldigung«, sagte er. »Äh, wohin …?«

»Kleine Planänderung«, unterbrach ihn der Fahrer gelassen. »Ihr Meeting wird hier stattfinden.«

»Hier?« Johannsen betrachtete die Umgebung, noch skeptischer als zuvor.

Der Fahrer bog in eine Querstraße ab, von dort in die Ferdinand-Happ-Straße und weiter in eine noch engere, dunklere Gasse. Zu beiden Seiten ragten leere, noch nicht fertiggestellte Gebäude auf, düstere Hüllen aus Stein. Eine kleine Geisterstadt für sich und doch inmitten der Stadt.

»Ganz schön verrückt, wie viel in dieser Gegend gebaut wird«, bemerkte der Fahrer mit jovialer Stimme.

Noch ehe Johannsen etwas erwidern konnte, hielt das Auto an. Die hintere Tür wurde von außen geöffnet, und ein Mann spähte ins Wageninnere. »Herr Johannsen? Freut mich. Wir haben miteinander telefoniert. Ich bin Franke.«

Immer noch irritiert sah Johannsen den Mann an. »Äh, Sie haben doch gesagt, dass wir uns im Hotel …«

Lächelnd zog Franke etwas aus der Innentasche seines Herbstmantels. »Herr Johannsen, steigen Sie aus! Sofort.«

Johannsens Augen weiteten sich, als er in die Mündung einer Pistole starrte.

Keine zwei Minuten später durchschritt er einen langen Gang im dritten Stock einer jener leeren Steinhüllen, steif und unsicher, vor ihm der Fahrer, dessen Stabtaschenlampe den Weg ausleuchtete, hinter ihm der Mann mit der Waffe.

Nacheinander betraten sie einen etwa zwanzig Quadratmeter großen Raum. Nackte Betonwände. Ein Generator brummte leise. Eine Industrieleuchte wurde angeknipst, die Taschenlampe ausgeschaltet und auf einem unverputzten Fenstersims abgelegt.

Das grelle Licht machte Johannsen die Ausweglosigkeit seiner Lage noch bewusster.

Er stand regungslos da. Schweiß strömte ihm aus den Poren, nicht mehr ausgelöst durch Aufregung und Adrenalin, sondern durch eine Angst, die größer und mächtiger war als alles, was er jemals im Leben gefühlt hatte. Sein Mut, vorhin noch so intensiv, war zusammengeschrumpft, eine kleine, verdorrte Dattel, die irgendwo in seiner Magengrube festsaß.

Der Fahrer ergriff Johannsens Arme, riss sie nach hinten und fesselte ihn an den Handgelenken mit Kabelbindern, die tief in die Haut einschnitten.

»Setzen Sie sich auf den Boden!«, befahl der Mann, der sich Franke nannte, aber sicher einen ganz anderen Namen hatte. Nun fiel Johannsen auf, wie kräftig, wie muskelbepackt die beiden Fremden waren.

Mechanisch gehorchte er. Durch den Hosenstoff drang eisige Kälte. Sie fuhr ihm unter die Haut. Vorsichtig sah er nach oben, wiederum in die Mündung der Waffe. Er hatte sich oft weit vorgewagt, Risiken auf sich genommen, aber diese Situation war etwas anderes.

Eine Falle. Und er war so arglos wie ein Amateur hineingetappt.

Wie hatte es dazu kommen können?

War er einmal zu unvorsichtig gewesen?

Wie hatte man von seinen Recherchen erfahren?

Diese Angst, diese verdammte Angst. Sie lähmte ihn, machte jeden einzelnen Gedanken zu einer Kraftanstrengung, als würde sein Gehirn nur noch schwerfällig, wie in Zeitlupe funktionieren.

Franke stellte sich vor ihn, ein Grinsen auf den Lippen.

Erst jetzt bemerkte Johannsen den kleinen dunkelgrünen Kunststoffkoffer, den der Fahrer aus einer Ecke geholt hatte und auf dem Boden abstellte. Wie für eine Bohrmaschine.

»Lassen Sie uns reden«, sagte Franke.

»Worüber?«, brachte Johannsen zaghaft heraus. Der USB-Stick fiel ihm ein. Es kam ihm vor, als wäre es Tage her, seit er den Stick im Hosenbein versteckt hatte, und nicht erst eine halbe Stunde.

»Über alles.« Franke sah auf ihn herab. »Alles, was Sie herausgefunden haben.«

»Keine Ahnung, was Sie meinen«, antwortete er leise.

Mit dem Lauf der Waffe deutete Franke auf den Koffer. »Wissen Sie, was sich darin befindet?«

Johannsen spürte, dass er zu zittern begann. Er schämte sich dafür. *Mut, Courage.* Darauf geschissen, er litt Todesängste.

»Eine Nagelpistole«, beantwortete Franke die Frage selbst. Er öffnete die Knöpfe seines Mantels und schob die Pistole in den Hosenbund. Dann ging er in die Knie, um den Koffer aufzuklappen und ein Heft mit der Gebrauchsanweisung hervorzuholen.

»Das angewinkelte Magazin«, las er mit gespielt sonorer Stimme vor, »liefert Zugang zu schwierig erreichbaren Stellen. Schnell, leicht, zuverlässig. Tackert sechs Längen von Nägeln bis zu vierzig Millimetern mit absoluter Präzision.« Er nahm das Werkzeug in die Hand und erhob sich wieder.

Sekunden vergingen, ohne dass ein Wort fiel. Die Stille zerrte an Johannsens Nerven. Seine Furcht war so gewaltig, dass sie wie etwas, das mit den Händen zu greifen war, im Raum zu stehen schien.

Der Fahrer holte aus einer anderen Ecke eine Sporttasche

und zog mehrere Gegenstände daraus hervor. Johannsen wagte es nicht, alles genauer zu betrachten. Messer waren dabei, deren Anblick genügte ihm.

»Haben Sie wirklich nichts herausgefunden, über das es sich zu plaudern lohnt?«, fragte Franke.

Peter Johannsen zitterte noch heftiger. Er brachte keinen Ton hervor und starrte verzweifelt den Boden an.

Ein Knebel aus rauem Stoff wurde ihm angelegt.

Wie hatte es nur so weit kommen können?

2

Die Bilder vermischten sich. Das Dorf, in dem sie aufgewachsen war. Das Haus ihrer Kindheit. Ihre Eltern, auf einmal wieder jung. Und sie selbst? Sie war plötzlich das schüchterne dürre Ding von damals.

Sie sah sich, wie sie dastand, fünf oder sechs Jahre alt, in dem Wohnzimmer aus ihrer Vergangenheit. Doch auch ihr Gatte war dabei, er allerdings nicht auf unerklärliche Weise verjüngt, sondern mit seinem grau melierten Haar und den scharfen Fältchen um die Augen.

Alle schimpften mit ihr, jeder hatte etwas auszusetzen. Sie wand sich unter den Anschuldigungen, empfand sie als ungerecht, und das Glas Wasser, das sie in der Hand hielt, rutschte ihr aus den Fingern und zersplitterte in etliche Scherben. Noch mehr Vorwürfe waren die Folge. Als sie zu weinen begann, löste sich der Traum auf, und sie erwachte.

Die Dunkelheit des Schlafzimmers umhüllte sie, verschmolz mit dem Duft der Bettwäsche, die jeden Tag vom Personal erneuert wurde, und dem dumpfen Pochen, das inzwischen fast pausenlos Ellen Degeners Kopf erfüllte.

Sie blinzelte, lauschte ins Nichts, verfluchte das Xanax, das sie eingenommen hatte, um ungestört schlafen zu können, am liebsten tagelang. Es wurde Zeit, die Dosierung zu erhöhen. Wozu stand sie eigentlich jeden Morgen auf? Sie konnte sich nicht vorstellen, dass irgendjemand auf der Welt ein sinnloseres Dasein führte als sie.

Ein Geräusch, leise, beinahe unwirklich, brachte sie dazu, die Augen zu öffnen und zum schwarzen Fleck der Zimmertür zu starren.

Oder hatte sie sich getäuscht?

Auf dem Display des Digitalweckers las sie die Uhrzeit: erst 22:32. Sie ging immer früher schlafen, immer benebelter und gleichgültiger.

Der Traum kehrte in ihr Bewusstsein zurück, das Klirren des Glases. Es war ein derart eindringlicher Laut gewesen, und plötzlich wurde Ellen klar, dass sie das Zersplittern *nicht* geträumt hatte.

Erneut ein Geräusch aus dem Erdgeschoss. Schritte?

Sie erstarrte.

Jetzt war wieder alles still.

Einbildung?

Nein, sie hatte etwas gehört, kein Zweifel.

Sie knipste die Nachttischlampe an. Schob sich aus dem Bett. Raffte mit steifen Fingern das Seidennachthemd vor ihrem Körper. Dreiundfünfzig war sie mittlerweile, sie fühlte sich zu alt und zu eingerostet, um sich um eine Scheidung und einen Neuanfang zu kümmern. Ihr Leben war vorbei, aber warum hatte sie auf einmal Angst darum?

Oder überreagierte sie? Das Xanax? Der Grauburgunder? Lag es daran?

Unschlüssig stand sie da. Die urplötzliche Klarheit in ihrem Schädel bereitete ihr ebenso viel Furcht wie die Geräusche von gerade eben. Sie löste sich aus der Starre und bewegte sich auf nackten Sohlen über den flauschigen Teppich. So leise wie möglich öffnete sie die Tür.

Ihr Herz trommelte wild in der Brust, es kam ihr vor, als hätte es nie zuvor wirklich geschlagen.

Kalt der Ahornparkettboden unter ihren Füßen, kalt die Wand, an der sie sich mit der Hand abstützte. Am Treppenkopf angekommen, hielt sie inne. Lauschte von Neuem.

Nichts.

Fröstelnd ging sie nach unten, Stufe für Stufe, bis in den Flur, der zum Wohnzimmer führte. Ihre Furcht wurde schwächer, verschwommener, wie der Traum, den sie längst abgeschüttelt hatte.

Da war nichts. Außer der üblichen Ruhe, die dieses Haus fest im Griff hatte.

Ellen schaltete die Deckenleuchte ein, dieses mehrere Tausend Euro teure Designwunderwerk. Die Helligkeit stach ihr in die Augen.

Sie atmete erleichtert auf. Keine Geräusche. Also doch nur Einbildung.

Wovor hatte sie sich eigentlich gefürchtet? Was hatte sie zu verlieren, ausgerechnet sie? Es war lächerlich.

Sie drehte sich um und wollte zurück ins Bett, als sie wie versteinert innehielt. Glasscherben. Auf dem Parkett. Von dem Weinglas, aus dem sie den Grauburgunder getrunken hatte.

Aber … sie hatte es nicht umgestoßen. Nein, daran hätte sie sich doch erinnern können, so betrunken war sie auf keinen Fall gewesen.

Ellen spürte den Blick auf sich wie eine Berührung. Sie wirbelte herum. Erneut war sie wie versteinert. Paralysiert.

Da stand er. Groß, breitschultrig. Mehr noch als sein zerklüftetes, unrasiertes Gesicht fielen ihr seine Hände auf, so breit und groß waren sie, wie von einem Riesen.

Ellen vermochte nicht mehr zu atmen, ihre Stimme war weg, das Trommeln ihres Herzens nicht mehr spürbar.

Der Fremde glotzte sie an. In seinen Augen schimmerte etwas auf, das nicht zu der Angst passte, die er in Ellen auslöste: eine Verzweiflung, eine Unsicherheit, die der Situation etwas geradezu Paradoxes gaben.

Sie konnte ihn riechen. Seinen Schweiß. Die Zigaretten, die er geraucht hatte. Die kalte Herbstluft, die in seinen zerknautschten Klamotten steckte.

Ein Moment tiefer Lautlosigkeit, das ganze Haus wie eine eigene Welt für sich.

Und dann war Ellens Stimme zurück, sie wuchs in ihrer

Brust, wühlte sich hinauf und entlud sich in einem Kreischen, das unnatürlich grell durch das große, sterile und sündhaft teuer eingerichtete Wohnzimmer hallte. Der Mann zuckte zusammen, erschrocken, vielleicht auch wütend, sie hätte es nicht sagen können.

Ihr Schrei hing noch in der Luft, als der Fremde sich in Bewegung setzte. Mit langen Schritten kam er auf sie zu, diese monströsen Hände erhoben, und im nächsten Moment spürte sie seine Finger wie Schraubstöcke um ihren Hals.

Ellen wehrte sich, sie versuchte es zumindest, doch alles war umsonst, und sie wusste es. Der Fremde drückte zu, immer fester, seine Hände wie aus Eisen, kalt und unerbittlich.

Ellen Degener sank zu Boden, fühlte das harte Parkett unter sich. Erst entwich ihrem Körper Urin, dann das Leben, ganz langsam, jedoch unaufhaltsam. Auf einmal fühlte sie gar nichts mehr, sah nur noch diese verwirrten, zornigen Augen, eine Fratze aus der Hölle, und alles um sie herum wurde dunkel.

3

Sie bildeten ein eigenwilliges Duo. Die schwarz gekleidete Frau mit den stechenden dunklen Augen, dem hellen Teint und der aufsässigen Punk-Ausstrahlung – und der gutmütige, gemütlich wirkende Altachtundsechziger.

Weder vom Aussehen noch vom Alter her passten sie auch nur annähernd zusammen, aber es gab wohl kaum jemanden, in dessen Gesellschaft Kommissarin Mara Billinsky sich wohler fühlte. Hanno Linsenmeyer war für sie immer eine wichtige Stütze gewesen – die einzige. Ihr Halt in den harten Zeiten, als sie als Teenager, einsam, orientierungslos und rebellisch, beinahe auf die schiefe Bahn geraten wäre.

Hanno war inzwischen deutlich über fünfzig, mit zu langen, strähnigen mausgrauen Haaren, schlaffen, stoppelbärtigen Wangen und abgetragener Kleidung. Er war als Sozialarbeiter tätig, seit Urzeiten, wie es schien, und engagierte sich auch weit über den Feierabend hinaus, vor allem für straffällig gewordene Jugendliche. Ein Mensch mit Idealen und dem großen Herzen, sich für diese einzusetzen. Das Leben hatte sie beide in seiner Unvorhersehbarkeit nicht nur zusammengeführt, sondern regelrecht zusammengeschweißt.

Sie befanden sich in einem von Bornheims rustikalen Fachwerkkästen, dem Restaurant Sonne, gelegen im oberen Teil der Berger Straße, die den Stadtteil wie eine Lebensader durchzog. Schief aufgehängte Gemälde aus vergangenen Zeiten zierten die Wände. Eine tief hängende wuchtige Holzdecke drückte den Gastraum zusammen. Kerzen leuchteten auf roh gezimmerten Langtischen, die auch spät am Abend meistens voll besetzt waren. In jeder Ecke erschallte der breite hessische Zungenschlag. *Echte* Frankfurter kehrten hier ein, kaum Touristen. Es roch nach Sauerkraut, Rippchen und gekochter Ochsenbrust.

Mara und Hanno sprachen über den inzwischen fast achtzehnjährigen Rafael Makiadi. Noch so ein Teenager, der zunächst den falschen Weg eingeschlagen hatte: Wohnungseinbrüche und einiges mehr hatte er auf dem Kerbholz gehabt, als er im letzten Moment von Hanno und Mara vor einer trostlosen Zukunft bewahrt worden war. In einem Förderprogramm für jugendliche Straftäter, in das er dank Hannos Fürsprache aufgenommen worden war, erhielt er Unterricht, um die größtenteils verpasste Schulzeit nachzuholen. Und die kürzlich aufgrund der Einbrüche erfolgte Verurteilung war zum Glück auf Bewährung ausgesetzt worden.

»Also, was meinst du? Müssen wir uns Sorgen um Rafael machen?« Maras Stirn war nachdenklich gerunzelt.

Hanno lächelte schmal. »Hast du noch nie Liebeskummer gehabt?«

»Sprich mit mir nicht über Liebe, Hanno, das weißt du doch.«

»Die Geschichte mit Shaqayeg setzt Rafael verdammt zu.«

»Das ist mir auch klar. Aber deswegen stoppt doch nicht das ganze Leben.«

»Für ihn fühlt es sich eben so an.« Hanno musterte sie. »Du findest, ich sollte härter mit ihm umspringen, was?«

»Manchmal schon.«

»Wäre ich härter, würde er sich noch mehr abkapseln.« Schmunzelnd fügte er an: »Und wäre ich früher schon härter gewesen, dann würdest du heute bestimmt nicht mit mir essen gehen.«

Natürlich verstand sie, wie er das meinte. »Touché.«

»Lass ihn uns einfach im Auge behalten, Mara.«

Shaqayeg war Rafaels erste Liebe, ein aus der iranischen Heimat geflüchtetes Mädchen, das in die Fänge einer Bande der Organmafia geraten, knapp mit dem Leben davongekommen war und nun nach einer längeren Zeit in quälender Ungewissheit Deutschland wieder verlassen musste.

Während des Gesprächs ertappte sich Mara dabei, wie sie beiläufig aus dem Fenster spähte. Auf der gegenüberliegenden Straßenseite, im Schutz einer Hofeinfahrt, hielt sich jemand auf. Eine Gestalt, die an Ort und Stelle verharrte und aufgrund der dunklen Kleidung nahezu mit der Umgebung verschmolz. Lediglich der glühende Punkt einer Zigarette hatte Mara auf die Silhouette aufmerksam gemacht.

Daran war nichts Außergewöhnliches, jemand wartete eben darauf, abgeholt zu werden, oder was auch immer. Dennoch blickte Mara gelegentlich durch die Scheibe, die getönt war, was die Sicht ebenso erschwerte wie die vorbeiziehenden Fetzen aus Nebel.

Eine Bedienung erschien am Tisch, um Teller und Besteck abzuräumen. Mara und Hanno hatten sich bei den typischen hessischen Spezialitäten nicht zurückgehalten. Handkäs mit Musigg, Bernemer Krabbenröstbrot und Himmel und Erd', Maras Leibgericht in der Sonne: gebratene Blutwurst mit Zwiebeln, Püree und hausgemachtem Apfelmus. Sie mochte es deftig, und es kam viel zu selten vor, dass sie es schaffte, sich zu einem entspannten Abend mit Hanno zu treffen.

»Wenigstens sind jetzt Herbstferien«, nahm Hanno den Faden wieder auf. »Da hat Rafael keinen Druck in der Schule und schafft es vielleicht eher, den Kopf wieder freizubekommen.«

»Hat er noch seinen Job?«

Hanno nickte. »Ich habe ihm eindringlich geraten, nicht das Handtuch zu werfen.«

»Du weißt also auch, dass ihm die Arbeit stinkt.«

»Klar.«

Maras Handy ertönte. Nicht gerade vergnügt betrachtete sie das Display.

»Lass den Job einfach Job sein«, schlug Hanno vor. »Wenigstens für heute Abend.«

»Job? Falsch geraten.« Sie nahm den Anruf mit einem abwartenden *Hallo* entgegen. Doch schon nach wenigen Worten, die gewechselt wurden, beendete sie das Gespräch.

»Wohl kein Verehrer«, merkte Hanno ironisch an.

»Ein Verwandter«, gab Mara leise zurück, ohne seinen Blick zu erwidern.

»Verstehe.« Er nickte. »Der Herr Papa.«

»Oder wie ich ihn nenne: der egoistische Mistkerl.«

»Cool bleiben, Mara«, versuchte Hanno sie zu bremsen, wie immer, auch damals schon, als sie noch ein Teenager gewesen war. Mal mit mehr, mal mit weniger Erfolg.

»Ich wünschte, das könnte ich. Cool und *abgefuckt* sein wie er selbst.« Sie schüttelte den Kopf. »Ich wollte unbedingt nach Frankfurt zurück. Wirklich, ich möchte diese Stadt für nichts in der Welt gegen eine andere eintauschen, so knallhart sie manchmal sein mag. Aber wenn *er* von hier verschwinden würde, ich hätte nicht das Geringste dagegen.«

»Den Gefallen wird dir Edgar Billinsky kaum tun.« Hanno trank von seinem gespritzten Apfelwein. »Auch wenn es dir nicht passt, er gehört nun mal zu dir.«

»Einen Scheiß gehört er.«

»Ich dachte, es würde besser laufen mit euch. Gab es nicht eine Art Waffenstillstand? Oder gar eine Annäherung?«

Widerwillig nickte sie. »Ja, zuletzt kamen wir besser miteinander aus. Aber er ist schon wieder dabei, alles kaputtzumachen. Er ruft öfter an – allerdings nur, wenn er zu viel Rum gebechert hat. Wie gerade eben. Dann suhlt er sich in Selbstmitleid. Das nervt.«

»Du wirst ihn nicht aus deinem Leben herausschneiden können wie eine Figur in einem Film.«

Mara rollte mit den Augen. »Spar dir dein schlaues Gerede, ich bin keine fünfzehn mehr.«

»Ich würde mich freuen, wenn ihr beide besser miteinander auskämt. Das ist alles.«

»Du gibst die Hoffnung nie auf, stimmt's?«

»Du kennst mich doch.«

Sie schmunzelten einander an.

Mara spähte nach draußen. Von der Gestalt, die sich zuvor dort aufgehalten hatte, war nichts mehr zu entdecken.

Kurz darauf bezahlten sie und Hanno ihre Rechnung. Als sie sich vor dem Gasthaus voneinander verabschiedeten, sah Mara ihm noch hinterher, wie er auf seinen in der Nähe geparkten, beinahe schrottreifen VW-Bus zuschlenderte und davonfuhr.

Dann überquerte sie die Straße, um sich die Hofeinfahrt anzusehen, die nur schwach beleuchtet war. Sie zog ihr Handy aus der Jackentasche und erhellte damit den Boden. Fünf ausgetretene Kippen von selbst gedrehten Zigaretten lagen an der Stelle, wo vorher jemand gestanden hatte.

Nach wie vor: nichts Außergewöhnliches. Jemand hatte gewartet. Na und? Du siehst wohl Gespenster, sagte sie sich.

Sie steckte das Handy weg und machte sich auf den Weg zu ihrer Wohnung, die nur ein paar Fußminuten entfernt lag.

Ziemlich spät war es geworden. Durch die Straßen pfiff ein rauer Herbstwind, immer mehr Nebelschwaden zogen auf. Es war kaum jemand unterwegs, Maras Doc-Martens-Stiefel raschelten im Laub der Kastanienbäume auf dem Weg.

Ein merkwürdiges Gefühl veranlasste sie dazu, mehrmals über die Schulter nach hinten zu sehen. Eigentlich hatte sie ihre Nerven immer im Griff, doch die Ermittlungen gegen eine russische Gruppierung des organisierten Verbrechens einige Monate zuvor hatten Mara ziemlich zugesetzt – auch wenn sie sich das nur ungern eingestand. Sie war ins Visier der Gangster geraten und gefangen genommen worden. Man hatte sie misshandelt.

Letztlich hatte nicht viel gefehlt, und es wäre aus gewesen

mit ihr. Ein Erlebnis, das jedes Mal, wenn sie annahm, es abgeschüttelt zu haben, doch wieder unter ihre Haut kroch. Hinzu kamen die alltäglichen Blicke in den Spiegel, die ihr die Narbe auf der Wange offenbarten – zugefügt mit einem Gasanzünder, ein hässlicher kleiner Krater, der nicht an ihrer kaum vorhandenen Eitelkeit kratzte, aber manchmal an ihrer Selbstsicherheit.

In ihrer kleinen düsteren Altbauwohnung angekommen, verspürte sie kaum Müdigkeit. Während der vergangenen Wochen, als der Sommer in den letzten Zügen gelegen hatte, war es auf dem Revier eher ruhig gewesen, was dazu führte, dass sie sich unausgelastet fühlte. Sie verabscheute Verbrecher und Verbrechen, doch sie liebte es, Polizistin zu sein, im Brennpunkt des Geschehens zu stehen. Nervenkitzel und Gefahr zogen sie auf eine Weise an, die sie selbst nicht zu erklären vermochte, und zu viel Entspannung bekam ihr nicht, sie wusste das.

Um den säuerlichen Geschmack des Apfelweins zu vertreiben, schenkte sie sich von dem staubtrockenen sizilianischen Rotwein ein, den sie sehr mochte. Sie drehte die Musik auf, ziemlich laut, was nachbarliche Beschwerden zur Folge haben würde, aber jetzt gerade brauchte Mara den Krach. The Clash, Jimi Hendrix, Black Rebel Motorcycle Club. Die Wohnung erbebte förmlich von dem eigenwilligen Mix.

Das Weinglas in der Hand, stellte Mara sich ans Fenster, den Blick ins Nichts gerichtet. Plötzlich stutzte sie. Ihre Augen verengten sich.

Dort hinten, an der Hausecke auf der anderen Seite der schmalen Wohnstraße: das Glimmen einer Zigarette in der Finsternis.

Sie konzentrierte sich noch stärker.

Ja, da stand jemand, halb verborgen von der Hauswand. Also doch keine Gespenster.

Rasch drehte sie sich von der Fensterscheibe weg. Sie stellte das Glas auf dem kleinen Tisch ab, einem der wenigen Möbelstücke in ihrem Wohnzimmer, und zog flink Schuhe und Lederjacke an. Aus dem zuvor abgestreiften Holster zog sie ihre Dienstwaffe, die P30L, eine Version mit verlängertem Lauf und Griffschalen, die sie sich extra hatte anfertigen lassen.

Gut möglich, dass sie sich zum Narren machte, aber in den letzten Dienstjahren hatte sie gelernt, den kleinen Warnlämpchen, die zuweilen in ihrem Kopf aufleuchteten, Beachtung zu schenken.

Sie verließ die Wohnung, eilte durchs Treppenhaus nach unten und betrat die Straße. Die Pistole hatte sie sich hinten in den Hosenbund geschoben, ließ aber die Hand auf dem Griff.

Kälte, Nebel, Stille. Nur aus der Entfernung drang gedämpft der übliche Frankfurter Verkehrslärm zu ihr, der auch nachts kaum abnahm. Ihr Blick suchte die Stelle an der Hausecke. Entschlossen ging sie darauf zu, aber keine glimmende Zigarette war mehr zu sehen.

Nein, da war niemand.

Mara suchte den Boden neben dem Haus ab. Im Schein einer Straßenlaterne entdeckte sie zwei ausgetretene Kippen von selbst gedrehten Zigaretten.

Zufall?

Ihr Blick wanderte die Straße hinauf und wieder hinab. Parkende Autos, feucht schimmernder Asphalt, wuchtige, dunkle Häuser und der immer dichter werdende Nebel, der das Licht der Laternen schwächte. Mara spürte eine Gänsehaut.

Und dann nahm sie die Silhouette eines Mannes wahr, der in einiger Entfernung davonging, ein lautloser, geschmeidiger Schatten. Sofort setzte sie sich in Bewegung.

Der Unbekannte schien es zu bemerken. Seine Schritte wurden schneller.

Mara beschleunigte ebenfalls.

Der Kerl sah sich nach ihr um, bog um die Ecke in eine Seitengasse.

Sie hetzte ihm hinterher, ebenfalls um die Ecke. Inzwischen lag die Pistole in ihrer Hand, die Finger schlossen sich fest um die Griffschalen. Die Luft stach in ihre Lungen.

Der Mann bog erneut ab, seine Schritte hallten in der Stille.

Sie folgte ihm weiterhin, konzentriert, angespannt, und auf einmal lag die Straße vollkommen leer vor ihr. Kein Laut ertönte, nichts bewegte sich.

Er war verschwunden. Wie vom Erdboden verschluckt. Wie weggezaubert.

Mara stand reglos da, eine einsame Gestalt auf dem nackten Asphalt. Ihr Atem tanzte in Wölkchen vor ihrem Gesicht.

»Wer zum Teufel bist du?«, fragte sie kaum hörbar in das kalte Nichts, das sie umgab.

4

Ein einziger Klumpen aus Blut und Schweiß und Qual. Das war von ihm übrig geblieben. Ein Klumpen, in dem noch immer ein letzter Rest Leben flackerte.

Er zitterte, er jammerte, er flehte.

Schmerz.

Dieser *Schmerz*. Jede Faser seines Körpers brannte.

Die beiden Männer hatten ihm die Kleidung mit Messern vom Leib geschnitten.

Dann hatten sie ihr grauenvolles Werk begonnen, ohne Regung, mit beinahe erschütternder Gelassenheit, als würden sie das tagtäglich hinter sich bringen.

Schläge, Tritte. Und vor allem diese Nagelpistole.

Unentwegt war es so weitergegangen.

Jedes Mal, wenn Peter Johannsen ohnmächtig zu werden drohte, hatten sie ihm eine Spritze in den Oberarm gejagt. Wahrscheinlich ein Cocktail aus Amphetaminen, der verhindern sollte, dass ihm die Gnade des Schlafs zuteilwurde.

Der Generator brummte nicht mehr. Die Lampe war ausgeschaltet. Fahles Morgengrauen erhellte den Raum, überzog alles mit düsteren Schatten. Das Gerippe dieses entstehenden Gebäudes war zu seiner Todeskammer geworden.

Alles hatte er preisgegeben. Alles, was er in langwieriger, mühevoller Recherchearbeit herausgefunden hatte. Mittlerweile besaßen die Männer den USB-Stick aus seinem Geheimversteck im Hosenbein. Und sie wussten, dass es noch weitere Sticks gab, auch wenn Johannsen in seiner Verwirrung gar nicht mehr sicher hatte sagen können, wo genau sich die verdammten Dinger befanden.

Das Signal eines Mobiltelefons erklang, die Männer stoppten erneut. Der Fahrer rauchte mit gelangweiltem Gesichtsausdruck eine Zigarette, während derjenige, der sich Franke nannte, in aller Ruhe ins Handy sprach.

»Weißt du, wie spät es ist?«, fragte er, jedoch nicht verärgert ober überrascht, sondern mit sachlicher Stimme. »Oder besser gesagt, wie früh?«

Die Unterhaltung dauerte an, er behielt seinen Tonfall bei. »Alles läuft bestens«, versicherte er jovial, beinahe heiter.

Johannsen kam das Gerede angesichts des Gestanks von Blut und Schweiß völlig surreal vor. Langsam senkten sich seine Lider, schwer wie aus Blei.

Dann spürte er etwas an seinem Schienbeinknochen.

Die Nagelpistole.

Der Fahrer hatte sie angesetzt, die Kippe lässig im Mundwinkel. Johannsen begann zu wimmern, ein jämmerlicher, beschämender Laut, den der Knebel unterdrückte.

Franke hatte sein Telefonat beendet. Er betrachtete Johannsen wie ein Tier, das geschlachtet werden sollte. »Also, Herr Johannsen, gehen wir gleich noch mal alles durch.« Er sprach ruhig und gelassen, wie schon die ganze Zeit über, was eine noch entsetzlichere Wirkung auf Johannsen hatte als jede bösartige Drohung. »Vielleicht fällt Ihnen ja doch noch irgendetwas ein, das Sie uns bisher verschwiegen haben.«

Der Fahrer krümmte den Zeigefinger. Der Plopplaut der Nagelpistole. Im selben Moment das widerliche Knirschen des Knochens. Und von Neuem dieser glühende Schmerz.

5

Ein trostloses Industriegebiet, dort, wo Frankfurts Stahl und Beton sich allmählich auflösten und flachem Land mit tristen Feldern und Waldstücken Platz machten.

Der Linienbus hielt an und spuckte Leute aus, die sich auf den Weg zur nahen Fleischfabrik Baltzer machten, während andere darauf warteten, wieder in die Stadt befördert zu werden, damit sie sich die zurückliegende Nachtschicht aus den Knochen schlafen konnten.

Es waren fast ausnahmslos Männer. Müde Gesichter, müde Gespräche in mehreren, zumeist osteuropäischen Sprachen. Polen, Ungarn, Balten, die Arbeiter kamen aus allen möglichen Ländern, Deutsche waren in der Unterzahl. Schlurfende Schritte auf Asphalt. Zigarettenqualm stieg dem unfreundlichen bleigrauen Himmel entgegen.

Rafael Makiadi war als Letzter dem Bus entstiegen. Anders als die Übrigen, die sich bei ihrem morgendlichen Weg in Grüppchen zusammenschlossen, blieb er für sich, die Hände in den Jackentaschen vergraben, den Nacken eingezogen, als könnte er sich so unter der kalten Luft hinwegducken, die der langsam verschwindende Nebel zurückließ.

Rafael war nicht sonderlich groß. Schmale Schultern, zarte Hände, Irokesenhaarschnitt, dessen Ränder ausfransten. Hose mit Tarnmuster, Nike-T-Shirt, darüber ein dicker Pullover und eine Sportjacke in leuchtenden Farben. Besonders auffällig waren seine Augen, die aus einem fast mädchenhaft hübschen Gesicht mit dunklem Mischlingsteint hervorstarrten: misstrauische, verletzliche Augen, die schon zu viel im Leben mit angesehen hatten.

Die Kollegen mochten ihn nicht, machten keinen Hehl daraus, und er mochte sie nicht, womit er gleichsam nicht hinter dem Berg hielt. Er stänkerte nicht, gab ohnehin kaum einen Ton von sich, aber seine Blicke und Gesten ließen keinen Zweifel, dass er diesen lausigen Job nur wegen des Geldes angenommen hatte – und mangels besserer Alternativen.

Auf dem großen Platz seitlich der Fabrik standen bereits die ersten Lkws. Die lebende Ware wurde schon früh am Tag angeliefert, um hier geschlachtet zu werden. Man hörte das gequälte Grunzen und Quieken der dicht an dicht eingepferchten Kreaturen, die von Schweinemästern aus dem gesamten Bundesgebiet kamen. Rafael fand diese Laute nur schwer zu ertragen, und er war froh, ihnen durch die stählerne Doppeltür des Personaleingangs entfliehen zu können.

Die nach wie vor schlurfenden Schritte, die immer gleichen Stimmen im immer gleichen Tonfall. Dann die Umkleidekabine. Die Gerüche von Schweiß und billigen Deos stiegen in Rafaels Nase. Die weiße Hygieneschutzkleidung aus dünnem Kunststoff, die traurigen Hauben, die sich alle auf die Köpfe stülpten, die Plastikhandschuhe.

Rafael war eine einfache Aushilfe, er musste tun, was gerade anfiel, an diesem Morgen gefrorene Schinken an einem Schneidegerät mit rasiermesserscharfen Klingen von der Schwarte befreien. Er schien den Gestank von totem Fleisch gar nicht mehr loswerden zu können. Seit er die Fabrik kannte, hatte er beschlossen, vegetarisch zu leben.

Teilweise übernahmen moderne Maschinen die Arbeit: In Sekundenbruchteilen wurden computergesteuert Fleischstücke zu exakt gleich großen Scheiben geschnitten. Riesige Kettensägen zerteilten Schweine in Hälften, voll automatisch wurden die Füße abgetrennt. Dennoch blieb Muskelkraft ein wichtiger Faktor, fast jeder Handgriff erforderte großen körperlichen Einsatz.

Rafael hob immer wieder den Kopf, um die Bilder ringsum

auf sich wirken zu lassen, angewidert, aber auch beeindruckt von den Arbeitern, denen das Fließband die Geschwindigkeit vorgab. Jeder Handgriff musste sitzen. Schulter an Schulter wuchteten Männer pausenlos schwere Fleischstücke auf dem Band in die richtige Position, damit sie von Kollegen in nahezu aberwitziger Schnelligkeit in Stücke geschnitten werden konnten.

Der Krach der Maschinen, die Stimmen, die dagegen anschrien, die roten Leiber der Tiere, das Zischen, wenn die riesigen Messer gewetzt wurden.

Am liebsten wäre Rafael jedes Mal nach Schichtbeginn wieder aus der Fabrik gerannt, doch er hatte sich vorgenommen, die Sache durchzuziehen. Er brauchte das Geld. Und was ebenso wichtig war: In der Fabrik konnte er sich leichter dazu zwingen, nicht mehr an Shaqayeg zu denken. Die Erinnerungen an sie waren schön – und zugleich quälend. Sie hatte das Land verlassen müssen und befand sich inzwischen wohl wieder in ihrer iranischen Heimat. Er hatte kein Lebenszeichen mehr von ihr erhalten. Was sollte aus ihr werden?

Einen Schinken nach dem anderen schob er zu den Klingen hin, darauf bedacht, seine Fingerspitzen zu behalten, und sein Blick, halb konzentriert, halb leer, fiel von Zeit zu Zeit auf die abgelösten Schwarten, die in einem schmutzigen Plastikbehälter aufgefangen wurden.

Der Lärm, der Geruch. Die Zeiger auf der runden Industrie-Wanduhr wirkten wie festgeschweißt.

Auf einmal hielt Rafael inne. In die gewohnte Geräuschkulisse hatten sich andere Laute gemischt. Gebrüll, das Stampfen von Schritten.

Er sah sich in der Fabrikhalle um und stellte verwundert fest, dass durch den Hauptzugang Fremde hereinstürmten. Schwarz gekleidete Männer, die ihre Gesichter unter Sonnenbrillen und dem Stoff von Motorradhauben verbargen. Vier waren es, nein, fünf.

Wer war das? Was wollten sie?

Noch erschrockener war Rafael, als er sah, dass die Unbekannten Baseballschläger trugen, mit denen sie auf die wehrlosen Arbeiter einschlugen.

Was ging hier vor?

Schreie. Die dumpfen Laute, wenn die Schlagwaffen auf Arme, Schultern, Beine trafen.

Einer der Typen, groß und kräftig, tauchte vor Rafael auf, und er rannte los. Auf einmal war er fast wieder so schnell wie früher, wenn irgendwelchen Mistkerle auf der Straße ihn wegen seines dunklen Teints in die Zange genommen hatten.

Er hetzte auf die Seitentür zu, die schweren Schritte des Verfolgers im Ohr, hinaus auf den Flur, von dort Richtung Ausgang, vorbei am Umkleideraum, der andere ihm immer noch auf den Fersen, und dann ins Freie, wo ihn die Herbstluft umhüllte.

Er rannte über den Hof, dann spürte er den schweren, kaum von Gras bewachsenen Boden unter seinen Sohlen. Ein paar kahle Sträucher, in einiger Entfernung der Wald, der angesichts des wie aus heiterem Himmel hereingebrochenen Überfalls Schutz versprach.

Im Rennen sah Rafael über die Schulter nach hinten. Der schwarz gekleidete Hüne hatte aufgeholt, hob in diesem Moment den Baseballschläger an.

Der Hieb erfolgte, Rafael tauchte zur Seite weg und entging dem Schlag, doch er geriet aus dem Gleichgewicht, stolperte, fiel der Länge nach hin.

Sofort kam er wieder auf die Beine.

Der nächste Schlag. Diesmal gelang es ihm nicht, auszuweichen.

Ein wilder Schmerz, die Erde raste auf ihn zu. Er schmeckte Dreckklumpen und abgestorbene Grashalme auf der Zunge. Plötzlich war alles um ihn herum seltsam weit entfernt. Dunkelheit erfasste ihn, deckte ihn zu wie ein riesiges Tuch.

6

Die Villa lag am Rande Kronbergs, ein puristischer Kubus in Weiß, zwei Stockwerke hoch. Zu der breiten Haustür aus schwerem, in Kassetten gearbeitetem Holz führten drei Stufen einer marmornen Freitreppe. An einigen Fenstern waren die Jalousien heruntergelassen.

Ein fast zwei Meter hoher Holzzaun trennte das Grundstück von der Straße. Geometrisch gestutzte Zierbüsche und ein perfekt gemähter Rasen, das Grün stark verblasst, zwei Marmorstatuen, eine Doppelgarage. Über allem lastete eine bleierne Ruhe. Kein Auto fuhr, keine Stimme ertönte.

Wie leblos solche Villengegenden immer wirkten, stellte Mara Billinsky beiläufig fest. Sie stand auf der Dachterrasse, die den Blick über die Stadt und den nahen Wald eröffnete. In Gedanken sah sie noch die Frau vor sich, die auf dem Parkettboden gelegen hatte. Das Seidennachthemd, die violett verfärbten Druckstellen auf dem Hals, die starren toten Augen.

Ellen Degener, dreiundfünfzig Jahre, nicht berufstätig, verheiratet, keine Kinder.

Nur ein Name, nur ein paar Daten. Doch dahinter verbarg sich ein Leben. Ein Mensch mit Träumen, Wünschen, Sehnsüchten. Egal, wie viele Leichen man betrachten musste, der Tod verlor nie an kalter Eindringlichkeit. Man erstarrte immer wieder aufs Neue davor, wie endgültig und gnadenlos er doch war. Die Gewissheit des eigenen Endes wurde einem ein Stück bewusster. Jedenfalls erging es Mara in diesem Moment so, und sie hasste es, sich in solchen Grübeleien zu verlieren.

Es war jetzt eine gute Stunde her, seit der Leichnam nach

einer ersten Untersuchung abtransportiert worden war, damit die Obduktion durchgeführt werden konnte.

Als ihr Kollege Jan Rosen die Dachterrasse betrat, drehte Mara sich zu ihm um. Er hatte erneut mit der Putzfrau gesprochen, die am frühen Morgen mit ihrem eigenen Schlüssel ins Gebäude gekommen und völlig unvermittelt auf die Tote gestoßen war. Zwar hatten Mara und er die Frau zuvor gemeinsam befragt, aber Rosens zurückhaltende Art kam oft gut an, und sie hatten es sich angewöhnt, dass er bei Zeugen, die unter Stress oder Schock standen, ein zweites Mal Fragen stellte. Mara schätzte ihn dafür. Wenn Bedachtsamkeit gefragt war, stand ihr ihre Ungeduld zuweilen im Wege.

»Und?«, fragte sie ihn gewohnt knapp.

Vage zuckte er mit den Schultern. »Es kam nicht mehr dabei heraus als vorher. Die Ärmste ist ganz schön durcheinander.«

»Hast du ihr erlaubt, nach Hause zu gehen?«

»Was dagegen?« Zweifelnd runzelte er die Stirn. »War das etwa falsch?«

»Schon okay, Rosen, es war nur eine Frage.«

»Bei dir weiß man nie.«

Mara betrachtete ihn von der Seite, wie er den Blick über die Stadt wandern ließ, genau wie sie selbst vorhin.

Sein helles Haar war schütter, die Stirn hoch, sein Gesichtsausdruck ernst und in sich gekehrt, wie üblich. Er wirkte älter, als er eigentlich war: Anfang dreißig, genau wie Mara. Unter seiner Jacke leuchtete das Purpurrot eines Rollis – die aufdringlichen Farben seiner Pullover standen in starkem Gegensatz zu Rosens vorsichtigem Wesen, das es ihm oft schwer machte, in seinem Team Anerkennung zu finden.

»Was hältst du von der Geschichte, die sich hier abgespielt hat?«, wollte Mara wissen.

»Eine eigenartige Sache.« Erneut hob Rosen die Schultern. »Die Frau wurde erwürgt, daran besteht kein Zweifel.«

»Ansonsten gibt's eine Menge Zweifel, wie mir scheint.«

»Absolut.« Er nickte nachdenklich. »Die Putzfrau hat gesagt, dass Ellen Degener sehr zurückgezogen gelebt hat. Einige lose Freundschaften, kaum Verwandtschaft.«

»Und meistens verbrachte sie ihre Zeit wohl allein.«

»Alles in diesem Haus riecht nach Einsamkeit. Nicht gerade ein sehr wahrscheinliches Mordopfer.«

»Noch wissen wir zu wenig über sie.« Mara musterte ihn. »Ellen Degeners Mann ist anscheinend häufig auf Geschäftsreisen unterwegs.«

»Ja, das hat die Putzfrau mir gegenüber gerade noch mal bestätigt. Ständig weg, sehr erfolgreich. Auch jetzt ist er unterwegs – bereits seit mehreren Tagen.«

»Das heißt, ihn können wir als eigentliches Ziel einer geplanten Tötung ausschließen, oder was immer es war.«

»Das sehe ich genauso«, stimmte Rosen zu. »Hätte jemand Degener gegenüber Mordabsichten gehegt, dann hätte die Person das Anwesen gewiss eine Weile beobachtet, um sicherzugehen, dass er zu Hause ist. Der Täter wäre nicht willkürlich hereingestürmt, um ihn umzubringen. Und dann hätte er ja wohl auch eine Waffe dabeigehabt. Er hätte Degener kaum erwürgen wollen.«

»Offenbar wurde nichts gestohlen. Keine einzige durchwühlte Schublade, eine Rolex liegt für jeden gut sichtbar in einem der Badezimmer, eine Wagenladung teurer Klunker befindet sich im Schrank in Ellen Degeners Schlafzimmer.«

»Also gehen wir nicht von einem Raubüberfall aus«, ergänzte er.

»Was hat die Putzfrau gesagt, wann wird Degener zurückerwartet?«

»Morgen oder übermorgen. Ich werde das noch verifizieren. Dazu muss ich mit Degeners Assistentin sprechen, einer gewissen Corinna Grünberg. Den Namen habe ich von der Putzfrau.«

Nach einer Pause bemerkte Mara: »Wir müssen Degener verständigen.«

»Ja«, erwiderte Rosen zögerlich.

»Ich übernehme das.« Sie wusste, wie sehr es ihm zu schaffen machte, derartige Nachrichten an Verwandte von Opfern zu überbringen.

Er wich ihrem Blick aus. »Danke, Billinsky!«

»Bevor wir gleich wieder hineingehen und uns noch mal gründlich umsehen: Was ist deine Theorie, Rosen? Spontan, aus dem Bauch heraus.«

»Wir sollten noch warten, was die Spurensicherung …«

»Na los, Rosen«, unterbrach sie ihn auf eine etwas ruppige Art, die sie nicht immer abzustellen vermochte. »Sag, was du denkst.«

»Tja, ich glaube, dass wir es doch mit einem Einbrecher zu tun haben. Er ging davon aus, dass niemand in der Villa zugegen war, und verschaffte sich Zutritt. Ellen Degener schlief zu der Zeit schon, wurde allerdings durch ihn aufgeweckt.«

»Stichwort Weinglas.«

»Das ganze Haus ist extrem ordentlich aufgeräumt. Da liegt nichts herum. Und dann sind da diese Splitter. Der Einbrecher stößt aus Versehen gegen das Glas, die Frau wacht auf, sie steht vor ihm, er bekommt Panik, erwürgt sie …«

»Und vor Schreck über die eigene Tat«, fuhr Mara fort, »verliert er derart die Nerven, dass er nichts stiehlt, sondern nur noch wegwill von dem Ort, an dem er unversehens zum Mörder wurde.« Sie zog eine Augenbraue in die Höhe. »Ich weiß nicht recht.«

»Er bekommt Panik«, wiederholte Rosen, bestimmter als sonst. »Er steht vor der Toten, ist geschockt, rennt los.«

»Zuvor ist er durch das Fenster an der Rückseite der Villa eingedrungen. Jedenfalls müssen wir davon ausgehen.«

»Offenbar war es gekippt gewesen. Er hat es geschafft, es komplett zu öffnen, und ist eingestiegen.«

»Und dann ist er durch dasselbe Fenster wieder abgehauen.« Mara sprach die Worte mit skeptischem Unterton aus.

»Vielleicht ist er in seiner Panik auch zur Haustür gerannt, musste aber feststellen, dass sie abgeschlossen war. Also ist er zurückgelaufen.«

»Die Putzfrau sagt aus, dass öfter vergessen wurde, dieses Fenster zu schließen. Das fiel ihr häufig auf, wenn sie morgens für Ordnung sorgte.«

»Richtig.«

»Und sie sagt außerdem aus, dass Frau Degener recht nachlässig war. Sie vergaß auch ständig, abends die Alarmanlage einzuschalten. Wenn Herr Degener auf Reisen war, blieb die Villa zumeist ungesichert.«

»Richtig.«

»Demnach hat Ellen Degener keinerlei Angst verspürt. Im Gegenteil, der Putzfrau zufolge wirkte sie eher lustlos, desinteressiert.«

»Das würde die Sache mit dem Einbrecher bestätigen.«

»Woher wusste er, dass die Alarmanlage ausgeschaltet war?«

»Er wusste es vielleicht gar nicht. Ein Amateur, der die Villa beobachtet hat, und das nicht sehr gewissenhaft. Womöglich war ihm durch Zufall aufgefallen, dass das Fenster manchmal offen stand. Jedenfalls ging er am entscheidenden Abend davon aus, dass beide Degeners nicht anwesend waren, und hoffte darauf, mit relativ kleinem Einsatz große Beute machen zu können.«

Mara erwiderte nichts. Sie ging, gefolgt von Rosen, zurück ins Haus, zunächst durch das obere Stockwerk, wo sich unter anderem die beiden getrennt liegenden Schlafzimmer des Ehepaars befanden. Die Kollegen der Spurensicherung in den lichtgrauen Schutzanzügen waren mittlerweile auch hier oben beschäftigt.

Sie nahmen den Weg, den wohl auch Ellen Degener zurückgelegt hatte, kurz bevor sie ermordet worden war: die Treppe nach unten, den Gang entlang, dann ins Wohnzimmer, wo noch immer weitere Beamte der Spurensicherung zu tun hatten. In die zuvor fast steril wirkende Ordnung, die der Villa eine gewisse leblose Atmosphäre verliehen hatte, war unweigerlich Chaos eingetreten. Schranktüren standen offen, Schubfächer waren herausgezogen und auf dem Boden übereinandergestapelt. Überall Papierstapel und Zellophanbeutel mit beschrifteten Etiketten. Tischplatten, Sessellehnen, Türen und Griffe waren mit grauem Pulver beschmiert.

»Ziemlich wenig Fingerabdrücke«, sagte einer der Spezialisten zu Rosen. »Jedenfalls verglichen mit anderen Wohnhäusern. Entweder man hat penibel sauber gemacht, oder hier haben sich die Leutchen nicht gerade die Klinke in die Hand gegeben.«

»Oder beides«, bemerkte Mara knapp.

Der Beamte nickte nur und machte sich wieder an die Arbeit. Nicht ohne vorher einen Seitenblick auf Maras Aufmachung zu werfen: ihre abgewetzte Motorradlederjacke, die knallengen schwarzen Jeans und die Doc-Martens-Stiefel. Auch ihre Piercings an Oberlippe und Braue, die mit Kayal betonten dunklen Augen und ihr glattes, pechschwarz glänzendes Haar hatte er betont unauffällig gemustert. Er war ihr nie zuvor begegnet, aber gewiss war es bis zu ihm durchgedrungen, dass in der Mordkommission jemand beschäftigt war, der nicht gerade dem üblichen Erscheinungsbild eines Kriminalbeamten entsprach.

Anfangs war Mara in ihrer Abteilung mit reichlich Häme bedacht worden, offener wie versteckter, inzwischen war jedoch allgemein bekannt, dass sie sich trotz ihrer grazilen Statur zu wehren wusste und weder auf den Mund noch auf den Kopf gefallen war. Ihre Alleingänge hatten sich herumgesprochen, ihre Unangepasstheit, ihr Dickschädel, ihre derart raue Schale, dass die Vorstellung schwerfiel, es könnte darunter auch ein weicher Kern vorhanden sein. Jedenfalls gab es kaum noch Spott für Mara, eher eine Art wachsamen Respekt. Sie hatte sich ihr Jagdgebiet erkämpft. Sie war *die Billinsky*, sie war die Kommissarin, die man *die Krähe* nannte.

Zusammen mit Rosen stellte sie sich nun in eine Ecke des riesigen Wohnzimmers. An der Wand hingen mehrere gerahmte Fotografien. Jede davon zeigte Ellen Degener mit ihrem Mann, darunter das Hochzeitsbild, wohl aus den Achtzigerjahren, und mehrere Aufnahmen, die auf Urlaubsreisen entstanden sein mussten: Asien, Afrika, Kalifornien, auch Wandern im Hochgebirge, wohl den Alpen.

»Übrigens«, sagte Rosen beim Betrachten der Fotos, »ich habe mir die Einrichtung genauer angesehen. Leder, Marmor, Edelholz, hier und da echte Designerstücke. Da ist nichts, aber auch gar nichts, das nicht schweineteuer wäre.«

»Kein Wunder, wenn der Herr Geschäftsmann so erfolgreich ist, wie die Putzfrau nicht müde wurde zu betonen.«

»Ja, sicher. Und trotzdem ... Also, ich weiß es wohl selbst nicht genau, aber irgendetwas ...«

»... kommt dir komisch vor«, beendete Mara den Satz für ihn.

Er nickte. »So ist es.«

»Und deine Theorie von vorhin? Der Einbrecher, der auf einmal zum Mörder wird?«

»Tja, daran würde ich durchaus festhalten«, erwiderte Rosen auf seine spröde Art. »Aber dennoch ...« Er verstummte.

»Mir geht's ja auch so.« Sie hob erneut eine Augenbraue. »Irgendetwas kommt mir hier genauso spanisch vor wie dir.«

7

Pawel Kadzior betrachtete seine gefalteten Hände, die leicht zitterten. Er saß gekrümmt auf einer der Sitzschalen an der mit Graffiti beschmierten U-Bahn-Station. Unter der Erdoberfläche zu sein, hatte etwas Befremdliches für ihn. Diese ganze Stadt kam ihm unheimlich vor, ein Labyrinth, aus dessen wilder Unübersichtlichkeit ihm Feindseligkeit entgegenschlug wie ein ständiger unerbittlicher Wind.

Nie hatten seine Hände gezittert. Jetzt taten sie das unaufhörlich. Nicht nur wegen der Kälte. Nicht nur wegen des Hungers.

Seit wie vielen Stunden hatte er nicht mehr gegessen? Seit wie vielen Nächten nicht mehr als zwei oder drei Stunden geschlafen? Er war zu einem Gespenst geworden. Sein Leben lang hatte er alles im Griff gehabt. Sicher, er hatte hart arbeiten, hart kämpfen müssen, wie Millionen andere Menschen auch. Aber er war stets Herr seiner Situation gewesen. Und nun? Vor ihm tat sich ein Abgrund auf, in den er hilflos hinunterstarrte.

Vorhin war er mit der S-Bahn zurück nach Frankfurt gefahren, anschließend ziellos durch die Straßen geirrt, bis ihn die Kälte hierher getrieben hatte. Obwohl er auch hier fror wie ein Hund.

Eine U-Bahn näherte sich und hielt an. Niemand stieg aus, kaum jemand ein, und weiterhin starrte Pawel Kadzior auf seine Hände. Er war müde. Und doch würde er, hätte er ein Bett gehabt, keinen Schlaf finden. Er war schmutzig. Muffelnder Schweiß lag getrocknet auf seiner Haut, seine Klamotten stanken, seine Fingernägel waren schwarz. Immer war er stolz gewesen auf seine Reinlichkeit. Und jetzt hockte er da wie ein Dreckschwein. Er schämte sich. Auch weil er seinen Geldbeutel verloren hatte. Nicht wegen der paar verbliebenen Münzen, sondern weil sich darin sein Ausweis befunden hatte. Das fiel nicht ins Gewicht angesichts seiner anderen Probleme, aber es besaß symbolische Kraft. Keine Papiere mehr. Er war ein Namenloser. Ein streunender Köter.

»Schau mich nicht so an, Jakub«, flüsterte er in seiner Muttersprache. »Du solltest mich nicht so sehen, nein, das solltest du wirklich nicht.«

Ein tiefes Rauschen aus dem Schacht kündigte die nächste U-Bahn an. Als sie einfuhr, stellte Pawel fest, dass sie fast leer war. Der große Schwung an Leuten, die zur Arbeit mussten, war längst schon unterwegs, deshalb gab es nur wenige Fahrgäste. Umso besser für ihn. So konnte er mögliche Ticketkontrolleure leichter ausmachen.

Er glitt durch die Schiebetüren. Ohne sich auf einen der vielen freien Plätze zu setzen, legte er die Strecke bis zum Hauptbahnhof zurück. Dort stieg er aus. Ganz in der Nähe gab es eine Armenküche, wo in den Morgenstunden Tee, Pulverkaffee und Brötchen verteilt wurden. Es war ein Zufall, dass er die Einrichtung in einem Hinterhof entdeckt hatte – und er war verdammt froh darüber.

Er folgte der Kaiserstraße und ging in der Masse unter. Geschäftsleute, Bettler, Jugendliche, die die Schule schwänzten, und einige der letzten Betrunkenen, die von den ringsum gelegenen Bars und Stripschuppen ausgespuckt wurden. Pawel verachtete das Vergnügungsviertel, er gehörte nicht hierher. Aber alles war schiefgelaufen. Und er hatte es zu lange nicht bemerkt. Ja, alles. Seit jenem viele Jahre zurückliegenden Tag, an dem Jakub diese Nadja kennengelernt hatte.

So blind war Pawel gewesen. Vollkommen naiv.

Nadja, das hübsche Ding mit blondem Engelshaar und Unschuldsblick. Sie hatte die Drogen in Jakubs Leben gebracht.

Zunächst hatten sie gemeinsam Haschisch geraucht, dann damit gedealt. Sie hatte den Stoff besorgt, auch die härteren Sachen, zu denen sie rasch gewechselt waren. Amphetamine, Morphium, Ecstasy. Der letzte Schritt war Heroin gewesen.

Jakub und Heroin. Unglaublich. Es war auch heute noch völlig unfassbar für Pawel, der sich nicht sicher war, was verabscheuungswürdiger war: der Eigenkonsum oder der Handel mit den verfluchten Drogen. *Nadjas Schuld.* Sie brachte Jakub dazu, dass er sich ihren Namen auf den Oberarm tätowieren ließ. Dieser dumme verliebte Narr.

Die Erinnerung an das Tattoo schnitt Pawel tief ins Herz. Selbst jetzt noch, als er an einem trockenen Brötchen knabberte und auf seinen Pappbecher starrte, aus dem Dampf aufstieg.

Obdachlose standen um ihn herum, manche schwatzten, andere suchten das Alleinsein, genau wie Pawel. Nie hätte er für möglich gehalten, dass einmal Heroin – Gott bewahre! – eine Rolle in seinem Leben spielen würde. Aber so war es gewesen. Jakub tänzelte auf einem dünnen Seil, abgemagert, apathisch, so bleich, als wäre er tot.

Doch das hatte Pawel nicht zugelassen. Nein, Jakub hatte sein Leben nicht einfach so wegwerfen dürfen. Pawel war eingeschritten. Hatte Nadja mit der Kraft seiner Fäuste zum Teufel gejagt und Jakub in einem Zimmer eingesperrt wie in einer Knastzelle.

Grauenhafte Wochen.

Jakub hatte sich an den Wänden die Fäuste blutig geschlagen, den Kopf dagegengerammt, bis auch aus der Stirn das Blut floss. Er hatte gezittert, gekotzt, geweint, gefleht, gebrüllt. Nächtelang. Nie würde Pawel diese Schreie vergessen können.

Irgendwann in jener Zeit hatten Pawel und seine Frau Helena dann von *Piękny Widok* gehört. *Schöne Aussicht* bedeutete das, doch Pawel hatte große Zweifel, ob es für Jakub je wieder so etwas wie eine Perspektive geben würde.

Mit gesenktem Blick ließ er sich an diesem kalten, nebligen Frankfurter Herbstmorgen von dem dünnen Kaffee nachschenken und wandte sich ab. »Schau mich nicht so an, Jakub«, flüsterte er, ganz leise, wie zuvor schon einmal.

Die Scham war wieder da, sie wütete in seinem Körper wie ein Fieber. Nicht nur zu einem jämmerlichen Bettler war Pawel Kadzior geworden. Noch weitaus schlimmer war, dass Blut an seinen Händen klebte. Er war ein *Morderca*.

Ein gottverdammter Mörder.

Aber genau deswegen war er doch dorthin gegangen, oder nicht?

Um zu töten. Um Leben zu zerstören.

Nicht nur Scham, auch Wut loderte in ihm. Dieser Zorn, als würde in seinem Bauch ein ständiges Feuer brennen, das niemals gelöscht werden konnte. Er klammerte die Finger um den Becher und stierte ins Nichts. »Schau mich nicht so an, Jakub.«

8

Die Tür wurde ihnen geöffnet, und sie betraten ein großes Eckbüro, das auf zwei Seiten von einem irritierenden Nichts umschlossen zu sein schien. Perfekt gereinigtes Glas reichte vom Boden bis zur hohen Decke. Es war, als könnte man aus dem sechzehnten Stock einfach so, ohne Hindernis in einen schwindelerregenden Abgrund springen.

Nach einer kurzen Begrüßung und einem Händedruck stellte sich Mara Billinsky dicht vor die gläserne Fassade und betrachtete die Stadt. Die Türme der Banken, den Dom, die Paulskirche, das Gewirr der Straßen und Gassen, die unzähligen Gebäude der Wohnviertel, die das Stadtzentrum so eng umgaben, als würden sie es beinahe erdrücken.

In Maras Rücken begann Rosen das Gespräch mit Kai Degener, der sich nach ihrem Eintreffen gleich wieder hinter seinem Drehstuhl und Kirschbaumschreibtisch postiert hatte, auf dessen blank polierter Oberfläche sich nur ein Laptop und ein Telefon befanden. Es roch nach dem Leder der Besuchersessel, Chrom blitzte.

Mara drehte sich um, als ihr Kollege bei den letzten bekannten Details angekommen war, die die Nacht betrafen, in der Degeners Frau ermordet worden war. Sie musterte den Geschäftsmann, der einen eleganten Anzug, Hemd und straff gebundene Seidenkrawatte trug, von der Seite. Schon am Vortag hatte sie mit ihm telefoniert. Gerade eben, bei der Begrüßung, hatte er seine Irritation über ihre Aufmachung nicht verbergen können, aber daran war sie gewöhnt.

Degener legte seine manikürten Hände auf die Lehne des vor ihm stehenden Stuhls. Wie bereits beim Telefonat wirkte er, als würde er sich größte Mühe geben, beherrscht zu erscheinen. Seine Haltung war aufrecht, in dem glatt rasierten Gesicht regte sich kein Muskel. Er war Mitte fünfzig. Falten um die Augen, graue Geheimratsecken, mittelgroß, sportliche Figur, nicht der Hauch eines Bauchansatzes. Offensichtlich ein Herr, der Wert auf Fitness legte.

Auf der Fahrt in Maras schwarzem Alfa zu dem riesigen Bürokomplex hatte Rosen erläutert, was er über Kai Degener herausgefunden hatte, einen echten Selfmade-Businessmann, dessen Karriere nach einer schlichten Lehre als Industriekaufmann einen steilen Aufstieg genommen hatte und der mittlerweile Beteiligungen in ganz unterschiedlichen Unternehmen vorweisen konnte. Ein höchst angesehener Herr, dessen Rat gefragt war, der sich aus den Schlagzeilen heraushielt und allem Anschein nach einen unauffälligen, zurückgenommenen Lebensstil bevorzugte.

Doch wie er jetzt so dastand, mit zuckenden Schultern, bebenden Lippen, und seine Beherrschung doch noch einbüßte, da war er eben nur ein ganz gewöhnlicher Trauernder.

Rosen, der sichtlich mitfühlte, sprach ihm zum zweiten Mal das Beileid aus, während Mara ihr Schweigen beibehielt. Degener nahm die Bekundung mit einem Nicken entgegen und wischte sich mit dem Handrücken über die Augen. »Wie konnte das nur passieren?«, fragte er mit dünner Stimme. »Ausgerechnet ihr? Unbegreiflich. Sie hätte keiner Fliege etwas zuleide tun können.«

»Wir gehen davon aus«, sagte Rosen, »dass es sich um einen Einbruchsversuch gehandelt hat. Und dass es dann ...«

»Aber es ist doch nichts gestohlen worden«, unterbrach ihn Degener abrupt, um sich gleich dafür zu entschuldigen. »Verzeihen Sie. Aber es stimmt doch: Es fehlt nichts, rein gar nichts.«

»Sicher.« Rosen nickte eifrig. »Deshalb sagte ich *versuchter Einbruch*. Der Täter hat ...«

»Ich verstehe das einfach nicht«, fiel Degener ihm erneut

mit bekümmerter Stimme ins Wort. »Ellen war die Sanftmut in Person. Wenn wir mal Streit hatten, was nicht oft passierte, war das jedes Mal allein meine Schuld. Sie hat nie ein böses Wort für mich gehabt. Oder für sonst jemanden.« Seine Augen schimmerten feucht.

»Es tut uns sehr leid«, drückte Rosen noch einmal sein Mitgefühl aus.

Nach einem langen Moment der Stille meldete sich Mara zu Wort: »Herr Degener, Sie können sich also niemanden vorstellen, der etwas gegen Ihre Frau hatte?«

Degener maß sie mit einem Blick, der nur kurz seine Missbilligung über ihre Kleidung zu kaschieren verstand. »Ich sagte es ja gerade: Ellen konnte keiner Fliege …« Mitten im Satz brach er ab, um sich wieder zu fassen. »Tut mir leid, aber Ihre Frage ist einfach absurd, wirklich. Es gibt auf der ganzen Welt keinen Menschen, der Ellen etwas antun wollte. Ihr Tod muss ein Unfall sein, ein Zufall. Wie immer man es ausdrücken mag. Er kann einfach nichts mit ihrer Person *an sich* zu tun haben.«

»Wie ist es mit Ihnen? Haben Sie Feinde? Gibt es jemanden, der …«

»Nein, keineswegs«, lautete die Antwort.

»Als ein Mann in Ihrer Position …«, versuchte Mara abermals anzusetzen.

»Ich weiß schon, dass Sie das in Betracht ziehen müssen, aber dafür gibt es nicht das geringste Anzeichen. Sehen Sie, manchmal mache ich ein gutes Geschäft, manchmal die Konkurrenz. Und hin und wieder ist man wütend aufeinander. Mehr aber auch nicht. Das ist nun mal so, das ist Business. Doch dass jemand mir gegenüber …« Er stockte kurz. »Nein, völlig undenkbar. Ich habe keine *Feinde*, ich bin ein rechtschaffener Mensch.«

»Herr Degener, ist Ihnen bekannt, dass die Alarmanlage in Ihrer Villa öfter nicht eingeschaltet worden ist?«

Degener sah zu Rosen, als würde er sich lieber mit ihm

unterhalten. Er löste die Hände von der Stuhllehne. Ohne Mara zu betrachten, antwortete er: »Ellen neigte zu Vergesslichkeit. Und gewiss auch zu Sorglosigkeit. Sie wäre nicht im Traum darauf gekommen, dass ihr ausgerechnet daheim etwas Schlimmes geschehen könnte.«

»Und wenn Sie ebenfalls zu Hause waren?«, fragte Mara.

»Dann habe ich die Alarmanlage vor dem Zubettgehen eingeschaltet. Ellen hat sich nie um solche Dinge gekümmert.«

»Ihre Frau hatte nicht viele Freunde. Nicht viel Kontakt zu anderen Menschen. Kann das sein?«, erkundigte sie sich weiter.

»Bitte?« Eine unüberhörbare Irritation, vielleicht sogar Verletzlichkeit mischte sich in Degeners Tonfall. Und auch Rosen warf Mara einen pikierten Blick zu.

»Nun ja, wir wissen, dass sie sich häufig allein zu Hause aufhielt.«

»Meine Frau ist das Opfer, richtig? Deshalb kommt mir die Art der Fragestellung ein wenig unpassend vor, wenn ich das sagen darf.«

»Gewiss, sie ist das Opfer. Deswegen ist es wichtig für uns, möglichst viel über sie zu erfahren«, entgegnete Mara gelassen.

»Sie sollten versuchen, mehr über den Täter zu erfahren, junge Dame«, kam es über seine Lippen, nicht einmal herablassend, sondern wieder eher traurig.

»Ich bin weder jung noch eine Dame …«

»Herr Degener«, schaltete sich Rosen ein, die Wangen gerötet. »Bitte glauben Sie uns, wir setzen alles daran, den Schuldigen zu finden.«

Degener erwiderte Rosens Blick, offenbar froh über dessen entschuldigenden Ton. »Missverstehen Sie mich nicht. Ich bin Ihnen dankbar für Ihren Einsatz. Es ist für mich einfach nur …« Abermals kämpfte er mit den Tränen. »… schwer zu akzeptieren, was Ellen zugestoßen ist.«

»Selbstverständlich ist es für Sie nicht leicht, das ist uns absolut klar«, sagte Rosen.

»Wenn Sie davon ausgehen, dass es ein Einbrecher war, der meine Gattin ermordet hat, werden Ihnen Informationen über Ellen kaum nützen. Das ist es, was ich lediglich meinte.« Erst jetzt wandte er sich wieder Mara zu. »Und ja, es mag sein, dass ich meine Frau oft allein gelassen habe und dass sie darunter gelitten hat, aber ich versichere Ihnen noch einmal, dass es auf unserem Planeten niemanden gibt, der Ellen den Tod gewünscht hat.«

»Das ist angekommen«, erwiderte Mara unverändert gelassen. »Und dennoch müssen wir ...«

Diesmal war es der Klingelton ihres Handys, der sie aufhielt. »Entschuldigung«, murmelte sie und zog es aus der Jackeninnentasche. Sie drehte sich weg, um den Anruf entgegenzunehmen, während sie mit halbem Ohr mitbekam, dass Rosen das Gespräch mit Degener fortsetzte.

»Billinsky? Wo sind Sie?«, schnarrte ihr die Stimme ihres Chefs entgegen: Hauptkommissar Rainer Klimmt. Antipathie, Streit, Feindschaft. Es gab viele Begriffe, die für Maras Verhältnis zu ihm treffend gewesen waren, zumindest zu Beginn. Nach und nach jedoch hatte sich eine Art gegenseitiger Respekt zwischen ihnen gebildet.

Leise schilderte sie ihm, wo sie und Rosen sich befanden. Zwei Minuten unterhielten sie sich, nicht länger, danach sagte Mara zu Rosen: »Wir müssen los. Augenblicklich.«

Verdattert musterte sie ihr Kollege. »Wir sind mitten im Gespräch.«

»Tut uns leid, Herr Degener.« Maras Blick richtete sich auf den Geschäftsmann. »Falls wir noch Fragen haben sollten, werden wir uns erneut an Sie wenden.«

Damit verließ sie den Raum, gefolgt von Rosen, der noch rasche Worte des Dankes an Degener richtete.

Im Fahrstuhl, der lautlos nach unten fuhr, schüttelte Rosen vorwurfsvoll den Kopf, hielt die Lippen aber geschlossen.

»Na los, Rosen, was passt dir nicht? Raus mit der Sprache!«

»Die Ehefrau dieses Mannes ist umgebracht worden«, betonte er.

»Das weiß ich.«

»Ach? Es gelingt dir vortrefflich, das zu verbergen.«

»Was willst du mir mitteilen?«

»Was schon? Dass du auch mal ein bisschen einfühlsamer vorgehen könntest.«

»Dafür bist du zuständig.«

Die Fahrstuhlkabine öffnete sich, und Mara und Rosen betraten nebeneinander die Eingangshalle des Bürohauses.

»Billinsky, wir beide sollten dafür zuständig sein. Das sind wir unserem Job schuldig, finde ich. Und den Menschen, mit denen wir es in solchen Fällen zu tun haben.«

Sie nahmen die Drehtür und kamen ins Freie. Es war kalt. Vereinzelte Regentropfen fielen, über der Frankfurter City verkeilten sich tief hängende Wolken.

»Ich bin es unserem Job schuldig, Fragen zu stellen«, sagte Mara. »Genau das habe ich getan. Und das werde ich auch weiterhin tun.«

»Ich finde nur …« Er stoppte sich mit einem weiteren Kopfschütteln.

»Was?«

»Nix.«

Mara hielt inne. »Rosen, ich weiß, was du meinst. Und – du hast ja recht.«

»Ich?«, gab er sarkastisch zurück und blieb ebenfalls stehen. »Unmöglich.«

»Ich kann einfach nicht anders. Wenn es um Betroffenheit geht, um Beileidsbekundungen, dann …«

»Ja?«

»Ich will einfach meinen Job machen. Mit voller Konzentration. Ohne mich ablenken zu lassen.«

»Ich weiß – du bist faktisch«, wiederholte er anspielungsreich einen Satz, den sie selbst oft benutzte.

»Ich bin, wie ich bin. Das ist vielleicht nicht jedes Mal richtig oder angebracht, aber es kommt mir immer falsch vor, so zu tun, als wäre man jemand anders. Ich gehe die Dinge direkt an. Ich bin hierhergekommen, um Fragen zu stellen und die Antworten einzuordnen.«

»Deswegen muss man ja nicht seine Gefühle mit einem Knopf ausschalten. Anteilnahme ist …«

»Sorry«, unterbrach sie ihn. »Ich will keine Anteilnahme – weder geben noch entgegennehmen. Ich will Abstand wahren. Da geht bei mir einfach ein Vorhang runter.« Sie sah ihn an. »Keiner kann aus seiner Haut, ich ebenso wenig wie du oder sonst irgendwer.«

Er verzichtete auf eine Antwort und ging weiter, und sie folgte ihm.

Als sie den Alfa erreichten, stiegen sie schweigend ein. Mara startete den Motor und taxierte Rosen von der Seite. »Sag mal, willst du nicht wissen, weshalb wir so abrupt losmussten?«

Als wäre es ihm erst jetzt wieder eingefallen, hob er den Kopf. »Ach so, klar. Was ist los?«

»Am Telefon, das war Klimmt.« Sie stieß aus der Parklücke und beschleunigte rasch. »Es gibt eine weitere Leiche.«

»Was?«, stieß Rosen überrascht hervor.

»Mord.« Maras Blick war auf die Straße gerichtet. Erneut beschleunigte sie. »Offenbar eine ziemlich grauenhafte Sache.«

»Wieso?«

»Die Details kenne ich noch nicht, der Chef hat nur Andeutungen gemacht. Aber was uns da erwartet, ist wohl eher nichts für deinen empfindlichen Magen.«

9

Die Häuser schienen hier im Minutentakt aus der Erde gestampft zu werden. Monate zuvor noch Brachland zwischen den S-Bahn-Gleisen und der Hanauer Landstraße, ragte nun ein Labyrinth aus im Bau befindlichen Wohnblöcken und Apartmenthäusern auf.

Durch die leeren Fensteröffnungen quoll von draußen der Verkehrslärm der näheren Umgebung ins Innere. Beton und Stahl. Eine zehnstöckige Hülle, die demnächst Mietern zur Verfügung stehen würde. Kalte Luft füllte die leeren Räume und Gänge. In der dritten Etage vermischte sie sich mit dem widerwärtig süßlichen Geruch des Todes.

Mara Billinsky stellte sich an eine der klaffenden Fensteröffnungen. Aus dem Nebenzimmer drangen leise Würgeräusche an ihr Ohr. Sie drehte sich um. Schweigend und akkurat arbeiteten die Männer von der Spurensicherung, genau wie in der Villa in Kronberg. Der Haufen aus zerschnittener Kleidung, der neben dem Leichnam lag, wurde untersucht, eingepackt und weggetragen.

Auch der Tote, der am Morgen von einem Bauarbeiter entdeckt worden war, würde in den nächsten Minuten abtransportiert werden. Sein Anblick stellte allerdings einen ziemlichen Gegensatz zu Ellen Degener dar. Wahrscheinlich wäre der Mann geradezu dankbar gewesen, hätte man ihn erwürgt – sein Ende war ein langer, qualvoller Weg gewesen. Mara schauderte, als sie noch einmal zu den zahlreichen Verletzungen spähte, die die nackte Haut bedeckten.

In der Kleidung hatte sich nichts gefunden, was einen Rückschluss auf die Identität des Opfers zuließ. Keine Papiere, kein Handy, keine Schlüssel. Wahrscheinlich befand sich alles im Besitz des Täters – oder der Täter. Vom Gesicht des Toten war ein Foto gemacht worden. Mithilfe eines digitalen Bilderkennungsprogramms konnte man in bestimmten Fällen rasch herausfinden, um wen es sich bei einer unbekannten Person handelte – falls im weltweiten Netz bereits Fotografien von ihr existierten.

Mara blickte noch einmal nach unten zur Straße. Hinter dem rot-weißen Polizei-Absperrband standen die Arbeiter, die nicht zu ihrer Baustelle durften, beisammen, unterhielten sich und rauchten Zigaretten. Sie betrat den Nebenraum. In einer Ecke drückte sich Jan Rosen an die Wand und beugte sich nach vorn. Die letzten Reste seines Frühstücks sprenkelten den Boden, und er musste immer noch würgen.

Armer Rosen, dachte Mara, er wird sich wohl nie daran gewöhnen.

Als er sie bemerkte, zuckte er zusammen. Er richtete sich auf. Seine Gesichtsfarbe wechselte von Weiß zu einem verlegenen Rot. »Sorry!«, nuschelte er und fuhr sich mit einem Papiertaschentuch über die Lippen.

»Komisch, oder?«

»Was meinst du?«

»Dieser Ort hier. Gut, es ist eine Baustelle inmitten weiterer Baustellen. Rundherum herrscht Stille, die Bürogebäude sind ein Stück entfernt und nachts menschenleer. Aber trotzdem – warum geht man nicht dahin, wo man noch ungestörter ist? Auf ein abgelegenes Grundstück, in eine einsame Scheune. Was auch immer.«

»Hier war man ja wohl ungestört genug«, brummelte Rosen unwillig. Es war ihm sichtlich peinlich, dass er seinen Mageninhalt nicht hatte bei sich behalten können.

»Die Tat muss mehrere Stunden in Anspruch genommen haben. Konnten die Mörder wirklich sicher sein, dass man seine Schreie nicht hören würde?«

»In diesem Baustellendschungel ist die Arbeit erst mal gestoppt worden. Das ging bereits durch die Presse.«

»Okay, das habe ich wohl verpasst.«

»Offenbar nicht die Mörder.« Er räusperte sich.

»Anscheinend gilt der Stopp nun doch nicht oder nicht für das gesamte Areal.« Mara hob kurz die Schultern. »Jedenfalls wurden die Mörder wohl mächtig aufgeschreckt, als in den frühen Morgenstunden dann doch Arbeiter aufgetaucht sind. Sie haben alles geschnappt, was sie für ihre Tat mitgebracht hatten, und sind abgerauscht. Und das Opfer ließen sie einfach zurück.«

»Schon möglich.« Rosen nickte.

»Auf jeden Fall haben wir es mit Profis zu tun. Um jemanden derart zurichten zu können, muss man verdammt geübt sein. Das macht kein Killer-Lehrling mal so eben nebenbei.«

»Vielleicht war es nur einer. Jemand, der …«

»Mindestens zwei«, fiel Mara ihm ins Wort. »Man muss sein Opfer überwältigen und in Schach halten. Die absolute Kontrolle. Wenn du …«

»Dennoch könnte es auch *ein* Täter gewesen sein«, unterbrach er diesmal sie. Und er genoss es ein wenig, sie zu korrigieren, wie Mara ihm ansah.

»Na gut«, lenkte sie ein. »Ein Einzeltäter wäre auch denkbar.«

»Danke«, sagte er spitz.

»Rosen, wir vergessen einfach mal, dass du gekotzt hast. Einverstanden?«

Er verzog säuerlich den Mund und erwiderte ihren Blick nicht.

»Halten wir fest: ein Profi«, fuhr sie fort. »Das steht außer Frage. Oder eben mehrere Profis.«

Rosen nickte wortlos.

»Bleibt die Frage: Warum ausgerechnet hier?«

»Womöglich musste er improvisieren. Oder eben sie. Hm.

Sie hatten das Opfer schneller in ihre Fänge bekommen als gedacht. Und dann ging es darum, zur Tat zu schreiten.«

»Stichwort Tat. Mir fallen nur zwei Gründe ein, weshalb sie auf so brutale Weise durchgeführt wurde. Erstens: Sadismus aus Passion. Zweitens: Man wollte den Mann unbedingt dazu bringen, etwas Wichtiges beziehungsweise Geheimes auszuplaudern.«

»Der zweite Mord in so kurzer Zeit«, murmelte Rosen gedankenverloren vor sich hin. »Der Sommer ist vorbei, die Kälte kommt. Und mit ihr die Gewalt.«

Durch die Türöffnung beobachteten sie, wie die Leiche in einer Schutzhülle nach draußen getragen wurde.

Rosen wandte sich an Mara. »Wie sollen wir vorgehen, Billinsky?«

»Da ist ja auch noch der Degener-Fall.« Sie rieb die klammen Hände aneinander. »Am besten, wir marschieren getrennt.«

»Und das soll heißen?«

»Ich werde Ellen Degeners Verwandtschaft abklappern, während du alle digitalen und sonstigen Möglichkeiten ausschöpfst, um herauszufinden, wer der arme Kerl war, der an diesem jämmerlichen Ort sterben musste.«

»Von mir aus. Äh, setzt du mich am Präsidium ab?«

Mara nickte nur. In Gedanken war sie schon bei der Liste mit Ellen Degeners Verwandten. Sie versprach sich nicht viel von den Befragungen. Dass Frau Degener eine Leiche im Keller versteckt hatte, die auf die Hintergründe zu dem Mord an ihr wies, erwartete Mara nicht. Doch von der Theorie des zufällig zum Mörder gewordenen Einbrechers war sie auch nicht überzeugt. Sie hatte bei diesem Fall das Gefühl, vor einer Mauer zu stehen und nicht darüber hinwegsehen zu können.

Die folgenden Stunden bestätigten sie in ihren Ahnungen. Gespräche mit zwei Kusinen, deren Ehemännern und einer steinalten Tante der Ermordeten ergaben rein gar nichts. Der

Kontakt mit Ellen sei zusehends spärlicher geworden, und ohnehin sei sie schon immer der ruhige, unauffällige Typ gewesen, hieß es übereinstimmend.

Als Mara auf Kai Degener einging, kam ebenfalls nichts Neues heraus. Ellens Ehemann lebe für sein Business, zu mehr als sporadischen, eher pflichtschuldigen Treffen, etwa bei runden Geburtstagen innerhalb der Familie, sei es nie gekommen. Er galt als überaus ehrgeizig und nicht gerade als geselliger Mann. Ellen hingegen wurde durchweg als guter, freundlicher Mensch beschrieben, aber eben nicht als jemand, der aus sich herausgegangen sei oder über die eigene Gefühlswelt gesprochen habe.

Egal, welche Fragen Mara auch stellte: Ellen Degener kam ihr weiterhin wie ein vollkommen untypisches Mordopfer vor. Also doch der Einbrecher, der zum Mörder wurde? Mara hatte es überprüft: Der letzte Wohnungseinbruch in Kronberg lag einige Zeit zurück. Sprach gerade das dafür, dass es sich um einen blutigen Anfänger gehandelt haben könnte, wie Rosen mutmaßte?

Bei der Rückfahrt ins Präsidium musste Mara zum ersten Mal an die geheimnisvolle Gestalt denken, die ihr aufgefallen war. An die Zigarettenkippen am Boden, wo die Person gestanden und ihr Wohnhaus beobachtet hatte. Am frühen Morgen waren neue Kippen hinzugekommen, das hatte sie überprüft. Und nach wie vor schwankte sie innerlich: Sollte sie über sich lachen? Oder sich eher bei einem Psycho-Doc anmelden? Steckte etwa mehr dahinter?

Die russische Bande, gegen die sie ermittelt hatte, war nicht zerschlagen worden. Konnte es sein, dass Mara sich weiterhin im Visier dieser Männer befand? Unentwegt grübelte sie darüber nach. Du machst dich lächerlich, sagte sie sich erneut. Was hätten die Verbrecher davon, ihr nachzustellen? Und doch wusste sie genau, sie würde am heutigen Abend beim Nachhausekommen die Augen offen halten.

Kaum hatte sie ihren Schreibtisch in dem Großraumbüro erreicht, das sie mit Jan Rosen und drei weiteren Kollegen teilte, wurde sie zu einer Besprechung ins Chefbüro gerufen.

Rosen erwartete sie dort bereits. Hauptkommissar Klimmt stand am offenen Fenster, ungeachtet der kalten Luft, die hereinströmte. Er hatte sich mal wieder eine rasche Zigarette gegönnt, ohne sich um das Rauchverbot zu kümmern, das im gesamten Gebäude galt.

Wie meistens wirkte er missmutig. Sein Haar stand in wirren Büscheln von seinem wuchtigen Schädel ab, und der immer stärker von Grau durchsetzte Walrossschnauzer schien noch weiter nach unten gezogen als sonst. Aus müden, gereizten Augen beobachtete Klimmt, wie Mara neben Rosen Platz nahm. Dann setzte auch er sich. Er legte die Beine auf die Schreibtischplatte und faltete die breiten Hände über seinem dicker gewordenen Bauch.

»Wie kommt ihr voran?«, brummte er, fast ohne dabei die Lippen zu bewegen.

»Mühsam ernährt sich das Eichhörnchen«, meinte Mara.

»Also kommt ihr gar nicht voran«, lautete sein Kommentar. »Was ist eigentlich mit den Druckstellen auf Ellen Degeners Hals? Fingerabdrücke?«

»Das Gewebe ist ziemlich in Mitleidenschaft gezogen worden«, antwortete sie. »Die Druckstellen sind zu ungenau, um bei einem Abgleich verlässliche Ergebnisse liefern zu können.«

Aus Klimmts Richtung wehte Nikotingeruch heran, der in ihr das Bedürfnis weckte, ebenfalls eine Zigarette zu rauchen, und das ärgerte sie. Die alte Abhängigkeit meldete sich vor allem dann zurück, wenn sie auf der Stelle trat.

»Wie sieht's mit dem zweiten Fall aus?«, fragte Klimmt.

Rosen richtete sich im Stuhl auf, wie immer etwas befangen im Austausch mit seinem Vorgesetzten. »Also, äh«, begann er, »niemand scheint etwas mitbekommen zu haben, bis auf zwei der Bauarbeiter, die morgens unter den Ersten an der Baustelle waren. Sie sagen aus, dass eine schwarze Audi-Limousine mit Kavaliersstart davongebraust sei. Ungewöhnlich, da sich sonst niemand in der Nähe aufhalten würde, schon gar nicht um diese Tageszeit. Weder Leute, die in den angrenzenden Büros arbeiteten, noch irgendwelche zufälligen Passanten.«

»Kennzeichen des Audis?«

»Leider Fehlanzeige.« Rosen ordnete penibel die säuberlichen Notizen, die er in den Händen hielt. »Aber immerhin konnten wir relativ schnell ermitteln, um wen es sich bei dem Toten handelt.«

»Nämlich?« Klimmt musterte ihn mit einer Ungeduld, die Mara durchaus nachvollziehen konnte.

»Also, der Mann heißt, äh, hieß Peter Johannsen. Ein Journalist. Geboren in Kiel, seit über zehn Jahren wohnhaft in Frankfurt. Unverheiratet. Keine Kinder. Liiert. Seine Freundin heißt Isolde Windeck.«

»Für wen hat er gearbeitet?«, brummte Klimmt.

»Keine Festanstellung, er war freier Journalist. Ein sogenannter Investigativjournalist. Jemand, der für sich in Anspruch nahm, heiße Eisen anzufassen. Offenbar besaß er einen guten Ruf. Bei meinen Recherchen bin ich auf mehrere Redakteure gestoßen, sowohl bei Zeitungen als auch bei Fernsehsendern, die regelmäßig mit Johannsen zu tun hatten und sich sehr positiv über ihn äußerten. Und jetzt kommt's«, fügte Rosen an, sah bedeutungsvoll auf und machte eine Kunstpause.

»Dann los«, blaffte Klimmt.

»Er hat den Redakteuren anvertraut, an einer äußerst brisanten Story zu arbeiten. In Kürze sollten sie eingeweiht werden, damit die Öffentlichkeit alles erfahren würde. Eine *big story*, wie er sich ausgedrückt hat. Ein Begriff, den er wohl nur verwendet hat, wenn etwas Großes im Raum stand.«

»Weißt du etwas über die Hintergründe der *big story*?«, warf Mara ein.

»Nichts.«

»Keine Details, keine Namen? Vielleicht eine grundsätzliche Richtung, in die Johannsens Recherchen gingen?«

Rosen schüttelte den Kopf. »Die Redakteure wissen es selbst nicht. Sie sagen aus, dass das typisch sei – nicht nur für Johannsen, sondern für alle seine Kollegen. Man wirft bei den aufsehenerregenden Sachen keine Appetithappen hin, damit die Thematik nicht durchsickert, sondern präsentiert alles auf einmal, und zwar hieb- und stichfest.«

»Und Johannsen war also drauf und dran, die Katze aus dem Sack zu lassen«, bemerkte Mara grüblerisch.

»Er kündigte an, eine Riesenschweinerei auffliegen zu lassen. Wir müssen unbedingt mehr darüber erfahren. Denn wenn das stimmt – und wir haben vorerst keinen Grund, es anzuzweifeln –, können wir endgültig davon ausgehen, dass Johannsen gefoltert wurde, um Informationen aus ihm herauszupressen.«

Klimmt fuhr sich über den Schnauzbart. »Wo setzen wir an? An welchen Storys hatte Johannsen zuletzt gearbeitet?«

»Ich habe mir einen ersten Überblick verschafft«, antwortete Rosen. »Er hatte kein Spezialgebiet, sondern hat sehr unterschiedliche Themenfelder abgeklappert. Flüchtlingsproblematik, ein Fall von Korruption in Berlin, Sportwetten-Mafia. Übrigens: Als uns im letzten Winter diese Organhandel-Bande auf Trab gehalten hat, war Johannsen einer der ersten Reporter, die darüber berichteten.«

»Wir brauchen diese sogenannte *big story*«, murmelte Klimmt vor sich hin.

»Die Datenforensiker sind noch dabei, Johannsens Computer auszuwerten, auch sein Handy«, erklärte Rosen. »Vielleicht ergibt sich ja dadurch ein Fingerzeig auf seine angekündigten Enthüllungen.«

»Sonst noch was?«

»Die Frau, die im Stockwerk unter Johannsen wohnt, hat ausgesagt, dass sie Schritte in seiner Wohnung gehört hat. Und zwar am Tag nach seinem Tod. Wir gehen davon aus, dass der oder die Mörder sich mit seinem Schlüssel Zutritt verschafft haben, um die Zimmer zu durchsuchen. Womöglich haben sie auch Dateien auf dem Computer gelöscht, und zwar sehr professionell. Das war jedenfalls der erste Eindruck unserer Spezialisten. Sie hätten noch nie einen derart nackten Rechner in die Hände bekommen, hieß es.«

»Haben die Unbekannten bei ihrem Besuch keine Spuren hinterlassen?«

»Offenbar nicht.«

»Noch mal«, sagte Klimmt, die Stirn gefurcht, »wo sollen wir ansetzen?«

»Rosen, du hast doch Johannsens Freundin erwähnt«, meldete sich Mara wieder zu Wort. »Fangen wir mit ihr an. Weiß sie schon von seinem Tod?«

»Nein.«

»Dann nichts wie los.« Abrupt federte sie aus dem Stuhl hoch.

10

Er schloss die Tür hinter sich und knipste das Licht an. Die Leere des Raumes starrte ihm entgegen, aber es fühlte sich gut an, allein zu sein. Zwei Betten, doch eigentlich wurde nur eines gebraucht. Rafael Makiadi hoffte, dass dieser Zustand noch länger anhielt – ein Einzelzimmer war ein seltener Luxus im Heim.

Sein Kopf schmerzte noch ordentlich. Aber er fühlte sich wieder einigermaßen auf dem Damm. Die kurze Ohnmacht, diffus und scheinbar unwirklich, hatte er gut weggesteckt. Sein Dickschädel hatte wohl nicht allzu viel abbekommen.

Die Portion Spaghetti mit Fertig-Tomatensoße, die er gerade im Gemeinschaftsraum gegessen hatte, machte ihn satt und müde. Er zog Jacke und Schuhe aus und nahm Platz. Eine ganze Weile schon scrollte er mit seinem Handy durchs Internet, die Beine lässig auf dem Tisch ausgestreckt, als es klopfte. Der Sozialarbeiter, der Dienst hatte? Oder wollte sich wieder jemand ein paar Scheine leihen?

Rafael streifte sich eine alte Wollmütze über seinen Irokesen. Er wollte nicht, dass irgendwer die dicke Beule auf seinem Kopf sah und nervige Fragen stellte. Nur einen Spaltbreit öffnete er die Tür. »Du?«

»Nette Begrüßung.«

Es war Hanno Linsenmeyer, in abgewetzten Jeans und speckigem *Eintracht Frankfurt*-Base-Cap. Sosehr er Hanno auch mochte – jetzt hätte er nichts dagegen gehabt, noch eine Weile für sich zu bleiben.

Gleich darauf saßen sie einander am Tisch gegenüber. Wie üblich ließ sich Hanno auch durch größtmögliche Einsilbigkeit nicht davon abhalten, ein Gespräch zu führen. Er fragte und fragte, völlig unbeeindruckt von Rafaels immer deutlicher zur Schau getragenen schlechten Laune.

»Warum so brummig, Rafael? Ich mache mir eben Sorgen um dich. Ich weiß doch, wie sehr die Sache mit Shaqayeg dich bedrückt und …«

»Keinen Bock, darüber zu quatschen«, warf er mit einem genervten Knurren ein.

»Aber alles in sich hineinzufressen …«

»Keinen Bock!«, wiederholte Rafael unmissverständlich.

Erstaunlich flink erhob Hanno sich plötzlich und zog Rafael die Wollmütze vom Kopf. Sein besorgter Blick galt Rafaels Beule.

»Und was ist das?«

»Nicht der Rede wert.«

»Ach? Das sieht aber heftig aus.«

Rafael schnappte sich die Mütze, um sie wieder anzuziehen. Missmutig schilderte er den Zwischenfall in der Fabrik.

Hanno stellte sich mit dem Rücken zum Fenster und musterte ihn weiterhin besorgt. »Merkwürdige Geschichte«, lautete sein irritierter Kommentar. »Wer waren denn die Schläger?«

»Keinen Schimmer.«

»Warst du beim Arzt?«

»Nee.«

»Aber du musst …«

»Erst wenn's mir schlechter geht, okay?«, schnitt ihm Rafael das Wort ab.

»Hast du Anzeige erstattet?«

Rafael hob missmutig die Achseln. »Nee, wieso?«

»Wieso?« Hanno klatschte in die Hände. »Junge, das fragst du noch?«

»Latka hat Anzeige erstattet, glaube ich.«

»Dein Chef?«

Rafael nickte. »Das ist heute alles über die Bühne gegangen, während wir wieder an die Arbeit mussten. Also die Anzeige und so weiter.«

»Das gibt's doch nicht!« Hanno schüttelte empört den Kopf. »Und was hat dieser Latka euch Angestellten gesagt?«

»Was soll er schon sagen?«

»Na, was er denkt, warum es zu dem Vorfall kommen konnte. Ob er jemanden im Verdacht hat. Es muss doch einen Grund für eine solche Tat geben.«

»Hm, Latka hat nur gemeint, dass wahrscheinlich die Konkurrenz die Schläger engagiert hat.«

Zweifelnd sah Hanno ihn an. »Der Konkurrenzkampf in der Fleischindustrie mag ja hart sein – aber so hart? Das kann ich mir kaum vorstellen.« Er nahm wieder Platz. »Du solltest selbst zur Polizei gehen.«

»Echt keinen Bock auf die Bullen. Du weißt genau, ich bin auf Bewährung.« Rafael starrte mit abweisender Miene auf die Tischplatte. »Ich will nichts mit denen zu tun haben.«

»Das kann ich ja verstehen, aber du bist doch in diesem Fall der Geschädigte.«

»Scheißegal. Nicht mal du bringst mich in die Nähe der Sheriffs, das kannst du mir glauben, Hanno.«

»Was ist mit deinen Kollegen, die ebenfalls zu Schaden kamen? Haben die auch keine Anzeige erstattet?«

»Nicht, dass ich wüsste.« Rafael winkte ab. »Latka hat das in die Hand genommen, und das ist mir auch lieber so. Es geht nur um ein paar Prellungen, blaue Augen. Das hat sich in Grenzen gehalten.«

»Also ich finde, da sind jegliche Grenzen überschritten worden. Ich kann mich nicht erinnern, jemals von einem derartigen Vorfall gehört zu haben. Vielleicht sollte ich mal mit diesem Latka reden.«

»Bloß nicht.«

»Aber …«

»Hanno, ich gehe nicht zu den Bullen, und du gehst nicht

zu Latka. Und vor allem: Ich will nicht, dass *du* zu den Bullen gehst. Falls das dein Gedanke war ...« Trotzig fügte Rafael hinzu. »Ich komme klar. Ich ziehe diesen Job durch, und damit basta. Was in dem Laden abläuft, geht mir am Arsch vorbei.«

Schweigend betrachtete Hanno die eigenen, im Schoß gefalteten Hände. »Es gibt ja noch Mara.«

»Latka hat sich um alles gekümmert.«

»Mara ist anders als alle anderen Bullen. Und sie ist dein Freund.«

»Das weiß ich. Aber das ändert nicht meine Meinung.«

Hanno gab einen Seufzer von sich. »Scheiße, wenn du auf stur stellst und alles abblockst, erinnerst du mich an Mara. Als wärt ihr Geschwister.« Ein versonnenes Kopfschütteln. »Ich sehe sie noch vor mir, damals, als rotzfreche Göre.«

»Ich kenne die Geschichte.«

»Ich weiß, aber sie hatte es wirklich nicht leicht. Ihre Mutter wurde ermordet, als sie ein kleines Mädchen war.« Wieder kam ein Seufzer von Hanno. »Und ihr Vater war unfähig, sich um sie zu kümmern. Totaler Egomane. Je älter Mara wurde, desto mehr hat sie mit ihm gestritten. Und desto mehr hat sie versucht, ihn zu provozieren. Sie hat rebelliert. Sich zielsicher die Freunde ausgesucht, die er hasste. Sie hat gestohlen, Drogen genommen, sie war drauf und dran, ihr Leben zu versauen.«

Rafael verdrehte die Augen. »Hanno, ich will kein Arschloch sein, aber ich *kenne* Maras Geschichte. Ich weiß auch, dass sie erst neulich die Mörderin ihrer Mutter überführt hat. Zwanzig Jahre nach der Tat. Und dass sie außerdem heftig mit russischen Gangstern aneinandergeraten ist.«

»Ich weiß, dass du es weißt. Aber du vergisst immer wieder, aus Maras Geschichte zu lernen.«

»Quatsch!« Rafael rollte mit den Augen. »Ich habe daraus gelernt. Deswegen habe ich ja den Absprung geschafft. Ich breche nicht mehr in Wohnungen ein – hast du das vergessen?«

»Es reicht nicht, keine Einbrüche mehr zu machen.«

»Ich sage dir, ich gehe nicht zu den Bullen. Es war nur ein blöder Schlag.« Rafaels Stimme war lauter geworden. »Da habe ich früher ganz anderen Scheiß einstecken müssen. Echt, ich halte mich fern von den Bullen.«

»Schon gut, das hab ich kapiert.«

»Hoffentlich.«

»Was ich dagegen nicht verstehe, ist die Tatsache, dass du dich so verkriechst. Du bist ständig allein unterwegs, du versteckst dich vor den Menschen. Übrigens, das erinnert mich auch an Mara.«

Sicher, Hanno hatte verdammt viel für ihn getan, aber manchmal konnte er einfach nicht lockerlassen mit seinem Gequatsche. Vor allem dann, wenn man am wenigsten Lust darauf hatte.

Erneut verdrehte Rafael demonstrativ die Augen.

»Okay, die Sache mit Shaqayeg. Ich kann nachvollziehen, wie sehr das an dir nagt, und Liebeskummer ...«

»Hanno!«, zischte Rafael. »Was weißt du denn schon von *Scheiß*liebeskummer? Du hast doch zuletzt vor Jahrhunderten eine ...« Mit einem abfälligen Schnalzen der Zunge brach er mitten im Satz ab.

»Mir ist bewusst, was die Liebe anrichten kann.«

»Ach du Scheiße«, murmelte Rafael.

»Und da wären wir wieder bei Mara. Ich erinnere mich noch, als ihr erster Freund sie sitzen ließ. Sie war vollkommen vernarrt in diesen Kerl. Er hat sie einfach weggeworfen, die Kleine. Da hat es sich entschieden. Ich dachte, entweder gibt ihr das den Rest und sie geht völlig unter im Leben – oder sie fängt an zu kämpfen.« Hanno machte eine Pause. »Na, du weißt ja, dass Mara eine Kämpferin ist. Aber damals hat sie das erst einmal selbst herausfinden müssen.«

»Und dieser Typ?«

»Mara hat ihn nie wiedergesehen.« Nachdenklich schüttelte Hanno den Kopf. »Und das ist für sie auch besser so.«

11

Verwöhntes Mädchen aus gutem Hause.

Das war Maras erster Gedanke, als sie und Jan Rosen der jungen Frau gegenüberstanden.

»Guten Tag«, sagte Rosen gepresst und stellte sich und seine Kollegin mit Dienstrang und Nachnamen vor.

Isolde Windeck, Peter Johannsens Freundin, die in den nächsten Minuten von seinem entsetzlichen Schicksal erfahren sollte, rollte die Augen, halb belustigt, halb verunsichert. »Kriminalpolizei?«, wiederholte sie mit etwas piepsiger Stimme.

Rosen nickte, seine Miene war angespannt. »Könnten wir uns kurz drinnen mit Ihnen unterhalten?«

»Gern.«

Die Frau bat sie mit einer übertriebenen Geste ins Haus.

Sehr verwöhntes Mädchen aus *sehr* gutem Hause.

Zügle dich mit deinen Vorurteilen, ermahnte Mara sich im Stillen, während Isolde Windeck sie durch das Haus führte, das im Stadtteil Sachsenhausen lag, im Großen Hasenpfad, am oberen Ende der recht steil ansteigenden Straße. Sie betraten nacheinander das Wohnzimmer, dessen breite Fensterfront den Blick in den Frühabendhimmel bis zu den von Nebel umwölkten, illuminierten Hochhäusern der City freigab.

»Machen Sie es sich bequem.« Die Frau wies auf die Ledersessel, die in einem eigenwilligen Ockerfarbton gehalten waren. Die Einrichtung wirkte teuer, fast extravagant, und ein wenig abenteuerlich zusammengestellt. Doch im Gegensatz zur Villa der Degeners wurde in diesem Raum tatsächlich *gelebt*, wie benutzte Gläser, herumliegende Design- und Lifestyle-Magazine und Bücher erkennen ließen. Der Duft von

Isolde Windecks Parfüm lag in der Luft. Mara glaubte, darin einen Hauch Oleander wahrzunehmen.

Isolde Windeck war jünger als der zum Zeitpunkt seines Todes achtunddreißig Jahre alte Peter Johannsen – Mara schätzte sie auf Ende zwanzig. Ihr volles rotes Haar war in einem modischen Kurzhaarschnitt gebändigt, bei dem ein wilder Pony in die Stirn fiel. Sie war etwas größer als Mara, aber ebenfalls zierlich, eine grazile, durchaus elegante Person. Sie trug enge Designerjeans und ein einfaches, aber geschmackvolles und sicher auch kostspieliges Oberteil, dessen kraftvolles Grün hervorragend zu ihrem Haarschopf passte.

»Wir bleiben lieber stehen«, entschied Mara.

»Okay«, erwiderte Isolde Windeck, auf einmal sichtlich vorsichtiger.

Jan Rosen verharrte mitten im Zimmer und spähte zu Mara, bestimmt in der Hoffnung, sie würde das Heft in die Hand nehmen. Auch wenn ihm andererseits ihre berüchtigte direkte Art wahrscheinlich schon wieder Sorgen bereitete.

»Frau Windeck«, begann Mara, »Sie sind Peter Johannsens Lebenspartnerin, nicht wahr?«

»Das klingt so förmlich«, sagte die junge Frau, endgültig verunsichert. »Freundin ist völlig in Ordnung. Wir sind seit zwei Jahren zusammen.« Sie straffte sich, ihr Ausdruck wurde ernst. »Was ist mit Peter?«

Mehrere Sekunden verstrichen. Das einzige Geräusch kam von einem vorbeifahrenden Auto.

»Wir haben keine guten Nachrichten für Sie, Frau Windeck.« Mara holte kurz Luft, ehe sie fortfuhr: »Peter Johannsen ist tot.«

»Tot«, wiederholte Isolde, als hätte sie das Wort nie zuvor gehört oder als müsste sie es erst einmal dechiffrieren.

»Es tut uns sehr leid«, beeilte sich Jan Rosen einzuwerfen.

Die Farbe wich aus ihren Wangen, und nun erst fiel Mara auf, wie hübsch sie war. Sie besaß ein wirklich attraktives, perfekt geformtes Gesicht mit großen grünlichen Augen und einer Stupsnase, die von winzigen Sommersprossen getüpfelt wurde.

Sie sackte auf einen Ledersessel, ganz plötzlich, als hätte man jäh ihre Muskeln durchtrennt. »Mein Gott«, stammelte sie, die Haut fast durchscheinend weiß.

Es war jedes Mal schlimm zu beobachten, wie der Schock die Oberhand gewann, jeden anderen Gedanken verdrängte, sich bleischwer auf einen Menschen legte. Mara wartete noch ein wenig ab, dann sagte sie: »Er wurde ermordet.«

Die drei Worte schienen in der Luft zu stehen und die junge Frau wie eine unsichtbare Mauer von Mara und Rosen zu trennen. In Isolde Windecks Gesicht zuckte ein Muskel, ihre Augen weiteten sich, im nächsten Moment schimmerten Tränen auf. Sie begann leise zu schluchzen, den Blick ins Leere gerichtet.

»Es tut uns sehr leid«, wiederholte Jan Rosen.

»Frau Windeck«, sagte Mara, »wir müssen Ihnen ein paar Fragen stellen.«

Rosen setzte sich in Bewegung, um sich der weinenden Frau zu nähern, hielt aber unentschlossen inne.

Isolde wischte sich die Tränen aus dem Gesicht. Hilflos und erschüttert sah sie Mara an.

»Frau Windeck, können Sie uns mitteilen, an was Peter Johannsen in den letzten Tagen oder Wochen vor seinem Tod gearbeitet hat? Das ist von großer Bedeutung für die Ermittlungen.«

»Wer?« Isoldes Stimme war nur ein Hauchen, kaum hörbar. »Wer hat ihn …?« Sie verstummte, fuhr sich erneut übers Gesicht.

»Wir sind dabei, das herauszufinden. Deshalb auch die Frage nach seiner Arbeit.«

Isolde erhob sich schwerfällig aus dem Sessel. Erneut straffte sie sich, es war ihr anzumerken, wie sehr sie bemüht war, die Fassung wiederzuerlangen.

»Er hat eigentlich ständig an irgendetwas gearbeitet. Je

brisanter es war, desto weniger hat er mich eingeweiht. Allein schon um dich zu schützen, hat er immer gesagt.« Kurz presste sie die Lippen zusammen. »Hängt es wirklich mit seinem Job zusammen, dass er …«

Mara hob die Hand. »Wir können das noch nicht mit hundertprozentiger Sicherheit sagen.«

»Wie wurde er … umgebracht?«

Mara und Rosen wechselten einen versteckten Blick.

»Wir informieren Sie darüber, wenn die Obduktion abgeschlossen ist.«

Mara konnte förmlich spüren, wie erleichtert Rosen war, dass sie auf Einzelheiten verzichtete. Sie hingegen mochte es nicht, sich unter Tatsachen wegzuducken. In diesem Fall jedoch … Es war auch so schon schwer genug für die junge Frau.

»Peter war ein so guter Mensch«, kam es nach einer kurzen Stille leise von ihr.

Ein guter Mensch. Wie Ellen Degener, dachte Mara beiläufig.

»Er war so …« Isolde suchte nach Worten. »Aufrichtig, charakterstark. Er war … Bitte verstehen Sie mich nicht falsch, er war kein Adonis, kein auf den ersten Blick auffälliger Typ, aber kannte man ihn erst einmal, dann … Ich war immer so beeindruckt von ihm.«

Beeindruckt, wiederholte Mara in Gedanken. Der Ausdruck kam ihr seltsam vor, fast unpassend, angesichts dieser Situation, auch wenn sie nicht genau wusste, weshalb.

Doch bevor sie darauf hätte eingehen können, fuhr Isolde fort: »Peter war anders als die meisten. Teure Marken, große Titel, das alles imponierte ihm nicht, das waren für ihn Fassaden. Er war bescheiden, seine Wohnung einfach eingerichtet. Sein Auto, seine Kleidung, alles Understatement. Er sagte, er wolle zum wahren Kern vordringen und herausbekommen, was wirklich mit den Menschen los sei. Er interessierte sich für *alles*. Was ihn vor allem bewegte, waren Vorfälle, wenn der sogenannte kleine Mann über den Tisch gezogen wurde. Er wollte Gerechtigkeit.« Sie sah auf, überrascht, als wäre ihr gerade erst bewusst geworden, wie viel sie gesprochen hatte. »Äh, Verzeihung, das alles ist mir einfach herausgerutscht.«

»Bitte entschuldigen Sie sich nicht«, sagte Rosen.

Mara beobachtete die Frau mit ganzer Aufmerksamkeit. »Hat er sich in letzter Zeit irgendwie auffällig verhalten? Schweigsam? Ängstlich? Wirkte er nervöser als sonst?«

»Eigentlich nicht.« Ein Schulterzucken. »Er hatte sehr viel zu tun – aber das war immer so bei Peter.«

»Hat er irgendeine Bemerkung gemacht, die im Nachhinein ungewöhnlich erscheint? Gab es eine Situation, in der er anders reagiert hat als üblich?«

Nachdenklich erwiderte Isolde aus ihren verweinten Augen Maras Blick. »Nicht, dass ich wüsste.« Plötzlich wirkte sie wieder kraftlos, verzweifelt, als hätte die Todesnachricht eine zweite Welle der Beklemmung ausgelöst.

»Fällt Ihnen eine Begebenheit ein, die möglicherweise zunächst völlig harmlos erscheint, bei genauerem Betrachten jedoch …«

Isolde schüttelte den Kopf, einen bitteren Zug um den Mund, der zu einer Kerbe in ihrem hübschen Gesicht geworden war.

»Wir gehen jetzt wohl besser«, schlug Rosen vor.

»Aber wir werden noch einmal mit Ihnen sprechen müssen, Frau Windeck«, sagte Mara.

»Selbstverständlich«, antwortete sie leise, ohne aufzublicken.

»Haben Sie jemanden, an den Sie sich wenden können? Jemand, der sich jetzt um Sie kümmert?«, wollte Rosen wissen.

Sie nickte nur, eine kaum wahrnehmbare Bewegung. »Machen Sie sich keine Sorgen, ich komme schon zurecht.«

Mara zog aus ihrer Innentasche einen Kugelschreiber und

eine Visitenkarte. Sie notierte etwas darauf und legte sie neben die Espressotasse auf den Beistelltisch. »Hier ist meine Büronummer. Meine Handynummer habe ich zusätzlich aufgeschrieben. Wann immer Ihnen etwas einfällt, egal, wie spät es sein mag – melden Sie sich.«

Die junge Frau erwiderte nichts. Verwirrt und verloren stand sie da.

»Danke, Frau Windeck«, sagte Rosen. »Und unser herzlichstes Beileid.«

Sie nahm wieder Platz, die Schultern eingesunken. »Moment mal, da ist eine Sache. Peters letzte Nachricht, die er mir aufs Handy geschickt hat. Der Wortlaut kam mir merkwürdig vor. *Mein Herz gehört dir.* So lautete die Nachricht.«

»Inwiefern merkwürdig?«, wollte Mara wissen.

»Peter war sehr liebevoll, wenn wir unter uns waren. Aber seine Nachrichten waren nie romantisch, sondern eher nüchtern, sachlich.«

»Wann haben Sie die Mitteilung erhalten?«

Sie nannte den ungefähren Zeitpunkt.

Abermals tauschten Mara und Rosen einen unauffälligen Blick. Das war die Nacht, in der Johannsen zu Tode gefoltert worden war.

Danach war Isolde Windeck kaum noch zu einer Äußerung fähig. Neuerliche Tränen standen in ihren Augen, und auf Rosens Drängen verabschiedeten er und Mara sich von ihr.

Als sie gleich darauf im geparkten Alfa saßen, starrten beide eine Weile vor sich hin. Die Dunkelheit hatte sich verdichtet. Wolken ballten sich über der Stadt und ließen kaum Sternenlicht durchdringen. Die Autoscheiben beschlugen.

»Und jetzt?«, fragte Rosen. »Feierabend?«

»Wie wäre es noch mit einem guten Tropfen zum Abschluss?«

Gelegentlich kehrten sie beide in einem Apfelweinkeller

mit alten Fässern als Stehtischen auf der Berger Straße ein, um gemeinsam den Tag ausklingen zu lassen.

Er winkte ab. »Ich will lieber nach Hause.«

Normalerweise war es Rosen, wohl noch einsamer als Mara, der einen solchen Vorschlag machte, deshalb war sie einigermaßen überrascht von seinem Nein. Sie musterte ihn von der Seite. »Bist du irgendwie sauer?«

»Wieso?«

»Kommt mir so vor in letzter Zeit.«

»Überhaupt nicht.«

Zweifelnd zog sie eine Augenbraue hoch. »Ich fahre dich nach Hause.«

»Danke.«

Sie ließ den Motor aufbrummen und steuerte den Wagen den Großen Hasenpfad hinunter, nicht ohne noch einen Blick auf Isolde Windecks erleuchtetes Wohnzimmerfenster zu werfen.

Nachdem sie Rosen abgesetzt und in Bornheim in einem Supermarkt mit besonders langen Öffnungszeiten noch zwei Flaschen Rotwein eingekauft hatte, fand sie nach einer Ewigkeit einen Parkplatz, der halbwegs in der Nähe ihrer Wohnung lag.

Ein heftiger Wind trieb verlorene Regentropfen vor sich her, als sie die leeren Gassen entlangging, den Reißverschluss der Lederjacke bis unters Kinn hochgezogen.

»Scheißkälte«, murmelte sie. Bei jedem Schritt klirrten die Flaschen leise in der Papiertüte.

Der stuckverzierte, mit den Jahrzehnten etwas heruntergekommene typische Bornheimer Altbau, in dem sie wohnte, kam in Sicht. Ihre Schuhsohlen hallten auf dem nur von wenigen Laternen angestrahlten Kopfsteinpflaster wider. Sie kramte den Schlüssel hervor. Unwillkürlich huschte ihr Blick auf die andere Straßenseite, dorthin, wo die Gestalt, dieser Mann …

Das Glimmen einer Zigarette.

Mara hielt den Atem an, achtete aber darauf, dass ihr Bewegungsablauf völlig unverändert blieb.

Sie erreichte die Haustür. Das äußere Licht ging automatisch an, sie schloss auf und schob sich ins Innere. Auch der Flur wurde sofort erleuchtet. Sie stellte die Tüte mit den Weinflaschen ab.

Im nächsten Moment riss sie die Tür wieder auf.

Sie eilte nach draußen, über die Straße hinweg, genau auf den kleinen, rötlich schimmernden Punkt in der Finsternis zu.

Diesmal durfte sie sich nicht abhängen lassen.

Der Fremde benötigte kaum eine Sekunde, um die Situation zu erfassen. Er schmiss die Zigarette weg und lief eilig los. Da hatte Mara ihren Spurt schon begonnen.

Diesmal nicht!

Genau wie zuletzt trommelten ihre Sohlen in der Stille der Nacht.

Die unbekannte Gestalt erreichte die Abzweigung in eine Seitengasse, als Mara den wehenden Mantelschoß mit der linken Hand zu greifen bekam.

»Stop!«, rief sie, die rechte Hand auf der Pistole im Hüftholster.

Der Mann hielt inne, und sie wäre beinahe gegen seinen Rücken geprallt.

Sie zog die Waffe nicht, ihre Finger schlossen sich jedoch fester um den Griff. Mit der freien Hand packte sie die Schulter des Fremden und wirbelte ihn herum.

»Was soll das?«, fragte sie. Ihr entging nicht die Anspannung in ihrer Stimme.

Er war einen Kopf größer als sie. Eher schmal gebaut, jedenfalls für einen Mann. Elegant gekleidet. Der Mantel, die Anzughose, die Schuhe. Diese Klamotten hätten auch zu ihrem Vater gepasst, der sich immer viel auf seinen Stil einbildete.

»Was soll das?«, wiederholte Mara.

Er sah sie an. Der Strahl einer mehrere Meter entfernten Laterne ließ das Gel in seinem perfekt zur Seite gekämmten hellen Haarschopf schimmern. Aus kleinen, stark geschlitzten, fast asiatisch wirkenden Augen erwiderte er ihren Blick.

»Was soll *was*?«, fragte er leise zurück.

Etwas an der Art, wie er sie betrachtete, traf sie in ihrem Innern. Sie war völlig irritiert – und sie hatte nicht die geringste Ahnung, weshalb. Auch seine Stimme, rau und kratzig, versetzte ihr einen Stich.

Woran lag das nur?

»Sie verfolgen mich!«, warf sie ihm zischend an den Kopf.

Er lächelte. Unbeeindruckt.

»Sie schleichen hinter mir her!«

Sein Lächeln war unverändert.

Sie fixierte ihn, mit dieser durchdringenden Art, die bei Verhören hilfreich war – er jedoch war offenbar durch nichts aus der Ruhe zu bringen.

Ich kenne ihn, dachte sie plötzlich, verwirrt über diese vage Erkenntnis, der sie selbst nicht traute. Im Geiste ging sie Fotos der Männer durch, die in Verdacht standen, mit den russischen Gangstern zu tun zu haben.

Nein. Keiner von denen.

Weiter zurück in die Vergangenheit. Die letzten Fälle? Nein. Jemand, der ihren Vater kannte? Nein, nein. Noch weiter zurück. Die vier Jahre, die Mara vor ihrer Rückkehr zur Frankfurter Mordkommission in Düsseldorf verbracht hatte? Nein. Noch weiter, viel weiter. Ihre Ausbildung? Nein, auch nicht.

Auf einmal ließ Maras Gedächtnis dem Mann andere Haare wachsen: eine stachelige, blau gefärbte Punkfrisur. Die dunkle Kleidung verwandelte sich in Maras Erinnerung in abgerissene, löchrige Fetzen und Doc-Martens-Stiefel, wie sie selbst welche trug. Sein Gesicht wurde etwas voller, weicher, jugendlicher.

Nur die Augen, diese fast asiatisch schmalen Augen, blieben dieselben.

»Na, Mara.« Er zwinkerte ihr zu. »Macht es endlich Klick bei dir?«

»Scheiße«, stieß sie ungläubig hervor. »Das kann doch nicht wahr sein.«

12

Morderca.

Das Wort verfolgte ihn, geisterte ihm durch den Kopf, kreiste ihn ein.

Mörder.

Es war eine Anklage, ein Grund für tiefe Scham. Und doch war es auch ein Ziel.

Pawel Kadzior stieg aus der S-Bahn. Nie zuvor in seinem Leben war er derart häufig mit öffentlichen Verkehrsmitteln gefahren. Und das auch noch ohne Ticket, jedes Mal. Seltsam, wie alles gekommen war. Erschreckend.

Einige Schritte abseits der Haltestelle wurde er von Finsternis verschluckt. Als würde er sich auflösen. Ein Umstand, der ihm gefiel. Am liebsten wäre er für den Rest seiner traurigen Tage unsichtbar gewesen.

Regenwolken hingen tief über den Dächern. Er hatte Hunger, schon wieder, doch selbst wenn etwas Essbares greifbar gewesen wäre, hätte er kaum einen Bissen herunterbekommen.

Mittlerweile kannte er den Weg. Er folgte nicht der Hauptstraße, sondern von Hecken und Sträuchern abgeschirmten Pfaden. Hier begegnete ihm niemand, hier blieb er allein mit der Wut und der Leere, mit allem, was von seinem Leben übrig war.

Wie zuletzt postierte er sich auf einer bewaldeten Anhöhe am Stadtrand, um von dort, im Schutz knorriger Bäume, über den Grundstückszaun hinweg das Anwesen beobachten zu können. Schon der erste Blick darauf löste Enttäuschung in ihm aus. Kein Fenster erleuchtet, niemand zu Hause. Oder war der Kerl, um den Pawels Gedanken kreisten, schon zu

Bett gegangen? Möglich. Aber nicht wahrscheinlich. Ein solcher Mann hatte doch gewiss immer zu tun.

Er stand regungslos da, die Schulter an den Stamm einer Buche gelehnt, hungrig, müde, durchgefroren. Windböen rauschten in den Zweigen, und in den tiefen Ton mischte sich eine leise Stimme.

Jakubs Stimme.

Pawel konnte ihn hören, nicht den genauen Wortlaut, sondern unklar, manchmal verschwindend leise. Er erinnerte sich an jene Wochen, als Jakub in *Piękny Widok* aufgenommen wurde. *Schöne Aussicht.* So hieß das Heim in der Nähe von Krakau. Eine Leiterin, ein halbes Dutzend Mitarbeiter und dann natürlich die Gäste oder Patienten, die in den Drogensumpf abgerutscht waren und nun in einer Therapie von ihrer Sucht befreit werden sollten. Junge Männer, keiner älter als dreiundzwanzig, nervöse, gehetzte Gestalten, die allem und jedem mit Argwohn begegneten.

Darin unterschied sich Jakub nicht von ihnen. Und wohl auch sonst kaum. Gemeinsam arbeiten, gemeinsam putzen, gemeinsam kochen und essen. Zwischen sechs Monaten und einem Jahr dauerten die Aufenthalte, in dieser Zeit musste man es geschafft haben.

»Ich haue hier ab!«

Das waren Jakubs erste Worte in *Piękny Widok*.

»Das wirst du nicht«, hatte Pawel ihm eingeschärft. Zumindest so lange noch die Möglichkeit dazu bestand, ihm ins Gewissen zu reden. Denn der Kontakt zur Außenwelt wurde für alle Therapieteilnehmer stark eingeschränkt. Es ging darum, die bisherigen Lebensmuster aufzubrechen. Kein Handy, keine E-Mails, kein Internet, kein Fernsehen. Nur Radio und ein einziges Telefonat pro Woche waren gestattet.

Irgendwann in jenen Tagen hatte Pawel sich eingestanden, keine Hoffnung zu haben. Jakub würde in *Piękny Widok* nicht von den Drogen loskommen. Jakub würde es nicht schaffen.

Es war so schwer, nach außen Zuversicht auszustrahlen, wenn man keinen Glauben in sich verspürte. Er besaß kein Vertrauen in Jakub. Und Jakub wohl auch nicht in sich selbst.

Pawel hörte noch sein trauriges Brummen durch die oft gestörte Telefonleitung, er roch noch die Desinfektionsmittel von *Piękny Widok*, den Eintopf, die Duftöle, die mit Teelichtern erhitzt wurden.

Der grelle Strahl von Scheinwerfern entriss ihn der Vergangenheit. Er zuckte zusammen, spähte durch die Nacht. Ja, das war das Auto, auf das er gewartet hatte, er kannte sie ja mittlerweile.

Ein Tor wurde per Fernbedienung geöffnet, der Wagen fuhr aufs Grundstück. Von seinem erhöhten Punkt aus sah Pawel zu, wie der Mann gleich darauf auftauchte, um ins Haus zu gehen, einen Aktenkoffer in der Hand.

Fast im selben Moment erschien ein zweites Fahrzeug.

Es parkte am Straßenrand, nahe dem Grundstück. Die Scheinwerfer gingen aus. Pawel konnte nicht erkennen, wer im Wagen saß, nicht einmal, um wie viele Personen es sich handelte.

Niemand verließ das zweite Auto.

Was hieß das für Pawel? Aufgeben?

Nein, gab er sich erneut die Antwort. Er hatte ein Ziel. Irgendwie musste es klappen.

Langsam setzte er sich in Bewegung.

13

»Ich war mir sicher, dass du vor die Hunde gekommen bist«, sagte Mara Billinsky. »Im Knast oder in der Gosse. Jedenfalls nicht da, wo die Sonne scheint.«

»Und ich dachte genau dasselbe von dir«, erwiderte Adrian Krucksdorf.

Sie sah ihm in seine schmalen Augen, als könnte sie die zurückliegenden Jahre darin ablesen, sein Leben, sein Glück, sein Unglück. »Wie lange ist es her?«

»Über zwölf Jahre. Verrückt, was?«

»Ich verstehe immer noch nicht, warum du mir in den letzten Tagen nachgeschlichen bist. Oder wie ich es nennen soll.«

»Das hat einen simplen Grund.« Ein hintergründiges Lächeln huschte über sein Gesicht. »Aber die meisten einfachen Dinge sind schwer zu erklären.«

Sie befanden sich nicht mehr auf der Straße, sondern an einem Stehtisch in einer kleinen, staubigen Eckkneipe, die in der Nähe von Maras Wohnung lag. Außer ihnen waren nur zwei Gäste anwesend, Schluckspechte, die am Tresen klebten, während der Wirt mürrisch mit seinem Handy herumspielte.

»Jetzt aber mal raus mit der Sprache«, forderte Mara ihn erneut auf. »Was sollte das Versteckspiel? Wieso hast du mich nicht einfach angesprochen?«

»Im entscheidenden Moment habe ich wohl kalte Füße bekommen.«

»Du? Hm.«

»Ganz ehrlich?«

»Wie sonst?«

»Weil es mir peinlich war.«

»Peinlich?«, wiederholte sie skeptisch.

»Nun ja, sieh mich an.« Adrian deutete auf seinen eleganten maßgeschneiderten Anzug aus feinstem Stoff und bezog damit seine gesamte mehr als adrette Erscheinung ein. »Wir waren doch Rebellen, wir beide. Gegen die Spießergesellschaft, gegen Konventionen, gegen alle. Ich sogar noch mehr als du. Was habe ich die ganze Welt verdammt. Und heute …« Er lachte. »Ich stehe da wie der Oberspießer. Wie der karrieregeile Vorzeigebürger.«

»Was soll ich erst sagen?« Mara musste lachen. »Ich bin das geworden, was wir am meisten verachtet haben: ein Bulle.«

»Ein *Scheiß*bulle, wie es bei uns hieß.« Es sah versonnen vor sich hin. »Wie dem auch sei, ich konnte jedenfalls nicht einfach auf dich zugehen und dir zuwinken. Nach dem Motto: Hallo, wie geht's, was für ein Zufall, wie war dein Leben denn so?«

Sie taxierte ihn, wiederum zweifelnd. »Das heißt, du hättest mich noch eine Weile beobachtet und wärst dann wieder in der Dunkelheit verschwunden?«

»Schon möglich«, antwortete er ausweichend. »Als du mich dann entdeckt hattest und plötzlich auf mich zugestürmt bist, da … Na ja, ich wusste nicht, ob es eine so gute Idee wäre, wenn wir …« Er brach den Satz ab.

»Wenn wir was?«

Mit einer Verlegenheit, die nicht gerade typisch für ihn war, hob er nur die Schultern, ohne eine Antwort parat zu haben.

»Überhaupt: Wie hast du mich gefunden?«

»Reiner Zufall, tatsächlich. Ich wartete in der Nähe des Polizeipräsidiums auf einen Bekannten, und da habe ich dich aus dem Gebäude kommen sehen. Zuerst dachte ich, du hättest mal wieder Dummheiten angestellt. Dann ist mir klar geworden, dass das ein Trugschluss sein musste. Du wurdest gegrüßt, hast zurückgegrüßt und einen recht entspannten Eindruck gemacht. Also habe ich mich ein wenig umgehört, und schon bald fiel dein Name. Kommissarin Mara Billinsky. Ehrlich, Mara, das hat mich ziemlich umgehauen. Und irgendwie auch beeindruckt.«

Adrian Krucksdorf lachte. Nicht schallend, sondern kaum hörbar, mit dieser spöttischen Rätselhaftigkeit von früher. Das war es, was Mara damals so angezogen hatte. Er war ihre erste Liebe gewesen. Eine von nur zweien in ihrem Leben, wie ihr in diesem Moment bewusst wurde. Eine Liebe, die ganz plötzlich über sie gekommen war, sie regelrecht verschlungen und sie ebenso plötzlich wieder ausgespuckt hatte. Und jetzt stand Adrian erneut vor ihr. Ein ganz anderer Adrian. Und doch derselbe. Sie musste das erst einmal verdauen. Ihr war, als hätte man sie plötzlich in eine Zeitkapsel geschubst und den Rückwärtsgang eingelegt.

Ihr Blick lag auf ihm, wie er sich gerade umsah und lässig die Hand hob, um dem griesgrämigen Wirt zu signalisieren, dass sie noch zwei Gläser Rotwein wollten, eine säuerliche Plörre, aber ihr völlig unvermitteltes Wiedersehen machte das zu einer Nebensache.

»Also, Krux, wie bist du zu diesem feinen Anzug gekommen?«

Er schmunzelte. Falls ihm sein neues, offensichtlich angepasstes und erfolgreiches Dasein wirklich vor ihr peinlich war, hatte er das schnell überwunden.

»Hm«, begann er, »mit der Gosse hast du vorhin nicht so falschgelegen. Wirklich, ich war ziemlich am Ende. Schlägereien, Alkohol, Drogen. Mir drohte der Knast, meine Eltern warfen mich endgültig raus. Ich hing nur noch mit Freaks herum, schlief in leer stehenden, baufälligen Kästen. Mein Leben als Knacki und Loser war vorgezeichnet.« Er machte eine Pause, sein Blick schien sich in der Vergangenheit zu verlieren. »Und dann trat der Tod in mein Leben.«

Maras Augenbraue hob sich, aber sie äußerte nichts.

»Klingt pathetisch, schon klar.« Adrian winkte ab. »Mein Vater starb, vollkommen unerwartet. Das Herz. Dabei war er immer fit wie ein Turnschuh gewesen. Er hinterließ meiner Mutter und mir die Firma.«

»Eure Druckerei.«

»Unsere kleine, staubige Druckerei, die nicht sonderlich gut lief. Wir standen vor der Entscheidung, sie zu verkaufen, was nicht viel gebracht hätte. Oder anzupacken. Modernisieren. Neue Wege gehen, neue Kunden auftun.«

»Und du hast dabei mitgeholfen?« Mara lächelte. »Sorry, dass mich das überrascht.«

»Bitte kein Sorry!« Er trat einen Schritt zur Seite, damit der Wirt die Gläser auf dem Tisch abstellen und die leeren mitnehmen konnte. »Mich hat es ja selbst überrascht«, fuhr er fort. »Meine Mutter war damals völlig verzweifelt. Und mit ihr hatte ich ja nie Schwierigkeiten, eher mit meinem Vater. Sie tat mir wahnsinnig leid.« Er schüttelte den Kopf, versunken im Damals. »Ich ging zur Beerdigung, obwohl ich zuerst nicht wollte. Wir redeten danach sehr lange miteinander. Und das führte dazu, dass ich ihr in der Firma unter die Arme griff. Erst sporadisch, dann dauerhaft. Ich zog auch wieder zu Hause ein. Ich verzichtete auf meine zerrissenen Klamotten, ließ mir einen anständigen Haarschnitt verpassen – und hatte plötzlich gar keine Zeit mehr, Drogen zu nehmen.« Beinahe entschuldigend hob er die Arme. »Es war alles anders, irgendwie von einem Tag auf den anderen. Ich hatte eine Freundin, die BWL studierte. Ich latschte zur Abendschule. Später holte ich sogar noch mein Studium nach, ebenfalls BWL. Ich fing sogar mit Sport an, stell dir vor. Und habe bis heute nicht aufgehört. *Ich!* Jogging und so weiter. Tja, nur die Zigaretten, die werde ich nicht wieder los. Wie früher müssen es selbst gedrehte sein. Wohl die einzige verbliebene Verbindung zu meiner wilden Zeit.« Rasch fügte er an: »Zu *unserer* wilden Zeit.«

Sie sahen sich an und schwiegen eine Weile.

»Wo wohnst du eigentlich?«, wollte Mara wissen. »Nicht mehr bei deiner Mutter, schätze ich mal.« Sie grinste.

»In Hamburg, schon seit einiger Zeit. Aber in Frankfurt habe ich noch ein Apartment, da ich oft hier zu tun habe. Und meine geliebte Frau Mama ist schon vor Jahren nach Darmstadt gezogen. Die schwere Zeit hat uns richtig zusammengeschweißt. Wir telefonieren regelmäßig, ich besuche sie, so oft es geht. Und auch die Achtung vor meinem Vater ist in mir während all der Jahre immer mehr gewachsen. Wer hätte das je für möglich gehalten!«

Nach einem Schluck von dem schlechten Wein fragte er unvermittelt: »Und wie war's bei dir, Mara? Ich hoffe, es musste nicht auch jemand sterben, damit du die Kurve kriegen konntest, schon gar nicht dein Vater.«

»Nein, obwohl er für mich manchmal tot ist.«

»Oh, kann mir gut vorstellen, dass sich der gute alte Edgar Billinsky nicht geändert hat. Bin ihm ja nur ein- oder zweimal begegnet. Wie feindselig er mich angestarrt hat. Und was du mir über ihn erzählt hast …« Er beendete den Satz nicht.

»Nein, er hat sich nicht geändert. Kein bisschen.«

»Aber du! Kriminalpolizistin! Un-*fucking*-fassbar! Erzähl schon von dir!«

In diesem Moment klingelte Maras Handy. Sie zog es aus der Jackentasche und bemerkte jetzt erst, dass es reichlich spät geworden war. Die auf dem Display angezeigte Mobilnummer war ihr fremd.

»Billinsky. Hallo?«

Stille.

Oder war da ein Atemgeräusch?

»Hallo?«

»Äh, hier ist Isolde Windeck. Entschuldigung, dass ich Sie um diese Zeit noch störe.«

»Sie stören nicht.« Mara drehte sich weg von Adrian und dem Stehtisch. »Was gibt es?«

»Sie sagten doch, ich könne mich melden, wenn …«

»Aber sicher. Was ist los?«

»Es geht um diese Nachricht von Peter. *Mein Herz gehört dir.* Ich glaube, ich habe etwas sehr Wichtiges entdeckt.«

»Frau Windeck, wäre es Ihnen recht, wenn ich Ihnen noch mal einen Besuch abstatte? Damit wir in Ruhe reden können.«

»Äh, jetzt? Würden Sie das machen?«, fragte Isolde. »Schlafen kann ich sowieso nicht.«

»Ich fahre sofort zu Ihnen«, kündigte Mara entschlossen an und beendete das Gespräch.

Prüfend ruhte Adrians Blick auf ihr. »Immer im Dienst, was? Sogar wenn es auf Mitternacht zugeht.«

»Es gibt einfach Momente, da kann man nicht anders als …« Sie brach mitten im Satz ab.

»Ich verstehe das, ich bin doch genauso. Man muss besessen sein und besessen bleiben. Das habe ich mal in einem Buch gelesen, so oder so ähnlich. Oder wie wäre es mit Mark Aurel: *Was ist dein Beruf? Gut zu sein.*«

»Früher hättest du eher Johnny Rotten oder Jim Morrison zitiert.«

Wieder sahen sie sich an, irgendwo verloren gegangen zwischen der Gegenwart und einer Zeit, die Mara längst abgeschüttelt zu haben glaubte. »Ich muss los«, sagte sie.

»Wir sehen uns, Mara.«

»Tun wir das?«

»Klar, du musst mir unbedingt berichten, wie du ein Bulle geworden bist.«

»Ein Scheißbulle, meinst du.«

Er verzog den Mund zu seinem schmalen Lächeln.

Mara umarmte ihn nicht, sie legte nicht einmal kurz die Hand auf seine Schulter. Es war seltsam, aber eine Berührung wäre ihr unwirklich erschienen.

Als sie gleich darauf im Auto saß und Richtung Sachsenhausen fuhr, wirkte die Begegnung so seltsam surreal nach, als wäre sie ein verschwommener Traum gewesen. Ausgerechnet Adrian Krucksdorf. *Krux.* Wie aus dem Nichts. Und erneut musste sie daran denken, wie die Sache zwischen ihnen beiden zu Ende gegangen war. War ihm das auch noch gegenwärtig? Oder hatte er es verdrängt?

Erst als sie Isolde Windeck gegenübertrat, gelang es ihr, Krux aus ihren Gedanken zu verdrängen.

»Danke, dass Sie gekommen sind, Frau Billinsky.«

Isolde führte sie erneut in das Wohnzimmer mit der Aussicht auf die illuminierte City, direkt an einen kleinen, mit Schnitzwerk verschnörkelten Schreibtisch, der antik aussah.

Darauf stand ein Laptop, aus dem Isolde einen USB-Stick zog. »Den habe ich gefunden. Und zwar hier drin.« Isolde griff mit der freien Hand nach einem herzförmigen Geschenkkästchen. »Vor Kurzem hat Peter mir eine Halskette mit einem Herzanhänger geschenkt. Vorhin habe ich sie an mich genommen. Wahrscheinlich einfach, weil ich traurig war.« Sie fuhr sich übers Gesicht. »Jedenfalls fiel mir auf, dass sich unter dem Schaumstoff etwas befand, das zuvor nicht da gewesen war.«

»Dieser Stick.«

»Und dann kam mir sofort Peters letzte Nachricht in den Sinn ...«

»Mein Herz gehört dir.«

Isolde nickte heftig. »Das war ein Hinweis auf diesen Stick, oder? Ein Hinweis, dass ihm etwas zugestoßen sein könnte. Peter *wollte*, dass ich den Stick finde. Ist es nicht so?«

Mara deutete auf den Laptop. »Sie haben sich den Inhalt des Sticks also angesehen.«

Wieder ein Nicken. »Aber mir sagt das alles nichts. Und da dachte ich, vielleicht könnten Sie ...«

Mara nickte, und Isolde steckte den Stick in den Laptop, den sie aufklappte. Ein Fenster mit einer Codeabfrage erschien. Sie tippte das Passwort ein.

Gleich darauf überflog Mara Word-Dokumente und Fotografien, die Peter Johannsen auf dem Stick abgespeichert hatte.

»Was denken Sie?«, wollte Isolde wissen. Sie klang angespannt.

»Ich muss mir das heute Nacht in Ruhe ansehen. Frau Windeck, ich kann den Stick doch mitnehmen, oder?«

»Klar.«

»Ich danke Ihnen.«

»Er könnte wichtig sein, nicht wahr?«

Rasch verabschiedete sich Mara, um die Fahrt nach Hause
anzutreten. Dort angekommen, nahm sie sich gerade so viel
Zeit, um Jacke und Schuhe abzustreifen, dann saß sie bereits
vor ihrem eigenen Laptop, auf dessen Bildschirm sich Peter
Johannsens Word-Dokumente und Fotos aufbauten.

Im Hintergrund liefen leise die melodiösen Songs der
Cranberries, während Mara die Texte durchlas und hin und
wieder versuchte, bestimmte Namen und Begriffe im Internet gegenzuchecken. Sie nippte an einem Glas Rotwein
und machte sich schriftliche Notizen in einen abgegriffenen
Block.

Stand sie davor, das Geheimnis um Johannsens angebliche
big story zu lösen?

Sie schenkte nach, überflog die Notizen in ihrer ungedul-
digen, etwas krakeligen Schrift und betrachtete immer wieder die Fotos, die mehrere Gebäude zeigten. Nach und nach
kam sie zu dem Schluss, dass der Inhalt des Sticks nicht alles
sein konnte, was Johannsen für seine Enthüllungen gesammelt hatte. Dazu wirkte alles zu bruchstückhaft. Womöglich,
dachte sie, hatte er seine Ergebnisse auf mehrere Sticks verteilt,
sodass ein Fremder nie die ganze Geschichte auf einmal vor
Augen haben konnte.

Es war erst in den frühen Morgenstunden, als sie spürte,
dass sich Müdigkeit in ihr ausbreitete. Sie schaltete die Musik
aus und legte sich für den Rest der Nacht ins Bett.

Nach einer schnellen Dusche und einer Tasse pechschwar-
zem Kaffee machte sie sich auf den Weg ins Büro. Kaum hatte

sie an ihrem Schreibtisch Platz genommen, erhielt sie einen Anruf von Dr. Tsobanelis, dem Gerichtsmediziner. Sie mochten einander nicht sonderlich, aber im Gegensatz zu ihm verstand Mara es meistens, die Antipathie auszublenden.

Das Telefonat dauerte nur ein paar Minuten. Tsobanelis hatte Peter Johannsens Leichnam obduziert und wollte ihr noch vor seinem offiziellen Bericht einige Details mitteilen. Mara machte sich während des Gesprächs weitere Notizen in ihren Block.

Dann brachte sie den USB-Stick zu den Spezialisten der IT-Forensik, damit er fachmännisch unter die Lupe genommen werden konnte. Anschließend begab sie sich mit Jan Rosen, der zwischenzeitlich eingetroffen war, zu ihrem Lieblingsplatz im Präsidium: dem Getränkeautomaten. Unbewusst hatten sie es sich angewöhnt, sich hier auszutauschen. Eine versteckte Ecke am Ende eines Korridors, von den übrigen Kollegen zumeist gemieden, was auch an dem Kaffee lag, der schauderhaft schmeckte.

»Der Fall Johannsen«, setzte Mara an, ein wenig atemlos, wie immer, wenn sie eine Fährte gewittert hatte. »Ich glaube, ich habe endlich einen Punkt, an dem wir einhaken können.«

»Okay?« Rosen musterte sie erwartungsvoll.

Sie stellte den Kaffeebecher auf einer Fensterbank ab und blätterte in ihrem Block. Kurz und knapp schilderte sie ihm Isolde Windecks Anruf, der sie zu dem Stick geführt hatte.

»Die Fotos zeigen immer denselben Straßenzug im Bahnhofsviertel«, erläuterte sie. »Der Fokus liegt auf einem Gebäude, in dem sich ein Thai-Massagesalon namens Siwasdee befindet. In Johannsens Texten, übrigens allesamt im Telegrammstil verfasst, wird nicht direkt auf den Salon eingegangen. Manchmal hat er nur listenartig ein Wort unter dem anderen aufgeschrieben. Zwei Begriffe sind mir aufgefallen, weil sie oft auftauchen und weil sie in Kyrillisch eingetippt worden sind. Hier!« Mara hielt ihm ein Din-A4-Blatt vor die Nase.

»Ich habe sie kopiert und ausgedruckt. Und natürlich durch Suchmaschinen gejagt, um sie übersetzen zu lassen.«

Rosen betrachtete die Worte und ihre deutschen Entsprechungen:

СКОРПИОН = *Skorpion*
ПИРАНЬЯ = *Piranha*

»Hm«, kam es unschlüssig von ihm.

»Noch kann ich mir keinen Reim darauf machen. Aber diese Ausdrücke tauchen ständig auf. Genau wie *Nin*, *Moi*, *Leki*, *Kini*, *Pai*. Vielleicht sind es Chiffren oder Abkürzungen. Außerdem finden sich jede Menge Zahlen, Straßennamen, Autokennzeichen, Kilogramm-Angaben.« Mara nippte am Kaffee und verzog angewidert den Mund. »Ein Wunder, dass wir dieses Höllengebräu immer wieder freiwillig trinken.«

»Und jetzt?«

»Wir nehmen uns das Siwasdee vor. Es kann kein Zufall sein, dass es auf jedem Foto zu sehen ist.«

»Sollten wir nicht erst mit Klimmt reden?«

»Vielleicht.« Mara grinste frech. »Tun wir aber nicht.«

Sie marschierte los, Rosen folgte ihr, und sie konnte sich gut seine unbehagliche Miene vorstellen. Er arbeitete gern mit Netz und doppeltem Boden, was für Maras Begriffe zu viel Zeit verschlang. Sie ging lieber geradewegs auf das Ziel zu. »Übrigens«, sagte sie, »Frankenstein hat mich angerufen.«

»Tsobanelis? Welche Informationen hatte er für uns?«

»Nichts wirklich Neues.« Sie erreichten das Büro, schnappten sich ihre Jacken und eilten wieder nach draußen auf den Flur. »Fundort ist gleich Tatort. Und die Folterarie hat sich seiner Meinung nach so abgespielt, wie wir es uns vorgestellt haben. Sehr lange. Geknebelt, befragt, geknebelt. Die Nägel wurden dem armen Kerl mit einer hundsgewöhnlichen, in jedem Baumarkt erhältlichen Nagelpistole in den Leib gejagt.«

Sie nahmen nicht den Aufzug, sondern das Treppenhaus.

»Moment mal«, fügte Mara an. »Eine Sache war doch neu. Damit Johannsen nicht vor Schmerzen wegdämmerte, sondern die Torturen sozusagen *live* und in Farbe mitbekam, hat man ihm hin und wieder eine Spritze verabreicht. Speed mit einem Schuss Bufotoxin. Übles Zeug. *Bufo* ist in der Drogenszene ziemlich angesagt. Es löst im Gehirn angeblich ein wahres Silvesterfeuerwerk aus.«

Sie gelangten zum Parkplatz und stiegen in Maras Alfa.

»Gleichzeitig kann es für Lähmungserscheinungen sorgen«, sprach sie weiter. »Tsobanelis meint, dass Johannsen über Stunden hinweg gelähmt und zugleich total wach war.«

»Mein Gott«, stammelte Rosen, der offensichtlich den Anblick der Leiche wieder vor Augen hatte.

Mara fuhr los. »Übrigens, Bufotoxin stammt von dem dehydrierten Sekret einer Krötenart. Äh, wie hieß die noch mal? Ja, *Bufo marinus*. Du merkst schon, Tsobanelis hat mich mit jeder Menge Hintergrundinfos versorgt.«

»In diesem Job erfährt man immer wieder Dinge, die man gar nicht wissen wollte.«

Etwa eine halbe Stunde später folgten sie zu Fuß der Straße im Bahnhofsviertel, die auf Johannsens Fotos zu sehen war. Die Häuserblöcke auf beiden Seiten bildeten eine enge Schlucht, in die sich die ganze Welt zu zwängen schien. Der Duft aus einem afrikanischen Restaurant mischte sich mit dem Geruch von Reinigungsmitteln, die aus einer chinesischen Wäscherei drangen. Vor einem Laden befand sich ein Ständer mit indischen Saris neben den prachtvollen Prinzengewändern für das Fest des *Sünnet Dügün*, wenn die kleinen Jungen beschnitten wurden. Schaufenster mit Sexspielzeug, Laufhäuser, Stripschuppen und Sex-Kinos mit Onanier-Kabinen reihten sich aneinander.

Mara und Rosen wühlten sich durch die Masse, gingen an Bettlern, herumliegenden Komasäufern und Drogensüchtigen vorbei, stiegen über Glasscherben und weggeworfene Einwegspritzen hinweg. HipHop-Musik hallte aus den Eingängen nach draußen und übertönte die unzähligen Fetzen unterschiedlicher Sprachen, die man an jeder Ecke aufschnappte.

An einer Hofeinfahrt stoppten Mara und Rosen. Sie stellten sich ein wenig abseits des Bürgersteigs in die Einfahrt hinein. Ihre Blicke richteten sich auf den hellen, von Graffiti verschmierten Block, in dessen Erdgeschoss sich das Siwasdee befand.

»Und jetzt?«, murmelte Rosen.

»Und jetzt statten wir den Leuten dort einen Besuch ab.«

»Klingt für mich etwas planlos«, gab er mit einem Trotz zurück, der ihr zuletzt häufiger an ihm aufgefallen war.

»Wir sehen uns nur um. Mehr nicht. Keine große Aktion.«

»Wozu?« Er zog eine missmutige Grimasse. »Wir hätten mehr Informationen sammeln sollen, bevor wir losstürmen. Ich finde, das bringt nichts.«

»Und das sagst du mir jetzt, nachdem wir längst hier sind.«

»Egal, wann ich es sage – du machst ja doch, was du willst.«

Mara taxierte ihn von der Seite. »Ist irgendwas?«

»Gar nichts«, brummte er.

»Also los, auf ins Siwasdee.«

Er schnaufte. »Wie du willst.«

»Das heißt … Es wäre auf jeden Fall unauffälliger, wenn du erst mal allein in diesen Schuppen gehst.«

Verdattert rollte er mit den Augen. »Was?«

Sie wusste, dass er es hasste, sich auf unbekanntes Terrain zu begeben.

»Na ja«, meinte sie. »Ich und Massagesalons. Eine Kombination, die nicht so ganz passt, findest du nicht?«

»Und das fällt dir jetzt ein?«

»Nö.« Sie zwinkerte ihm zu. »Das hatte ich schon die ganze Zeit über im Kopf.«

»Mann, Billinsky.«

»Nun geh schon.«

Er knurrte etwas Unverständliches, stiefelte dann aber los und verschwand im Eingang des Salons.

Und Mara wartete. Eine Tätigkeit, die sie verabscheute. Sie wurde von der Sehnsucht nach einer Zigarette heimgesucht, dabei hatte sie doch mit der blöden Qualmerei aufgehört. Nach und nach setzten sich Bilder vor ihrem geistigen Auge zusammen. Die beiden Mordopfer. Kai Degeners makellos sauberes Büro. Isolde Windecks verweintes Gesicht. Adrian Krucksdorf, wie er mit seinem verhaltenen Lächeln vor ihr gestanden hatte.

Als Rosen das Siwasdee wieder verließ und auf sie zukam, waren seine Wangen von einem zarten Rot überzogen. Mara konnte sich ausmalen, wie unangenehm ihm sein Auftritt in dem Etablissement gewesen war.

»War's entspannend, Rosen?« Ein spöttisches Grinsen vermochte sie nicht zu unterdrücken.

Er stellte sich neben sie und schob die Hände in die Taschen. »Also, sie haben mir eine Massage angeboten.«

»Nicht sonderlich überraschend in einem Massagesalon, oder?«

»Ich hatte den Eindruck, dort läuft noch mehr als gewöhnliche Massagen. Und zwar im Keller. Da war ein Gast, der murmelte irgendetwas, und ruckzuck wurde er die Treppe nach unten gebracht.«

»Aber dir hat man eine seriöse Massage angeboten? Sonst nichts?«

»Sonst nichts.«

»Und wie war sie?«

»Was?«

Mara schmunzelte. »Die Massage. Was sonst?«

»Lass die Scherze, Billinsky. Es war schon komisch genug, den Damen erklären zu müssen, dass ich plötzlich doch kein Interesse mehr hätte.«

»Das kann ich mir vorstellen.«

»Aber immerhin weiß ich jetzt, was diese Begriffe bedeuten.«

»Welche?«

»Nin, Moi, Leki und so weiter.«

Gespannt sah Mara ihn an. »Und was?«

14

Wenn man von dem einen oder anderen abklingenden Veilchen im Gesicht einiger Angestellter absah, schien der gewalttätige Vorfall zwei Tage zuvor kaum Spuren hinterlassen zu haben. Alles war wieder wie immer. Die alte stumpfe Routine hatte sich in der Fabrik ausgebreitet.

Rafael Makiadi tat, was ihm gesagt wurde, ohne Fragen zu stellen, mit dem gleichbleibenden unausgesprochenen Abscheu. Umgeben von totem Fleisch, das sich zu allen Seiten auftürmte, zerkleinert wurde, Gerüche absonderte, breitete er in einer freien Hallenecke Plastikfolie auf dem Fußboden aus. Anschließend legten Kollegen große Fleischstücke darauf aus – weil die Folie nicht groß genug war, auch auf den nackten Fliesen, auf denen noch Schuhabdrücke und anderer Schmutz zu sehen war.

Einer der Vorarbeiter nahm Rafael zur Seite und drückte ihm einen mit farbloser Flüssigkeit gefüllten Blecheimer und eine große Einwegspritze aus Plastik in die Hand.

»Du spielst Onkel Doktor und jagst mit dem Ding in jeden dieser Fetzen eine große Ladung.« In knappen Worten erklärte er ihm die Handhabung der Einwegspritze.

Rafael betrachtete alles und sagte kein Wort.

»Kapiert?«

Er nickte.

»Also los, fang an!«

Während er sich Stück für Stück um das Fleisch kümmerte, ohne zu wissen, mit welchem Teil des Schweinekörpers er es eigentlich zu tun hatte, meinte er manchmal, Shaqayegs Stimme zu hören. Erinnerungen an sie strömten einmal mehr auf ihn ein, und er versuchte, an etwas anderes zu denken. Hanno Linsenmeyers Worte kamen ihm in den Sinn. Er musste über Hannos Verwunderung nachgrübeln, und ihm fiel auf, dass er selbst sich viel weniger Gedanken über die Sache gemacht hatte.

Vielleicht wurde es Zeit, dass er nicht mehr an der Vergangenheit festklebte, sondern endlich mal wieder mit wacherem Geist durch die Welt ging.

Nicht nur vielleicht, hätte Hanno gesagt.

Vor allem Mara hätte das gesagt.

Zum Nachfüllen des Blecheimers musste Rafael die Halle durchqueren und in einem der kleineren Nebenräume verschwinden. In dem Raum, den er zuvor nie betreten hatte, lief Kondenswasser von den Wänden. An der Decke klebte Schimmel, die Abflussrinne war verstopft von bereits eingetrockneten Fleischabfällen. In einem Becken lagen ausgeweidete Fasanen, wohl schon länger, wie der von ihnen aufsteigende Gestank verriet.

Bloß wieder hier raus, sagte sich Rafael.

Auf dem Rückweg, den aufgefüllten Eimer in der Hand, stachen ihm Dinge ins Auge, über die er bislang mit stoischer Gleichgültigkeit hinweggesehen hatte. Etwa die Tür zu einem weiteren der kleineren Arbeitsräume, die mit Blut und Fett verschmiert war, vor allem der Bereich rund um die Klinke.

Erneut klang Hannos Stimme in ihm nach: *Das scheint mir ein komischer Laden zu sein.*

Er widmete sich von Neuem dem herumliegenden Fleisch, spritzte das Zeug hinein, eine Dosis pro Stück.

Der Vorarbeiter kam vorbei, selbst ein Kerl wie ein Eber, so breit wie hoch. Er blieb stehen und begutachtete, wie Rafael sich anstellte.

»Was ist das eigentlich für eine Flüssigkeit?«, wollte Rafael wissen, ohne den Mann anzublicken. Die erste Frage, die er äußerte, seit er hier zu arbeiten begonnen hatte.

»Das ist einfach nur Wasser, dem Stabilisatoren zugefügt wurden.«

»Warum muss ich das spritzen?«

»Weil das Fleisch dadurch mehr Nährstoffe bekommt. Es wird qualitativ besser, und es schmeckt auch noch besser. Kapiert?«

Rafael nickte, weiterhin ohne den anderen anzusehen.

»Junge, wenn du fertig bist, dann nimmst du dir einen der Schubkarren und schaffst das Fleisch in Halle B. In den hinteren Teil, dorthin, wo die Rolltore sind. Kapiert?«

Rafael nickte.

»Dann mal los, Junge!« Der Vorarbeiter stiefelte davon.

Als Rafael kurz darauf mit der ersten Schubkarrenladung an dem Tor eintraf und es öffnen wollte, wurde er von einem zweiten Vorabeiter angebrüllt: »Hey, was willst du da drin?«

Rafael erklärte es ihm.

»Vergiss es, Kleiner, lad das ganze Fleisch einfach hier ab. Und vor allem: Lass die verdammten Tore zu.« Eindringlicher fügte der Mann hinzu: »Hast du das begriffen, Kleiner? Die Tore müssen immer geschlossen bleiben. Das ist Vorschrift!«

Rafael wies auf das Fleisch in der Schubkarre. »Aber wo soll ich es ablegen?«

»Wo schon? Einfach hierhin, die Kollegen kümmern sich darum.«

Jetzt zeigte Rafael auf den bloßen Fliesenboden. »Hier?«

»Na klar. Mach schon, wir haben nicht den ganzen Tag Zeit für den Mist.«

Ohne eine weitere Frage begann er die Schubkarre zu entladen.

Später, während der Pause in einem muffigen, fensterlosen Aufenthaltsraum, der viel zu klein war für die Belegschaft, wurden Platten mit Wurst hereingebracht. Der Aufschnitt – und dazu trockene Brötchen – war das Einzige, was es in der Fleischfabrik zusätzlich zum dürftigen Lohn gab. Zumeist handelte es sich um Ware, die nicht mehr frisch war und einen unangenehmen Geruch angenommen hatte. Ungeachtet dessen stürzten sich die meisten Leute mit großem Appetit darauf.

Nicht so Rafael, der beim Anblick der Platten immer größeren Ekel empfand. Missmutig kaute er an einem Brötchen herum, zumindest darüber erleichtert, den Hallen für eine halbe Stunde entkommen zu können.

Vom Platz nebenan drang eine Stimme mit starkem Akzent zu ihm: »Ich habe gesehen, du musstest spritzen, stimmt's?«

Rafael musterte den Mann mit einem verhaltenen Seitenblick. Er wusste, dass der Kerl Darius hieß, jeden kannte und gern quatschte. Ein Pole mit kleinen munteren Augen, die alles mitbekamen.

»Mmh«, bestätigte er nur mit einem knappen Kopfnicken.

»Und? Noch viele Fleischfetzen?«

»Nein, ich bin durch damit.«

»Ach? Schade für dich.«

»Wieso schade?«

Jetzt sah Rafael ihn zum ersten Mal direkt an. Unter der Schutzhaube quoll flachsblondes Haar hervor. Heller Teint, Ziegenbart, ein scheinbar nie verschwindendes Grinsen im Gesicht.

»Das ist doch nicht die schlechteste Aufgabe, die man hier kriegen kann. Kein Blut, kein Dreck. Spritze rein, fertig.«

»Klar, so kann man es sehen.« Das war das erste Gespräch, das Rafael mit einem seiner Kollegen führte – falls man den kurzen Wortwechsel so nennen konnte. »Wer weiß«, hörte er sich zu seiner eigenen Überraschung hinzufügen, »was das für ein Zeug war, das ich dem Fleisch verabreichen musste.«

»Na ja, im Großen und Ganzen genau das, was man dir wahrscheinlich gesagt hat. Wasser und Stabilisatoren.« Darius kicherte. »Was man dir allerdings verschwiegen hat, ist Folgendes: Das ist streng verboten.«

»Wirklich?« Rafael taxierte ihn, während um sie herum auch die anderen Pausenunterhaltungen in allen möglichen Sprachen weitergingen.

Aus Darius' Kichern wurde ein dreckiges Lachen. »Na klar. Sie erhöhen mit der Flüssigkeit das Gewicht des Fleisches, und zwar beträchtlich. Und was sie dir außerdem verschwiegen haben …« Abrupt verstummte er.

»Was?«

Leiser erfolgte die Antwort: »Na, was nach dem Spritzen mit dem Fleisch passiert, darüber weißt du nichts, oder?«

»Nein, keine Ahnung.«

»Du warst doch in der kleineren Halle, richtig? Halle B.«

»Ja, war ich.«

»Auch hinter den Rolltoren?«

Rafael schüttelte den Kopf. »Das durfte ich nicht.«

»Besser so. Für dich.«

»Wieso? Was ist da los?«

Zum ersten Mal mit völligem Ernst erwiderte Darius: »Nichts, Junge, rein gar nichts.« Er zwinkerte. »Übrigens, willst du nach Feierabend mitkommen? Auf ein Bier? Oder ein paar mehr?«

»Nö danke, kein Bock, ich gehe nach Hause.«

»Gib dir 'nen Ruck, Junge. Du hängst immer allein rum, quatschst mit keinem von uns. Ein Bier schadet nie.«

»Ich überleg es mir noch«, meinte Rafael unschlüssig.

Darius sah ihn an und kicherte.

15

Früher Abend, dunstige Kälte, der übliche Lärm des Viertels. Unzählige Neonlichter stachen in den wolkigen Himmel.

Mara Billinskys Blick ruhte auf der breiten, untersetzten Gestalt, deren Gesicht im Dunkeln kaum zu sehen war, und wartete darauf, dass das Kommando endlich erfolgte.

Doch Hauptkommissar Klimmt rührte sich nicht.

Auch ihre Kollegen, die um sie herumstanden, waren reglose, stille Silhouetten, die sich hinter Klimmt in der offenen, ansonsten leeren Pkw-Garage drängten.

Nein, an das Warten würde Mara sich nie gewöhnen können. Die letzten Minuten vor einem Einsatz zerrten besonders an ihren Nerven. Selbst jetzt, da nicht einmal mit Gegenwehr oder gar gefahrvollen Situationen gerechnet werden musste.

Es war noch schlimmer geworden, seit sie sich in der Gewalt dieser Bande befunden hatte. Deren Anführer, ein geheimnisvoller Mann namens Novian, war tot, doch längst hatten sich seine Nachfolger in Stellung gebracht. Sie hielten sich irgendwo in den Häuserschluchten rund um den Hauptbahnhof auf und setzten alles daran, das von Novian aufgebaute Reich nicht untergehen zu lassen.

Mara ertappte sich dabei, wie sie mit den Fingerspitzen über die Narbe auf ihrer Wange strich. Nicht daran denken, sagte sie sich, nicht an den toten Novian, schon gar nicht an Blochin und Dassajew, zwei Männer, von denen es hieß, sie seien an seine Stelle getreten.

Unwillkürlich drängte sich Adrian Krucksdorfs Gesicht in ihr Bewusstsein, sein Lächeln.

In den zurückliegenden beiden Tagen hatten sie und Krux

sich nicht mehr getroffen, jedoch miteinander telefoniert und mehrfach WhatsApps ausgetauscht, auf sarkastisch-ironische Art, fast schon wie früher, wie ihr gerade bewusst wurde.

Das mobile Einsatzkommando fuhr in einem schwarzen Transporter vor, fünf Mann und eine Frau. Quietschende Bremsen, Blaulicht, aufgerissene Seitentür. Im nächsten Augenblick Gummisohlen, die sich schnell über den Asphalt hinwegbewegten.

Klimmt hob den Arm.

»Jetzt!«, rief er.

Auf einmal lag Mara die schutzsichere Weste viel schwerer auf dem Körper.

Doch es half, endlich in Aktion treten zu können, sich aus der Starre und den im Kopf aufflackernden Bildern zu lösen.

Über die Straße, Schritt für Schritt, direkt hinter Klimmt, während wiederum hinter Mara die Kollegen Rosen, Schleyer und Patzke folgten. Passanten blieben sofort stehen und beäugten sie neugierig.

Sie nahmen Kurs auf den Eingang des Siwasdee, wo die Kollegen des Einsatzkommandos sich bereits Zutritt verschafften.

Hoffentlich brachte die Aktion etwas ein. Sonst würden sie im Mordfall Johannsen ebenso wenig vorankommen wie bei dem Mord an Ellen Degener. Rosens erster Besuch im Siwasdee hatte ihnen keine Informationen verschafft – von der Tatsache abgesehen, dass sich hinter den kurzen, von Peter Johannsen mehrfach notierten Worten wie Nin, Moi und Leki die Namen der Frauen verbargen, die im Massagesalon ihre Dienste anboten. Also hatten sie das Siwasdee in den vergangenen achtundvierzig Stunden unentwegt beobachtet. Kunden des Etablissements waren befragt, Polizeispitzel hineingeschickt worden, und rasch wurde klar: Es ging um mehr als nur gewöhnliche Massagen. Heute kam es darauf an, einen Blick hinter die Kulissen zu werfen.

Nach wie vor unmittelbar hinter Klimmt, der wie ein Bär, aber dafür auch erstaunlich schnell voranstapfte, betrat Mara den Eingangsbereich. Geölter dunkler Holzboden, plüschige Sofas, Sitzkissen in Rot und Gold, geschnitzte Elefanten. Duft von Tee und Aromaölen füllte die stickige Luft. Einlullende Asia-Klänge, gedimmtes Rotlicht.

Als Nächstes sah Mara nackte Haut, auf der winzige Bikinis silbern glitzerten. Die Frauen – oder eher Mädchen – wirkten wie Puppen. Glattes schwarzes Haar, grellbunte Schminke, zierliche Figuren, schmale Füße in Highheels. Groß an ihnen waren nur die mit Silikon aufgeblähten Brüste.

Sie machten weder einen verblüfften noch einen ängstlichen Eindruck. Ihre Augen blieben seltsam ausdruckslos, ihre Bewegungen waren nahezu mechanisch, roboterhaft, als sie sich in der Ecke hinter einem der Sofas zusammendrängten.

Yaba, dachte Mara bei ihrem Anblick.

Das war eine Droge, die zumeist in Tablettenform eingenommen, manchmal auch geschnupft wurde. Sie verursachte Heißhunger, man konnte in rauen Mengen essen, ohne jedoch ein Gramm zuzunehmen. Und noch wichtiger: Man ermüdete niemals, sondern blieb auch bei endlosen Nachtschichten quicklebendig. Immer mehr Huren und Barmädchen griffen auf Yaba zurück.

Vom Foyer ging es in den Wartebereich, wo drei unscheinbare Männer mittleren Alters auf einem Sofa saßen. Vor ihnen befand sich ein Glastisch. Einziger Gegenstand darauf war ein Heftordner: Auf bedruckten DIN-A4-Blättern wurden die Mädchen angepriesen – mit Namen, Maßen und den Dienstleistungen, auf die sie sich spezialisiert hatten.

Die Männer starrten die Polizisten an, verlegen, ertappt, jeder von ihnen mit sperrangelweit offen stehendem Mund. Erst als ihre Daten aufgenommen wurden, fanden sie allmählich die Sprache wieder.

Mara und Klimmt stürmten die Treppe nach unten. Im Keller erwartete sie ein schmaler, schwach ausgeleuchteter Korridor. Türen links und rechts. Dahinter waren Stöhnen, Keuchen, Röcheln zu hören und dazu das Klatschen von Fleisch auf Fleisch.

Die übrigen Beamten, bis auf zwei, die oben die Freier und Mädchen bewachten, waren ihnen gefolgt. Eine Tür nach der anderen wurde geöffnet. Futon Kingsize, deckenhohe Wandspiegel, nackte junge Mädchen, nackte alte Freier. *Pattaya Massage. Soapy Massage* mit sogenanntem *Pussy Sliding*. Mara verzog das Gesicht. Das alles war abstoßend. Doch nicht gesetzeswidrig – wenn man davon absah, dass es wohl nicht ordnungsgemäß angemeldet war.

Klimmt bedachte sie mit einem giftigen Seitenblick. »Es hat mich einiges an Mühe gekostet, bei Staatsanwalt von Lingert das Okay für diese verdammte Aktion zu bekommen.«

»Das erwähnten Sie bereits«, gab sie zurück. »Und nicht nur einmal.«

»Wenn wir hier auf nichts stoßen, das gewichtiger ist als ein getarnter Puff, dann …«

»Ich weiß«, fiel sie ihm ins Wort.

»*Ich* auch.«

»Im Fall Johannsen haben wir nun mal nur das Siwasdee – und ein paar Texte, Stichwörter und Zahlen.«

»Billinsky, es ist Ihre Aufgabe, dafür zu sorgen, dass wir mehr haben.«

»Keine Angst, das kommt schon noch.«

»Hoffentlich.«

Die letzte Tür bestand aus massivem Stahl und war mit einem Vorhängeschloss verriegelt.

»Aufschließen!«, knurrte Klimmt.

Es dauerte eine Weile, bis Rosen den Schlüssel im Erdgeschoss besorgt hatte. Hinter dem Stahl kam schließlich ein weiterer Korridor zum Vorschein. Erneut Türen zu beiden Seiten. Erneut Geräusche. Erneut das Klatschen wie von

Schlägen, nur lauter. Dazu von piepsigen Mädchenstimmen imitiertes Hundegebell und gellende Schreie.

Nacheinander nahmen sie sich alle Räume vor. Abwaschbare Matratzen, Peitschen, Zangen, Schraubzwingen, Reitgerten. Inmitten des Arsenals die Freier und die Huren. Es roch nach dem Schweiß auf bloßer, geschundener Haut und dem Blut, das überall Lachen bildete.

Dieser Anblick war nicht mehr abstoßend – sondern wesentlich schlimmer. Auch wenn Mara schon öfter solche Szenarien gesehen hatte, wirkten sie doch immer wieder wie Fausthiebe in die Magengrube.

»Sie können mir sagen, was Sie wollen«, bemerkte sie zu Klimmt, »aber im Gegensatz zu den Frauen im oberen Stock spielen diese Ladys hier *nicht* freiwillig mit.«

Er zeigte eine abwägende Miene. »Das muss sich erst noch herausstellen.«

Gemeinsam verließen sie den Raum, um sich in den Korridor zu stellen, während die anderen sich daranmachten, von Neuem Personalien aufzunehmen und Befragungen durchzuführen.

»Was wir in diesen Zimmern vorfinden«, nahm Mara den Faden wieder auf, »rechtfertigt den Einsatz absolut. Diese Frauen sind moderne Sklavinnen.«

»Mal abwarten, wie der Staatsanwalt das sieht, dieser Prinzipienreiter. *Total Devotion* gibt es nicht nur unter diesem lausigen Dach.«

»Offiziell mag das ein Massagesalon sein«, sagte Mara. »Weniger offiziell ist das ein Dreckloch, das wir säubern müssen. Und von dieser Meinung weiche ich keinen Deut ab.«

»Noch mal, Billinsky. Dass hier etwas unfreiwillig getan wird, muss man erst *beweisen*.« Klimmt steckte sich eine Zigarette an und hielt ihr die Schachtel hin. Zu ihrem Leidwesen konnte sie nicht widerstehen und griff zu. Sie inhalierte tief, der erste Zug tat so verdammt gut.

»Hier riecht es nach allem Möglichen, allerdings nicht nach einer *big story*«, fügte der Hauptkommissar an. »Und genau davon haben Sie gesprochen.«

»Nein, Peter Johannsen hat anscheinend davon gesprochen«, stellte Mara richtig. »Aber allein den Frauen helfen zu können ist die Sache doch wert.«

»Ach, Billinsky, Sie kennen den Sumpf hier so gut wie ich. Sie wissen, wie's läuft. Die Frauen werden mitgenommen, ihre Personalien festgestellt, jedenfalls so weit möglich, die fehlende Aufenthaltsgenehmigung wird weitergemeldet, aber danach müssen wir sie laufen lassen. Und die Karawane zieht weiter. Am Schluss landen sie wieder in einer solchen Bude. Irgendein Arschloch schlägt sie mit der Peitsche blutig, hat abartigen Sex mit ihnen oder macht, was ihm sonst noch einfällt.« Er blies einen Rauchring zur niedrigen Decke. »Oder sie enden am Straßenstrich. Weil sie ihre Drogensucht finanzieren müssen. Weil das eben ihre Scheißwelt ist. Weil sie da nicht rauskönnen. Ständig kommen neue dazu. Aus Osteuropa, Schwarzafrika, Asien. Womöglich sind es heute zwanzigmal so viele wie vor ein paar Jahren, niemand kennt exakte Zahlen. Und wir werden an dem ganzen Schlamassel nichts ändern.«

Seine Worte ließen automatisch Bilder an Mara vorbeiziehen. Klapphocker am Fahrbahnrand, auf jedem davon eine Frau. Jede Hautfarbe, jedes Alter, für jede Vorliebe eine Expertin. Zwischen den Hockern hier und da Tonnen, aus denen Flammen schlugen – zum Schutz gegen Kälte und um die Huren anzustrahlen, wenn die Freier nachts im Schritttempo vorbeifuhren.

Ja, sie kannte diese Frauen; man vergaß sie sein ganzes Leben nicht. Hämatome, ausgeschlagene Zähne, Injektionsstiche. Und oftmals selbst zugefügte Schnittwunden an den Unterarmen.

»Keine Widerworte, Billinsky?«, meinte Klimmt mit zynischem Unterton. »Ist ja mal was Neues bei Ihnen.«

Mara holte Luft. »Klar, Sie haben recht. Solange es Männer gibt, die für Sex bezahlen, wird es Prostitution geben. Aber das rechtfertigt keineswegs das, was wir hier und an vielen anderen Orten im Viertel vorfinden. Und wenn nicht wenigstens wir versuchen, etwas daran zu ändern – wer dann? Außer uns bleibt niemand, der dazwischengehen kann.«

Sie dachte an die dreckigen Flecken der Stadt, an die Junkie-Verstecke, an die Tausch- und Infoplätze der Schattenleute, an die etlichen Entwurzelten, Klein- und Großkriminellen, Durchgeknallten, Verlorenen.

»Außer uns bleibt niemand«, wiederholte sie düster.

Kaum hatte sie die Worte ausgesprochen, drangen Schüsse zu ihnen.

Nicht nur Mara, auch Klimmt zuckte zusammen.

»Das kam von oben«, sagte er überrascht.

Da war sie bereits losgelaufen. Zum ersten Mal an diesem Tag lag die Dienstwaffe in ihrer Hand. Hoch die Stufen, schneller, schneller, ihr Herz raste, die Anspannung war sofort wieder da, Adrenalin pulste durch ihren Körper.

Sie hastete über die oberste Stufe hinweg, sofort wieder umhüllt von dem schmierigen Geruch der Duftöle, und prallte mit voller Wucht auf einen Mann, der dem Ausgang entgegenstrebte. Der jähe Zusammenstoß brachte Mara zu Fall. Sie landete auf dem Hinterteil, im selben Moment hörte sie Schritte aus der anderen Richtung. Ein zweiter Mann, der hinter dem ersten herrannte, tauchte auf.

Aus den Augenwinkeln nahm sie die beiden Beamten des Einsatzkommandos wahr, die sich aufrappelten, offenbar von Schüssen zu Boden gezwungen. Doch zumindest wirkten sie unverletzt – sicherlich aufgrund der Schutzwesten.

Erneute Schüsse. Grelle Lichtblitze des Mündungsfeuers.

Das Kreischen der Masseusen, die alle versuchten, sich hinter die Sofas zu retten.

Der zweite Flüchtende fiel der Länge nach hin, seine Pistole schlitterte über den dunklen Holzboden. Einer der Polizisten musste ihn getroffen haben.

Mara sprang auf und hetzte durch den Eingangsbereich. Die Tür stand noch offen.

»Billinsky!«, hörte sie Klimmts Stimme in ihrem Rücken, doch das Adrenalin trieb sie weiter, hinaus auf die Straße. Kurzes Innehalten. Ihr Blick erfasste die rennende Gestalt, die sich zwischen den immer noch herumstehenden Gaffern einen Weg suchte.

Mara nahm die Verfolgung auf. Hätte sie gezögert, um auf die anderen zu warten, wäre der Unbekannte im Gewirr des Bahnhofsviertels bestimmt auf Nimmerwiedersehen verschwunden.

Die kalte Luft stach in ihre Lungen. Ein leichtes Nieseln hatte eingesetzt, sie merkte, wie die Blicke der Neugierigen an ihr hingen.

Der Mann wirkte auffallend schlank und kaum größer als Mara. Er rannte quer über die nächste Kreuzung hinweg und wäre fast von einem abbiegenden Auto erfasst worden. Sie blieb an ihm dran, jagte an Junkies und Betrunkenen vorbei, über eine weitere Kreuzung hinweg. Ihre Sohlen trommelten auf dem Bürgersteig, Regenwasser lief ihr über die Stirn in die Augen.

Er eilte mit einer jähen Wendung in eine Seitengasse hinein, die weitaus weniger belebt war. Als Mara sie erreichte, sah sie ihn kerzengerade dastehen, das Gesicht in ihre Richtung gewandt, die Pistole erhoben.

Der Feuerblitz, das Krachen des Schusses.

Mara ging in die Knie. Das Projektil pfiff über ihren Kopf hinweg, und sie erwiderte das Feuer, doch er war schon weitergerannt. Unwillig merkte sie, wie tief in ihr sich etwas wie ein Wurm zusammenkrümmte, und sie wusste, was es war: die Angst.

Die Erlebnisse mit Novians Bande waren wieder gegenwärtig. Unmöglich, so etwas abzuschütteln, egal, wie entschlossen Mara nun von Neuem die Verfolgung aufnahm. Es gab nicht nur in ihrem Gesicht eine Narbe, auch auf ihrer Seele.

Der Mann ließ sich von der nächsten Gasse schlucken, Mara tat es ihm gleich, auf weitere Schüsse gefasst.

Nur Bruchteile von Sekunden später surrte die nächste Kugel knapp an ihr vorbei. Sie warf sich zu Boden, schoss, ohne den Mann sehen zu können. Sie hielt den Atem an. Dann entdeckte sie seine Silhouette. Er rannte wieder los, glitt auf dem nassen Kopfsteinpflaster aus, und Mara hörte mit tiefer Erleichterung, wie eine Pistole metallisch ein ganzes Stück über den Boden schlitterte – genau wie zuvor im Siwasdee.

Sie schnellte hoch und hastete zu der Stelle, wo die Waffe auf dem nassen Untergrund funkelte. Gleich darauf erklangen wieder die Schritte des Flüchtigen. Sie schnappte sich seine Pistole, steckte sie weg und rannte um die nächste Hausecke.

Nach dem neongrellen Wirrwarr der Straßenzüge herrschte hier plötzliche Finsternis. Es gab zwei Straßenlaternen, doch beide funktionierten nicht.

Mara stoppte, ihr Herz pumpte, ihre Hand schloss sich fester um den Pistolengriff.

Sie befand sich in einer kurzen, engen Sackgasse. Ein ausrangiert wirkender Lkw stand dort geparkt. Mülltonnen. Links von ihr eine gemauerte Wand, die die danebenliegende Straße abtrennte, rechts von ihr dunkle, schäbige Häuserblöcke, in denen kein einziges Fenster erleuchtet war.

Wo steckte der Kerl?

Sie schluckte hart, ihre Lippen waren trocken, ihre Lungen brannten. Immer noch nieselte es.

Wo steckte der Kerl?

Hinter den Mülltonnen? Hinter dem Lkw?

Sie näherte sich dem Fahrzeug. Sonst blieben keine Möglichkeiten, sich zu verstecken. Und die Mauer war zu hoch, um …

Eine Bewegung, flink und geisterhaft. Über ihr.

Sie riss den Kopf hoch. Vom Dach des Lkws sprang eine Gestalt herunter. Genau auf sie zu.

Mara sah die Klinge eines Messers funkeln.

16

Von ihrem riesigen Wohnzimmerfenster aus blickte die Frau auf die Skyline der City. Schnell war er gekommen, der Abend, mit dieser trostlosen Herbstdunkelheit, geradezu überfallartig. Was hatte sie eigentlich in den letzten Stunden getan?

Wahrscheinlich gar nichts. Lebenszeit verschwendet. Dabei konnte alles so rasch vorüber sein, wie ihr bewusst geworden war.

Isolde Windeck wandte sich von dem mit Regentropfen übersäten Fenster ab und nippte an ihrem schal gewordenen Crémant. Sonst hatte ein Gläschen davon immer ihre Stimmung gehoben. Jetzt natürlich nicht. Sie musste an Peter denken. Besser gesagt, sich anstrengen, *nicht* an ihn zu denken. An seinen grausamen Tod.

Einige Minuten zuvor hatte sie einen Anruf erhalten, scheinbar das einzige Geräusch, das an diesem Tag die Stille gestört hatte. Ein kurzes Telefonat, nur ein paar Silben hatte sie in den Hörer gehaucht.

Und nun verspürte sie ein Kribbeln. Sogar eine gewisse Furcht. Der Anrufer hatte angekündigt, auf dem Weg zu ihr zu sein. Es war schon das dritte Mal seit Peters Tod, dass er sie besuchte. Peter war *tot*. Und was tat sie? Traf sich mit einem anderen. Sie hatte sich nicht einmal die Mühe gemacht, dem Anrufer eine Ausrede aufzutischen, dass sie nicht in der Stimmung für Besuch sei. Dass sie in Trauer sei.

Es machte ihr zu schaffen, dieses Verlangen, ihn wiederzusehen. Aber sie war machtlos dagegen.

Gleich darauf klingelte es. Isolde fuhr sich durch ihr Haar und öffnete die Tür.

Er schloss sie in die Arme. Nicht leidenschaftlich, sondern freundschaftlich – worüber sie erleichtert war. Kurz darauf standen sie einander im Wohnzimmer gegenüber.

Das schlechte Gewissen war wie ein Kratzen auf der Haut. Es war, als könnte Peter Johannsen aus dem Jenseits mit ansehen, dass sie sich gerade in Gesellschaft eines anderen Mannes befand, der sie vor Kurzem angesprochen hatte, bei einem raschen Einkauf im Supermarkt, noch einige Zeit vor Peters Tod. Er hatte sie gefragt, wie man eine gute, reife Avocado erkennen könne. Es war so harmlos gewesen, sie waren ins Gespräch gekommen und …

»Wie geht es dir, Isolde?« Er nahm ihre Hand in seine. Mitfühlend, sanft. Auf seinem Haar schimmerten Regentropfen.

»Ach, ich fühle mich immer noch jämmerlich. Es war ein solcher Schock, als ich von seinem Tod erfuhr. Ich hätte niemals gedacht, dass ihm etwas Derartiges zustoßen könnte. Auch wenn er seine Nase immer in Dinge gesteckt hat, die …« Ihre Stimme versiegte.

»Hast du der Polizei den USB-Stick gegeben?«

»Ja, das habe ich dir doch gesagt.«

Er nickte ihr zu. »Gut gemacht.«

»Hoffentlich hilft der Stick dabei, denjenigen zu finden, der Peter das angetan hat.«

»Ganz bestimmt.«

Er zog sie zu sich heran, legte erneut die Arme um sie. Diesmal nicht nur freundschaftlich.

Sie roch sein Eau de Toilette, sie roch *ihn*.

Vor diesem Moment hatte sie Furcht gehabt. Und ihn sich doch so sehr herbeigewünscht.

Er knöpfte ihre Bluse auf und streifte sie über ihre Schultern, er zog ihren BH aus, streichelte sie mit den Fingerspitzen, fast ohne sie zu berühren, es war zum Verrücktwerden. Schultern, Brüste, Brustwarzen.

Isolde bekam eine Gänsehaut. Sie musste die Augen schließen. Als könnte sie dadurch Peters unsichtbaren Blicken entgehen. Und der Scham.

Aber sie fühlte sich so verdammt wehrlos in Gegenwart dieses Mannes. Er war ganz anders als Peter. Etwas Mysteriöses ging von ihm aus. Aber eben auch dieser unwiderstehliche Reiz. Ein Spiel mit dem Feuer, das war es für sie. Dabei war das doch eigentlich nicht ihre Art. Allerdings … Ja. Wehrlos. Isolde hatte so etwas nie zuvor erlebt.

Er öffnete ihren Gürtel und den Reißverschluss ihrer Hose. Er küsste sie, erst vorsichtig, dann fordernd, drängend, und sie ließ es geschehen. Er kniete sich vor sie, küsste ihren Bauchnabel. Er zog ihr die Hose herunter, den Slip.

Noch immer presste Isolde die Augen ganz fest zu.

17

Geistesgegenwärtig wich Mara dem Mann aus, der vom Lkw sprang.

Im letzten Moment, die Klinge seines Messers verfehlte sie hauchdünn.

Jetzt!, hämmerte es in ihrem Schädel.

Jetzt!

Sie trat zu, er röchelte, sie riss die Pistole hoch und ließ ihn genau in die Mündung blicken.

»Weg mit dem Messer!«, befahl sie.

Die Waffe fiel mit einem metallischen Klirren zu Boden.

Damit er ihr nicht ansah, wie groß ihre Erleichterung war, stellte sie sich hinter ihn. »Keinen Mucks«, befahl sie mit einem unterdrückten Keuchen. »Ich verhafte Sie.« Nachdem sie ihm Handschellen angelegt hatte, steckte sie ihre Pistole nicht wieder ins Holster.

Mit der freien Hand zog sie das Mobiltelefon aus der Tasche, um Rosen ihren Standort durchzugeben. Danach sprach sie wieder den Mann an, der auf sie geschossen hatte, allerdings reagierte er auf keine ihrer Fragen. Tatsächlich war er auffallend zierlich, mit schmalen Schultern und Händen. Seine kleinen Füße steckten in Sportschuhen, die schwarz waren wie der Rest seiner Kleidung. Doch Mara würde nicht den Fehler begehen, ihn aufgrund seiner Statur zu unterschätzen. Von ihm ging etwas aus, das den Verbrecher erkennen ließ, den Profi, einen Menschen, zu dessen Alltag Gewalt gehörte wie das Atmen.

Das Prasseln des stärker gewordenen Regens war das einzige Geräusch. Unter ihrer Kleidung schwitzte Mara von dem

Sprint, doch ihre Hand, die die nach unten gerichtete Waffe hielt, war kalt, wie gefroren. Ihr Haar triefte von dem eisigen Wasser, das ihr ins Gesicht lief.

In der finsteren Sackgasse kamen Mara die Minuten bis zum Eintreffen ihrer Kollegen wie eine Ewigkeit vor. Und erneut verspürte sie Erleichterung, als sich endlich die vertrauten Gestalten aus der Dunkelheit schälten.

»Alles in Ordnung?«, fragte Klimmt, während der Mann von den anderen Beamten abgeführt wurde. Neben dem Hauptkommissar stand Rosen, der Mara besorgt musterte.

Sie atmete tief ein. »Ich bin okay.«

»Gut gemacht, Billinsky.«

»Was ist mit dem zweiten Typen?«

»Tot.«

»Und unsere Männer? Die beiden, die auf ihn geschossen haben?«

»Sie sind okay. Wahrscheinlich nur ein paar Prellungen, wo die Kugeln sie erwischt haben. Ein Hoch auf die schutzsicheren Westen.«

»Wenn es nicht so schütten würde, könnte ich noch eine Zigarette vertragen.«

»Später, Billinsky.«

Auf der Rückfahrt ins Präsidium gelang es Mara, sich zu sammeln. Noch ehe sie das Ziel erreichten, erhielt sie eine WhatsApp von Krux: *Langweiliger Tag? Demnächst wieder auf einen Wein? Diesmal einen besseren. Morgen Abend?*

Eher kurzweiliger Tag, tippte Mara ein. *Melde mich später. Oder morgen.*

Im Präsidium machte Rosen sich sofort daran, das Filmmaterial zu begutachten, auf das sie im Siwasdee dank einer dort angebrachten Überwachungskamera gestoßen waren.

Nach einem eiligen Becher Automatenkaffee und der versprochenen Zigarette in Klimmts Büro begannen Mara und der Hauptkommissar mit dem Verhör des Festgenommenen.

Es galt, ihn unter Druck zu setzen und ihm so wenig Zeit wie möglich zum Nachdenken zu geben. Sie stellten Fragen, äußerten Verdächtigungen, versuchten ihn festzunageln, ihn mit jedem Wort weiter in die Ecke zu drängen. Doch noch bröckelte sein Widerstand aus dumpfem Schweigen keineswegs.

Im Gegensatz zu seiner feingliedrigen Statur war sein Gesicht unter dem verstrubbelten dunkelbraunen Haarschopf recht derb: breite gewölbte Stirn, stark hervortretende Wangenknochen und wulstige Lippen, die er über dem kantigen Kinn zusammenpresste.

Wie lange saßen sie schon zu dritt auf den Resopal-Stühlen? Mara unterließ es lieber, auf die Uhr zu sehen. In dem fensterlosen, von einer Neonröhre erhellten Verhörraum ballte sich verbrauchte Luft. Weitere Fragen, die unbeantwortet blieben. Weitere Minuten, die nutzlos vorüberzogen.

Es war ohne Zweifel nicht das erste Mal, dass sie es hier mit einer kompletten Verweigerungshaltung zu tun hatten, doch was Mara Hoffnung gab, diesen Mann zum Reden zu bringen, war die Tatsache, dass er einen nicht ganz so coolen Eindruck machte, wie er es beabsichtigte. Sie sah es an den im Gesicht zuckenden Muskeln, den Schweißperlen auf den Schläfen, den schlanken Fingern, die nicht aufhören konnten, am Hosenstoff oder an den Pulloverärmeln zu zupfen.

Ein bestimmtes Gefühl wuchs in Mara, breitete sich in ihr aus, je länger sie den Kerl taxierte. Sie verständigte sich mit ihrem Chef durch einen kurzen Seitenblick, dann verließen sie zu zweit den Raum.

Klimmt schloss die Tür hinter sich. »Was ist los?«

»Es ist nur eine Ahnung, aber der Kerl da drin …« Mara verstummte und hob die Augenbraue. »Das ist einer von ihnen. Von den Russen.«

»Von Novians alter Bande?«

Sie nickte. »Beziehungsweise von Blochins und Dassajews neuer Bande.«

Klimmt brummte unwillig auf. »Hören Sie, Billinsky, Sie dürfen nicht in jedem Schweinehund automatisch einen von …«

»Ich *weiß* es«, unterbrach sie ihn. »Wirklich.«

»Wie können Sie so sicher sein? Der Drecksack hat keinen einzigen Laut von sich gegeben.« Er fuhr sich über seinen wuchernden Schnauzbart.

»Organisieren Sie einen russischen Dolmetscher, während ich ihn weiter bearbeite?«, fragte sie mit entschlossenem Blick.

Zunächst gab er wieder ein ablehnendes Brummen von sich. Doch dann rauschte er ab, ohne auch nur ein weiteres Wort zu verlieren. Das war eben Klimmts Art, sein Einverständnis auszudrücken.

Mara wartete noch ein paar Minuten, ehe sie zurück in den Verhörraum ging.

Der Fremde saß unverändert auf dem Stuhl, wenn man davon absah, dass er sich seine Ärmel hochgezogen hatte. Auf den Unterarmen prangten Tätowierungen, die Mara in ihrer Vermutung bestärkten: eine Kirche, Kruzifixe, Tränen.

Ja. Blochins und Dassajews Bande.

Im Grunde war es klar gewesen, dass sie abermals mit diesen Männern zu tun bekommen würde. Nur dass es so schnell passierte, musste Mara erst einmal verdauen.

Sie betrachtete ihn, während er weiterhin an ihr vorbei zur nackten weißen Wand starrte. »Novian«, sagte sie unvermittelt.

Ein Flackern in seinen Augen. Doch kein Wort drang über seine Lippen.

»Blochin und Dassajew«, kam es von Mara. »Ihre Bosse, nicht wahr?«

Er rutschte unruhig auf dem Stuhl hin und her, gab jedoch keine Antwort.

Sie fixierte ihn unentwegt mit ihrem dunklen, bohrenden Blick. Es passte ihm nicht, dass sie die Namen ausgesprochen hatte, sie fühlte es. Oder *wollte* sie das nur fühlen?

»Sie verstehen meine Sprache sehr gut, oder?«

Keine Antwort.

»Noch mal zurück zum Siwasdee«, begann sie von Neuem. »Wie wir festgestellt haben, hielten Sie sich zum Zeitpunkt unseres Eintreffens in einem Zimmer im zweiten Stock auf, das nicht für Kunden bestimmt ist. Gemeinsam mit Ihrem Kumpan.«

Dessen verfluchte Identität, fügte sie in Gedanken an, auch noch nicht geklärt ist.

»Was hatten Sie beide dort zu suchen?«

Keine Antwort.

»Sind Sie Chef in dem Laden? Oder nur ein kleiner Aufpasser?«

Keine Antwort.

Zumindest eines stand fest: Es würde eine lange Nacht werden.

18

Darius hatte keine Ruhe gegeben, also war Rafael nach Feierabend eben doch mitgegangen. Hatte nicht auch Hanno gesagt, er sei zu viel allein und schotte sich ständig ab?

Außerdem würde das helfen, Shaqayeg aus dem Kopf zu bekommen.

Es hatte sie nach Sossenheim verschlagen, einem Stadtteil, in den sich etliche jener Hoffnungslosen zurückzogen, die durchs gesellschaftliche Raster gefallen waren. Bandenkriminalität, Einbrüche, Sachbeschädigung, häusliche Gewalt, prügelnde Straßenkids, das alles gehörte hier zum Alltag. Auch viele Angestellte der Fleischfabrik Baltzer lebten in den tristen Straßen, in denen sich schäbige, seit Jahren renovierungsbedürftige Wohnblöcke aneinanderreihten.

Nachdem sie in einer kleinen Kneipe das eine oder andere Bier gekippt hatten, waren Darius und Rafael in Darius' winziger Einzimmerwohnung gelandet, wo sie auf einem durchgesessenen Schlafsofa hockten und abwechselnd an einer Flasche billigem Fusel nippten. Es roch nach ungewaschenen Klamotten und der kalten Zigarettenasche, die in einem als Aschenbecher genutzten Teller zu einem Berg anwuchs.

»Wie lange bist eigentlich schon bei Baltzer?«, fragte Rafael.

»Viel zu lange« antwortete Darius mit seinem starken Akzent. »Ich gehöre zu den Polackenhunden, die allen scheißegal sind.«

»Was meinst du damit?«

Darius lachte bitter auf. »Das, was du jeden Tag mit eigenen Augen sehen kannst, Junge.« Er nippte an der Flasche. »Wir und die Ungarn und die anderen armen Schweine schuften uns den Arsch ab. Zwölf, vierzehn oder auch sechzehn Stunden pro Schicht. Manchmal sieben Tage in der Woche. Und gerade der Sonntag ist besonders schlimm. Die Fleischstücke kommen dann allesamt gefroren zu uns, sodass auch deine Hände nach und nach eiskalt werden und wie verrückt schmerzen. 8.000 Schulterstücke an einem Tag zerlegen? Na klar, das geht. 11.200 Stücke? Sogar das geht, wenn man sich nur richtig kaputtmacht. Nicht bloß die Hände, auch der Rücken, dein ganzer Körper tut höllisch weh, jeder einzelne Knochen.«

»Das habe ich irgendwie noch gar nicht so richtig mitbekommen«, murmelte Rafael.

»Ach, du bist ja eine der Aushilfen. Du machst deine Schicht und verduftest wieder.« Darius winkte ab und zupfte sich am Ziegenbart. »Aber wir Ausländer, wir …« Noch einmal winkte er ab. »Was soll's, wir können eben nichts anderes. Kommen aus armen Ländern. Hatten nie eine Chance. Etliche von uns sind wieder zurückgegangen, nachdem sie die Baltzer-Fabrik erst mal kennengelernt hatten. Zurück in die Heimat, obwohl dort nur Hunger und Armut warten. Wir werden aus den tiefsten Provinzen angekarrt, manchmal direkt von der Straße. Und dann stehen wir hier, kommen vom Regen in die Traufe. Wenn du dich krankmeldest, wirst du einfach ersetzt. Irgendeiner ist scharf auf deinen Posten, egal, wie beschissen der auch sein mag.«

»Kann man denn nichts dagegen tun?«, fragte Rafael. Die Schilderungen hatten bei ihm – und wohl auch bei Darius – die Wirkung des Alkohols verfliegen lassen. »Ich meine, außer nach Hause zu gehen.«

»Was bleibt einem armen Schwein schon anderes übrig, als weiter sein Schweinedasein zu fristen? Wer hat schon Geld, um heimzukommen? Wir sind Sklaven im 21. Jahrhundert. Nicht alle von uns verstehen die Sprache, viele können kaum mehr schreiben als ihren Namen. Wir werden links liegen gelassen, uns wird gedroht, Angst eingejagt. Stellst du heute Fragen, fliegst du morgen raus. Das willst du nicht. So schäbig es auch ist, du verdienst dennoch mehr Geld als in deiner Heimat. Also bleibst du. Selbst dann, wenn du auf einmal weniger Kohle kriegst. Oder gar nix mehr.«

»Was heißt das?«

»Dass du hin und wieder froh sein kannst, die paar Kröten zu erhalten, die sie dir versprochen haben.« Darius zündete sich eine Zigarette an.

»Das gibt's doch nicht. Man hat Rechte.«

»Manche haben überhaupt nichts außer ihren Rechten. Nur interessieren die keinen, diese verdammten Rechte.« Darius setzte die Flasche an die Lippen, doch er trank nichts und ließ sie wieder sinken. »Kennst du Karol?«

Rafael verneinte.

»Karol hat sich an einer Maschine die Hand aufgeschnitten. Weil er weder Unterarmschutz noch Schutzhandschuhe trug – beides war gerade nicht ausreichend da. Hat geblutet wie ein Schwein. Zusammengeflickt hat ihn dieser Fabriksanitäter, von dem keiner weiß, ob er wirklich eine medizinische Ausbildung hat.« Darius stellte die Flasche vor sich auf dem billigen Laminatboden ab. »Karol wurde nicht etwa krankgeschrieben. Er durfte ein paar Tage lang leichtere Arbeiten machen, dann ging's weiter für ihn, am Förderband, mit vollem Einsatz.«

»Aber es gibt doch Krankenversicherungen und …«

»Ha!« Darius winkte ab. »Das denkst *du*! Karol kann dir was anderes erzählen. Er kämpft sich immer noch durch, unter schlimmen Schmerzen. Seine Hand ist für immer kaputt. Der Dickkopf weigert sich, das zu akzeptieren. Irgendwann wird er sie kaum noch bewegen können.«

Rafael wunderte sich. Konnte das wirklich wahr sein? »Klingt alles nach Mittelalter.«

»Die großen Bosse brauchen die kleinen Billigarbeiter, die die Rohstoffe zu Geld machen. Und sie haben keine Lust, mehr Lohn zu zahlen, selbst wenn sie es können. Es läuft ja auch so.«

»Aber heute gibt es doch Wege, sich zu wehren. Was ist mit einem Streik? Das ist das Recht eines jeden Arbeiters.«

»Streik?« Darius kicherte. »Dann frag mich mal, was vor ein paar Wochen abgelaufen ist.«

»Nun sag schon.«

Der Pole senkte den Blick, drückte die Kippe aus und griff doch wieder nach der Flasche. »Du hast ja selbst mitbekommen, was los ist.« Sein Adamsapfel hüpfte, als er trank.

Rafael sah ihn mit gerunzelter Stirn an. »Das verstehe ich nicht.«

Darius hielt ihm die Flasche hin, aber er nahm sie nicht entgegen.

»Na ja, die Schläger. Was sonst, Junge?«

»Ich dachte, die hätte die Konkurrenz geschickt«, sagte Rafael irritiert.

Der Pole stieß sein Kichern aus. »Denk, was du willst. Ich denke etwas anderes.«

»Und was?«

»Es gibt Momente, da weiß sogar ich, dass es schlauer ist, den Mund nicht aufzumachen.«

»Deswegen hat sich auch niemand wegen der Schläger beschwert, oder? Weil da irgendetwas im Busch ist.«

Darius grinste in sich hinein. »Egal, wie viel ich intus habe: Darüber wirst du von mir nix hören.«

»Und wohl auch nichts über Halle B, stimmt's? Über das, was sich hinter den Rolltoren abspielt?«

Mit nun wieder ernster Miene antwortete der Pole: »Lieber würde ich mir eigenhändig die Zunge rausschneiden.«

19

Nach Stunden des Wartens geschah plötzlich etwas. Die Scheinwerfer leuchteten auf, der Motor startete. Dann fuhr der Wagen, der wie immer am Gehsteigrand geparkt worden war, die Straße hinab, um die nächste Ecke herum, und sofort kehrte wieder Stille ein.

Pawel Kadzior stand regungslos da, an den Baumstamm gelehnt. Er rieb sich die Augen. Knurrender Magen, stocksteife Glieder. Ihm wurde klar, dass er tatsächlich im Stehen eingenickt war. Er hatte geträumt, von jenen Tagen, als ihm jegliche Hoffnung auf Jakub, der in *Piękny Widok* lebte, abhandengekommen war.

Doch die Sache mit dem Auto war kein Traum gewesen – es befand sich wirklich nicht mehr an Ort und Stelle.

Erneut fuhr sich Pawel mit der schmutzigen Hand über die Augen. Er musste wach werden, klar, konzentriert.

Ein paar Abende zuvor war alles schiefgegangen. Viel zu unvorsichtig war er gewesen. Sie hatten ihn bemerkt, als er sich dem Grundstück genähert hatte. Er war rasch losgerannt, bevor sie einen unverstellten Blick auf ihn erhaschen konnten, zurück in den Wald, erleichtert, wieder im Unterholz unterzutauchen. Wie ein Penner war er sich vorgekommen, schlimmer, wie ein Urmensch, wie ein Tier.

Wie lange hatte er nicht mehr jemandem gesprochen? Nicht mehr geduscht, nicht mehr richtig gegessen oder geschlafen? Nicht mehr gelebt?

Pawel setzte sich in Bewegung. Diesmal musste es klappen. *Morderca.* Mörder. Deshalb war er hier.

Noch ein Blick zur Straße, um sich abermals zu vergewissern: ja, das Auto war verschwunden. Um ihn herum ballte sich die nächtliche Stille dieses Wohnviertels, in dem es nach geheuchelter Würde stank. Straßenlaternen, saubere Bürgersteige, geparkte Limousinen.

Er näherte sich, hielt inne, berührte die Klinke am Zauntor, auch wenn er davon ausging, dass abgeschlossen war. Im selben Augenblick ertönte ein Laut, hoch, schrill, lang gezogen.

Es dauerte mehrere Sekunden, bis Pawel klar wurde, dass das Surren von einer Alarmanlage stammte. Verdattert stand er da.

Letztes Mal war doch …

Nein, nicht nachdenken, nicht wundern!, befahl er sich. Und vor allem, keine Zeit verlieren.

Er rannte los.

Zurück. Dorthin, woher er gekommen war.

Hinter sich hörte er Geräusche. Rufe, schnelle Schritte.

Der Wald zeichnete sich als dunkles Band ab. Und selbst jetzt noch spürte Pawel Jakubs Blick auf sich. Tadelnd, zweifelnd. Was würde er von Pawel denken, könnte er hier sein?

Er hatte Zweifel an Jakub gehabt, damals in *Piękny Widok*, der *Schönen Aussicht*, Zweifel an Jakubs Kraft und Willen. Doch der hatte es Pawel gezeigt. Und wie!

Der Wald kam näher, Pawel rannte, bis die kalte Luft wie mit einem Rasiermesser in seine Lungen schnitt.

Ein Mann verfolgte ihn, holte auf, mehr und mehr.

Ja, Jakub hatte es ihm gezeigt. Durchgehalten. Er hatte es *geschafft*. Keine Drogen mehr. Sich eisern im Griff gehabt. Und Pawel hatte geweint wie zuletzt als kleiner Junge. Nie im Leben hatte es ihn so gefreut, sich geirrt zu haben. Ja, Jakub. Was würde er jetzt von Pawel denken? Er schämte sich so sehr, das Leben war ein einziger Schmerz geworden, doch er konnte nicht mehr zurück.

Der Wald! Endlich! Die Bäume, das nackte Gestrüpp, die Gerüche von Erde und absterbendem Moos.

In die Stille dieses dunklen, geisterhaften Labyrinths entlud sich jäh der Pistolenschuss, ein Knall, der Pawel durch
Mark und Bein fuhr.

Gleich darauf ein zweiter, ein dritter.

Nach vorn gestreckt landete er auf dem fast schon gefrore-
nen Boden, und im ersten Moment hatte er keine Ahnung, ob
er getroffen worden war oder nicht. Kein Schmerz, nicht der
geringste. Aber da war eine Flüssigkeit, die irgendwo an seiner
Haut hinabfloss. Warm, klebrig. *Blut.*

Hinter sich hörte er einen Körper, der sich zwischen den
Sträuchern hindurchschob.

Und Jakub sah irgendwo aus dem Nichts zu ihm herüber.
Mit diesem vorwurfsvollen, enttäuschten Blick.

Der Fremde näherte sich.

Hatte der Mann ihn gesehen? Wusste er, wo Pawel sich auf
die Erde drückte, blutend, verzweifelt und völlig durcheinander?

20

Mara Billinsky drückte das Gaspedal durch. Der Alfa nahm enorm Fahrt auf, und sie und Jan Rosen wurden in die Sitze gedrückt. Doch anders als sonst brachte die Beschleunigung Maras Lebensgeister kaum auf Touren. Sie war müde, todmüde. Normalerweise steckte sie eine Nacht mit wenig Schlaf gut weg, heute allerdings kam sie aus dem Gähnen nicht heraus.

Wie üblich erwies sich auch Rosen nicht gerade als Temperamentsbündel. Etwas miesepetrig klebte er im Sitzpolster, den Blick stur geradeaus gerichtet.

Wenn die nächtlichen Stunden im Büro wenigstens etwas gebracht hätten. Aber die endlosen Verhöre mit dem Mann, den Mara nach seiner Flucht aus dem Siwasdee hatte festnehmen können, brachten keine Erkenntnisse. Er zeigte sich hartnäckiger als anfangs gedacht. Kein Wort drang über seine Lippen, egal, wie erschöpft er war, egal, wie eingeschüchtert er zuweilen wirken mochte. Inzwischen nannten sie ihn im Präsidium schon den *Kleinen Schweiger*.

Als Mara schließlich zu Hause eingetroffen war, hatte sich am Horizont bereits ein fahler Streifen Tageslicht abgezeichnet. Und nach nicht einmal zwei Stunden Schlaf hatte das Telefon geklingelt. Klimmt. Er beorderte Mara und Rosen nach Kronberg. Unverzüglich. Also hatte sie Rosen bei ihm zu Hause abgeholt und war dann Richtung Kronberg gefahren. Ohne einen einzigen verdammten Schluck Kaffee getrunken zu haben.

Um wenigstens ein bisschen wacher zu werden, ließ sie im Wagen die Queens of the Stone Age laufen, obwohl sie wusste, dass der Sound eine Qual für den armen Rosen darstellte. Böses Mädchen, schimpfte sie in Gedanken mit sich selbst.

Ein leichter Schneeregen sprenkelte die Windschutzscheibe, der erste des Jahres. Bodennebel, eine tote Landschaft rechts und links der Fahrbahn.

Kurz vor der Ortseinfahrt meldete sich ihr Kollege zu Wort: »Könntest du den Baustellenlärm leiser machen und mir mal erklären, warum wir nach Kronberg müssen?«

Mara tat ihm den Gefallen mit der Musik. »Mehrere Anwohner haben nachts die Notrufnummer gewählt und Schüsse gemeldet. Ein Streifenwagen ist aufgetaucht, aber die beiden Beamten haben nicht feststellen können, wer die möglichen Schüsse abgefeuert haben könnte. Und dann, nun ja ...« Sie schaltete die Musik ganz aus. »Es hat eine Weile gedauert, bis denen auf der zuständigen Wache klar geworden ist, dass sich in direkter Nähe ein Mord ereignet hat.«

»Ach? Etwa Anwohner, die in derselben Straße leben wie Kai Degener?« Rosen machte eine vielsagende Geste. »Das wäre ja ein merkwürdiger Zufall, wenn ...«

»... die Schüsse nichts mit dem Mord an Ellen Degener zu tun hätten?«, fiel Mara ihm fragend ins Wort.

Während sie die Worte aussprach, merkte sie, dass ihre Energie zurückkehrte. Ihr war, als würde ihr erst jetzt so richtig bewusst werden, dass nach Tagen ohne jegliche Spuren oder gar Verdächtigen endlich Bewegung in den rätselhaften Fall Degener kommen könnte.

»Und wenn es doch Zufall war?«, meinte Rosen nachdenklich.

»In einer Wohnstraße, in der seit Jahren nichts, aber auch überhaupt nichts von Belang vorgefallen war, schon gar nicht in krimineller Hinsicht – und dann innerhalb kürzester Zeit ...« Mara beendete den Satz nicht, sondern schüttelte den Kopf. »Nein, es muss einen verdammten Zusammenhang geben.«

»Allein schon deshalb, weil wir einen *ver-damm-ten Zu-sam-men-hang* dringend nötig haben«, merkte Rosen an und imitierte dabei ihre harte, betonte Sprechweise.

»Du sagst es.«

»Und jetzt? Direkt zu Degeners Villa?«

»Ich habe die Namen und Adressen der Anrufer notiert. Lass uns erst mit ihnen sprechen. Wer weiß, wie hartnäckig unsere Streifenjungs heute Nacht insistiert und nachgefragt haben.« Sie bog in die Straße ein, in der sich Kai Degeners Anwesen befand, und hielt am Bordsteinrand. »Und dann besuchen wir Degener.«

»Wie viele Personen haben sich nachts gemeldet?«

»Drei.«

Beim Aussteigen fragte Mara: »Du hast ja überprüft, ob sich die Degeners jemals etwas zuschulden haben kommen lassen. Da war doch nichts, oder? Weder bei ihm noch bei ihr.«

»Richtig. Gesetzestreue, unbescholtene Bürger. Warum?«

»Ach, nur so. Ich habe darüber nachgedacht, ob wir die ganze Zeit falschliegen und in der Mordnacht doch Kai Degener hätte sterben sollen.«

»Absolut nichts spricht dafür. Es gibt kein Anzeichen, dass …«

»Schon gut, Rosen, vergiss es!«

Sie statteten den betreffenden Anwohnern einen Besuch ab, doch die Informationen, die sie erhielten, erwiesen sich als spärlich. Mehrere Schüsse. Die Umrisse rennender Gestalten. Keine Rufe. Danach nichts als Stille. Ob die fraglichen Gestalten vom Degener-Anwesen gekommen waren, konnte keiner der Zeugen bestätigen.

Rosen zog eine skeptische Miene, als sie gleich darauf bei dem Geschäftsmann klingelten.

Keine Reaktion.

Wortlos starrten sie auf den hohen Zaun, der das Grundstück umgab, und versuchten es mehrmals erneut. Ohne Erfolg.

Rosen zog sein Mobiltelefon aus der Jacke und rief in Degeners Büro in der Frankfurter City an. Von der Assistentin, die sie beim letzten Mal in Empfang genommen hatte, erhielt er jedoch nur die vage Auskunft, dass Degener gerade unterwegs sei.

Genervt steckte er sein Handy weg. »Lass uns verschwinden, Billinsky.« Er wollte sich schon abwenden, um zurück zum Auto zu gehen, Mara allerdings rührte sich nicht von der Stelle. »Nun komm schon.«

»Nein, komm du.«

Heftig schüttelte er den Kopf. »Billinsky, das können wir nicht tun. Wir …«

»Los, Rosen.« Kurzerhand schnappte sie ihn am Ärmel und zog ihn zu sich heran. »Wir klettern hier rüber.«

»Ganz sicher nicht!«, beharrte Rosen. »Es gibt eine Alarmanlage.«

»Sie wird sowieso nur nachts eingeschaltet, das hat Degener gesagt. Glaub's mir, er ist bestimmt zu Hause.«

»Woher willst du das wissen?«

»Wir wissen es, wenn wir uns die Villa genauer ansehen.« Sie hob eine Augenbraue. »Es gab möglicherweise einen Schusswechsel. Wir haben uns Sorgen um ihn gemacht und mussten uns Gewissheit verschaffen. So werden wir es darstellen. Falls jemand fragen sollte.«

»Nie und nimmer.«

Mara bedachte ihn mit einem herausfordernden Grinsen, und ein paar Sekunden später hatten sie sich beide über den Zaun gezogen. Nebeneinander bewegten sie sich an der Doppelgarage vorbei und zwischen den gestutzten Zierbüschen über den Rasen hinweg auf den weißen zweistöckigen Kubus zu. Die Marmorstatue glotzte sie aus leeren Augen an.

»Billinsky, das hätten wir nicht tun sollen«, maulte Rosen.

Die breite Haustür schwang auf. Zwei Männer erschienen im Rahmen und eilten entschlossen die Stufen der Freitreppe hinunter. Sie trugen Anzughosen und weiße Hemden, deren Stoff dank ausgeprägter Schulter- und Oberarmmuskeln mächtig spannte. Militärische Kurzhaarschnitte, grimmige, konzentrierte Mienen, Details, die Mara nur am Rande wahrnahm. Ihre Aufmerksamkeit galt vor allem den Pistolen, die in den breiten Händen lagen – leichte, aber höchst zuverlässige Glock-Modelle. Und die Typen machten den Eindruck, als wüssten sie damit umzugehen.

»Kriminalpolizei! Waffen fallen lassen!« Am Klang seiner Stimme erkannte Mara, wie aufgeregt Rosen war.

Die Männer in den weißen Hemden hielten inne und hoben die Waffen an.

Mara und Rosen zogen ihrerseits die Pistolen. »Mordkommission Frankfurt!«, rief Rosen, noch einen Tick schriller als zuvor.

Unbeeindruckte Blicke maßen sie. »Egal wer Sie sind«, hallte ihnen die Stimme eines der Bewaffneten entgegen, »das ist ein Privatgrundstück. Sie haben kein Recht ...«

»Waffen fallen lassen!«, unterbrach ihn Rosen. Schweißperlen glänzten auf seiner Stirn.

Mara machte sich innerlich längst bereit für eine Auseinandersetzung. Sie spürte, dass die Fremden vor nichts zurückschrecken würden.

»Herr Seiffert!«

Alle Augen richteten sich auf den Mann, der unbemerkt am Eingang aufgetaucht war. Kai Degener stand kerzengerade da.

»Bitte unterlassen Sie diesen Unfug!«

»Wir machen nur unseren Job«, sagte Seiffert.

Degener war mit einer Sporthose und einem weißen T-Shirt bekleidet, das Schweißflecken aufwies. Offenbar war er gerade bei einer Trainingseinheit unterbrochen worden.

Nach einem langen, schwelenden Moment der Stille machte Degener eine entschuldigende Geste gegenüber den Polizisten und bedeutete ihnen, ihm ins Haus zu folgen.

»Wie gnädig«, murmelte Mara.

Die beiden Muskelpakete schoben ihre Waffen in den Hosenbund und traten zur Seite, um sie und Rosen passieren zu lassen. Erst im Inneren der Villa steckten auch sie ihre Pistolen wieder in die Hüftholster.

Sie befanden sich im Wohnzimmer, dem Raum, in dem Ellen Degener gestorben war. Ihr Gastgeber deutete höflich auf das Sofa und die Sessel. »Bitte setzen Sie sich.«

»Wir stehen lieber«, erwiderte Mara.

Wie schon bei ihrem letzten Aufeinandertreffen gab Degener sich große Mühe, an ihr vorbeizusehen, schenkte aber Rosen einen freundlichen Blick. Erneut fielen ihr Degeners straffe Haltung und seine sportliche Figur auf.

»Es tut mir entsetzlich leid, was da gerade passiert ist.« Er nickte, um seinen Worten Nachdruck zu verleihen. »Also, dass die Wachleute Sie bedroht haben. Das wird nicht wieder vorkommen.«

»Äh, schon in Ordnung«, antwortete Rosen, nachdem Mara ihr Schweigen beibehielt. »Wir haben geklingelt. Und als niemand aufmachte …«

Mara konnte Rosen ansehen, wie sehr er sich wünschte, dass sie das Reden übernahm – schließlich war es ihre Idee gewesen. Doch sie hielt sich weiterhin bedeckt.

»Dann bitte ich Sie gleich nochmals um Entschuldigung. Ich war im Keller. Dort habe ich ein kleines Fitnessstudio eingerichtet, und ich hatte Seiffert ausdrücklich gebeten, mich unter keinen Umständen zu stören. Ich wollte erst mal wieder den Kopf ein wenig freibekommen.« Degener verschränkte die Arme und sah bekümmert drein. »Mittags muss ich zu einem überaus wichtigen geschäftlichen Termin nach Frankfurt, abends zu einem weiteren in Wiesbaden und …« Er rollte mit den Augen. »Na ja, es muss ja irgendwie weitergehen. Ich kann es mir einfach nicht erlauben, eine Pause einzulegen.«

»Weshalb haben Sie denn nicht aufgemacht?«, schaltete Mara sich ein.

»Ich legte keinen Wert auf Besuch. Mittags muss ich wie gesagt zu einem überaus wichtigen geschäftlichen Termin nach

Frankfurt und …« Er stoppte seinen Redeschwall und sah auf. »Aber gewiss sind Sie hier, um Neuigkeiten zu dem Mord an meiner Frau zu präsentieren, oder? Kommen Sie voran?« Erwartungsvoll musterte er Rosen.

Eine kurze Stille setzte ein. Rosen räusperte sich. »Leider gibt es keine neuen Hinweise«, kam es dann etwas kleinlaut von ihm.

Enttäuschung zeichnete sich auf Degeners Gesicht ab. »Sie haben nach wie vor keine einzige neue Spur.« Er seufzte. »Wohl nicht einmal eine alte, richtig?«

»Und diese Herren?«, meldete sich Mara plötzlich zu Wort. Sie deutete lässig mit dem Daumen über die eigene Schulter nach hinten. Dort waren Seiffert und sein Kollege zu hören, die auf den Stühlen im Essbereich Platz genommen hatten und sich leise unterhielten.

»Was soll mit Ihnen sein?«

»Mitglieder des Kronberger Schützenvereins, nehme ich an«, gab sie spitz zurück.

»Nochmals: Der ruppige Empfang tut mir leid. Ich werde mit den Männern ein ernstes Wort reden. Andererseits haben Sie beide ein Privatgrundstück betreten, und zwar ohne …«

»Ist das Ihre Leibgarde?«, unterbrach Mara ihn.

Er blickte kurz zu Rosen, als erwartete er, dass er Mara verbal an die Leine legen würde. »Es handelt sich bei den Herren um Security-Profis. Freunde und Geschäftspartner haben mich quasi dazu genötigt.«

»Wähnen Sie sich also doch in Gefahr?«, fragte Mara.

»Eigentlich gar nicht. Ich habe mich breitschlagen lassen, um es mal so auszudrücken. Andererseits, solange der Mord an meiner Gattin nicht aufgeklärt ist und die Hintergründe nicht feststehen, ist es unter Umständen sinnvoll, besonders vorsichtig zu sein.«

»Von welcher Firma sind die Profis?« Mara taxierte ihn mit ihren dunklen Augen.

»Master Security.« Degener zeigte ein etwas gezwungen wirkendes Lächeln. »Würden Sie mir nun verraten, was mir die Ehre Ihres heutigen Besuchs verschafft?«

»Sie wissen es doch längst«, erwiderte Mara auf die flapsige Art, die sie oft an den Tag legte, wenn sie es mit Karrieremenschen wie Degener zu tun hatte. Ein Rückfall in ihre rebellische Teenagerzeit, das war ihr bewusst, und sie konnte sich dennoch nicht gänzlich davon frei machen.

»Bitte?« Degener erwiderte ruhig ihren Blick.

Sie betrachtete erst einmal in aller Ruhe die gerahmten Fotografien, die an der Wand hingen und das Ehepaar Degener auf Reisen zeigten, und ließ sich Zeit mit der Antwort. Das ärgerte ihn, und auch das war ihr bewusst.

»Wir sind hier wegen der Schüsse.«

»Bitte?«, wiederholte er.

»Ist Ihnen nichts aufgefallen? Letzte Nacht?«

Degener runzelte die Stirn. »Ach so. Ja.«

»Mehrere Zeugen haben Schüsse gehört. Sie auch?«

»Ja.«

»Aber Sie haben es nicht für nötig empfunden, den Vorfall zu melden.«

Er schüttelte den Kopf. »Es waren zwei Männer der Security-Firma bei mir. Dieselben, die auch jetzt anwesend sind. Ich habe volles Vertrauen in sie. Einer ist bei mir geblieben, einer ist nach draußen gegangen, hat aber nichts Ungewöhnliches feststellen können und auch niemanden gesehen.«

»Aha.« Mara gab sich keine Mühe, ihre Skepsis zu kaschieren. »Und das war's?«

»Das war's.«

»Hm.« Sie musterte ihn genau wie zuvor.

»Sie können Herrn Seiffert und seinen Kollegen gern dazu befragen.«

»Wir verzichten darauf«, entschied sie spontan.

Gleich darauf verabschiedeten sie sich von Degener. Als sie

das Grundstück verließen, war Mara in Gedanken versunken. Auf dem Bürgersteig vor dem Zaun der Degeners blieb sie stehen. Trauernder Witwer. Kühl kalkulierender Businesstyp. Arroganter Hund. Auf Kai Degener schienen alle diese Begriffe zuzutreffen, und doch kam keiner davon der Wahrheit nahe genug, jedenfalls für Mara. Sie gestand sich ein, dass es ihr schwerfiel, ihn richtig einzuschätzen, und das verdross sie. Normalerweise verstand sie sich recht gut darauf, hinter die Fassade eines Menschen zu blicken.

»Worauf wartest du?« Rosen wies auf den geparkten Alfa. »Sonst bist du doch immer die Ungeduldige.«

»Wir könnten uns ein wenig hier umsehen. Was hältst du davon?«

Er blickte skeptisch zum stark bewölkten Himmel. »Wüsste nicht, was das bringen sollte.«

Sie gab keine Antwort, sondern schlenderte die Straße hinab, nicht jedoch in Richtung Auto. Als Rosen ihr nach einem Moment des Zögerns folgte, konnte sie seinen Widerwillen förmlich spüren.

Am Ende der Straße machte Mara schweigend kehrt, und wieder folgte er ihr. Zurück beim Degener-Grundstück schlug sie den Fußweg ein, der von den Häusern wegführte und zu einem Trampelpfad wurde, über den man in den nahen Wald gelangte.

»Kannst du mir bitte sagen«, meldete sich Rosen nun zu Wort, »wieso wir ausgerechnet hier …«

»Rennende Gestalten«, unterbrach Mara ihn gelassen. »Das haben doch die Zeugen ausgesagt. Wenn jemand rennt, könnte er auf der Flucht sein. Wenn jemand nachts auf der Flucht ist, wo würde er dann Schutz suchen?« Sie zeigte zu den Bäumen und ging weiter.

Wieder folgte er ihr, die Hände in die Jackentaschen gestopft. »Billinsky, warum hast du nicht auch diese beiden Security-Männer befragen wollen?«

Sie erreichten den Waldrand. Ein Windzug ließ Blätter und Zweige rascheln. Es roch nach Moos und feuchtem Holz.

Mara winkte ab. »Sie hätten doch nur ihren Chef bestätigt – und damit basta. Mir wäre es lieber, du würdest Master Security erst mal ganz unauffällig unter die Lupe nehmen.«

»Weshalb bist du immer so unfreundlich zu ihm?«

»Ich bin nicht unfreundlich, sondern …«

»Faktisch«, kam er ihr zuvor. »Na klar.«

»Sicher, es ist kein Kapitalverbrechen, wenn er Schüsse hört und sie nicht der Polizei meldet. Sicher, es ist sein gutes Recht, Bodyguards zu engagieren. Aber trotzdem, das alles kommt mir irgendwie …« Abrupt blieb sie stehen. »Rosen, du machst ein Gesicht wie eine Zitrone. Also, was ist los?«

Er hielt ebenfalls an. »Ich bin nun mal der Meinung, wir hätten nicht abhauen sollen, ohne mit den beiden gesprochen zu haben. Wenn Klimmt nach ihnen fragt …«

»Rosen, es geht doch gar nicht um die Gorillas.« Plötzlich fiel ihr etwas auf. Nicht weit entfernt, zwischen Sträuchern und Fichten.

Ein Gesicht.

Da war jemand.

Sie ließ sich nichts anmerken. »Gib endlich zu, dass du sauer auf mich bist.«

»Nö, bin ich nicht«, meinte er schmallippig.

»Und ich weiß auch warum: Du wartest auf etwas.«

Die Luft war feucht und kalt. Mara zog den Reißverschluss ihrer Jacke bis unters Kinn nach oben und beobachtete weiterhin unauffällig den Fremden, der wiederum sie beide beäugte.

»Worauf?«, wollte Rosen wissen.

»Dass ich mich endlich bei dir bedanke.«

Als Mara vor einiger Zeit von den russischen Verbrechern in die Mangel genommen worden war, hatte sie es vor allem Rosen und dem Kollegen Stanko zu verdanken gehabt, dass sie mit heiler Haut davongekommen war.

Sie hatten nie darüber gesprochen.

»Bedanken? Das ist nicht nötig, Billinsky. Du hättest dasselbe für mich getan.«

»Klar. Aber du wartest trotzdem darauf.«

Rosen sah ihr zum ersten Mal in die Augen. »Ich bin kein Freund großer Worte. Und du erst recht nicht. Du bist *faktisch*. Aber das ist natürlich nur die halbe Wahrheit.«

»Und die andere Hälfte?«

»Du hast Angst. Angst vor Emotion.«

Mara schmunzelte. »Rosen, mach dich nicht lächerlich.« Ohne dass er es merkte, behielt sie nach wie vor den Fremden im Auge, der sich im Schutz der Sträucher versteckte.

»Streite es nicht ab.« Ein ungewohnt gereizter Ton mischte sich in Rosens Stimme.

»Weißt du was?«

»*Was denn?*«, kam es giftiger von ihm, als sie ihn je erlebt hatte.

»Du hast vollkommen recht«, erwiderte sie schlicht.

»Ach?« Nun musterte er sie völlig verdutzt.

»Ja, ich habe Schiss vor Emotion. Sogar vor so einer simplen Sache, wie dir und Stanko Danke zu sagen. Das bringe ich einfach nicht.« Sie erwiderte seinen Blick und nickte. »Ich habe immer eine große Klappe. Aber wenn es um solche Dinge geht ... dann bekomme ich keinen Ton raus. Schon gar nicht beim Psychologischen Dienst, zu dem ich nach der Sache mit den Russen ein paarmal gehen musste. Du weißt schon, Dienstvorschrift. Ich und der Psycho-Doc. *Shit!* Man wollte mich sogar vom Dienst freistellen und in so ein bescheuertes Therapieprogramm stecken. Stichwort PTBS. Posttraumatische Belastungsstörung. Zum Glück habe ich mich davor drücken können. Na ja, es hat sicher geholfen, dass der Doc mich nicht sonderlich leiden kann.«

Rosen wirkte gleich noch erstaunter. Wahrscheinlich weil sie ihm derart ihr Herz ausschüttete, jedenfalls für ihre Verhältnisse. Ansonsten sprach sie nie über Gefühle, erst recht nicht über ihre eigenen.

»Also dann, Rosen«, fuhr sie fort, »ganz offiziell und ganz ehrlich: Danke! Danke für das, was du da auf dich genommen hast!« Sie beugte sich vor, umarmte ihn und verblüffte ihn damit erst recht.

Rasch wich er zurück, das Gesicht rot angelaufen.

Mara musste lachen. »Genug Emotion für die nächsten paar Jahre, was?«

Einen Moment sah er restlos verwirrt aus, dann fiel er leise in ihr Lachen ein. »Stimmt, Billinsky. Mehr als genug Emotion.«

Sofort wurde Maras Ausdruck wieder ernst. Und dann lief sie blitzschnell los. Sie sprang über Unkraut und Baumwurzeln hinweg, genau auf die Stelle zu, die sie die ganze Zeit im Blick gehabt hatte. Im Rennen riss sie die Waffe aus dem Holster.

In den heimlichen Beobachter kam ebenfalls Bewegung. Er zuckte zusammen, drehte sich hastig um und lief los.

»Stop! Kriminalpolizei!« Maras Stimme peitschte durch den Wald.

Der Fremde lief schwerfällig weiter, offenbar humpelte er auf einem Bein.

»*Stop!*«

Sträucher kratzten Mara im Gesicht. Beinahe wäre sie ausgerutscht, doch nach höchstens zehn Metern hatte sie den Flüchtigen erreicht. Ihre linke Hand grapschte nach dem speckigen Stoff der Jacke.

»*Stop!*«

Der Mann gab auf und hielt inne. Mara wirbelte ihn an der Schulter herum und ließ ihn in die Mündung der Pistole starren.

»Hände nach oben!«, befahl sie.

Er sah sie an. Und gehorchte nicht. Schäbig seine Kleidung,

ungekämmt sein struppiges, grau durchsetztes Haar. Er kam Mara vor wie ein Obdachloser. Sein Hosenbein war verdreckt von eingetrocknetem Blut.

»Hände hoch!«

Der Fremde wirkte entkräftet, doch auch wie jemand, in dem ein tiefer, vernichtender Zorn brodelte.

Ein neuerlicher Windzug rauschte in den Wipfeln.

In den Augen des Mannes blitzte es jäh auf. Er ballte die Fäuste, als wollte er auf Mara einschlagen.

»Hände hoch!«

Er setzte sich wieder in Bewegung, kam direkt auf sie zu, das unrasierte, verschmutzte Gesicht wild verzerrt.

Teil 2

Nackte Angst

21

Vorhin im Bett war sie wunderbar entspannt gewesen, nach dem Reden, nach dem Crémant, nach dem Sex. Und Peter Johannsen war ihr weit weg vorgekommen, als läge die Zeit mit ihm lange zurück, als hätte es seinen brutalen Tod nicht gegeben.

Jetzt allerdings, allein in dem großen Wohnzimmer, den Blick durchs Fenster auf die Stadt gerichtet, wurde Isolde Windeck von einer schleichenden Unruhe erfasst. Und von dem schlechten Gewissen, das wieder an ihr zu nagen begann.

Auch einen toten Partner konnte man betrügen, das wusste sie jetzt.

Sie wollte eigentlich nicht noch mehr von dem Crémant trinken, er würde sie noch wacher machen. Doch an diesem unfreundlich nebligen Spätnachmittag lag es nicht in ihrer Macht zu widerstehen.

Der Alkohol prickelte in ihrem Mund.

Er hatte ihn mitgebracht, ein Geschenk für sie. Wie selbstverständlich er sich nun in ihren vier Wänden aufhielt. Er checkte und verschickte mit seinem Smartphone E-Mails, ganz entspannt im Sessel, er gab sich lässig und ungezwungen, als hätte Peter nie existiert. *Er.* Dieser Mann, dessen Hände sie noch auf ihrer Haut zu spüren meinte. Der sie völlig verrückt machte, ihre Gedanken durcheinanderpurzeln ließ.

Und der ihr dann, als sie so richtig relaxed war, beiläufig eröffnet hatte, in den nächsten Tagen, womöglich Wochen, geschäftlich sehr eingebunden zu sein und unter Umständen weniger Zeit für sie zu haben.

Womöglich. Unter Umständen.

Sie hatte gar nicht gewusst, was sie sagen sollte, so überraschend war das gekommen. Vor allem, da sie eher damit gerechnet hatte, dass er nun *mehr* Zeit für sie freimachen wollte statt weniger.

Auch an seine Worte kurz vor dem Abschied musste sie wieder denken, umhüllt von Einsamkeit und den leisen Klängen von Mozart und Tschaikowski.

Warum hatte er sie darum gebeten, sie solle sich bei der Kommissarin melden? Sonst ein Freund klarer Worte, war er hier seltsam vage geblieben. Was hätte sie der Polizistin noch sagen können? Isolde grübelte. War es das überhaupt: eine Bitte? Oder eher ein sanfter Befehl?

Sie setzte sich aufs Sofa, legte die Beine hoch und trank noch einen Schluck aus dem langstieligen Glas. Ohne eine Entscheidung getroffen zu haben, spielte sie auf einmal wieder mit der Visitenkarte herum. Sie betrachtete die Büronummer, dann die Handynummer.

Sollte sie Mara Billinsky anrufen oder nicht?

Und wenn ja, wann? Sofort? Oder noch bis morgen warten? Unentschlossen leerte Isolde das Glas.

22

»Die Zeit steht still«, flüsterte Adrian Krucksdorf, seine Lippen plötzlich nah an ihrem Haar, ihrem Ohr.

Zu zweit gingen sie eine leere Straße in Bornheim entlang, und sofort erinnerte sich Mara daran, dass das früher immer sein Spruch gewesen war, in intimen Situationen, wenn es nur sie beide gab, wie auf einer einsamen Insel, umtost von den Wellen einer Welt, die beide hassten – und die sie gleichermaßen hasste.

Die Zeit steht still. Damals hatten diese Worte etwas Tröstliches für Mara gehabt, denn die Zukunft hatte düster ausgesehen, und so war ihr das Jetzt umso kostbarer erschienen. Den Moment fest- und alles andere fernzuhalten, das hatte Mara sich oft gewünscht.

Noch einmal beugte er sich von der Seite zu ihr herunter, um erneut die vier kurzen Worte zu raunen, halb im Spaß, halb mit einer Absicht, die sie nur erahnen konnte.

»Wer hätte gedacht, dass wir beide einmal nostalgisch sein könnten«, sagte er. »Stimmt's, Mara? Ausgerechnet wir.«

»Nostalgisch bist du also?«, gab sie ironisch zurück.

»Zum ersten Mal im Leben. Und zwar seit der Sekunde, als ich dich wiedergesehen habe. Verrückt, oder?«

»Ziemlich verrückt.« Spöttisch fügte sie hinzu: »Für einen wie dich.« Etwas in ihr sperrte sich dagegen, auf Adrians sanfte Nachdenklichkeit einzugehen.

Sie schlenderten dicht nebeneinanderher, ihre Arme berührten sich.

»Ach, am Ende bin ich eben auch nur ein Spießer. Genau wie alle anderen.« Die kalte Abendluft wehte sein leises Lachen zu Mara. »Ich sage dir, wenn wir jetzt auf dem Hauptfriedhof wären, wie früher, würde mir wirklich noch ganz schwer ums Herz werden.«

Sie rückte etwas von ihm ab. Die Bemerkung mit dem Friedhof, wahrscheinlich nur so dahingesagt, bescherte ihr eine ganz bestimmte Erinnerung an sie beide, und das war ihm offenbar nicht bewusst.

»Ist was mir dir?«, fragte er, als hätte er ihren Stimmungsumschwung bemerkt. Auch genau wie früher.

»Gar nichts. Ich hatte nur einen mühsamen Tag.«

Tatsächlich, sie konnte kaum glauben, dass es schon Abend war. Als hätte sich die Dunkelheit herangeschlichen, um sie zu überfallen. Wo waren die letzten zehn oder zwölf Stunden nur abgeblieben?

In Gedanken war Mara noch bei diesem sonderbaren Kerl, der ihr im Wald plötzlich gegenübergestanden hatte und auf sie eingestürmt war. Wie ein Lebensmüder, der auf verrückte Weise darum zu bitten schien, dass Mara ihn einfach abknallte.

Doch sie hatte seinen überstürzten Angriff ins Leere laufen lassen, indem sie seitlich auswich und ihm mit der Waffe einen trockenen Hieb auf den Schädel verpasste, sodass er sich jäh auf dem Waldboden wiederfand.

Jan Rosen war unterdessen an Maras Seite geeilt, ebenfalls mit einsatzbereiter Pistole. Sie hatten den Fremden aufstehen lassen, ihn durchsucht und ihm Handschellen angelegt, ohne auf eine Waffe zu stoßen. Beim anschließenden Besuch in der Notaufnahme wurde seine Wunde versorgt, bei der es sich, wie ein Arzt befand, um einen Streifschuss handeln könnte – allerdings nicht zweifelsfrei müsse. Dann hatten sie den seltsamen Mann mit ins Präsidium genommen. Hier hielt er sich bedeckt. Mehr als das. Er hockte da wie ein Häuflein Elend, verströmte einen säuerlichen Geruch und versank immer tiefer in brütendem Schweigen.

Es war zum Verrücktwerden. Denn auch bei dem anderen Kerl, den Mara für ein Mitglied der russischen Bande hielt, blieb alles beim Alten. Sie brachten ihn einfach nicht zum Reden, trotz seiner augenfälligen Angst. *Kleinen Schweiger* hatten sie ihn ja genannt – und jetzt gab es also auch noch einen *Großen Schweiger*.

Die langen ergebnislosen Stunden im Verhörraum hatten Mara mürbe gemacht. Mit Stresssituationen und Action kam sie besser klar als mit diesem zähen Sich-im-Kreise-Drehen. Als es Abend wurde, traten sie bei beiden Mordfällen nach wie vor auf der Stelle, und das kratzte an ihrem Gemüt wie auch an ihrem Selbstvertrauen.

Genau in dem Moment, als sie gemeinsam mit Klimmt und Rosen beschlossen hatte, es für heute gut sein zu lassen, hatte sie eine weitere Nachricht von Adrian erhalten, der ein entspanntes Treffen bei einem guten Wein vorschlug. Und allein schon weil sie sich so niedergeschlagen fühlte, hatte sie mit einer rasch eingetippten Antwort eingewilligt.

Sie hatten sich in dem Weinkeller auf der Berger Straße getroffen, den Mara gelegentlich mit Rosen aufsuchte, und einen köstlichen Rotwein genossen: einen Actarus Primitivo di Manduria – jede Menge davon.

Jetzt spürte Mara, wie der Alkohol in ihrem Blut wogte. Genau wie die gemeinsamen Erinnerungen an früher, wie das erneute trügerische Gefühl, sie und Adrian wären in einer Zeitmaschine zwölf Jahre zurückgereist.

Unbewusst waren sie in die Straße abgebogen, in der sich Maras Wohnung befand.

Oder doch nicht so unbewusst?

Schweigen hatte sich zwischen ihnen ausgebreitet.

An der Haustür angekommen, hielt Mara inne. Sie betrachtete sein im Schatten liegendes Gesicht, aus dem die Augen mit sanftem Glanz hervorstachen.

»Es war nett«, sagte sie leise.

Von der nahen Berger Straße drang das trunkene Gejohle einiger Partyleute zu ihnen, ansonsten war es ruhig.

»Nett? Das ist die kleine Schwester von scheiße.« Wieder erklang sein zurückhaltendes, abwartendes Lachen. »Wir sind wirklich zwei Spießer geworden, was?«

»In meinem Team würden sie da widersprechen, zumindest was mich betrifft.«

Sein Gesicht war plötzlich ihrem ganz nah. Sie dachte, er würde versuchen, sie zu küssen, doch er hauchte nur: »Schick mich jetzt nicht weg.«

Statt einer Antwort drehte sich Mara zur Tür und schloss auf. Sie ging voran, er folgte ihr, die Treppe hinauf in den zweiten Stock zu ihrer Wohnung.

»Was für eine finstere Gespensterhöhle«, lautete Adrians spöttischer Kommentar. »Vergiss das mit dem Spießer.«

In Maras zur Straße gelegenem Wohnzimmer befand sich kaum Mobiliar. Aber obwohl es zumindest ein kleines Sofa gab, setzten sie sich auf den Boden, genau wie früher, wenn sie in leere Häuser eingestiegen waren, um nicht Regen oder Kälte ausgesetzt zu sein.

»Wahrscheinlich besitzt nur du so etwas.« Adrian lächelte und deutete auf den Teppich, schwarz und dick, gemustert mit winzigen weißen Totenköpfen.

Mara stellte zwei Gläser mit Rotwein vor ihnen ab. Sie machte Musik an, platzierte drei brennende Teelichter in der Ecke und nahm neben Adrian im Schneidersitz Platz. Nirvana, Pearl Jam, Ramones. Die raue, manchmal brachiale Musik erfüllte den Raum, aber Mara achtete darauf, dass es nicht so laut war wie sonst.

Adrian begann sich eine Zigarette zu drehen. »Was war so mühsam an deinem Tag?«

»Ach, zurzeit läuft alles scheiße«, murmelte sie. Ohne es so richtig zu wollen, schilderte sie ihm kurz die Begegnung mit dem Mann im Wald und dessen beharrliches Schweigen bei der anschließenden Befragung. Automatisch kreisten ihre Gedanken wieder um den Fremden.

Wie war er zu seiner Wunde gekommen? Handelte es sich dabei um einen Streifschuss – oder nicht?

War er von Bedeutung – oder am Ende doch nur ein Obdachloser, der sich einen Rückzugswinkel gesucht hatte? Aber selbst die ärmsten Typen hatten normalerweise Tüten mit Krimskrams bei sich. Er jedoch – gar nichts. Und ausgerechnet Kronberg ... Das war nun wahrlich kein Hort für Penner und Herumtreiber.

Sie sah ihn vor sich, deutlich wie auf einem Foto. Er wirkte keineswegs wie ein Verbrecher. Eher schien es, als würde ihn etwas ungemein quälen. Als hütete er ein Geheimnis. Aber welches?

»Wenn du so in Gedanken vertieft bist, siehst du umwerfend aus.«

Adrians Stimme holte sie zurück in die Unmittelbarkeit des Moments. »Umwerfend«, wiederholte sie spöttisch. »Noch so ein Spruch, und ...«

»Du kannst mich auslachen, Mara, aber so ist es nun mal. Du hast dich verändert und dir trotzdem das bewahrt, was dich schon früher ausgemacht hat.«

»Und was soll das sein?«

»Wenn ich es nur in Worte fassen könnte.« Er drehte eine zweite Zigarette, zündete beide nacheinander an und schob eine davon sanft zwischen Maras Lippen. »Du bist so verletzlich – und doch hast du etwas Kraftvolles. Du wirkst zart, fast zerbrechlich, aber gleichzeitig wie jemand, der vor keiner Schlägerei zurückschreckt.« Er musste lachen. »Du merkst, ich kriege es nicht hin, das zu erklären, was dich so besonders macht.«

»Vielleicht weil es nur in deiner Einbildung existiert. Und nicht real ist.« Sie zog an der Zigarette.

»Nein, Mara. Es ist so real wie dein Teppich. Da bin ich mir sicher.«

Wieder hatte sie das Gefühl, er würde gleich versuchen, sie zu küssen – und wieder tat er es nicht.

»Erinnerst du dich noch daran«, meinte er, »wie ich dir das Zigarettendrehen beigebracht habe?«

»Ich erinnere mich an vieles.«

»Auf was spielst du an?«

»Wie sieht es mit deinen Erinnerungen aus?«

»Die weniger schönen blende ich aus«, meinte er leichthin.

»Das scheint mir auch so.«

»Worauf willst du hinaus?«

»Auf gar nichts«, sagte sie auf einmal hart. Und sah abrupt weg.

Er musterte sie forschend. »Ich muss zugeben, ich bewundere dich.«

»Krux, lass den Scheiß ...«

»Ich mein's ernst. Es ist bestimmt nicht leicht, sich als Frau in dieser Testosteron-triefenden Bullenwelt zu behaupten.«

»Woher weißt du denn, dass ich mich behaupte?«

»Ach, es spricht sich herum. Sogar deinen Spitznamen habe ich erfahren.« Er schmunzelte. »Billinsky, die Krähe.«

»Sprechen wir endlich mal von dir. Im Familienunternehmen bist du wohl nicht mehr tätig, nehme ich an.«

Er winkte ab. »Die Druckerei haben wir schon lange verkauft. Ich arbeite als Consultant-Manager. Oder auf gut Deutsch als Unternehmensberater. Ich berate vor allem in wirtschaftlicher Hinsicht. Und habe dabei mit völlig unterschiedlichen Branchen zu tun.«

»Klingt ja ganz spannend.«

»Nicht lügen.«

Mit einem Lachen gab sie zu, dass er sie ertappt hatte.

»Tja, spannend ist es wirklich nicht«, fuhr er fort. »Und besonders anspruchsvoll auch nicht, wenn man erst mal den Dreh heraushat. Das Einzige, was man wirklich benötigt, ist gesunder Menschenverstand. Und die Fähigkeit, seinen Kunden vor der Erkenntnis zu bewahren, dass er im Grunde selbst weiß, was das Beste für sein Unternehmen ist. Wenn man ihm erklärt, dass der Himmel blau ist, muss es sich anhören wie die größte Weisheit aller Zeiten. Das ist alles.«

»Und das lässt du dir ganz gut bezahlen, wenn ich mir deinen Anzug und deine Stiefeletten so ansehe. Und vor allem diese Uhr.«

»Der ganze Plunder gehört eben dazu.« Adrian zuckte gleichmütig mit den Achseln und hob kurz den Arm, um seine funkelnde Armbanduhr zu zeigen. »Eine Jaeger-LeCoultre. Du ahnst nicht, wie viel das Ding kostet.«

»Über Zehntausend, schätze ich mal.«

»13.900, um genau zu sein.« Spitzbübisch sah er sie an. »Wie gesagt, das gehört dazu. Hier mit dir zu sitzen und Nirvana zu hören, ist wertvoller.«

»Shit! Du weißt immer, was du sagen musst, was?«

Er zog etwas aus seiner Hosentasche und legte es vor Maras gekreuzte Beine. Es war in Silberpapier eingewickelt. »Schwarzer Afghane. Wie wär's, Mara? Um der alten Zeiten willen.«

Entschieden schüttelte sie den Kopf. »Du hast mich schon mit den Zigaretten rumgekriegt. Ganz sicher nicht mit diesem Zeug.«

»Keine Lust mehr darauf?«

»Seit damals nicht.«

»Wir hatten verdammt viel Spaß.«

»Nicht immer.«

»Aber meistens.«

Im Hintergrund lief *Come as you are*, die Unplugged-Version, und Kurt Cobains verzweifelte Stimme erfüllte den Raum. Es war warm, eher heiß, seit Tagen hatte Mara die Heizung nicht zurückgedreht. Auf ihrer Stirn standen winzige Schweißperlen. Sie hatte viel getrunken, womöglich zu viel. Der ungewohnte Tabak kratzte angenehm in ihrem Hals. Längst war es Nacht geworden.

Sie sahen sich an, und Mara war überzeugt, dass er nun zum entscheidenden Angriff übergehen würde – auf ihre Lippen, ihre Klamotten, ihren gesamten Körper.

Einen langen Moment fragte sie sich, wie sie reagieren würde.

Sein Blick. Seine schmalen Augen. Die Flut aus Erinnerungen. Sie wollte von ihm abrücken, wie zuvor auf der Straße, als er ihr nahe gekommen war, doch zu ihrer eigenen Verblüffung rührte sie sich nicht. Im Gegenteil, sie stellte sich auf den Kuss ein, auf die Berührungen. Und tatsächlich, er beugte sich zu ihr, sie roch sein Duftwasser, aber alles, was er tat, war ihre Wange mit einem fast freundschaftlichen Kuss zu streifen.

Im nächsten Moment kam er auf die Beine.

»Danke für den Abend, Mara.«

Auch sie stand auf. Sie lächelte ihn an und gab sich Mühe, ihre Überraschung zu verbergen.

Nachdem sie ihn hinausgelassen hatte, starrte sie die Wohnungstür an. Krux war damals ihr Türöffner gewesen. Raus aus der miefig-vornehmen Welt der Westendvilla ihres Vaters, hinein in die Welt des Untergrunds. Dort roch es nach Abenteuer und Gefahr, es gab keine Konventionen, scheinbar keine Grenzen. Mara war davon förmlich aufgesogen worden. Weg von der Spießigkeit, die keine Perspektiven bot – hin in eine Umgebung, die zwar auch keine Ziele eröffnete, aber in der man alles aus dem Moment herauszuholen versuchte. Krux war nicht nur ihr Türöffner, sondern auch ihr Pfadfinder gewesen, ihr Ratgeber, ihr Vorbild in Sachen Frechheit, Unangepasstheit, Wildheit. Und ihr erster Liebhaber. An einem ihrer Treffpunkte hatte er sie – nachdem sie sich einige Zeit verweigert hatte – herumgekriegt. An einem höchst bizarren Ort. Und dann war sie glücklich gewesen, zum ersten Mal seit dem Tod ihrer Mutter. Wenn auch nur für kurze Zeit.

Wie weit dieses Leben entfernt gewesen war. Und wie nah es durch sein Auftauchen auf einmal wieder zu sein schien. Sie starrte noch immer vor sich hin, von Erinnerungen überwältigt, und wunderte sich, ob sie angesichts seines raschen Abgangs vorhin nicht etwa nur überrascht war – sondern auch enttäuscht. *Was willst du von ihm?*, fragte sie sich. Wie weit willst du dich auf ihn einlassen?

Noch bevor sie Antworten darauf fand, klingelte ihr Handy. Erstaunt stellte sie fest, dass es sich bei dem Anrufer um Isolde Windeck handelte. Sie versuchte die einlullende Wirkung des Alkohols zu verdrängen und sich zu konzentrieren. Doch die Hoffnung auf neue Informationen schwand sofort. In Isoldes angenehmer Stimme lag ein singender Ton, der den Verdacht nahelegte, dass auch sie an diesem Abend getrunken hatte. Seltsam unkonkret drangen die Worte durch das Telefon an Maras Ohr, und als sie wissen wollte, wie sie helfen könne, wurde das Gespräch recht schnell wieder von Isolde beendet.

Merkwürdig, dachte Mara, als sie sich auf das Sofa fallen ließ. Was hatte Isolde mit dem Anruf bezweckt? Einfach nur etwas Trost zu finden? Wie auch immer – die Frau tat ihr leid.

Als sie gleich darauf ihr Handy auf neue Nachrichten hin überprüfte, sprangen ihre Gedanken wieder zu Adrian. Sie war versucht, seinen Namen durch eine Internet-Suchmaschine zu jagen. Aber sie hielt sich zurück, waren doch diese digitale Durchsichtigkeit und das ganze eitle Spiel in Social-Media-Kanälen etwas, das ihr zuwider war. Im Job half es manchmal, Suchmaschinen zu durchkämmen und virtuelle Communities abzuklopfen, im Privaten wollte Mara so wenig wie möglich damit zu tun haben. Für sie hatte es etwas Hinterhältiges, und das mochte sie nicht.

Am nächsten Morgen, im Präsidium, hatte sie immer noch die herbe Note von Adrians Duftwasser in der Nase – zumindest kam es ihr so vor. Sie stand neben Klimmt und betrachtete hinter einer Spiegelwand den Mann, den sie nach der Aktion im Siwasdee festgenommen hatte.

»Wie sollen wir Ihrer Ansicht nach weiter mit dem Mistkerl verfahren?«, fragte Klimmt, obwohl er sonst nicht scharf auf ihren Rat war – oder auf den von sonst jemandem.

»Ich bleibe dabei: Er hat Angst. Ich weiß bloß noch nicht, ob allein vor uns oder auch vor jemand anders. Wir bringen ihn schon noch zum Reden.«

»Vor Blochin und Dassajew etwa? Sie denken doch nach wie vor, das sind seine Bosse.«

»Er hat Schiss, dass ihm ein falscher Ton über die Lippen kommt und sie davon erfahren.«

»Tja, da sitzt er und hält die Klappe, unser *Großer Schweiger*.«

»Unser *Kleiner Schweiger*, meinen Sie. Der *Große* ist ja inzwischen dieser komische Kauz aus dem Wald.«

»Gutes Stichwort. Kümmern Sie sich um den Waldschrat, ich werde den Vielleicht-Russen wieder in die Mangel nehmen.« Er wies auf den Mann hinter dem Spiegelglas, das dafür sorgte, dass sie ihn sehen konnten, er aber nicht sie.

»Es wird Zeit, dass wir einen Schritt weiterkommen.«

»Dass *Sie* einen Schritt weiterkommen, Billinsky. Das ist Ihr verdammter Fall.« Er verzog den Mund zu einem sarkastischen Grinsen. »Ich helfe nur aus, weil ich so ein netter Chef bin.«

»Mir kommen gleich die Tränen vor Rührung.«

In diesem Moment platzte Rosen herein. Er hatte gerötete, müde Augen. »Ich hab was …«, stieß er aus.

»Erst mal Tür zu«, wies Klimmt ihn an, ruppig wie immer.

Rosen gehorchte, dann musste er sich sammeln, wie jedes Mal, wenn er etwas Wichtiges zu berichten hatte. »Jetzt kann er nicht mehr den *Schweiger* spielen. Jetzt muss er den Mund aufmachen.«

»Welcher von beiden?«, meinte Mara.

»Der Kleine. Also, der Russe.«

»Wir wissen noch nicht, ob es ein Russe …«, begann

Klimmt, aber Rosen sagte rasch: »Doch, wissen wir. Ich habe mir die ganze Nacht das restliche Videomaterial der Überwachungskamera aus dem Siwasdee angesehen. Schon in den beiden Nächten davor. Ihr wisst ja, wie viel das ist. Bänder, die über Wochen und Monate aufgezeichnet wurden.« Er rieb sich die Augen. »Und auf einem der allerletzten Bandschnipsel taucht er plötzlich auf, unser Freund. Er redet mit dem Typen, den unsere Leute erschossen haben, und mit zweien dieser Thai-Frauen, also den Masseusen. Und zwar auf Deutsch. Dann erhält er einen Anruf auf seinem Handy. Er meldet sich mit seinem Namen: Dmitri. Ich gehe noch mal die Datenbank durch, vielleicht hilft mir sein Vorname, um auch den Nachnamen feststellen zu können. Und übrigens, ins Telefon spricht er russisch.«

»Dann ist Schluss mit *nix verstehen*«, brummte Klimmt.

»Gut gemacht, wollte der Chef sagen«, warf Mara ein.

»Das Beste kommt noch«, meinte Rosen. »Ich habe das Band vorhin dem russischen Übersetzer gezeigt. Es ging nur darum, einen Zeitpunkt für ein Treffen festzulegen. Aber da fielen zwei bestimmte Begriffe, die der Dolmetscher übersetzt hat. Begriffe, die uns schon einmal aufgefallen sind.«

»Und welche, Rosen?«, drängte Klimmt.

»Die russischen Worte für Skorpion und Piranha.«

Mara stutzte. »Wie auf Peter Johannsens USB-Stick.«

»Richtig.« Rosen nickte heftig. »Dieser Dmitri trifft bei seinem Telefonat eine Verabredung mit Skorpion und Piranha.«

Mara sah zu Klimmt. »Chef, überlassen Sie mir den Russen. Ich will mich nicht vor dieser Bande verstecken, ich will unbedingt wissen, was die …«

Er hob den Arm, um ihren Redeschwall zu stoppen. »Okay, Billinsky. Sie fangen mit Dmitri an. Ich bleibe vorerst hinter dem Spiegel. Wenn es nötig ist, stoße ich zu Ihnen oder löse Sie ab. Und der andere, der *Große Schweiger* aus dem Wald, muss eben noch warten.«

»Und ich?«, fragte Rosen.

»Sie haben es selbst gesagt: Sie versuchen, Dmitri auf digitalem Weg näher zu kommen. Vielleicht nützt der Vorname tatsächlich etwas – auch wenn bei unserem Glück wahrscheinlich jeder zweite russische Gangster in Frankfurt Dmitri heißt.«

Mara hörte nur halb zu. In ihrem Kopf hatten die Ausdrücke Skorpion und Piranha wild zu kreisen begonnen. Sie konnte sich nur zu gut vorstellen, wer sich dahinter verbarg. Blochin und Dassajew.

Sie hatte es die ganze Zeit gespürt.

23

Sie hatten ihn befragt, und er hatte geschwiegen.

Stundenlang. Immer wieder ihre Fragen, immer wieder sein Schweigen.

Zuerst war es schwer gewesen, den Mund zu halten. Wahrscheinlich war es ein angeborenes menschliches Bedürfnis, auf andere zu reagieren. Erst recht, wenn man tagelang mit niemandem ein Wort gewechselt hatte. Dann jedoch war es ihm leichtgefallen. Mehr noch, er hatte es regelrecht genossen. Wie schön die Stille war, wie angenehm.

Wenn man seinen Stolz verloren hatte, gab es keinen Grund mehr zu reden.

Auch jetzt genoss er die Ruhe um sich herum. Diese Zelle war ein Hort der Lautlosigkeit, weit weg vom Rest der Welt. Er musste keinen Verkehrslärm mehr hören, kein Rauschen in den Baumwipfeln, keine Stimmen wildfremder Passanten.

Nein, Pawel Kadzior musste gar nichts mehr.

Hätte die Polizistin mit den auffälligen rabenschwarzen Augen und der Motorradlederjacke ihn erschossen, wäre es für ihn in Ordnung gewesen. Diesmal war er nicht mehr geflüchtet wie bei dem schießwütigen Kerl, der ihn am Bein erwischt hatte. Blutend hatte er sich im Unterholz versteckt, ohne dass man ihn erneut entdeckt hatte. Und dann hatte er sich bis zum nächsten Tag im Wald aufgehalten. Bis die Polizistin auf ihn aufmerksam geworden war und er sie dazu hatte bringen wollen, seine traurige Existenz mit einer Kugel zu beenden.

Da sie es nicht getan hatte, saß er nun auf der Pritsche, regungslos, gleichmütig. Sie hatten seine Fingerabdrücke genommen, mit einem Wattestäbchen in seinem Mund auch die

DNA. Hatten seine Verletzung behandelt, ihn duschen lassen, ihm zu essen gegeben. Und er hatte die Mahlzeit mit Heißhunger hinuntergeschlungen, er hatte gar nicht anders gekonnt.

Dann erneut die Fragen, erneut sein Schweigen.

Und jetzt war er also allein.

Er dachte an Helena, die nichts mehr von ihm gehört hatte, die sich bestimmt Sorgen machte. Und weil es schmerzte, sie sich in ihrem Kummer vorzustellen, verdrängte er sie gleich wieder aus seinen Gedanken.

Doch kaum hatte ihr Bild sich aufgelöst, nahm jemand anders in der Zelle Gestalt an. Pawel senkte den Blick, um Jakub nicht in die Augen sehen zu müssen, der neben ihm stand und auf ihn herabblickte.

»Schau mich nicht so an, Jakub«, flüsterte Pawel. Die Erinnerungen an damals kamen, als Jakub *Piękny Widok*, die *Schöne Aussicht*, nach Beendigung der erfolgreichen Drogentherapie verlassen durfte. Jakub zog wieder bei Pawel und Helena ein, und Pawel beschaffte ihm einen Aushilfsjob. Wahrlich nichts Großartiges, aber ein Anfang. Er arbeitete in der Firma, bei der Pawel selbst angestellt war, einem kleinen Handwerksbetrieb.

Jakub legte ein Durchhaltevermögen an den Tag, das Pawel ihm tatsächlich nicht zugetraut hatte. Keine Drogen mehr, nicht einmal Alkohol oder Zigaretten. Alles lief gut.

Der erste Rückschlag kam, als der Betrieb in Finanznöte geriet und erst die Mitarbeiter entlassen und dann seine Pforten dichtmachen musste.

Kein Einkommen, weder für Pawel noch für Jakub. In Krakau und Umgebung war es schwer, einen Job zu finden, und die Lage würde noch schlechter werden, wie man in jeder Zeitung las. Harte Zeiten standen ihnen bevor.

Bis Pawel davon hörte, dass zwei seiner Bekannten nach Deutschland gegangen waren, um dort ihr Geld zu verdienen. Und dass noch mehr Arbeitskräfte gesucht würden. In der

Tat, es dauerte nicht lange, und sowohl er als auch Jakub hatten wieder eine Anstellung. Sie machten sich auf den Weg nach Frankfurt, ohne zu ahnen, dass das kein Neubeginn, sondern nur der Anfang vom Ende sein würde.

Wären sie doch niemals …

Warum gab es in diesem verdammten Leben kein Erbarmen, keine Gnade?

Die Zellentür öffnete sich mit einem Quietschen, einer der Schließer kam herein, um das Tablett mit dem bis zum letzten Krümel leer gegessenen Teller mitzunehmen. Mit knappen Worten kündigte er an, dass der Arzt Pawel noch einmal untersuchen würde, um sicherzugehen, dass sich die Wunde nicht entzündete. Außerdem murmelte er etwas von einem Anwaltsbesuch, Pawel hörte schon gar nicht mehr hin.

Der Mann verließ die Zelle und verriegelte sie, und erst jetzt wunderte sich Pawel so richtig. Anwalt? Er hatte keinen verlangt, er wollte keinen sehen. Niemanden wollte er sehen. Er wollte allein sein, schweigen. Er wollte nichts anderes um sich herum als diese erhabene Stille.

24

Mara Billinsky betrat das Verhörzimmer, die dunklen Augen vom ersten Moment an direkt auf den Mann gerichtet. Sie legte einen Schnellhefter auf dem ansonsten leeren Tisch ab.

Der Kerl saß genauso auf dem Stuhl wie an den Vortagen, als wäre er nie aufgestanden. Wiederum fielen ihr seine Zartgliedrigkeit, seine fast femininen Hände auf. Und der Schweiß, der an seinen Schläfen perlte.

Sie nahm ihm gegenüber Platz. »Hallo, Dmitri«, sagte sie lapidar.

Es entging ihr nicht, dass er zusammenzuckte. Er presste die Lippen aufeinander und starrte an ihr vorbei.

»Wir kennen nicht nur Ihren Vornamen, sondern wissen auch, dass Sie unsere Sprache verstehen.«

Kein Wort kam von ihm.

»Was ist los mit Ihnen? Heimweh nach Mütterchen Russland? Oder einfach nur eine Scheißangst?«

Kein Laut, abgesehen von einem schweren Schnaufen.

»Sie haben auf meine Kollegen und mich geschossen. Sie sind mit einem Messer auf mich losgegangen.« Mara schmunzelte ihn spöttisch an. »Sie können nicht im Ernst glauben, einer Verurteilung zu entgehen, nur weil sie uns den stummen Fisch vorspielen.«

Noch mehr seiner Schweißperlen funkelten im harten, grellen Neonlicht des fensterlosen Raumes. Der Kerl rang mit sich.

»Es gibt Videoaufnahmen aus dem Siwasdee. Darauf sieht und hört man Sie reden. Deutsch, russisch. Wenn Sie nicht mit uns kooperieren, haben Sie keine Chance. Mordversuch an einem Bullen. Was denken Sie, wie Ihre Chancen vor Gericht stehen?«

Er senkte das Kinn, ein Schweißtropfen fiel von seiner Nasenspitze. Doch er schwieg weiterhin.

»Skorpion und Piranha«, kam es wie mit der Pistole geschossen von Mara. »Wie war Ihr Treffen mit den beiden?«

Wieder das Zusammenzucken.

»Sehen Sie mich an, Scheiße noch mal!« Maras Stimme schallte wie eine jähe Gewehrsalve durch das Zimmer.

Er riss den Kopf hoch und starrte sie an. Seine wulstigen Lippen bebten. »Bitte.« Das Wort schlich ihm förmlich über die Lippen. »Bitte …«

»Bitte was?«

»Schützen Sie mich vor denen.« Nur ein ganz leichter Akzent schwang in seiner Aussprache mit.

»Vor wem? Sie meinen, Skorpion und Piranha, nicht wahr? Beziehungsweise Blochin und Dassajew.«

Keine Antwort.

»Ich *weiß* doch, dass es um die beiden geht«, behauptete Mara fest.

Er nickte, wenn auch nur zaghaft. »Wenn diese Männer erfahren, dass ich meine Klappe nicht halte, bin ich tot.« Mit der Hand wischte er sich den Schweiß weg. »Sie werden mich kaltmachen.«

Mara warf einen vielsagenden Blick zur verspiegelten Wand, hinter der sie Klimmt wusste. Endlich mal ein Treffer.

»Dmitri, hier kommen Blochin und Dassajew nicht an Sie heran.«

»Sogar auf dem Mars kommen die an mich heran.«

»Nein, wir …«

»Über die beiden kann ich Ihnen nichts sagen.« Sein Blick richtete sich ins Leere. »Glauben Sie mir, das wäre mein Ende.«

»Okay, dann fangen wir noch mal von vorn an.« Mara musterte ihn. »Und zwar mit dem *Siwasdee*.«

»Ich weiß nicht, was da vor sich geht.« Er schüttelte den Kopf. »Ich war dort nur mal zu Gast, ganz zufällig, vielleicht auch zwei- oder dreimal, aber …«

»Schluss mit dem Scheiß!«, unterbrach Mara ihn heftig. »Verarschen Sie mich nicht, Dmitri! Sonst verarsche ich Sie auch. Und ich sitze am längeren Hebel, glauben Sie's mir.«

»Ich habe keine Ahnung, was da alles abläuft.«

»Dmitri, Sie hätten im Siwasdee doch nicht versucht, sich den Weg freizuschießen, wenn dort nicht jede Menge auf dem Spiel …«

»Ich weiß wirklich nicht, was Sie von mir wollen«, unterbrach er sie, und seine Stimme überschlug sich plötzlich.

Mara bedachte ihn mit einem knappen Grinsen. »So schnell lasse ich nicht locker. Also noch mal: das Siwasdee. Ein als Massagesalon getarntes Bordell. So weit, so schlecht. Ich nehme an, es gibt noch mehr solcher Häuser, in denen junge Frauen zu abartigen Spielchen gezwungen werden.«

Er nickte kaum sichtbar.

»Aber Blochin und Dassajew geben sich nicht allein damit ab. Der größte Teil ihres Kapitals hängt nicht mit Zwangsprostitution zusammen, sondern mit Drogenhandel. Richtig?«

Wiederum nickte er.

»Gut, kommen wir später darauf zurück.« Mara beugte sich nach vorn, ihr Blick wurde bohrender. »Und jetzt endlich raus mit der Sprache. Was ist los im Siwasdee?«

Irritiert sah er sie an. »Wie meinen Sie das?«

»Das Geheimnis, das sich hinter dem Massagesalon verbirgt.«

»Das wissen Sie ja längst.« Noch irritierter runzelte er die Stirn. »Es ist eben nicht nur ein Massagesalon.«

»Da steckt doch mehr dahinter. *Das* ist es, was ich weiß.«

»Nein«, widersprach er.

Mara taxierte ihn. Warum hatte Peter Johannsen einen derart starken Fokus auf das Siwasdee gelegt? Seine abgespeicherten Notizen und Aufnahmen hatten sie doch nicht aus Zufall zu diesem Haus geführt? Allein wegen der Zwangsprostitution?

Aus dem Schnellhefter, den sie zuvor mitgebracht hatte, holte sie eine Fotografie hervor: eine vergrößerte Kopie des Passbildes von Peter Johannsen.

Dmitri betrachtete es und schaute weg.

»Sie kennen den Herrn, stimmt's?«

»Nein.« Keine zittrige, sondern eine klare Antwort. Und dazu ein flüchtiges Achselzucken.

Ohne noch einen Ton zu äußern, legte Mara ein weiteres Foto vor ihn hin: erneut Peter Johannsen, diesmal tot.

Dmitri wurde sofort wieder wachsamer, aber er sagte nichts. Weitere Fotos kamen hinzu. Close-ups einiger Verletzungen, die man Peter Johannsen vor seinem Tod zugefügt hatte.

Dmitri brach erneut in Schweiß aus. »Was wollen Sie mir anhängen?«, stammelte er leise.

Mara ließ ihn ein wenig zappeln, ehe sie antwortete: »Sie waren dabei, oder? Bei der Folterung, bei dem Mord.«

»Nein!«, kreischte er.

»Und ob.« Sie setzte eine unerschütterliche Miene auf. »Wir haben Sie am Arsch, Dmitri. Wir werden Sie wegen Mordes drankriegen.«

In einer Geste der Verzweiflung breitete er die Arme aus. »Ich sage nichts mehr. Ab jetzt halte ich wieder meinen Mund.«

Die Tür öffnete sich leise, Rosen streckte seinen Kopf herein. Mit einem schnellen Blick gab er Mara zu verstehen, dass er sie unter vier Augen sprechen musste.

Sie folgte ihm nach draußen und schloss die Tür hinter sich.

»Ich habe einiges über den Mann herausgefunden«, begann Rosen ohne sein übliches Zaudern. »In Verbindung mit den Namen Blochin und Dassajew taucht immer wieder ein gewisser Dmitri Tschipurkow auf. Geboren in Moskau. Schon früh rekrutiert, wohl bereits zu den Zeiten, als Novian noch die Gang anführte. Gilt trotz seiner fehlenden Körperkräfte – oder gerade deswegen – als höchst geschicktes Mitglied der Organisation. Kein Häuptling, aber immerhin ein effizienter Indianer. Ab und an erledigt er wohl auch Auftragsmorde – die stillen, hinterhältigen. Und er überwacht Drogendeals, kümmert sich darum, dass die Lieferungen pünktlich eintreffen und solche Sachen.«

»Du bist zu hundert Prozent sicher, dass das unser *Kleiner Schweiger* ist?«, fragte Mara.

»Zu neunundneunzig Prozent. Wie gesagt, er ist geschickt. In Deutschland stand er nie vor Gericht, es kam nicht einmal zu einer Festnahme. Es gibt mehrere Mordfälle, die ungelöst sind. Wenn wir ihn damit in Verbindung bringen, können wir ihn unter Druck setzen. Seine Fingerabdrücke werden in diesem Moment gezielt mit den offenen Fällen abgeglichen.«

»Wenn wir ihn zum Reden bringen«, sagte Mara, »können wir das Siwasdee als Türöffner nutzen, um Blochin, Dassajew und die ganze Bande auffliegen zu lassen.«

Sie ging zurück in den Verhörraum.

»Na, Herr Tschipurkow.« Sie betonte seinen Nachnamen. »Haben Sie mich vermisst?«

Verdutzt musterte er sie.

»Tja, Dmitri, jedes Mal, wenn ich hier hereinkomme, weiß ich ein bisschen mehr über Sie.« Sie setzte sich. »Warum musste Peter Johannsen sterben?«

»Den Namen höre ich zum ersten Mal«, murmelte er. Nervös spielte er mit den Fingern auf der Tischplatte, auf der nach wie vor die schrecklichen Fotos lagen.

»Und warum wurde Peter Johannsen gefoltert?«

Keine Antwort.

»Was wolltet ihr aus ihm herauskriegen?«

Keine Antwort.

»Ging es um seine Recherchen? Um das, was er über euch und das Siwasdee in Erfahrung gebracht hatte?«

Keine Antwort.

Mist!, dachte Mara, *ich krieg den Mistkerl nicht mehr.* Er wirkte nach wie vor unsicher, ängstlich, doch auch so, als hätte er sich wieder erfolgreich in sein Schweigen geflüchtet.

Noch einmal betrat Rosen kurz das Zimmer, um ihr mit einem Flüstern ins Ohr mitzuteilen, dass es Übereinstimmungen von Dmitri Tschipurkows Fingerabdrücken mit mindestens einem Mordtatort gab. Sofort verschwand er wieder.

»Wie gesagt, Dmitri Tschipurkow. Wir haben Sie am Arsch. Ihnen wird nicht nur der Mord an Peter Johannsen zur Last gelegt werden.«

»Ich kenne keinen Peter Johannsen«, fand er endlich seine Stimme wieder. »Vielleicht spricht ja das eine oder andere gegen mich, aber eigentlich bin ich ein friedliebender Mensch.«

»Davon konnte ich mich im Bahnhofsviertel selbst überzeugen«, bemerkte Mara trocken.

»Niemand ist, was er zu sein scheint«, sagte er leise.

Mara nickte knapp. »Das gilt auch für mich. Ich wirke nicht wie eine Polizistin, oder? Aber trotzdem bin ich eine. Und es gilt erst recht für meinen Kollegen. Den Mann, der eben hier war. Finden Sie, er sieht sonderlich brutal aus?«

Verwirrt schüttelte Dmitri den Kopf.

»Wir nennen ihn den Folterknecht.«

»Folterkne… Warum?«

»Das können Sie sich doch denken.«

»Wieso erzählen Sie mir das?«

»Weil ich Sie jetzt mit ihm allein lasse. Er wird das Verhör fortsetzen.« Mara spürte förmlich den wutverzerrten Blick, mit dem Klimmt sie durch die Spiegelwand bedachte. Sie spielte mit dem Feuer. Was sie gerade versuchte, war gesetzeswidrig. Dafür konnte sie in Teufels Küche kommen.

»Tja, Dmitri, ich wünsche Ihnen viel Vergnügen mit dem Folterknecht.«

Sie stand auf und sammelte in aller Ruhe die Fotografien ein, um sie wieder im Schnellhefter zu verstauen.

»Okay, okay«, flüsterte Dmitri.

Mara sagte nichts.

»Ich werde reden«, kam es gepresst und kaum hörbar über seine Lippen.

»Teilen Sie alles doch einfach meinem Kollegen mit«, erwiderte sie leichthin.

»Nein, ich sage es Ihnen. Nur Ihnen.«

»Wirklich?« Fragend taxierte sie ihn.

»Ja. Verfluchte Scheiße! Ich sage Ihnen alles, was ich weiß.«

Mara konnte nicht anders, als einen verschmitzten Blick in Richtung Spiegelwand zu werfen.

25

Über den Fabrikhallen schwebten trübe Wolken, hier und da durchdrungen von verlorenen Sonnenstrahlen, die über die Landschaft ringsum ein fahles, schmutzig gelbes Licht streuten. Felder, braune Wiesen, Sträucher, ein Stück weiter in östlicher Richtung begann der Wald. Die Fleischfabrik Baltzer lag versteckt von der Welt, Frankfurt schien nicht nur eine kurze Fahrt mit dem Linienbus entfernt zu sein, sondern auf einem anderen Erdteil zu liegen.

Rafael Makiadi hatte sich durch einen der Seiteneingänge ins Freie gestohlen, um ein paar Minuten frische Luft schöpfen zu können. Niemand durfte es mitbekommen, solche Pausen waren untersagt, das konnte ganz schön Ärger geben. Doch wenigstens für kurze Zeit der Kälte und dem Gestank entkommen zu können, war zu verlockend gewesen.

Hier draußen allerdings strömte schon wieder das Grunzen und Scharren und Quieken der Schweine auf ihn ein, die um die Ecke der Halle in den Lkws eingepfercht waren. Heute hatte sich das Ausladen aus irgendeinem Grund verzögert, und die eingepferchten Tiere wurden immer ungeduldiger, wilder. Die Laute, die sie ausstießen, krochen Rafael unter die Haut. Es kam ihm vor, als würden sie ahnen, dass nur noch der Tod auf sie wartete. Würde ihnen nur endlich jemand die blutige Gnade erweisen, dachte er.

Er holte noch einmal tief Luft, bevor er sich wieder in die Fabrik schlich, unauffällig und leise. Aus den Augenwinkeln beobachtete er, dass mehrere mit Fleischstücken gefüllte Rollwagen vor die Tore in Halle B geschoben wurden. Er verlangsamte seine Schritte und warf einen Blick auf die tote Masse.

Weitere der stählernen Wagen kamen hinzu, eine Schlange bildete sich. Ein übler Geruch stieg von dem Fleisch auf.

Als die Tore aufgeschoben wurden, versuchte Rafael ins Innere zu spähen, doch die barsche Stimme eines Vorarbeiters trieb ihn weiter: »Aus dem Weg mit dir! Na los, mach die Biege!«

»Schon gut«, murmelte er.

»Hier hast du nichts verloren!«

Rafael begab sich in Halle A, wo hoffentlich noch niemandem aufgefallen war, dass er sich ein verbotenes Päuschen gegönnt hatte. Auf dem Weg dorthin entdeckte er wieder das Kondenswasser, das an den Wänden hinabfloss, den Schmutz, der sich an der Ablaufrinne festfraß. Wie kam es, dass er das alles anfangs überhaupt nicht wahrgenommen hatte? War dazu etwa ein ordentlicher Schlag auf den Kopf nötig gewesen? Und das, was Darius ihm bei Bier und billigem Schnaps erzählt hatte? Jedenfalls musste sich Rafael über sich selbst wundern. Er war blind gewesen.

Nach Feierabend ließ er sich erneut von Darius überreden, mit nach Sossenheim zu kommen. Diesmal waren noch andere dabei, Polen, Ungarn, Slowaken. Es ging nicht zu Darius nach Hause, sondern in eine Art Wohnheim, das lediglich ein paar Fußminuten entfernt lag.

Mit einem Seitenblick bedachte Rafael einen Ungarn: Das war Karol, der Mann, von dem Darius berichtet hatte. Rafael sah die schlecht verheilte, hässliche Narbe auf Karols Hand. Wie es insgeheim hieß, würde der Mann nicht mehr länger durchhalten und seine Stelle abgeben müssen. Mit verdrossener Miene trottete Karol neben den anderen her, ohne ein Wort von sich zu geben.

Nacheinander betraten sie das Wohnheim, einen grauen Kasten mit abblätterndem Putz und einem Vorplatz, der mit Abfällen übersät war. Im Inneren sah es kaum besser aus. Nackte Glühbirnen beleuchteten das Elend. Kahle Wände, altes, teilweise kaputtes Mobiliar, schadhafte Fußbodenfliesen, auf denen fleckige Matratzen lagen. Von dem uralten Herd ging ein Geruch von Kohlrouladen aus, der sich mit Schimmelgeruch verband. Überall standen volle, miefende Aschenbecher herum.

»Willkommen in der Dritten Welt«, murmelte Darius. »Mitten in Europa.«

In einem Zimmer stapelte sich Arbeitskleidung aus der Fleischfabrik – jedes Stück davon war mit Tierblut und -kot verschmiert. Rafael deutete darauf. »Ist es nicht verboten, die Fabrikklamotten mitzunehmen?«

Darius winkte ab. »Nach einer richtigen Mörderschicht denkt da niemand mehr dran. Und von den Vorarbeitern kümmert sich auch keiner drum, die wollen genauso wie wir bloß nach Hause.«

Sie setzten sich alle im Kreis auf den Boden, jeder eine Bierdose in der Hand, während sie zusätzlich eine Flasche Wodka kreisen ließen.

»Was machst du mit den paar Euro, die du verdienst?«, meinte Darius irgendwann zu Rafael.

»Die will ich zur Seite legen.«

Ein Kichern. »Guter Junge.«

»Und du?«

»Ich schicke es nach Polen. Zu meiner Frau und meinem kleinen Jungen.«

»Ich wusste nicht, dass du Familie hast.«

»Und meine Familie weiß manchmal nicht mehr, dass sie einen Papa hat. So lange hocke ich schon hier fest. Ach, scheiß drauf.«

Als Rafael sich später erkundigte, wo die Toilette sei, rieten die anderen ihm ab, sie zu benutzen.

»Den Klos hier kannst du nicht trauen«, warnte ihn Darius mit einem Grinsen. »Vor Kurzem war ein Abfluss kaputt, und der ganze Dreck kam im Erdgeschoss aus allen Löchern raus.

Statt dass das sofort repariert wurde, mussten wir eine Woche in der Scheiße leben. Dann hat Latka sich endlich erweichen lassen und jemanden vorbeigeschickt, der sich angeblich damit ausgekannt und Hand angelegt hat. Na ja.« Er kicherte freudlos. »Geh zum Pinkeln lieber nach draußen. Neben dem Haus sind ein paar Büsche.«

Rafael befolgte den Rat und verschwand ins Freie. Nach dem nächsten Bier machte er sich auf den Heimweg.

Am folgenden Tag hatte er einen ziemlichen Brummschädel. Nicht nur vom Alkohol, wie es ihm vorkam, sondern auch von den Bildern des Vorabends, die ständig in seinem Kopf kreisten. Das Wohnheim, die jämmerlichen Räumlichkeiten, die Männer, die dort hausten, ihre abgekämpften Gesichter.

Eigentlich hatte er nur mit dem erstbesten Job eine Weile Geld verdienen wollen, doch unversehens war er in eine eigene, irgendwie abgeschottete Welt für sich geraten, eine Welt, die viele Fragen aufwarf und von der etwas Düsteres ausging.

Daran musste er denken, als ihm auffiel, dass wieder einige Wagen vor den Rolltoren in Halle B standen. Er näherte sich den Wagen, die erneut bis über den Rand mit Fleisch gefüllt waren.

In diesem Moment schob sich das rechte der beiden Tore auf, nur so weit, dass ein Mann hindurchgleiten konnte. Sofort richtete sich dessen Blick auf Rafael. »Suchst du etwas, Kleiner?«

Die Stimme hatte etwas Krächzendes und passte zu dem kleinen, verkniffenen Raubvogelgesicht, aus dem die Nase spitz hervorsprang.

»Nein«, antwortete Rafael.

Der Mann musterte ihn aus winzigen, funkelnden Augen. Er trug keine Schutzkleidung, sondern einen Anzug, ein Hemd und eine nachlässig gebundene Krawatte, auf der Flecken waren, wie von Kaffee.

»Dann steh nicht dumm herum. Mach dich lieber an deine Arbeit.«

»Klar.« Rafael entfernte sich rasch. Über die Schulter sah er kurz zurück. Der Anzugträger blickte ihm hinterher, nicht böse, nicht misstrauisch, aber etwas lag in diesen Augen, das Rafael gar nicht gefiel.

Bei dem Mann handelte es sich um Bernd Latka, den Geschäftsführer der Baltzer-Fleischfabrik. Nie zuvor hatte er mit Rafael ein Wort gewechselt. Angesichts seiner Position traf man ihn in den Hallen ohnehin erstaunlich selten an.

Was spielte sich hinter den Rolltoren ab?, fragte sich Rafael.

26

»Sieht man davon ab, mit welchem Trick Billinsky den Vogel zum Singen gebracht hat, können wir zufrieden sein.«

Klimmt stand rauchend am sperrangelweit geöffneten Fenster seines Büros und blickte Mara und Rosen an.

Es regnete in Strömen. Kalte, feuchte Luft wallte ins Innere. Mit müden Augen sah der Hauptkommissar nach draußen in das Weltuntergangswetter. »Rosen, fassen Sie für uns noch mal zusammen, was Tschipurkow ausgeplaudert hat.« Er schnippte die Zigarettenkippe ins Freie.

Rosen straffte sich auf dem Stuhl, wie ein vom Lehrer aufgerufener Schüler. »Ähm, durch Tschipurkow haben wir jetzt eine Auflistung weiterer getarnter, nicht angemeldeter Bordelle, die die Bande betreibt. Wir haben die Namen einiger Unterführer, die in der Hierarchie direkt unter Blochin und Dassajew stehen. Und wir wissen mit endgültiger Sicherheit, dass die Begriffe Skorpion und Piranha Decknamen für die beiden Bosse sind.« Er überlegte kurz. »Außerdem hat Tschipurkow Angaben über einige anstehende Drogendeals und mehrere bislang geheime Treffpunkte der Bande gemacht. Hinzu kommt, dass sich die Informationen mit Notizen von Peter Johannsens USB-Stick decken. Die Straßennamen, die Johannsen festgehalten hat, beziehen sich aller Wahrscheinlichkeit auf die Treffpunkte. Seine Kilogramm-Angaben bezeichnen wohl Drogenmengen, die verkauft wurden oder noch verkauft werden sollen. Und die Autokennzeichen gehören zu Fahrzeugen, die von der Bande benutzt werden.«

Klimmt schloss das Fenster. »Also noch mal: Dann können wir doch zufrieden sein, oder etwa nicht, Rosen?«

»Ich denke schon«, erwiderte Rosen vorsichtig.

»Und was meinen Sie, Billinsky? So still kenne ich Sie ja gar nicht.«

»So bin ich Ihnen doch lieber.«

Der Hauptkommissar ging nicht auf ihre Ironie ein. »Blochin und Dassajew. Seit Novians Tod sind wir hinter ihnen her – ohne je an sie herangekommen zu sein.« Er ließ sich schwer in seinen Drehstuhl fallen. »Da sind wir fraglos einen großen Schritt weiter. Und das rechtfertigt unsere Aktion im Siwasdee also doch noch.« Er taxierte Mara. »Genau das wollten Sie. Dass wir die Russen ins Visier kriegen. Oder nicht, Billinsky?«

Ungewohnt zurückhaltend erwiderte sie: »Sicher, das wollte ich.«

»Dann ist ja alles bestens.« Klimmt schnaufte. »Endlich haben wir sie: Johannsens *big story*. Das organisierte Verbrechen *zieht* eben nach wie vor. Schlagzeilen mit der Russen-Mafia verkaufen sich gut. Oder sagen wir es so: Wir werden die Story haben, wenn wir die Russen haben. Blochin und Dassajew. Das ist immerhin ein Ziel, auf das wir zusteuern können. Der Nebel lichtet sich.« Er erhob sich, um das Fenster wieder aufzureißen, die nächste Zigarette im Mund. »Da wäre allerdings auch noch unser Waldgeist. Vergessen Sie den Fall Degener nicht, Billinsky. Ich hab das Gefühl, Sie gehen das etwas nachlässig an.«

»Das ist nicht wahr«, widersprach Mara, jedoch ohne ihre übliche Schärfe in der Stimme.

»Ich setze wohl zusätzlich Schleyer und Patzke auf die Degener-Sache an. Stellen Sie den beiden alle nötigen Informationen zur Verfügung.«

Sie zog eine Grimasse, um zu zeigen, dass ihr das nicht gefiel, hielt aber den Mund. Es war schwer, Gegenargumente zu finden, wenn man keine Ergebnisse vorlegen konnte.

»Apropos Degener«, warf Rosen ein. »Ich habe diese Master-Security-Firma überprüft. Besser gesagt, ich habe es versucht. Aber das Netz spuckt nichts über sie aus. Es gibt eine Website, doch die wirkt fast wie eine Fake-Präsenz, völlig ohne Infos.«

»Billinsky«, wandte sich Klimmt wieder an Mara. »Am besten, Sie knöpfen sich gleich noch mal den *Großen Schweiger* vor. Vielleicht haben Sie ja auch für ihn einen Trick auf Lager.«

»Bei dem komischen Kauz hilft gar nichts. Er kommt mir vor wie tot.«

»Womöglich fängt er ja doch an zu quatschen.« Klimmt zündete seine Zigarette an und hielt die Schachtel in die Höhe. »Vorher noch eine hiervon?«

Mara war versucht, das Angebot anzunehmen. Unwillkürlich dachte sie an Adrian Krucksdorf, an ihr gemeinsames Rauchen und Trinken, an seinen schnellen Abgang.

»Nee danke.« Sie winkte ab und ging hinter Rosen aus dem Büro.

Danach saß sie wieder dem Mann gegenüber, den man aus der Untersuchungshaft in den Verhörraum gebracht hatte. Die Situation war eine andere als mit dem nervösen Dmitri Tschipurkow, anders als bei allen Menschen, die normalerweise hier landeten. Der *Große Schweiger* wirkte völlig ungefährlich, wie ein einfacher Mann, der das ganze Leben lang rechtschaffen mit seinen Händen gearbeitet hatte. Nicht wie ein Verbrecher, nicht einmal wie ein Kleinkrimineller.

Sie konnte sich einfach keinen Reim auf ihn machen, und egal, welche Frage sie ihm auch stellte, sie erhielt keine andere Antwort als den immer gleichen leeren, traurigen Blick aus den Augen, die unter buschigen Brauen tief in den Höhlen lagen.

Nach einer eintönigen Stunde tat Mara etwas, was ihr sonst gegen den Strich ging: Sie gab auf und ließ ihn zurück in seine Zelle führen.

Anschließend stand sie allein und frustriert neben dem Getränkeautomaten und nippte an dem grässlichen Kaffee.

Ein ewiger Tag, jedenfalls kam es ihr so vor.

Kurz darauf folgte eine weitere, diesmal sehr kurze Unterredung mit Klimmt, der gerade einen Termin mit Staatsanwalt Christian von Lingert vereinbart hatte, um mit dessen Unterstützung die nächsten Schritte gegen Blochin und Dassajew in die Wege zu leiten. Mit stiller Wut musste Mara dem Hauptkommissar eingestehen, dass die Befragung des *Großen Schweigers* so fruchtlos abgelaufen war wie die vorangegangenen.

Nach einem weiteren Becher Kaffee stand sie am Fenster in ihrem Großraumbüro, in dem sich die Kollegen nach und nach in den Feierabend verabschiedeten, und blickte nach draußen auf die Stadt, über der sich der Himmel mit stumpfer Dunkelheit füllte. Aus dem starken Regen war inzwischen ein Nieseln geworden.

Mara starrte auf ihr verschwommenes Spiegelbild im Glas der Scheibe, ihr schmales Gesicht, umrahmt vom langem schwarzem Haar. Fast ebenso dunkel waren ihre Augen, große Flecken, die nachdenklich und misstrauisch aus dem Oval mit dem auffallend hellen Teint hervorstachen.

Sie war versucht, Adrian anzurufen, seine Stimme zu hören, und das erstaunte sie. Wann hatte sie zuletzt bei jemandem eine solche Empfindung verspürt? Bei Carlos Borke, der nun schon seit einiger Zeit tot war. Und davor? Nur bei Adrian. Und auch jetzt schaffte er es wieder, dass er ihr einfach nicht gleichgültig sein konnte.

Sie zog das Handy aus der Gesäßtasche, doch dann entschied sie sich anders und legte es auf den Schreibtisch. Nein, sagte sie sich.

Rosen rief ihr ein leises Tschüss zu, schlüpfte in seine Armyjacke und zog sich eine Wollmütze tief in die Stirn.

»Wie sieht's aus, Rosen, noch auf einen guten Tropfen nach Bornheim?«

Er winkte ab. »Heute lieber nicht, Billinsky.«

Mara betrachtete ihn. Sowohl Jacke als auch Mütze waren noch relativ neu – und eigentlich nicht sein Stil. Er hatte sie sich zugelegt, um härter zu wirken, mehr wie ein Bulle. Das hatte er ihr nicht gesagt, aber sie wusste es auch so. Nachdem er Mara aus der prekären Situation, als Novian sie geschnappt hatte, geholfen hatte, war sein Ansehen im Team gewachsen, doch er war dabei, sich schon wieder in den alten duckmäuserischen Rosen zurückzuverwandeln. Daran konnte auch seine Aufmachung nichts ändern. Gern hätte sie ihm gesagt, er solle ein wenig stolzer auf sich sein und den Kopf höher tragen. Aber irgendwie bekam sie nie so recht die Kurve.

»Hast du noch was vor?«, fragte sie.

»Nichts Besonderes«, erwiderte er ausweichend und machte sich auf den Weg.

Also ins Bahnhofsviertel, dachte Mara, sagte aber nichts mehr. Bei ihrem letzten großen Einsatz hatte sich Rosen in eine Zwangsprostituierte verknallt, die als Zeugin gegen einige Gangsterbosse aussagen sollte, sich kurz davor aber abgesetzt hatte und untergetaucht war. Rosen suchte sie. Immer mal wieder, abends, im Straßenlabyrinth des berüchtigten Viertels. Auch das hatte er Mara nicht im Detail offenbart, es fiel ihr jedoch nicht schwer, ihn zu durchschauen.

Ein trauriger Gedanke, sich Jan Rosen auf seinen einsamen Wegen bei der Suche nach der Stecknadel im Heuhaufen vorzustellen. Aber gibst du ein sonnigeres Bild ab?, fragte sich Mara und verzichtete lieber auf eine Antwort.

Als sie sich auf der Heimfahrt durch den zähen Frankfurter Verkehr quälte, schlug sie einem jähen Impuls folgend einen anderen Weg ein. Eine halbe Stunde später lief sie einen unbefestigten Pfad inmitten des etwa siebzig Hektar umfassenden Hauptfriedhofs entlang. Es war eine morbide Welt für sich, mitten in der Stadt und doch scheinbar weit weg von allem.

In ihrem Rücken lag das Alte Portal mit der Trauerhalle und dem Krematorium. Ein düsterer neoklassizistischer Gebäudekomplex, dessen Anblick ihr auch heute noch Schauer über den Rücken jagte. Der Hauptfriedhof stand für eine Phase ihres Lebens, die vergangen, allerdings nicht unbedingt vorbei war. Erst recht seit Adrian Krucksdorf wie aus dem Nichts in ihren Alltag geschneit war.

So oft hatten sie sich hier getroffen, sie und Krux und die anderen, die zur wechselnden Besetzung ihrer Clique gehörten. Alkohol, Drogen, sich in der eigenen Düsternis suhlen. Brave Bürger mit aggressiven, zornerfüllten Blicken und bösen Sprüchen erschrecken. Und die ganze Zeit über hatte Mara damals die Anwesenheit der eigenen Mutter wahrgenommen, deren Grab hier lag. Den Schatten, der ihr folgte, sie beobachtete. Unsichtbar und doch so intensiv fühlbar. Hatte sie in jenen verrückten, orientierungslosen Tagen ein schlechtes Gewissen gegenüber einer Toten verspürt? Ja, das hatte sie. Doch die Anziehungskraft des Friedhofs war stärker gewesen. Ihr war es immer vorgekommen, als wäre sie damals eine andere Person gewesen – seit Krux' Auftauchen war sie sich allerdings nicht mehr so sicher.

Kahle Hecken und Sträucher, geisterhafte Platanen. Die letzten Tropfen des Nieselregens wirbelten im Wind, der das einzige Geräusch weit und breit darstellte. Die Laternen stachen in die matte Dunkelheit, Wolkenungetüme verbargen die Sterne, Nebel klebte in Fetzen über dem Boden.

Mara erreichte das Grab. Der Stein war aus schlichtem Granit mit gusseisernen Buchstaben und Ziffern: Vor- und Nachname sowie Geburts- und Todesjahr. Ihr Vater bezahlte jemanden, der sich darum kümmerte. Sie wusste, dass Edgar Billinsky niemals hier erschien; das hatte er früher schon nicht getan, als der Tod von Maras Mutter noch nicht lange her gewesen war.

Sie weinte nicht, keine einzige Träne kam, sie starrte nur auf das Grab, verloren in Gedanken, die ineinander wirbelten, bis keiner mehr klar auszumachen war.

Ein Geräusch zog sie aus diesem Wirbel, leise und knirschend, irgendwo hinter ihr, erst weiter weg, dann näher.

Mara drehte sich abrupt um.

Eine Gestalt, schlank, regungslos, nur einige Meter entfernt, den Blick offenbar auf sie gerichtet. Die Umrisse schälten sich kaum wahrnehmbar aus dem dunklen Hintergrund heraus.

27

Er saß auf der Pritsche und wühlte sich immer tiefer hinein in die Stille, ließ sich von ihr einpacken wie von dicken Stoffschichten.

Außer Nahrung zu sich zu nehmen und vor sich hin zu starren, tat er gar nichts. Er hatte seine Ehre verloren, seinen Stolz, seinen Willen. Er hatte versagt. In jeder Hinsicht.

Er fragte sich, was mit ihm passieren, wie es weitergehen würde. Sollten sie ihm nichts zur Last legen können, müssten sie ihn wieder freilassen.

Er hoffte nicht darauf, er hoffte auf gar nichts.

Als plötzlich die Stahltür aufsprang, erschrak Pawel Kadzior nicht einmal.

Ein Mann wurde in die Zelle gelassen. Anzug, blank geputzte Schuhe, Aktentasche.

Pawel bedachte ihn mit einem gleichgültigen Blick und sah wieder zu Boden.

»Es freut mich, Sie kennenzulernen.«

Eine Hand tauchte vor Pawels Augen auf. Er beachtete sie nicht.

Der Mann nannte seinen Namen, aber Pawel hörte nicht hin.

»Ich bin Ihr Rechtsbeistand.«

Pawel seufzte. »Ich habe keinen Anwalt verlangt.« Die ersten Worte seit Langem. Sie kratzten in der Kehle – von jetzt an würde er wieder schweigen.

Der Mann redete auf ihn ein, bewegte dabei die Hände, ein gezwungen wirkendes Lächeln im Gesicht. Er setzte sich auf den einzigen Stuhl, der am Boden festgeschraubt war, und ließ die immer gleiche Frage mit unterschiedlichen Begriffen auf Pawel regnen: was er der Polizei gesagt habe.

Pawel reagierte nicht.

Nach einer Weile verfiel auch der Mann in Schweigen, zeigte aber keinerlei Anstalten, endlich zu verschwinden.

Pawel rührte sich weiterhin nicht und nahm alles aus den Augenwinkeln wahr. Auch dass der Fremde auf einmal – fast unmerklich – nervöser zu werden schien. Ein fahriger Blick zur Uhr, eine Hand, die sich Schweiß von der Stirn wischte, die Zungenspitze, die über die Lippen fuhr.

Woher kam die Unruhe?, fragte sich Pawel, obwohl es ihm egal war.

Der Mann erhob sich vom Stuhl und drehte ihm den Rücken zu. Er zog etwas aus der Innentasche des schicken Jacketts. Jäh wirbelte er herum. Flink eilte er auf Pawel zu. Im nächsten Moment steckte in Pawels Oberarm eine Spritze, deren Inhalt sich rasch leerte.

So stoisch er auch gewesen war, jetzt merkte Pawel doch, wie ihn blanke Verblüffung erfasste.

Die Spritze war schon wieder in der Jacke des Fremden verschwunden. Schnaufend stand er vor Pawel. Dann drückte er ihn auf die Pritsche und legte ihm die Beine hoch.

Pawel ließ alles mit sich geschehen.

Die Stille hüllte ihn von Neuem ein, weicher, dicker, schwerer als zuvor. Ein dichter Nebel schien auf einmal in der Zelle zu schweben, die Gestalt des Fremden verschwamm vor seinen Augen.

»Jakub«, kam es ihm über die Lippen. Ein Gesicht tauchte vor seinen Augen auf. Jakubs Gesicht. So wie Pawel es nie gesehen hatte. Mit gebrochenem Blick und schlaffen Wangen, verschmiert von getrocknetem Blut.

Tot.

Er stellte sich vor, wie Jakubs lebloser Körper irgendwo in einem Waldstück in der Erde verscharrt und mit Geröll und

Ästen bedeckt wurde. Ein Grab, das keines war. Für immer verborgen von der Welt.

So sollte niemand seine letzte Ruhe finden.

Als die tiefe Stille immer mächtiger, immer überwältigender wurde, löste sich auch Jakubs Gesicht auf, wie zuvor das des Fremden. Noch einmal hörte Pawel seine eigene Stimme: »Jakub. *Mój synu.*«

Nichts blieb übrig, nichts außer der Stille.

28

Mara Billinsky musterte den Mann.

Es herrschte eine tiefe, versunkene Ruhe, gestört nur von einer neuerlichen Windböe, die über die Gräber strich.

Jetzt kam Bewegung in ihn.

Sie hingegen blieb völlig reglos.

Lässig näherte er sich ihr, gestreift vom zerbrechlichen Lichtschein einer nicht weit entfernten Laterne.

»Du verfolgst mich ja schon wieder«, sagte Mara.

Sein Mund verzog sich zu einem Lächeln. »Diesmal ist es wirklich reiner Zufall.« Adrian Krucksdorfs Gesichtsausdruck wurde ernst. »Ich habe das Grab meines Vaters besucht, und als ich in mein Apartment fahren wollte, sah ich deinen Alfa auf dem Parkplatz stehen. Also bin ich umgekehrt und habe mich auf den Weg hierher gemacht.«

Er sah zu dem Grabstein. »Ich wusste noch recht gut, wo deine Mutter begraben liegt. Auch wenn es eine Ewigkeit her ist.«

Sie erwiderte nichts, betrachtete ihn weiter aufmerksam.

»Es ist schon merkwürdig ...« Er zog sein Tabakspäckchen hervor und begann sich eine Zigarette zu drehen. »Mir war früher, wenn wir uns auf dem Friedhof herumgetrieben haben, nie bewusst gewesen, dass jemand hier begraben liegt, der dir so wichtig ist. Hier zu sein übte damals einfach einen gewissen Reiz auf mich aus. Es hatte etwas Unheimliches, etwas Provokantes.«

»Wir waren eben jung«, bemerkte Mara. »Und dumm.«

»Wir waren wild. Ein roher, ungezähmter Haufen.« Leiser fügte er an: »Und wie ich erfahren habe, ist es den meisten aus

174

diesem Haufen so ergangen, wie es eigentlich auch uns vorgezeichnet war. Tobias und Mark sind Kriminelle geworden. Kleine Fische. Nicht solche Schwergewichte, mit denen du es zu tun bekommst. Andere sind einfach spurlos verschwunden.« Nach einem langen Moment der Stille sagte er: »Ich hoffe, ich habe dich nicht gestört.«

»Ich wollte sowieso gerade gehen.«

»Ich könnte dich zum Auto begleiten.« Erst jetzt schob er sich die längst fertige Zigarette zwischen die Lippen, um sie anzuzünden.

»Zu einem anderen Grab gehen, meinte ich.«

»Dann begleite ich dich eben dorthin.«

Mara bedachte ihn mit einem abschätzenden Blick und gab keine Antwort.

»Oder ist das Grab ein Geheimnis?«

Sie setzte sich in Bewegung. »Kein Geheimnis«, sagte sie nur, und er folgte ihr.

Gleich darauf standen sie vor dem Grab von Carlos Borke.

Sie spürte den Seitenblick, mit dem Adrian sie musterte. »Wer war das, wenn ich fragen darf?«

»Einer von zwei Männern, die mir das Herz gebrochen haben«, erwiderte Mara. Es sollte ironisch klingen, doch sie merkte sofort, dass das misslang.

»Wie ist er gestorben?«

»Durch die Kugel eines Verbrechers«, kam es mit auf einmal harter Stimme von ihr. Sie mochte es nicht, über Borke zu reden. Es tat weh. Er stand für eine Geschichte ihres Lebens, die allein ihr gehörte, die sie nicht teilen wollte, so komisch das auch sein mochte.

»Du möchtest nicht über ihn sprechen. Richtig?«

»Ich möchte nicht über ihn sprechen. Richtig.«

»Vielleicht hätte ich dich doch nicht …«

»Krux, halt einfach mal kurz die Klappe, okay?«

Der Nebel wurde dichter, die Stille ringsum tiefer.

»Zeit zu gehen«, beschloss Mara nach einer Weile.

Als sie einige Minuten später bei ihrem Auto standen, sagte er: »Hast du noch was vor heute Abend?«

Sie lächelte. »Was willst du hören?«

Er strich beiläufig über sein sorgfältig gescheiteltes Haar. »Manchmal kommt es mir vor, als wäre es dir unangenehm, dass wir uns wieder getroffen haben.«

»Darüber habe mir noch keinen endgültigen Schluss gebildet.«

»Bilde dir doch einen Schluss im Weinkeller, wenn wir uns ein Gläschen genehmigen.« Er taxierte sie auf die herausfordernde Art, die sie selbst so gern anwendete. »Oder noch besser: Wir kaufen auf dem Weg noch eine oder zwei Flaschen und gehen wieder zu dir.«

Mara nahm sich Zeit für die Antwort.

»Lass mich nicht zappeln.«

Sie lächelte erneut. »Okay. Dann zu mir.«

Später saßen sie wie beim letzten Mal zusammen: auf dem Teppich, ganz nah nebeneinander, vor sich die Rotweingläser. Im Hintergrund liefen leise Songs von PJ Harvey.

»Nun sag es schon«, forderte Adrian sie auf. »Wer war der zweite Mann?«

»Welcher zweite Mann?«

»Derjenige, der dir wie dieser Carlos Borke das Herz gebrochen hat?«

»Das geht dich nichts an.«

Adrian lächelte selbstsicher. »Ich glaube, das geht mich sehr wohl etwas an.«

Er tat das, womit sie schon beim letzten Mal gerechnet hatte. Er beugte sich vor und küsste sie.

Sie erwiderte den Kuss.

Als er seine Lippen von ihren löste, sagte sie unvermittelt: »Du hast vorhin auf dem Friedhof keine einzige Sekunde lang daran gedacht, oder?«

»Woran?«

»An gar nichts«, erwiderte sie schroffer als beabsichtigt.

»Woran, Mara? Sag es mir!«

»Nein.« Sie deutete auf den Tabak, der vor ihm auf dem Boden lag. »Dreh uns lieber zwei Zigaretten.«

Während er mit dem Drehen begann, spielten sich vor Maras innerem Auge die Szenen von damals ab. Der Friedhof. Frühling. Die untergehende Sonne. Mara und Krux auf der Wiese in der Nähe des Alten Portals, versteckt hinter erblühenden Sträuchern. Das Knutschen wurde intensiver, wilder. Zuerst wollte Mara nicht, dass es so weit kam, aber dann ließ sie es zu. Wie die meisten Menschen erinnerte sie sich genau an ihr *erstes Mal*. Es hatte zu ihrem damaligen Leben gepasst, dass es ausgerechnet umgeben von Gräbern passierte.

Sie war so in Erinnerungen vertieft, dass sie eine Frage von Adrian überhörte. »Was hast du gesagt?«

»Na, dieser komische Kauz, von dem du mir erzählt hast. Der *Große Schweiger*, oder wie du ihn nennst. Gibt's was Neues?«

»Leider nicht. Mit dem Kerl komme ich einfach nicht weiter. Das Seltsame ist, dass er mir leidtut.«

»Obwohl er auf dich losgegangen ist?«

Sie nickte. »Wenn ich nur wüsste, was mit ihm ist.«

»Er wird schon noch den Mund aufmachen.«

»Warum so überzeugt?«

»Weil jeder irgendwann einknickt.« Seine ohnehin schmalen Augen verengten sich noch ein bisschen mehr. »So sind die Menschen. Dauerhaft zu schweigen ist verdammt anstrengend. Fragen ständig an sich abprallen zu lassen, zehrt an den Kräften. Oder um mal wieder mit einem Zitat um mich zu werfen: *Manche Leute verstehen unter Verschwiegenheit, dass sie die ihnen anvertrauten Geheimnisse nur hinter vorgehaltener Hand weitererzählen.*«

»Von wem ist das?«

»Von demjenigen, den ich am liebsten zitiere.«

»Wer war das noch?«

»Jedenfalls nicht Jim Morrison.«

Sie mussten beide lachen.

Dann sagte er: »Aber es ist nicht nur dieser komische Kerl, der dir Rätsel aufgibt, stimmt's?«

Ihr Blick verlor sich ein wenig. »*Alles* gibt mir Rätsel auf, wie es scheint. Mein Kopf ist leer und zugleich zum Platzen voll.«

Adrian rückte wieder näher an sie heran und legte den Arm um ihre Schultern. »Sag doch, was genau dich bedrückt. Im Gegensatz zu früher bin ich kein Egomane, sondern ein guter Zuhörer. Behaupte ich mal.«

»Hm, eigentlich rede ich nie über den verdammten Job.«

Es fiel ihr auf, dass es in ihrem Leben ohnehin nicht viele Menschen gab, die sie außerhalb ihrer Arbeit traf. Im Grunde nur Hanno Linsenmeyer und Rafael Makiadi.

»Jetzt siehst du auf einmal traurig aus«, flüsterte Adrian. Sanft streichelte er ihre Narbe.

»Das bin ich nicht.«

Mara schaltete die Musik aus.

Sie küssten sich erneut. Adrian drückte sie sanft nach unten, bis sie auf dem Teppich lag – und er auf ihr. Seine Lippen, seine Zunge wurden fordernder, und Mara drehte den Kopf zur Seite, um ihm zu entgehen.

»Was ist?«, hauchte er in ihr Ohr.

»Nichts.« Sie blickte ihm direkt in die Augen. »Ich habe mich nur gefragt, wann du diesmal aufspringst und dich hastig davonmachst.«

»Ich verstehe nicht.« Er streichelte ihr langes schwarzes Haar.

»Na ja, wie beim letzten Mal.« Betont fügte sie an: »Und wie damals.«

»Damals?« Er sah ihr nicht in die Augen, sondern betrachtete nur ihr Haar.

»Du hast mich sitzen gelassen. Einfach so, ohne Begründung. Ohne ein Wort. Weggeworfen, trifft es eher.«

»Mara, wir hatten Streit. Wir haben uns *gegenseitig* verlassen.«

»Bullshit.«

»Wir waren jung.«

»Ob jung oder alt: Arschloch bleibt Arschloch.«

Adrian versuchte sie erneut zu küssen, doch sie drückte ihn weg. »Ich finde es ziemlich armselig, wie du dich verhältst.«

»Armselig?«, wiederholte er konsterniert.

»Du tust so, als hätte die ganze Zeit nur die Sonne über unseren Dickschädeln geschienen. Du erwähnst mit keinem verdammten Wort, wie fies du am Ende zu mir warst. Wir hatten einen Plan, eine Abmachung.«

»Eine Abmachung«, wiederholte er erneut, diesmal abfällig. »Das klingt, als hätten wir einen Staatsvertrag aufgesetzt und ...«

»Wegen dir bin ich von zu Hause abgehauen. Weißt du das nicht mehr? Ich habe meinem Vater noch schlimmere Sachen an den Kopf geworfen als sonst und gesagt, dass ich weg bin. Dass ich ab jetzt zu dir gehöre. Er hat gelacht und geantwortet, du würdest mich sowieso im Stich lassen und ich wäre bald zurück.«

»Mara, es mag sein, dass damals ...«

»Als ich dann bei dir aufgetaucht bin, hast du dich auf einmal wirklich übel verhalten. Hast jede Gelegenheit genutzt, mich anzuschreien, mich kleinzumachen und zu verletzen.«

»Mara, ich ...«

»Weggeworfen«, brachte sie noch einmal dieses Wort hervor, jetzt leise und scharf gezischt. »Du hast mir sogar einen Faustschlag verpasst, Krux. Weißt du das wirklich nicht mehr?«

Er erwiderte nichts.

»Hast du eine Ahnung, wie das damals für mich war? Ich

hatte alle Hoffnungen auf uns beide gesetzt. Du warst alles für mich. Und dann musste ich feststellen, dass ich fast gar nichts für dich war. Du hast mich zum Teufel gejagt.«

Erneut äußerte er keinen Ton.

»Und mir blieb nichts anderes übrig, als mit eingezogenem Schwanz zu meinem Vater zurückzuschleichen. Wie eine dumme kleine Maus. Er hat auf mich herabgesehen mit seinem Grinsen, sehr zufrieden, dass er recht behalten hat. Und ich habe geweint – vor seinen Augen. Zum ersten Mal, seit meine Mutter gestorben war.« Mara hatte fast ohne Betonung gesprochen, ruhig und klar. Leiser fügte sie an: »Für dich war das alles nicht so bedeutsam. Eine kleine Episode, was? Für mich war es mehr. Viel mehr.«

Sie stand auf, trat ans Fenster und blickte auf die nächtlich stille Straße vor dem Haus.

Nach einer Weile stellte er sich dicht hinter sie, die Hände behutsam auf ihren Schultern. »Soll ich gehen, Mara?«

Sie gab keine Antwort. Zwei oder drei Sekunden vergingen, dann entfernte er sich von ihr. Sie hörte, wie er sich die Jacke anzog und leise die Wohnung verließ.

Ein merkwürdiges Gefühl breitete sich in ihr aus. War es das wert gewesen? Ihm ihre Wut von damals, ihre Enttäuschung so deutlich zu zeigen? Würde er je begreifen, wie sehr ihr das Erlebnis zugesetzt hatte? Wie sehr es sie an den Rand eines endgültigen Absturzes gebracht hatte? Wäre es nicht besser gewesen, wenn sie ihm …? Sie bremste den Gedankenfluss und öffnete das Fenster, um frische Luft hereinzulassen.

Auf einmal wurde ihr ihre Einsamkeit stark bewusst. Wie schon öfter in letzter Zeit. Eigentlich machte es ihr nichts aus, allein zu sein, im Gegenteil, sie mochte es sogar. Und doch wurde sie in diesem Moment von einer dumpfen Traurigkeit überwältigt.

Zwei Stockwerke unter ihr öffnete sich die Haustür. Schritte erklangen auf dem Asphalt.

»Hey!«, rief Mara.

Adrian hielt inne und sah zu ihr hinauf. »Es tut mir leid, Mara. Es tut mir verdammt leid.«

»Vielleicht kann ich dir ja irgendwann mal verzeihen, Krux.«

»Das wäre schön.«

»Verlass dich lieber nicht drauf.«

»Gib mir noch eine Chance, Mara.«

»Wir werden sehen.«

Er winkte ihr kurz zu, und im nächsten Moment löste sich seine Gestalt in der Dunkelheit auf.

29

»Ich habe gute Neuigkeiten«, schnarrte die Stimme über die versammelten Angestellten hinweg. »Während es vielen Konkurrenzbetrieben zurzeit nicht sonderlich gut geht, können wir die Auftragslage stabil halten und sogar neue Aufträge generieren.«

Rafael Makiadi stand weit hinten in der Menge, nahe dem Ausgang, aus dem Minuten zuvor alle herausgeströmt waren, um der Rede des Geschäftsführers zuzuhören. Bernd Latka hatte sie bereits erwartet, in einem seiner zerknautschten Anzüge und mit wieder einmal fleckiger Krawatte, das Raubvogelgesicht gerötet vom Wind, der in Böen über den freien Platz seitlich der Fleischfabrik Baltzer hinwegpfiff. Einige der Vorarbeiter waren bei ihm, andere mischten sich unter die Beschäftigten.

Die Ansprache fand natürlich während der Pause statt, damit keine wertvolle Minute Arbeitszeit verschenkt wurde. Latka kündigte an, dass aufgrund der erfreulichen Auftragslage die einzelnen Schichten verlängert werden müssten.

Niemand regte sich. Es wurden keine Fragen gestellt, keine Blicke ausgetauscht.

Latka fuhr fort und betonte, wie schön es doch sei, dass damit jeder einzelne Arbeitsplatz gesichert sei.

Rafael war noch nicht lange hier beschäftigt, aber auch er hatte längst mitbekommen, dass es keine Diskussionen gab und man am besten fortwährend die Klappe hielt. Die Einzelheiten, von denen ihm Darius erzählt hatte, spukten ihm nun fast unentwegt im Kopf herum.

Es kam ihm ein jäher Einfall.

Vorsichtig sah er sich um. Keiner beachtete ihn, alle Augen waren nach vorn gerichtet.

Unauffällig bewegte er sich auf die stählerne Tür zu, die noch mithilfe eines Keils offen stand. Er schob sich ins Innere und folgte dem Korridor, den morgens immer alle wie eine Schafherde entlanggingen.

Noch ein rascher Blick über die Schulter. Niemand war hinter ihm her.

Ihm war klar, dass es eine Dummheit war, was er tat, völlig unnötig, dass es ihm Scherereien einbringen konnte. Aber seit Darius so offen zu ihm gesprochen hatte, ließen ihm die Vorgänge in der Fabrik keine Ruhe mehr.

Das Ende des Korridors, hinein in die Halle A. Gleich weiter zu Halle B. Die Leere und die Stille waren ungewohnt, vertraut hingegen die Kälte und die Gerüche.

Die Rolltore gaben ein metallisch schabendes Geräusch von sich, als Rafael sie aufzog. Er betrat den großen Raum dahinter. Noch ein hastiger Blick zurück.

Er war allein.

Zunächst einmal gab es nichts Ungewöhnliches zu entdecken. Es bot sich ein ähnlicher Anblick wie in den anderen Hallen und Nebenhallen.

Rafael trat näher.

Regale mit Arbeitshandschuhen und Verpackungsmaterial. Mehrere Waschbecken. Mehrere Stahltische, auf einem davon ein kleiner Drucker, wie er auch in Büros benutzt wurde.

Er beäugte zwei Maschinen zur Hackfleischherstellung. »Hm«, brummte er unschlüssig.

Auf dem Boden fanden sich große offene Bottiche, die Fleisch enthielten. Es waren beträchtliche Stücke, die einen ekelhaften Gestank verströmten.

Abfall?, fragte er sich. So viel?

Zwei weitere Bottiche waren mit Würsten gefüllt, die grün verfärbt waren und ebenfalls stanken. In einer Ecke standen vier Blecheimer. Rafael warf einen Blick hinein, und es dauerte einen Moment, bis er begriff, was er da vor sich hatte: widerlich aussehende weißliche Schweinsohren und Schweinerüssel. Und zudem zwei Bottiche mit Fleischresten, die seltsame Verfärbungen aufwiesen. Nur aus einem der großen Behälter stank es nicht. Darin befand sich eine zähe Flüssigkeit, die würzig roch.

Dann trat er zur hinteren Wand, an die man zwei Kühltruhen geschoben hatte. Er öffnete die Truhen. Darin stieß er auf abgepackte Fleischstücke. Den Verfallsdaten auf den Etiketten zufolge handelte es sich offenbar dabei um die einzige Frischware.

Warum wurde in diesem Raum sowohl neues als auch altes Fleisch aufbewahrt? Nur ein weiteres Anzeichen dafür, dass Hygienevorschriften nicht allzu viel zählten?

Plötzlich legte sich eine Hand auf seine Schulter. Entsetzt zuckte Rafael zusammen.

30

»Aus dem *Großen Schweiger* ist also ein *Toter Schweiger* geworden.« Klimmts Worte schienen in der abgestandenen Luft nachzuhallen.

Es war die dritte Dienstbesprechung an diesem Tag. Der Hauptkommissar schaltete den Beamer aus, mit dem er eine Filmsequenz an die Wand geworfen hatte. »Die Aufnahmen«, sagte er, »stammen von den Überwachungskameras in der U-Haft.«

Er stand da und starrte brütend vor sich hin. Jeder wusste, was es zu bedeuten hatte, wenn er in einer solchen Stimmung war. An dem länglichen Tisch saß sein Team. Außer Mara Billinsky noch Rosen, Schleyer, Stanko und Patzke.

»Der Mann, den wir auf den Aufnahmen gesehen haben, hat sich als Rechtsanwalt ausgegeben und darauf bestanden, zum *Großen Schweiger* vorgelassen zu werden. Angeblich weil er von dessen Familie ersucht worden war, sein Mandat zu übernehmen. Sowohl der Personalausweis als auch seine beruflichen Papiere waren Fälschungen. Wohl überaus professionelle Fälschungen, wie ich zur Ehrenrettung der U-Haft-Kollegen anmerken könnte, wären sie mir nicht scheißegal.«

Niemand äußerte auch nur einen Ton.

»Der Kerl ist weder in der Bundesanwaltskammer noch sonst irgendwo erfasst. Angeblicher Name: Thomas Mentiri. Angeblich deutscher Staatsbürger. Keine verdammte Datenbank kennt einen Thomas Mentiri.«

»Wenn ich was sagen darf«, meldete sich Rosen zu Wort. »Mentiri heißt, soweit ich mich erinnern kann, schwindeln. Also, auf Latein.«

»Ein Prosit aufs Bildungsbürgertum«, brummte Klimmt. »Jedenfalls ist es dem Schwindler gelungen, zu unserem komischen Kronberger Kauz vorgelassen zu werden. Vielleicht hat es eine Rolle gespielt, dass niemand diesen Kauz als Verbrecher betrachtete. Vielleicht war der eine oder andere allzu warmherzige Kollege auch froh, dass sich jemand dieser armen Seele annimmt. Wie auch immer, nach kurzer Zeit verließ Mentiri die Zelle wieder. Er verabschiedete sich von den Beamten und löste sich in Luft auf. Allerdings nicht ohne vorher dem Insassen eine Spritze verabreicht zu haben. Offenbar ein billiges Plastikding, denn die Metalldetektoren bei der Personenkontrolle vor Betreten des Zellentraktes haben nicht auf sie reagiert.«

Klimmt nippte an seinem Kaffeebecher. »Die Spritze enthielt eine tödliche Überdosis Barbiturate, vor allem Kaliumchlorid, das zum Herzstillstand führt. Es wird, glaube ich zumindest, auch für Injektionen bei der Todesstrafe in den USA verwendet.«

»Kandidaten für die Todesspritze«, warf Schleyer ein, »sind fixiert und können sich gegen die Injektion nicht wehren. Unser *Großer Schweiger* dagegen war nicht gerade ein schmächtiges Kerlchen – und erst recht nicht gefesselt.« Er machte eine skeptische Geste.

»Offenbar hat der sogenannte Anwalt ihn überrascht«, antwortete Klimmt.

»Und vielleicht hat der *Schweiger* es einfach hingenommen, ohne sich groß zu wehren«, ergänzte Mara.

»Wie meinen Sie das, Billinsky?« Der Hauptkommissar musterte sie.

»Dieser Mensch hat auf mich tiefverzweifelt gewirkt. Als wäre sein Lebensmut gebrochen. Er hätte sich gegen gar nichts so richtig gewehrt, nicht mal gegen einen mörderischen Angriff.«

Nach einer kurzen Stille sagte Klimmt: »Die Zusammensetzung der Injektion und die Art und Weise, mit der sich der Täter Zutritt verschafft hat, lassen keinen Zweifel – da war ein Profi am Werk. Oder eine ganze Reihe von Profis. Jetzt sind wir erst recht gefordert: Wir müssen endlich herausbekommen, wer der *Große Schweiger* war. Wenn jemand das immense Risiko eingeht, mit falscher Identität bei uns hereinzuspazieren und eiskalt einen Mord zu begehen, muss einiges auf dem Spiel stehen. Warum ist das Opfer so wichtig, dass man das auf sich nimmt? Ausgerechnet dieser unscheinbare Mann mit seiner verdreckten Kleidung.« Der Hauptkommissar fuhr sich über den Schnauzbart und sprach weiter: »Das Foto des *Großen Schweigers* ist überall in den Straßen der Stadt aufgehängt worden. Man sieht es in der Presse und im Netz. Irgendeiner muss diesen komischen Vogel doch kennen. Seine DNA, seine Fingerabdrücke – nichts bringt uns weiter, nirgendwo eine Spur, die zu seiner Identität führt. Man hat ja, wie ihr wisst, auch keine Papiere bei ihm gefunden. Noch ein Hinweis für euch: In der Presse steht nichts darüber, dass er derjenige war, der in der U-Haft ermordet wurde. Auf ihn wird sich nur als *Unbekannte Person* bezogen.« Er blickte Schleyer an. »Übrigens, Sie waren doch bei diesem Kai Degener und haben ihm das Foto gezeigt? Eine Reaktion auf den *Schweiger*?«

»Nie im Leben gesehen. Das war seine Reaktion.« Schleyer fügte an: »Ich habe auch die Bodyguards befragt, die um ihn herumschwirren, und Degeners Putzfrau. Das Ergebnis: nichts, rein gar nichts. Es muss ein Zufall sein, dass der *Große Schweiger* in unmittelbarer Nähe von Kronberg aufgegriffen wurde. Unmöglich, ihn mit einem Mord oder sonst einem Verbrechen in Verbindung zu bringen.«

Klimmt fischte sich eine krumme Zigarette aus einer Schachtel und schob sie sich zwischen die Lippen, ohne sie anzuzünden.

»Ihr wisst auch, dass uns Staatsanwaltschaft und Presse ab jetzt ganz schön aufs Dach steigen werden. Und zwar zu

Recht«, sagte Klimmt. »Ein Mord in der U-Haft. Das hat's noch nicht gegeben. Einzelheiten zum Opfer werden, wie gesagt, nicht in Umlauf kommen, aber die Tat an sich – die mit Sicherheit schon.« Er nahm die nicht angezündete Zigarette in die Finger und spielte damit herum. »Schaut euch noch mal genau die Aufnahmen des Mörders an. Was ist das für ein Typ? Viel hängt von den nächsten Tagen ab.« Er holte Luft. »Und jetzt zum zweiten wichtigen Punkt. Die verdammten Russen. Blochin und Dassajew.«

Alle strafften sich auf ihren Stühlen. Es würde etwas passieren, das war klar.

»Dmitri Tschipurkow hat uns Vorlagen geliefert, die wir verwandeln müssen. Seit Tagen werden die von ihm genannten Bandentreffpunkte beobachtet. Auch Verbindungsleute, von denen wir durch ihn wissen, lassen wir nicht aus den Augen.«

Mara und Rosen wechselten einen Blick. Derart lange Monologe gab es bei Klimmt nur, wenn er unter gewaltigem Druck stand. Bestimmt war Staatsanwalt von Lingert längst schon fleißig dabei, ihm die Hölle heißzumachen.

»Die Mitglieder der Bande sind clever«, sprach der Chef weiter, »sie machen sich immer wieder unsichtbar. Eigentlich wollte ich auf Nummer sicher gehen, wenn wir zuschlagen, aber wir werden nicht länger warten. Die Einzelheiten, die für den Einsatz feststehen, werde ich euch in exakt zwei Stunden bekannt geben.«

»Wann geht es los?«, fragte Mara.

»Schon heute Nacht.«

Die Worte verfehlten nicht ihre Wirkung. Schlagartig erfüllte eine Anspannung den Raum, die mit Händen zu greifen war.

»Ist Ihnen das schnell genug, Billinsky?«

Sie hob eine Augenbraue und verzichtete auf eine Antwort.

Der Hauptkommissar sah Rosen an. »Für Sie habe ich eine Spezialaufgabe.« Die Zigarette steckte ihm wieder im Mund,

und Klimmt fuhr nuschelnd fort: »Nehmen Sie sich noch mal Kai Degener vor. Finden Sie raus, was immer über ihn rauszufinden ist. Über sein Business, über sein Privatleben. Was auch immer. Vielleicht führt er uns doch noch zum Mörder seiner Frau.«

»Das habe ich doch schon mehrfach getan«, wagte Rosen einen für seine Verhältnisse gewaltigen Widerspruch. »Da wird ganz sicher nicht mehr ans Tageslicht kommen als bisher.«

Klimmt hatte gar nicht richtig hingehört. »Ich muss jetzt diese verdammte Kippe rauchen, sonst falle ich tot um. Wenn noch was ist, ich bin erst mal in meinem Büro.«

Rosen machte ein enttäuschtes Gesicht. Wieder einmal wird er von der *Action* ferngehalten, dachte Mara. Dabei hatte er sich so große Mühe gegeben, ihnen allen zu zeigen, dass mehr in ihm steckte. Dennoch kam er einfach nicht weiter. In Klimmts Augen würde er wohl immer der Mann für die Recherche bleiben, für die Fleißarbeit, für den Schreibtisch. Oder täuschte sie sich in Klimmt? Bei ihr selbst hatte der Hauptkommissar immerhin auch einen unerwarteten Kurswechsel vollzogen.

Später stand Mara an ihrem Bürofenster und sah nach draußen. Die Gedanken über Rosen verflüchtigten sich, die Anspannung von vorhin kam zurück – und würde noch intensiver werden.

Heute Nacht, klang Klimmts Stimme in ihrem Kopf nach. Ihre Fingerspitzen kribbelten, ihr Hals war trocken. Es war klar gewesen, dass es zu einem Einsatz kommen würde, doch wenn er so unmittelbar bevorstand, spürte Mara, wie das Blut durch ihren Körper rauschte.

Ihr Blick blieb an einer Gestalt hängen, die sich mit tief ins Gesicht gezogener Mütze auf der gegenüberliegenden Straßenseite aufhielt, leicht verdeckt von einer nicht mehr grünen, aber noch recht dichten Hecke, die ein großes Wohnhaus vom

Bürgersteig trennte. Trotz der Entfernung erkannte Mara sofort, um wen es sich handelte.

»Merkwürdig«, murmelte Mara leise.

Rosen rief nach ihr. Sie trat hinter ihn an den Schreibtisch und betrachtete den Bildschirm seines Laptops.

»Es ist zum Verzweifeln«, sagte Rosen. Er stoppte die Filmdatei, die er geöffnet hatte, und ließ sie wieder von Anfang an laufen. Es waren die Aufnahmen, die den angeblichen Rechtsanwalt auf dem Weg durch den Zellentrakt zeigten, kurz bevor er den Mord beging.

»Billinsky, kommt dir dieser Typ nicht bekannt vor?«

»Mir nicht. Aber anscheinend dir.«

Rosen hielt die Aufnahme an. Der Unbekannte war von untersetzter Figur, mit vollem, glatt rasiertem Gesicht und in die Stirn gekämmten hellen Haaren.

»Ich habe ihn schon einmal gesehen, ich bin mir sicher.« Rosen raufte sich das schüttere Haar. »Nur wann und wo, das frage ich mich die ganze Zeit.« Er vergrößerte den Bildausschnitt. »Auch die Körperhaltung. Und wie er sich kurz vorher am Kinn kratzt. Das kommt mir bekannt vor.«

»Was meinst du, könnte er eine Perücke tragen?«

Rosens Kopf ruckte hoch. »Ja klar. Das ist eine Perücke.«

»Dann stell ihn dir mit kurzem Haar vor. Oder mit Glatze.«

»Hm.« Ein resigniertes Kopfschütteln. »Das hilft leider auch nicht. Es will mir partout nicht einfallen.«

»Solltest du dich nicht eigentlich mit Kai Degener beschäftigen?«

Rosen stöhnte auf. »Das werde ich schon noch. Auch wenn es keinen Sinn ergibt. Das macht Klimmt doch nur, damit ich ihm nicht im Weg bin.« Er klang mit jeder Silbe deprimierter. »Was Degener betrifft, wird sich nichts Neues ergeben. Hätte er einen Fleck auf seiner weißen Weste, wären wir längst darauf gestoßen. Wäre er das Ziel eines Mordanschlags gewesen, dann … ach, lassen wir das.«

Abermals ließ er die Aufnahmen abspielen. »Irgendwann muss es mir doch einfallen. Mist!«

Mara trat wieder ans Fenster. Noch immer stand die Gestalt dort unten im unfreundlichen Frankfurter Herbstwetter.

»Merkwürdig«, wiederholte sie.

Rasch zog sie ihre Jacke über, um das Büro zu verlassen, während Rosen nach wie vor auf seinen Monitor starrte. Gleich darauf trat Mara ins Freie. Kälte empfing sie, ein scharfer Wind trieb nasses Laub über den Platz vor dem Präsidium, einem klotzigen, sechsgeschossigen Gebäudekomplex, der im schwachen Licht des nebligen Tages wie eine Festung wirkte. Vereinzelte, fast unsichtbar kleine Schneeflocken wehten.

Mara überquerte die Straße und musste dabei auf den Verkehr achten. In beiden Richtungen waren die Fahrspuren voll mit Autos. Die Frau, die ihr vom Büro aus aufgefallen war, bemerkte nicht, dass sie sich näherte. Erst als sie direkt vor ihr stand, wurde Isolde Windeck auf sie aufmerksam.

»Hallo, Frau Windeck. Kann ich Ihnen helfen? Warten Sie auf jemanden?«

Unter ihrer Mütze stachen ein paar Spitzen des roten Haars hervor. Sie blinzelte, wobei sie gleichzeitig unsicher, überrascht und nervös wirkte. »Kommissarin Billinsky. Ich …« Sie verstummte.

»Ist alles in Ordnung mit Ihnen?«

»Natürlich.« Sie lachte, unsicher und verlegen. »Nun ja, vielleicht ein wenig durch den Wind. Ich stehe schon eine ganze Weile hier herum und spiele mit dem Gedanken …« Sie senkte kurz die Lider. Trotz ihres langen, dick gefütterten Mantels wirkte sie nicht robust, sondern beinahe noch zerbrechlicher als zuletzt. »Tja, ich war mir nicht sicher, ob ich so einfach zu Ihnen ins Büro platzen kann.«

»Und ob Sie das können. Warum das Zögern?«

Isolde Windeck zuckte die Schultern. »Ich glaube, ich habe

Vertrauen zu Ihnen gefasst. Es hat mir imponiert, wie schnell Sie vor Kurzem bei mir waren, nachdem ich angerufen hatte.«

»Sie hätten auch jetzt anrufen können.«

»Ich weiß.« Sie winkte ab. »Es gibt wohl nichts Neues? Peters Mörder ...«

Mara sah sie mitfühlend an. »Über den Stand der Ermittlungen darf ich Ihnen ohnehin nichts mitteilen.«

Sie nickte. »Und der USB-Stick ... hat er Ihnen nichts genützt?«

»Wir bleiben dran. Aber manchmal ist das alles ein langwieriger Kampf.«

Isolde Windeck senkte kurz die Lider und meinte leise: »Ehrlich gesagt, ich war schon öfter versucht, mich bei Ihnen zu melden. Ganz unabhängig von Ihren Ermittlungen. Nun ja, und jetzt war ich in der Nähe, eher zufällig, und ...« Wiederum kam sie ins Stocken.

Das Rauschen des Verkehrs toste um die beiden Frauen, ein weiterer Windstoß heulte auf.

»Die Einsamkeit, was?«

»Wahrscheinlich schon, Frau Billinsky.« Sie holte Luft. »Ich sagte Ihnen zwar, ich habe jemanden, der für mich da ist ...« Ein scheues Lächeln huschte über ihr Gesicht. »Ja, ich bin ein wenig einsam.«

Erneut fiel Mara auf, wie hübsch Isolde Windeck war, auch oder gerade wegen der vom Wind geröteten Wangen. Die großen grünen Augen, die Verlorenheit in diesem sanften Rehblick. Gewiss waren die Männer völlig verrückt nach ihr.

Mara spähte zum Himmel, der sich allmählich verdunkelte. »Wir können uns gern unterhalten ...«

»Nur heute passt es wohl schlecht?«, vervollständigte Isolde fragend.

»Ich fürchte, ja.« Mara merkte, dass sie ihre Hand auf die Schulter der jungen Frau legte, was alles andere als typisch war. Sie mochte es selbst nicht, von Fremden berührt zu werden. Aufmunternd nickte sie ihr zu. »Aber wie wäre es morgen Abend? Wir könnten essen gehen.«

»Oder Sie kommen zu mir, und ich bereite etwas für uns zu. Seit Peter nicht mehr da ist, erscheint mir das Haus riesengroß. Das ist natürlich Quatsch, ich habe ja vorher auch allein dort gelebt, aber ...« Sie musste lachen, ganz leise, traurig. »Also – hätten Sie Lust?«

»Klar«, erwiderte Mara spontan.

Sie machten eine Uhrzeit aus, dann sagte Isolde: »Da ist noch eine Sache.« Sie seufzte. »Ich habe in der Zeitung von einem Mord gelesen. Von einem schlimmen Foltermord. Als der Fundort der Leiche beschrieben wurde ...« Hart presste sie die Lippen aufeinander.

»Ja, die Meldung bezieht sich auf Peter Johannsen.«

Isolde nickte verzweifelt. »Aber warum ...?«, setzte sie an, verfiel jedoch erneut in Schweigen.

»Wir bleiben dran.«

Mara verabschiedete sich von Isolde, die ankündigte, zu ihrem Wagen zu gehen, den sie gleich um die Ecke abgestellt hatte.

Nach dem Überqueren der Straße blickte Mara noch einmal zurück: Die junge Frau stand nach wie vor an derselben Stelle und sah zu ihr herüber.

Eine sonderbare Frau, dachte Mara. Oder lag es wirklich nur an der Trauer, dass sie einen derart verlorenen Eindruck hinterließ?

Zurück im Büro, grübelte Mara noch eine Weile über Isolde Windeck nach, doch dann ließ die bevorstehende Aktion keinen anderen Gedanken mehr zu. Klimmt trommelte das Team zur Einsatzbesprechung zusammen.

Zielort würde ein unscheinbares Café sein, das im Herzen des Bahnhofsviertels lag und von Blochins und Dassajews Bande häufig als Treffpunkt genutzt wurde. Dmitri Tschipurkows Angaben deckten sich mit dem, was auch mehrere Polizeispitzel herausgefunden haben wollten: Am späten Abend würden nach längerer Zeit wieder beide Bosse gemeinsam einem Treffen der Bande beiwohnen. Piranha und Skorpion. Offenbar bestand außerdem die Chance, dass sich im Café eine große Menge an Drogen befand, die an Zwischenhändler weiterverteilt werden sollte.

Mara registrierte eine größere Nervosität als sonst an sich, und das gefiel ihr keineswegs. Nach der Besprechung bat sie Klimmt um eine Zigarette, mit der sie sich an eine dunkle Stelle seitlich des Präsidiums zurückzog. Es war kurz nach acht Uhr abends. Lediglich noch zwei Stunden, bevor der Tanz beginnen würde. Immerhin würde sie der Einsatz davon abhalten, zu viel über Adrian nachzudenken.

Sie inhalierte tief.

Piranha und Skorpion. Blochin und Dassajew.

Würde es ihnen gelingen, das russische Kapitel ein für alle Mal zu einem Ende zu bringen? Maras Narbe auf der Wange, dieses hässliche Andenken an ihre schlimmste Begegnung mit Mitgliedern der Gang, fing an zu schmerzen. Oder kam ihr das nur so vor?

Noch ein Zug von der Zigarette. Es war eine Nacht, in der viel auf dem Spiel stand. Diesmal war es nicht nur Anspannung. Mara machte sich nichts vor.

Nackte Angst hatte sie erfasst.

31

»Bist du verrückt, Junge?« Darius rückte auf der Bank näher zu Rafael hin, damit die anderen Arbeiter nicht mitbekamen, worüber sie redeten. »Wenn nicht ich dich gestern hinter den Rolltoren erwischt hätte, sondern jemand anders, was dann?«

Rafael winkte ab. »Entspann dich, Mann!«

»Du bist witzig.« Der Pole mit dem flachsblonden Haar und dem Ziegenbart schüttelte den Kopf. »Dir ist immer noch nicht klar, dass diese Fabrik kein Spielplatz ist.«

Sie saßen am letzten Ende der Bank. Keiner schenkte ihnen Beachtung. Es war Pause. Die Luft im Aufenthaltsraum war schlecht wie immer, die Platten mit dem Aufschnitt leerten sich rasch.

Rafael dachte an den Moment, als Darius ihn an der Schulter gepackt und aus Halle B hinausgeschoben hatte, während der Rest der Belegschaft im Anschluss an Bernd Latkas Ansprache eilig die Arbeit wieder aufnahm.

»Was hätte mir schon passieren können?«, meinte er dann. »Außer dass sie mich rausschmeißen?«

»Na ja, willst du den Job verlieren?«

»Eigentlich wollte ich das hier durchziehen, aber mein Leben hängt sicher nicht davon ab.«

Bei diesen Worten betrachtete ihn der Pole eingehend. »Hoffentlich, Junge.«

»Lass das endlich mit diesem *Jungen*. Ich heiße Rafael. Ich bin kein Kind mehr.«

»Dann führ dich auch nicht so auf.« Nachdrücklich fügte er hinzu: »Und halte dich ab jetzt fern von Halle B. Und von den Rolltoren. Ich meine es ernst. Neugier schadet einem nur. Jedenfalls hier. Und vor allem dir.«

»Warum vor allem mir?«

Darius presste lange die Lippen aufeinander, ehe er antwortete: »Du bist nämlich schon aufgefallen.«

»Ich? Wieso?«

»Keine Ahnung, aber Latka persönlich hat mich nach dir ausgefragt.«

Rafael stutzte. »Latka? Was wollte er wissen?«

»Eigentlich nur, wer du bist.«

Die Pause näherte sich dem Ende. Die anderen standen auf und verließen nach und nach den Raum.

»Wer ich bin?«

»Na ja, wie du heißt, wie du dich machst. Solche Fragen halt.«

Rafael musterte ihn. »Wieso fragt er dich?«

»Natürlich weil er weiß, dass ich alle kenne und alle mich kennen.«

»Und was hast du ihm gesagt?«

Darius machte eine genervte Geste. »Dass du eine Aushilfe bist und wir ab und zu ein Bier zusammen trinken. Das war's auch schon.« Er erhob sich.

»Warum fragt Latka das?«

Sein Arbeitskollege antwortete nicht. Rafael stand ebenfalls auf. »Du machst immer nur Andeutungen. Ich will mehr wissen.«

Darius zupfte ihn am Ärmel. »Komm schon, wir sind die Letzten.«

»Ich will, dass du endlich mal richtig auspackst.«

Der Pole sah ihn unschlüssig an. »Okay, aber nicht hier und nicht jetzt«, sagte er schließlich. Er senkte den Blick. »Nachher, bei einem Feierabendbier. Einverstanden?«

»Klar«, antwortete Rafael.

32

Diese eisige Furcht steckte ihr nach wie vor in den Knochen.

Mara Billinsky wusste, dass es kein Entrinnen gab. Und das war gut so. Denn den eigenen Dämonen musste man sich stellen. Sonst würden sie sie bis in alle Ewigkeit verfolgen.

Augen zu und durch. Nein, Augen auf. Alle Sinne schärfen, die Furcht ausblenden. Nicht denken, sondern funktionieren. Handeln.

Sie biss sich auf die Unterlippe und befühlte den Griff ihrer Pistole in der Hand. Ein Gegenstand, der mehr als vertraut war und von dem dennoch etwas Einschüchterndes ausging. Erst recht in Momenten wie diesem.

Sie entsicherte die Waffe.

Wegen solcher Situationen war sie Polizistin geworden. Oder etwa nicht? Um im Brennpunkt zu stehen, mitten im Geschehen. Um zu spüren, dass sie lebte, dass sie kein Rädchen in irgendeinem Unternehmen war, sondern sich einsetzen und einen Beitrag liefern konnte, auf ihre Art etwas Nützliches tat.

Wirklich?

An diesem späten Abend im Bahnhofsviertel war jedenfalls alles anders als sonst.

Die Narbe in ihrem Gesicht pochte, die Erinnerungen flogen als Bilderfetzen an ihr vorüber. Frühere Einsätze, Auseinandersetzungen, Schusswechsel. Momente der Gefahr. *Lebensgefahr.* Das Geräusch surrender Projektile, die nur mit einem Ziel abgefeuert worden waren: sie auszuschalten. *Sie zu töten.*

Es kam auch die Erinnerung an jene Augenblicke, in denen sie selbst abgedrückt hatte – ebenfalls um zu töten.

Ausblenden, sagte sie sich erneut. Die Bilder von damals

schwärzen. Konzentration. Handeln. Tun, was getan werden musste.

Sie betrachtete das Café, eine schmuddelige, unauffällige Kaschemme, untergebracht im Erdgeschoss eines vierstöckigen Gebäudes, das angeblich fest in der Hand von Blochins und Dassajews Bande war.

Jetzt!

Polizeibeamte betraten die Straße, um sie von zwei Seiten für alle Fahrzeuge zu sperren. Von rechts und links näherte sich jeweils ein Wagen des Spezialeinsatzkommandos. Quietschende Reifen, Rucken von Schiebtüren, Klacken von Absätzen. Die Beamten mit der Schutzkleidung, den ballistischen Helmen und den HK MP7 rannten auf den Eingang zu, um das Café zu stürmen.

Klimmt gab das Zeichen, und sein Team setzte sich ebenfalls in Bewegung.

Mara spürte, wie heftig ihr das Herz in der Brust trommelte.

Nur noch wenige Schritte bis zur Tür.

Rein!

Schwache Beleuchtung, leise Musik, laute Rufe.

Glas klirrte.

Männer jagten die Treppe hinauf, verfolgt von den Beamten.

Das Café verfügte über keinen Hinterausgang, das hatten sie vorher überprüft.

Die ersten Schüsse fielen.

Keiner von ihnen wurde von dem Widerstand überrascht, sie hatten damit gerechnet – und doch mussten die eigenen Nerven erst einmal damit klarkommen.

Pulverdampf, das Licht ging aus. Dunkelheit. Weitere Rufe, weitere Schüsse.

Mara lief die Treppe hinauf.

Der Widerstand wurde heftiger, immer mehr Schüsse fielen. Nicht nur das Spezialeinsatzkommando, auch die Gangster verfügten über Waffen. Maschinenpistolen erklangen.

Zweites Stockwerk, drittes Stockwerk, viertes Stockwerk. Dunkelheit, hier und da durchbrochen vom Licht der Helmlampen. Schreie, Kommandos, Schüsse. Ein Korridor, eng und düster.

Mara folgte ihm. Plötzlich war sie allein. Sie hielt den Atem an. Nie war ihr die Pistole und ihre schusssichere Weste schwerer vorgekommen, nie eine Aufgabe unheilvoller, beängstigender.

Weiter, weiter. Es roch nach Staub und Zigaretten und Rasierwasser.

Vor ihr waren Schritte zu vernehmen. Erst lauter, dann leise. Ein geisterhaftes Huschen. Dann war alles still, zumindest in diesem verdammten Korridor.

Sie ging weiter, tastete vorsichtig mit der linken Hand und berührte etwas: schweren Stoff. Einen Vorhang.

Sie schlug ihn zur Seite.

Eine schmale Treppe, die nach oben führte.

Von einer offen stehenden Tür drang ein Schleier aus mattem Licht zu ihr.

Ein Geheimausgang?

»Klimmt!« Ihre raue, angespannte Stimme klang ihr seltsam fremd in den Ohren. »Hierher, Klimmt!«

Als hinter ihr stampfende Schritte ertönten, begann sie die Stufen hochzugehen. Sie hörte erst das Schnaufen des Hauptkommissars, dann wie er nach Verstärkung schrie, aber sie hielt nicht inne. Nein, weiter, immer weiter.

Am Ende der Treppe wartete ein weiterer Vorhang. Dahinter eine Stahltür. Mara holte tief Luft und stieß die Tür auf.

Eisige Luft wallte ihr entgegen. Sie trat hinaus aufs Flachdach. Es hatte angefangen zu regnen. Von unten hörte man den Verkehrslärm des Viertels, in den sich das Pfeifen einer Windböe und das Regenprasseln mischten.

Maras Blick erfasste zwei laufende Gestalten. Sie nahm die Verfolgung auf.

Die Männer stoppten, drehten sich um, gingen auf ein Knie, fast synchron, in Sekundenschnelle. Mündungsblitze zuckten, Schüsse peitschten auf, Mara warf sich auf den Betonboden und erwiderte das Feuer.

Erneut liefen die Männer los, erneut folgte Mara ihnen.

Waren das die Bosse? In ihr brannte die Überzeugung, dass es sich bei den Männern nur um Blochin und Dassajew handeln konnte.

Die beiden sprangen aufs ebenso flache Dach des direkt anschließenden Gebäudes, Mara blieb ihnen auf den Fersen. Wiederum wurde auf sie geschossen. Um ein möglichst kleines Ziel zu bieten, kniete sie sich hin, die Waffe erhoben. Sie beobachtete, wie einer der Flüchtenden hinter einem gemauerten Schornstein Deckung suchte und sie von dort mit einer Salve eindeckte.

Wo war der zweite?

In ihrem Rücken hörte sie Schritte und Rufe.

Endlich! Klimmt und die Verstärkung.

Eine wilde Schießerei entbrannte. Mara spürte, dass ein Geschoss sie traf und von der schusssicheren Weste abgefangen wurde. Es riss sie nach hinten.

Sie rappelte sich auf, Regenwasser lief ihre Stirn herab, Pulverdampf stieg ihr in die Augen, Tränen verschleierten ihren Blick.

Sie keuchte heftig.

Verschwommen sah sie wieder den zweiten Mann, der das andere Ende des Daches erreichte, ein dunkler Schatten unter einer grauschwarzen, sternenlosen Himmelsmasse, der mit einem gewaltigen Sprung das nächste Dach zu erreichen versuchte.

Abermals verspürte Mara einen heftigen Schlag, nun an der Schulter. Sie fiel erneut auf den Beton und gab dennoch weiterhin Schüsse in Richtung des Schornsteins ab.

Im nächsten Moment hörte sie einen Schmerzensschrei, der ihr lauter vorkam als das Dröhnen sämtlicher Schusswaffen.

33

Stimmengewirr, Gläsergeklirr, das Rauschen der Spülmaschine. Aus schadhaften Lautsprechern schepperte Rapmusik.

An einem winzigen Ecktisch in einer Kneipe in Sossenheim saßen sie einander gegenüber. Schummriges Licht, eine riesige Eintracht-Frankfurt-Flagge hinter dem voll besetzten Tresen, zerknitterte Poster an den Wänden. Schwaden aus Zigarettenqualm klebten an der niedrigen Decke. Die Raucherlaubnis wurde von den Gästen ausgiebig in Anspruch genommen.

»Wir haben schon das zweite Bier, und du druckst immer noch rum«, warf Rafael Darius vor. »Was geht bei Baltzer alles vor sich?«

»Du hast es doch selbst schon mitbekommen.«

»Ganz bestimmt nicht alles.«

»Eine widerliche Welt, was?« Darius kicherte in sich hinein. »Überall geht es um Lug und Trug.«

»Was passiert hinter den Rolltoren mit dem schlecht gewordenen oder alten Fleisch? Und warum wird es zusammen mit frischer Ware gelagert?«

»Frisch?« Darius stutzte und musste lachen. »Du bist naiver, als ich dachte, Rafael.« Er drückte den Zigarettenstummel im vollen Aschenbecher aus. »Dort gibt es kein Frischfleisch. Nur Gammelware. Hast du die Wurst gesehen? Da dreht sich einem der Magen um, was? Hinter den Rolltoren wird das eklige Zeug gesäubert und dick mit einer Marinade eingeschmiert, die das Übel überdeckt. Und dann?«

»Dann wird es neu verpackt?«

»Richtig. Etiketten werden gedruckt, natürlich mit neuen, noch weit entfernt liegenden Verfallsdaten. Damit wird dieser

Dreck beklebt, er wird abtransportiert und weiterverkauft, und am Schluss wird er gefuttert. Von vielen nichts ahnenden Menschen.«

»Mir wird gleich schlecht.«

»Das ist nicht neu, das ist auch kein Einzelfall. Hin und wieder gibt es einen Lebensmittelskandal, dann ziehen die Chefs ihre Köpfe ein, aber nachdem Gras über die Sache gewachsen ist, machen sie weiter mit ihren Sauereien.«

»Schön ausgedrückt«, meinte Rafael sarkastisch.

»Ja. Sauereien, die ein Schweinegeld bringen. Im wahrsten Sinne des Wortes.« Darius leerte mit einem tiefen Schluck sein Bierglas. »Die Schweineabfälle sind dir auch nicht entgangen, oder?«

»Die Ohrmuscheln, die Rüssel.«

»Wie gesagt: Abfall. Das wird alles gehäckselt. Es kommt ins Hackfleisch. Unmengen davon. Auch das Stichfleisch wird da reingemischt. Weißt du, was das ist?«

Rafael schüttelte den Kopf.

»Stichfleisch entsteht beim Schlachten um die Einstichstelle. Das ist da, wo das Schwein ausblutet. Die umliegenden Partien sind voller Blutergüsse. Außerdem ist die Gefahr hoch, dass das Fleisch durch den Einstich mit Keimen verseucht wird. Deshalb gehört Stichfleisch zum Material der Kategorie 3.« Er kicherte, angewidert und ein bisschen angetrunken. »Heißt: Fleischabfall. Nicht zum Verzehr für Menschen geeignet. In den heiligen Hallen von Baltzer wird der ständig mitverarbeitet, um das genießbare Fleisch zu strecken.«

»Unglaublich.«

»Aber wahr.« Darius hob die Hand, um bei der Bedienung zwei weitere Gläser zu bestellen. »Ist ein Riesengeschäft. Es gibt mehrere Räume in der Fabrik, in der solche Tricks im großen Stil abgezogen werden.«

»Aber gibt es nicht Kontrollen?«

Das Bier wurde ihnen gebracht, sie prosteten sich zu und tranken.

»Und ob es Kontrollen gibt«, fuhr Darius fort. »Dann kommen Beamte, schlendern durch die Hallen und verziehen sich schneller wieder, als du Schweinepimmel sagen kannst.«

»Wieso? Es muss ihnen doch auffallen, was …«

»Ach, Rafael«, unterbrach ihn der Pole. »Das ist doch nicht schwer zu erraten. Sie werden geschmiert, damit sie nichts sehen. Außerdem gibt es ohnehin nur eine Handvoll von ihnen für Hunderte von Betrieben. Die sind froh, wenn sie mal eine Fabrik überspringen können, und Geld hilft ihnen dabei, nicht alles so eng zu nehmen.«

Rafael verzog ungläubig das Gesicht.

»Du merkst, das ist sehr gut durchorganisiert.«

»Und die Arbeiter? Gibt es nicht Leute, die dagegen …«

»Das hab ich dir schon mal erklärt«, fiel Darius ihm erneut ins Wort. »Es gibt einen Grund, warum man ausländische Arbeiter aus bettelarmen Regionen hierher holt.« Leiser fügte er an: »Und was ich dir noch *nicht* erzählt habe: Neulich hab ich von einer Gruppe von Rumänen gehört, mit denen sie wirklich fies umgesprungen sind, um sie zur Arbeit zu zwingen. Man hat ihnen die Pässe abgenommen, sie zu Blankounterschriften auf Lohn- und Arbeitszeitunterlagen genötigt. Beschäftigung ohne Krankenversicherung ist bei Latka auch ganz normal.«

»Einfach unfassbar.« Rafael nippte an seinem Glas und fasste einen Entschluss.

Darius taxierte ihn. »Das alles hast du nicht von mir. Klar?«

»Klar.«

»Je weniger man weiß, desto sicherer lebt man.« Der Pole steckte sich noch eine Zigarette an.

Rafael hatte eigentlich nur einen Job erledigen wollen, um etwas Geld in der Tasche zu haben. Doch das rückte immer mehr in den Hintergrund. Zu lange schon behielt er das, was sich täglich vor seinen Augen abspielte, für sich. Er musste endlich jemandem mitteilen, was in der Fleischfabrik vor sich ging. Sofort kam ihm Hanno Linsenmeyer in den Sinn.

Nein, sagte er sich. Lieber gleich zu Mara mit den Informationen. Ja, Mara würde wissen, was sie damit anzufangen hatte.

»Woran denkst du?«, fragte Darius.

»An gar nichts.«

»Ich seh dir doch an, dass dich das alles schwer beschäftigt.«

»Na ja, man muss doch was tun.« Rafael starrte düster in sein Glas.

»Was tun? Du spinnst.«

»Ich kenne eine Polizistin. Sie heißt Billinsky und …«

»Vergiss es und halt deinen Schnabel. Kein Wort zu niemandem.«

»Aber …«

»Vergiss es!« Darius' Stimme war schneidend geworden. Seine Augen verengten sich. »Das muss unbedingt unter uns bleiben. Hast du das kapiert?«

»Reg dich nicht so auf.«

»*Kapiert?*«

»Sicher«, sagte Rafael, ohne den bohrenden Blick zu erwidern.

34

Vivaldi erklang. *Die vier Jahreszeiten.* Eine Vinylscheibe, abgespielt auf einem Vintage-Plattenspieler.

»Ich hoffe, klassische Musik ist nicht zu spießig für Sie.« Isolde Windeck warf ihrem Gast einen fragenden Blick zu.

Mara Billinsky schmunzelte. »Keineswegs.«

Das Werk erinnerte sie an ihren Vater, einen großen Verehrer des Komponisten. Sie hatte es früher oft zu Hause hören müssen, als sie Punk und Rock für sich entdeckte. Ihr ging das letzte unerfreuliche Telefonat zwischen ihnen durch den Kopf.

Seitdem hatte Edgar Billinsky sich nicht mehr bei ihr gemeldet. Und sie sich nicht bei ihm. Das Übliche also. Warum taten sie sich so schwer, die Kurve zueinander zu kriegen?

Die beiden Frauen nahmen am Esstisch im Wohnzimmer Platz. Isolde erzählte von ihrem Job als Art Directorin in einer Werbeagentur, und ihre Stimme drängte Maras Gedanken an ihren Vater in den Hintergrund. Es gab *Orechiette alle cime di rapa*, von Isolde selbst zubereitet, und das vorzüglich.

Mara lobte das Gericht, und ihre Gastgeberin bedankte sich.

Während der Mahlzeit, zu der sie einen Pinot Grigio aus Venetien tranken, kam Isolde vom Beruflichen zu ihrem Privatleben, und mit nachdenklicher Miene erwähnte sie einen Mann, der offenkundig Eindruck auf sie gemacht hatte. Mehr als das, wie Mara aus den Worten schloss, obwohl es nur Andeutungen waren.

»Ehrlich gesagt schäme ich mich dafür, dass ich mich mit ihm treffe.« Ein Schatten huschte über ihre zarten Züge. »Wegen Peter. Sie müssen wissen, ich war ihm nie untreu. Dieser andere Mann allerdings …«

»Er geht Ihnen nicht aus dem Kopf, was?«

Isolde nickte mit schuldbewusstem Ausdruck.

»Wenn es einen erwischt, erwischt es einen. Ohne Rücksicht auf den Zeitpunkt.« Mara macht eine vorsichtige Geste mit der Hand. »Das hört sich vielleicht gefühllos an, aber ...«

»Aber so ist es wohl, stimmt's?« Unschlüssig hob Isolde die Schultern. »Einfach verrückt: Zuerst ärgerte es mich, dass ich ihn so oft traf. Und nun ärgert es mich, dass ich ihn in den letzten Tagen nicht mehr gesehen, sondern bloß noch mit ihm telefoniert habe. Ich dummes Ding.«

»Sie sollten nicht zu streng mit sich sein.« Maras Handy gab einen Ton von sich. Eine Nachricht von Rafael: *Melde dich doch mal!* Er hatte schon mehrmals angerufen, sie aber nie erreicht. Zeit, dass sie ihn endlich zurückrief. Später. Sie steckte das Handy weg.

»Ach, ich glaube, ich will lieber nicht mehr über ihn reden ...« Isolde sah sie an. »Ehrlich gesagt, es ist komisch, dass wir uns siezen. Andererseits, eine Kommissarin von der Mordkommission, also das schüchtert schon ein bisschen ein.«

»Das muss es nicht. Und heute ist es ja ein eher inoffizielles Treffen. Ich bin Mara.«

»Ich bin Isolde.«

Mara veränderte unbewusst ihre Sitzhaltung und verzog dabei schmerzhaft das Gesicht – was ihrer Gastgeberin nicht entging.

»Alles in Ordnung?«, wollte Isolde besorgt wissen.

»Klar.« Sie winkte ab. »Und ich muss es noch mal sagen. Die Pasta – einfach der Hammer.«

Isolde erzählte, wie schwer es war, den für dieses Gericht notwendigen Stängelkohl zu finden, und sosehr Mara sich auch bemühte, es gelang ihr einfach nicht, aufmerksam zuzuhören. Die Erlebnisse im Bahnhofsviertel wirkten zu stark nach. Kein Wunder.

Die schusshemmenden Westen retteten Leben, so auch ihres, aber sie konnten nicht verhindern, dass Treffer durch Projektile heftige Prellungen hinterließen. Mara hatte es an der Hüfte und an der Schulter erwischt, aber sie fand, das war zu verschmerzen. Davongekommen zu sein war das Entscheidende. Sie war aus jener angsterfüllten Nacht mit einem gestärkten Gefühl in den folgenden Tag gestartet. Sie hatte den Einsatz durchgezogen. Nicht nur gegen Gangster gekämpft, sondern auch gegen die eigene, manchmal fast lähmende Furcht.

Die beiden Männer auf den Dächern über den Straßen des Viertels waren tatsächlich Blochin und Dassajew gewesen. Einer von ihnen hatte im Gegensatz zu Mara die Nacht nicht überlebt: Dassajew, der sich hinter dem Schornstein verschanzt hatte.

Blochin jedoch war die Flucht gelungen, tollkühn, halsbrecherisch, von Dach zu Dach, um dann in der Dunkelheit zu verschwinden, spurlos, als wäre er nur eine trügerische Einbildung gewesen.

Allerdings waren im Gebäude zwei Unterführer und weitere Mitglieder der Bande festgenommen worden. Einige hatten Schusswunden davongetragen, doch außer Dassajew hatte es beim *blutigen Showdown im Mafia-Café*, wie es eine Boulevardzeitung nannte, keine Toten gegeben.

Isolde erkundigte sich von Neuem, ob Mara und die Kollegen denn gar nicht vorankämen.

»Du weißt ja, eigentlich darf ich nicht darüber reden. Eine Sache möchte ich dir dennoch sagen: Es ist uns gelungen, Festnahmen zu machen, die in direktem Zusammenhang mit dem Inhalt von Peter Johannsens USB-Stick stehen.«

»Es könnte also sein …?« Erneut beendete Isolde den Satz nicht.

»Es ist einfach zu früh. Hab noch Geduld.«

Bekümmert nickte Isolde. Sie wirkte so einsam und verloren wie in jenem Moment, als sie gegenüber dem Präsidium im kalten Wind gestanden hatte.

Sie beendeten die Mahlzeit, tranken noch ein Glas Wein.

Mara verabschiedete sich, und ihre Gastgeberin brachte sie an die Tür. Wie am Vortag legte Mara ihr sanft die Hand auf die Schulter.

»Danke, dass du gekommen bist«, flüsterte Isolde mit ihrem traurigen Lächeln.

Aus den Augenwinkeln nahm Mara eine schattenhafte Bewegung in der dunklen Straße wahr, während Isolde zu reden fortfuhr und vorschlug, dass sie sich gern jederzeit wieder treffen könnten.

Mara nickte ihr nur zu, auf einmal angespannt. Nach einem raschen Abschiedsgruß entfernte sie sich von dem Haus, den Blick unauffällig auf die Stelle gerichtet, an der sie gerade eben – was? Jemanden gesehen hatte?

Oder war es nur Einbildung gewesen?

Sie ging auf ihren Alfa zu, stieg aber nicht ein, sondern machte sich auf den Weg die Straße hinunter. Sie passierte Wohnhäuser mit Vorgärten und geparkte Autos, hier und da waren die Fenster erleuchtet.

Eine tiefe Stille lag über dem Großen Hasenpfad.

Gestört nur durch Maras Schritte, die weiter der abfallenden Straße folgten, hin zu einem auffälligen, komplett in der Finsternis liegenden Rundgebäude mit Glasfassade, das hoch zwischen den Wohnhäusern aufragte. Der Bau war in Frankfurt bekannt. Er beherbergte eine Werbeagentur, allerdings nicht diejenige, für die Isolde Windeck tätig war. Das Grundstück, das ihn großzügig umschloss, bestand aus einem mit Sträuchern und Büschen bepflanzten Rasen.

Mara hielt inne.

Niemand zu sehen.

Also doch nur Einbildung? Oder war sie beim Verabschieden von Isolde Windeck beobachtet worden?

Sie betrat das Grundstück der Werbeagentur. Über Steinplatten gelangte sie zu dem Rasenstück. Jetzt waren ihre Schritte nicht mehr zu hören. Lautlos bewegte sie sich voran.

Aber auch weiterhin war niemand zu entdecken.

Unschlüssig machte sie sich auf den Rückweg. Doch immer wieder ertappte sie sich dabei, wie sie über die Schulter nach hinten blickte.

Betont langsam steuerte sie ihren Wagen an dem Rundgebäude vorbei, wiederum ohne etwas Auffälliges sehen zu können.

Spielten ihr die eigenen Nerven einen hinterhältigen Streich? Wer hätte sie beschatten sollen? Hing es mit Blochin zusammen? Nach dem Schlag gegen seine Bande müsste er eigentlich anderes zu tun haben, als sich um eine einzelne Kriminalpolizistin zu kümmern.

Oder hatte es gar nichts mit ihr zu tun? Sondern mit Isolde Windeck? War Isolde in Gefahr? Musste man sie beschützen?

Vertieft in diese nagenden Grübeleien fuhr Mara nach Hause. Die Aussicht auf die kommende Nacht gefiel ihr nicht. Entweder würde sie sich von einer Seite auf die andere drehen oder immer wieder aus Albträumen hochschrecken. Die Ereignisse des Vorabends würden sich nicht abschütteln lassen. Sie kannte das. Derartige Einsätze führten in den Beteiligten ein Eigenleben, sie kehrten stets zurück, gaben keine Ruhe, schon gar nicht, wenn sie noch so frisch waren.

Wie sich herausstellte, sollte Mara recht behalten. Es wurde eine Nacht beinahe ohne Schlaf. Die Stunden zogen sich dahin. Erst als schon fast die Sonne aufging, fielen ihr die Augen zu. Doch der Signalton des Mobiltelefons sorgte dafür, dass sie bald wieder aufschreckte.

»Was gibt's?«, murmelte sie.

Es war Klimmts Stimme, die ihr drei Worte entgegenbrummte: »Noch ein Mord.«

35

Der Dunst über den nahen Wiesen und Feldern hatte sich noch nicht aufgelöst. In der Luft lag ein Hauch von Schnee. Dichte Wolken verbargen die Sonne, es war ein Tag fast ohne Licht. Die Welt zeigte sich als ein graues, abweisendes Etwas, das die Gebäude der Fabrik beinahe zu verschlingen schien.

Rafael Makiadi nahm den Anruf entgegen, und ohne ein Wort der Begrüßung sagte er eingeschnappt: »Ich dachte schon, dich gibt's nicht mehr. Warum rufst du erst jetzt zurück?«

»Sorry«, kam es von Mara Billinsky. Im Hintergrund erklang Motorengebrumm. »Ich habe zurzeit jede Menge um die Ohren, bin gerade schon wieder auf dem Weg zu einem verdammten Tatort und dachte, ich …« Sie stoppte sich und ließ nur noch ein weiteres, schuldbewusst klingendes Sorry hören.

Rafael erschauerte, so kalt war es, doch wenigstens stank es hier nicht nach totem Fleisch. »Wir müssen uns unbedingt sehen«, meinte er und warf einen raschen Blick zum Seiteneingang, durch den er sich nach draußen geschlichen hatte, als ihn Maras Anruf erreichte. »Es geht um diesen Job hier.«

»Hast du Ärger?«, wollte Mara besorgt wissen.

»Ich ausnahmsweise nicht. Aber die Typen hier, die sollten Ärger kriegen.«

»Welche Typen? Und aus welchem Grund?«

Plötzlich tippte ihm jemand auf die Schulter – und Rafael erstarrte.

»Rafael?«, hörte er Mara rufen.

»Hey, lass bloß das Handy verschwinden«, sagte eine Stimme hinter ihm. »Die treten dir in den Arsch. Du weißt

doch, das ist verboten während der Arbeitszeit. Junge, Junge.«
Ein lautes Kichern ertönte.

Rafael amtete durch. »Darius! Du bist es!«

»Klar.«

Zum Glück, dachte Rafael. Dann sprach er wieder in sein Mobiltelefon: »Hör zu, Mara, wir müssen uns treffen.«

»Okay, aber heute schaffe ich das unmöglich.«

»Dann vielleicht morgen oder in den nächsten Tagen. Wir machen das noch genauer ab, ja? Ich melde mich bei dir.«

Rasch steckte er das Handy ein.

»Schlimmer hier als im Knast, was?« Darius kicherte wieder. »Kein Scheiß-Handy, kein Scheiß-Garnichts. Alles Arschlöcher.« Er schob seine Hand unter die Schutzüberhose und wühlte in den Taschen seiner Jeans. »Schnelles Kippchen?«

»Klar.«

Darius zog eine zerknitterte Schachtel hervor. »Wer war das? Deine Freundin?«

»*Eine* Freundin«, betonte Rafael.

Darius' Miene verfinsterte sich schlagartig. »Doch wohl nicht die Bullen-Lady, von der du neulich gequatscht hast?«

»Nein«, log er.

»Hey, Junge, mach keinen Scheiß.« Aus den fast geschlossenen Lippen des Polen drang bläulicher Qualm. »Du willst etwas ausposaunen, richtig?«

Rafael hob zögerlich die Schultern.

»Man kann doch nicht einfach alles so weiterlaufen lassen.«

»Es gibt Gründe, warum die Arbeiter hier so viel Schiss haben. Du kannst nicht …« Er stockte kurz. »Mann, Rafael, spiel nicht mit dem Feuer. Sonst …« Wiederum stoppte er mitten im Satz.

»Sonst?«

»Vor Kurzem, diese Schläger.«

»Die von der Konkurrenz?«

Darius zwinkerte ihm zu und sagte nichts.

»Was ist da in Wirklichkeit los?«

»Jeder weiß, was abläuft.«

»Dann sag's mir, damit ich es auch weiß.«

»Ein verdammt dreckiges Spiel ist das, glaub's mir.«

»Aber gerade deswegen muss man doch versuchen ...«

»Kapierst du's nicht, Rafael?« Jetzt schrie Darius beinahe. »Spiel nicht mit dem Feuer!«

»Darius, dir und den anderen Arbeitern wird nichts passieren, wenn ich ...«

Der Pole drückte ihm hart die Hand auf die Schulter. »Ich sag's noch einmal. Es gibt Gründe, warum hier alle dermaßen eingeschüchtert sind und das Maul halten. Was du erfährst, darf nicht nach draußen dringen.«

»Ich erfahre ja nichts Konkretes.«

»Niemandem wäre geholfen. Niemand würde etwas beweisen können. Nein, alle würden bloß in die Heimat geschickt und nach und nach durch andere arme Schweine ersetzt. Das ist eine eigene Welt. Eine Welt für sich.« Beschwörend starrte Darius ihm in die Augen. »Mach keinen Quatsch, Junge!«

Stille trat ein. Trotz der Kälte hatte sich Schweiß auf Darius' Stirn gebildet.

»Du musst mir versprechen, niemandem etwas zu sagen«, flüsterte er eindringlich. »Die kleinste Andeutung wäre schon zu viel. Denk an dich. Ich mag dich, und es täte mir verdammt leid, wenn dir was zustoßen würde.«

Wieder die Stille.

Rafael überlegte. Ehe er antworten konnte, ertönte ein Ruf. »Hey, ihr beiden!«

Sie drehten sich um. Ein paar Meter entfernt stand Bernd Latka. Er musterte sie, halb spöttisch, halb misstrauisch.

»Guten Tag«, sagte Darius in duckmäuserischem Ton.

»Was treibt ihr zwei denn hier draußen?«

»Ähm.« Darius kicherte. »Tja, es ist so. Wir wollten eigentlich nur, äh … also, Rafael hat sich nicht wohlgefühlt, und ich dachte, frische Luft würde …«

»Und jetzt?«, unterbrach Latka ihn, die Augen auf Rafael gerichtet. »Geht es dem Jungen besser?«

»Ich denke schon.« Darius nickte eifrig. »Oder, Rafael, was meinst du?«

Ehe Rafael etwas äußern konnte, sagte Latka: »Macht euch nicht gleich in die Hosen. Für heute soll's mir egal sein, wenn ihr mal schnell eine Fluppe durchziehen wollt.« Er grinste. »Solange ihr euch nichts Stärkeres reinpfeift.« Mit dem Zeigefinger wies er auf Darius. »Ich muss mit dir reden. Lass uns ein paar Schritte zusammen gehen.«

»Okay«, murmelte Darius unsicher.

»Und du, Freundchen, zurück an die Arbeit!«

In den Stunden, die folgten, versuchte Rafael Darius einige Male anzusprechen und danach zu fragen, was Latka gewollt hatte, doch Darius gab sich ungewohnt zurückhaltend und bekam kaum den Mund auf.

Erst nach Feierabend, als sie sich inmitten einer Traube von Arbeitern befanden, die an der Haltestelle vor der Fabrik auf den Bus warteten, hatte der Pole wieder das übliche Grinsen im Gesicht.

»Wie sieht's aus, Rafael, noch einen Schluck zum Abschluss des Tages?«

»Hm, ich weiß nicht recht.«

Leiser sagte Darius: »Es wird dich bestimmt interessieren, was Latka mir heute anvertraut hat.«

»Anvertraut«, wiederholte Rafael. »Klingt ja sehr bedeutungsvoll.«

»Ist es auch.« Darius musterte ihn. »Ich habe eine neue Kneipe aufgetan. Nicht in Sossenheim. Hier ganz in der Nähe.«

»Hier?« Rafael zog skeptisch die Stirn in Falten. »Nicht dein Ernst.«

»Und ob!«

Der Bus kam an, sie stiegen ein und auf ein Zeichen von Darius nach nur einer Haltestelle wieder aus. Noch immer befanden sie sich im Industriegebiet. Lagerhallen, eine heruntergekommen wirkende Spedition, eine Eisenflechterei. Darius redete in sein Handy, sehr leise, nicht zu verstehen für Rafael, der darüber nachgrübelte, was der Pole ihm gleich über Bernd Latka erzählen mochte.

Der Himmel verdunkelte sich. Ein rauer Wind wehte Schneeflocken heran, die sich im Laufe des Tages angekündigt hatten und sich auflösten, wenn sie den Boden berührten. Kein Verkehr war unterwegs, die Straßenlaternen fluteten die leere Straße mit kaltem Licht.

Auf dem Zaun der Spedition hockten drei Krähen. Als Rafael sie entdeckte, musste er automatisch an Mara Billinsky denken. Egal, welche Neuigkeiten Darius parat haben mochte, er würde die Kommissarin auf jeden Fall auf die Vorgänge in der Fabrik aufmerksam machen, das nahm er sich nun endgültig fest vor.

Darius beendete das Gespräch und schob das Handy in die Innentasche seiner Winterjacke. »Sauwetter!« Er kicherte etwas gezwungen, und Rafael bemerkte die Schweißperlen, die im Gesicht des Polen glitzerten.

»Alles klar mit dir, Darius?«

»Absolut.«

Er zeigte auf das Grundstück eines Schrottplatzes, der von Maschendrahtzaun umschlossen war. »Komm mit!«

Als sie den Zaun erreichten, fragte Rafael: »Wo ist sie denn nun, deine Kneipe?«

»Ich will dir erst noch etwas anderes zeigen.«

»Hier?«

»Wir müssen über den Zaun steigen. Dahinter wartet eine Überraschung auf dich. Du wirst Augen machen.«

»Was soll das?«

»Es geht um Latka. Hier versteckt er einige Dinge, die du dir mal ansehen solltest.«

Darius kletterte behände über den knapp schulterhohen Zaun. Rafael tat es ihm gleich. Der Schrottplatz verfügte über keine eigenen Strahler. Von der Straße drang nur noch schwach das Licht bis hierher, sodass sie nahezu im Dunkeln standen.

Vor ihnen ragten Hügel aus rostzerfressenem Eisenabfall auf.

»Los, komm«, sagte Darius, der die Führung übernahm. Rafael folgte ihm. Unter ihren Sohlen knirschte Kies. Der leichte Schneefall hielt an. Aus der Finsternis schälte sich, noch in einiger Entfernung, eine kleine windschiefe Hütte mit flachem Wellblechdach. »Da müssen wir rein«, flüsterte Darius.

Rafael hielt unbewusst den Atem an, etwas in ihm spannte sich an.

Darius gelangte als Erster zur Hütte. Er zog am Riegel der Tür, die sich quietschend öffnete und ein schwarzes Rechteck freigab.

»Rein mit dir, Junge.«

Darius sah ihn an, die Augen in der Dunkelheit verborgen.

Rafael starrte das Rechteck an. Er rief sich ins Gedächtnis, was Darius zu ihm gesagt hatte. *Du bist nämlich schon aufgefallen. Latka persönlich hat mich nach dir gefragt.*

»Nach dir, Rafael.« Ein angestrengtes Kichern kam von dem Polen. »Alter vor Schönheit.«

Rafael glaubte, im Schuppen eine Bewegung wahrzunehmen. Sofort wirbelte er herum.

Er rannte los. Wieder auf den Zaun zu, so schnell er konnte.

Hinter ihm ertönten Schritte, die über den Kies jagten.

Schritte mehrerer Personen.

Er schaute nicht zurück, nur nach vorn, konzentrierte sich auf den Zaun, den er wieselflink überquerte. Als er unter den Füßen wieder Asphalt spürte, rannte er weiter. Erneut ertönten die Schritte der Verfolger in seinem Rücken.

Er jagte über die Straße und ein leeres Lkw-Parkareal hinweg und ließ den Schrottplatz, das gesamte Industriegebiet hinter sich.

Jetzt warf er doch einen raschen Blick über die Schulter: zwei Männer, groß, kräftig. Von Darius war nichts zu sehen.

Die eisige Luft schnitt in Rafaels Lungen, Schneeflocken tanzten vor seinem Gesicht. Er rannte über eine Wiese, auf das schwarze Band zu: derselbe Wald, in den er sich schon einmal gerettet hatte. Als der Schläger aus der Fabrik sich an seine Fersen geheftet hatte.

Diesmal jedoch ging es nicht um ein paar Hiebe. Diesmal, das spürte Rafael, stand mehr auf dem Spiel. *Alles.* Sein Leben.

Es war eine Gewissheit, für die es keine Erklärung gab, doch tief in seinem Inneren breitete sich nackte Furcht aus.

Um alles. Um sein Leben.

Die Männer holten auf.

Durchtrainierte Bastarde!, dachte Rafael verzweifelt. Seine Rückenmuskulatur spannte sich unerträglich an. Würden sie auf ihn schießen?

Die ersten Bäume, endlich. Weiter, immer weiter. Über Unkraut hinweg, zwischen Sträuchern hindurch. Dornen zerkratzten ihm die Wangen, Äste und Zweige verhakten sich in seiner Jacke.

Er rannte und rannte und rannte.

Hinter ihm erklangen die Geräusche der Verfolger, er meinte sogar ihren Atem hören zu können, war sich aber nicht sicher.

Gleich haben sie mich!

Rafael sah über die Schulter zurück, wieder nach vorn, und auf einmal löste sich der Boden unter seinen Füßen auf. Er fiel ins Nichts. Ein Abhang, mitten im Wald, im nächsten Sekundenbruchteil krachte er wieder auf die Erde und landete hart auf dem Rücken. Er rutschte, er rollte, immer tiefer, es tat weh, aber er achtete nicht darauf. Als es flacher wurde, kam er irgendwie auf die Beine und rannte sofort weiter.

Hinter ihm war alles still.

Oder nicht?

Noch einmal wollte er über die Schulter zurückschauen, als er ins Stolpern geriet und erneut stürzte. Der Aufprall, ein Schmerz wie ein Blitzstrahl, und plötzlich war alles um ihn herum tintenschwarz. Da war kein Schmerz mehr. Da war nichts als makellose Schwärze, wie das Ende der Welt.

36

Sie standen in klirrender Kälte am Rande eines Waldstücks. Es herrschte Stille – wenn man vom Krächzen der Krähen absah, die auf einem kahlen Baum saßen.

Mara Billinskys Blick wanderte von den Vögeln, denen sie ihren Spitznamen verdankte, zu Hauptkommissar Klimmt.

»Gut, dass Rosen nicht hier ist«, brummte der Chef sarkastisch. »Das ist mal wieder nichts für seinen Magen.«

In einiger Entfernung wuchsen Frankfurts Betonmassen aus dem dicht über dem Boden schwebenden Nebel, ein zerbrechliches, fast unwirkliches Bild.

Der Leichnam war bereits untersucht worden. Nun transportierte man ihn für eine umfangreiche Obduktion ab. Beamte sicherten den Fundort, die Männer von der Spurensicherung waren nach wie vor bei der Arbeit.

»Ein Spaziergänger hat den Mann gefunden«, erklärte Klimmt. »Das heißt, der Hund des Spaziergängers. Erst hat die Töle wild gekläfft, dann angefangen, im Erdreich zu wühlen. Ihr Besitzer hat uns sofort mit dem Handy alarmiert. Die Kollegen haben Reifenspuren entdeckt, aber davon verspreche ich mir nicht viel. Wahrscheinlich hat man das Opfer woanders gequält und umgebracht, bevor sie es hier abgeladen haben.« Er hielt Mara die Zigarettenschachtel hin.

Mara verfluchte sich und griff zu.

»Die Erde ist gefroren«, fuhr er fort, »deshalb war es wohl zu mühsam, ein tieferes Grab zu schaufeln, und man hat sich damit begnügt, den Kerl nur zu verscharren.«

Sie nahm einen tiefen Zug. »Sie haben es gesehen, oder?«

»Ich bin ja nicht blind.«

»Die Nägel. Genau wie bei Peter Johannsen«, sagte Mara tonlos. »Und den letzten davon hat der Mann mitten in die Stirn bekommen.«

»Ein Anblick, den man eine Weile mit sich herumschleppt, stimmt's, Billinsky?«

Ein eiskalter Schauer, der nichts mit den Temperaturen zu tun hatte, rieselte ihr Rückgrat hinunter.

»Allerdings hat dieser Mann nicht so lange leiden müssen wie der Journalist«, fuhr Klimmt fort.

»Nein, deutlich weniger Nägel als bei Johannsen. Auch weniger Hämatome.« Mara warf noch einen beiläufigen Blick auf die Vögel, die unverändert auf den Ästen saßen und alles mit morbidem Interesse zu verfolgen schienen. »Vielleicht weil das Opfer früher ausgeplaudert hat, was die Foltermeister hören wollten.«

»Es wird Zeit, dass wir den Namen des Kerls in Erfahrung bringen.«

»Sie haben sein Gesicht also auch erkannt.«

»Klar. Trotz seines kahlen Schädels.«

»Bei seinem Besuch in der U-Haft hat er eine Perücke getragen. Rosen und ich sind darauf gekommen, als wir noch einmal die Videoaufnahmen angeschaut haben.«

»Ja, das ist der Mann, der sich als Thomas Mentiri ausgab und unseren *Großen Schweiger* tötete.« Klimmt ließ den Zigarettenstummel fallen, trat einmal darauf und hob ihn wieder auf, um ihn in der Manteltasche verschwinden zu lassen. »Nicht, dass das Ding noch von der Spusi aufgesammelt wird und für Verwirrung sorgt.«

Mara tat es ihm gleich.

»Was geht nur vor in dieser verfluchten Stadt?«, sagte der Hauptkommissar in jenem vertraulicheren Tonfall, den er nur selten und mit niemandem sonst im Team anschlug, außer ausgerechnet mit Mara, die er anfangs am liebsten hochkant aus der Abteilung herausgeworfen hätte.

Wieder einmal wurde ihr klar, dass es ihr guttat, sich Klimmts Respekt erkämpft zu haben – völlig unabhängig davon, wie oft sie auch weiterhin gegenteiliger Meinung sein mochten.

»Was die Russen betrifft, kommen wir voran«, sprach er weiter. »Denen haben wir es richtig gezeigt, auch wenn uns Blochin durch die Lappen gegangen ist. Das war eine heftige Niederlage für ihn.«

»Mein Gefühl sagt mir, dass wir trotzdem noch mit ihm zu tun bekommen werden.«

»Abwarten. Vielleicht haben wir ihm so viel Feuer unterm Arsch gemacht, dass er für immer das Weite sucht.«

»Ohne Peter Johannsens USB-Stick mit den Aufzeichnungen hätten wir die Bande nicht am Kragen packen können. Wer weiß, womöglich wäre es ihnen gelungen, noch über Monate hinweg ihren Geschäften nachzugehen.«

»Ja, der Stick. Johannsen sei Dank!« Klimmt nickte. »Seltsam nur, dass wir trotzdem nicht an seine Mörder herankommen. Die Mitglieder der Bande werden fast ununterbrochen verhört, und es kommen ja auch genügend ihrer dreckigen Machenschaften ans Tageslicht. Aber keinem von ihnen konnten wir bislang den Johannsen-Mord zur Last legen.«

Mara musterte ihn. »Mehr noch, keiner von ihnen scheint Johannsen gekannt zu haben. Ähnlich wie bei unserem Freund Dmitri: keine Reaktion, wenn man ihnen Johannsens Foto zeigt.«

»Hätten Sie erwartet, dass einer die Hand hebt und sagt: Na klar, das ist der Journalist – den Knilch habe ich abserviert.«

»Nein, aber mir scheint, dass sie in diesem Punkt nicht lügen.« Sie schüttelte nachdenklich den Kopf. »Kriegen wir die Russen, kriegen wir Johannsens Killer. Und seine angeblich so brisanten Enthüllungen. Das war die simple Rechnung. Doch die geht nicht auf.«

»Die Russen müssen diese verdammte *big story* sein. Und der Grund, weshalb Johannsen sterben musste. Was sonst?«

»Blochin, Dassajew und ihre Gefolgsleute sind miese Hunde, keine Frage. Ob Drogen oder die schlimmste Form von Zwangsprostitution, was sie treiben, ist widerlich und verabscheuungswürdig, allerdings auch nichts Einzigartiges in Kreisen der Organisierten Kriminalität.« Sie holte Luft. »Wenn ein Journalist wie Johannsen bei Fernsehsendern jedoch etwas Großes ankündigt, muss etwas anderes dahinterstecken als ein Zweig der Mafia. Wir hätten das von Anfang an mehr infrage stellen sollen.«

»Was soll ich sagen, Billinksy? Wir haben nun mal nach wie vor keinen Hinweis auf eine andere Enthüllungsgeschichte.«

Er schnäuzte sich lautstark die Nase, und Mara musste daran danken, dass er mittlerweile oft krank wurde. Seine Augen waren rot, seine schlecht rasierten Wangen wachsbleich. Allmählich setzte ihm der Job ordentlich zu, selbst wenn er es nie zugeben würde.

»Mit knallharten Gangstern wie den Russen komme ich klar«, murmelte er. »Mit solchen Kalibern haben wir ständig zu schaffen, sie sind auf gewisse Weise berechenbar. Worauf ich mir dagegen keinen Reim machen kann, sind diese anderen Geschichten. Der Mord an der reichen Degener-Lady. Der schweigende Waldschrat, der unter großem Risiko in der U-Haft abgemurkst wird. Und jetzt ist sein Mörder auf dieselbe Art zu Tode gefoltert worden wie dieser Johannsen.« Er schnaubte auf. »Was für eine riesengroße Scheiße!«

»Das bringt es auf den Punkt«, bemerkte Mara mit einem harten Grinsen.

»Also, Billinsky, mal ganz in Ruhe: Was können wir von dem Mörder oder den Mördern sagen, die den falschen Anwalt und den Journalisten um die Ecke gebracht haben?«

»Dass sie offenkundig nicht zimperlich sind, wenn es darum geht, jemanden zur Hölle zu schicken.«

»Und dass sie etwas wissen wollen. Deshalb die Torturen der Opfer.«

»Oder dass sie sich schützen wollen und herauszufinden versuchen, was die Opfer über sie wissen. Johannsen war immerhin jemand, der seine Nase in alle möglichen Angelegenheiten steckte.«

»Was können wir sonst noch über sie sagen?«

»Dass sie sich in Baumärkten zurechtfinden.«

»Lassen Sie Ihre Witzchen, Billinsky.« Klimmt schüttelte den Kopf. »Wie passt diese Degener da rein? Das macht mich verrückt.«

»Vielleicht doch ein Zufall?«

»Möglich. Oder auch nicht. Dieses nervtötende Umherstolpern im Dunkeln. Es ist zum Kotzen.« Er fluchte leise. »Was können wir noch über den oder die Mörder von Mentiri und Johannsen sagen?«

»Dass es sich um Profis handelt. Typen, die ihr Handwerk verstehen. Dass sie sehr gut darin sind, keine Spuren zu hinterlassen. Fingerabdrücke, DNA und so weiter. Dennoch sind sie nicht ohne Fehler.«

»Weil?«

»Weil sie nachlässig sind, wenn es darauf ankommt, ihre Opfer verschwinden zu lassen. Johannsen haben sie einfach in dem Haus liegen lassen.«

»Zunächst gingen sie davon aus, dass es einen saisonalen Baustopp gab und man die Baustellen bis zum nächsten Frühling nicht mehr betreten würde«, gab Klimmt zurück. »Als dann doch jemand auftauchte, mussten sie verduften. Das hatten wir schon.«

»Selbst dann wäre es für mich nachlässig«, sagte Mara. »Das passt nicht zu ihrer sonstigen Gründlichkeit, durch die sie dafür sorgen, dass wir keine Spuren von ihnen finden. Und hier ist es dasselbe. Sicher, bei diesem Boden mag es schwer sein, ein Loch zu graben. Aber schwer heißt nicht unmöglich. Und wenn ich eine Leiche …« Sie brach den Satz ab. »Nein, ich bleibe dabei, sie sind nachlässig. Oder sie fühlen sich einfach so verdammt sicher, dass ihnen niemand auf die Schliche kommt.«

»Hm, womöglich Auftragskiller, die jetzt schon auf und davon sind, vielleicht außer Landes.«

»Das würde heißen, wir finden ab sofort keine Leichen mehr, denen man vor ihrem letzten Atemzug mit einer Nagelpistole auf den Leib gerückt ist.«

Klimmt hob seine massigen Schultern. »Weshalb musste der *Große Schweiger* sterben? Das frage ich mich die ganze Zeit.«

»Wer *war* er überhaupt? Es stinkt mir, das zugeben zu müssen, aber bei ihm sind wir keinen Millimeter weitergekommen.«

»Bisher gab es die vage Chance, ihn irgendwie mit dem Degener-Mord in Verbindung zu bringen. Aber da waren wir auf dem Holzweg. Denn in Wirklichkeit steht er mit dem Johannsen-Mord in Verbindung. Wo ist sein Berührungspunkt mit dem Kerl, der sich Thomas Mentiri nannte?«

»Oder steht er mit beiden in Verbindung?«, warf Mara ein.

»Nicht sehr wahrscheinlich«, murmelte der Hauptkommissar.

Die Krähen bewegten ihre Schwingen und flogen davon.

»Wie auch immer: Bei Mentiri müssen wir jetzt unbedingt ansetzen«, sagte Mara bestimmt.

»Ja.« Klimmt starrte finster vor sich hin. »Wer war der Kerl?«

37

Es war tatsächlich so: Das Haus kam ihr seit Peters Tod größer vor. Kälter, fremder, unheimlicher.

Diese Einsamkeit. Diese Leere.

Isolde Windeck ertappte sich immer öfter dabei, wie sie in Gedanken versunken am Wohnzimmerfenster stand, eine Tasse Tee oder etwas Stärkeres in der Hand, und nach draußen Richtung City starrte. Auf die grauen Wolken, die wie schmutzige Trauerschleier um die Bankentürme drapiert waren. Auf den Regen, der manchmal in Schnee überging. Auf die Dunkelheit, die sich langsam herabsenkte und von der Stadt mit grellen Lichtern bekämpft wurde.

Isolde hatte das Haus von ihren Eltern geerbt, als die beiden kurz nacheinander an Krebs gestorben waren. Deswegen mischten sich darin auch altmodische, teils antike Einrichtungsgegenstände, die von früher stammten, mit modernerem Zubehör, das sie selbst nach und nach gekauft hatte. Sie besaß keine Geschwister und kaum Verwandtschaft, nur einen Cousin, mit dem sie öfter Kontakt hatte. So etwas wie Familienbande kannte sie nicht. Wenige Freundschaften, aber viele Liebschaften hatte sie gehabt, auch die eine oder andere große Liebe. Peter Johannsen war eine davon gewesen, keine Frage.

Und der andere Mann, der auf derart lässige Weise Peters Stelle eingenommen hatte?

Sie war sich nicht sicher. Vielleicht war er nicht die Liebe ihres Lebens, aber keiner zuvor hatte sie so gereizt.

An ihn zu denken hatte allerdings nach wie vor etwas Bitteres. Wieder hatte er sich nicht gemeldet. Wieder hatte er Isolde sich selbst überlassen, dabei hätte sie gerade jetzt Gesellschaft gebraucht, so allein in dieser Straße, in der sonst fast nur Familien lebten. Jedenfalls niemand, mit dem sie etwas verband.

So war es inzwischen auch mit den Arbeitskollegen. Ihre Karriere, falls man es so nennen konnte, war längst ins Stocken geraten. Nur Art Directorin war sie, immer noch. Nicht einmal den Senior-Titel gab man ihr, ebenso wenig wie Aufgaben mit größerer Verantwortung, etwa die Aufsicht über Fotoshootings. Bildbearbeitung, Adaptionen, die Erstellung von Broschüren und Flyern. Dabei war sie schon Ende zwanzig. Die Junior Art Directoren überflügelten sie bereits. Und jetzt hatte sie sich erneut ein paar Tage freigenommen. Angesichts des Todes von Peter hatte die Geschäftsführung dafür volles Verständnis, aber es zeigte eben auch, dass sie verzichtbar war. Keiner erkundigte sich, wann sie wieder in die Agentur kommen würde, keiner ließ durchblicken, dass ihre Expertise fehlte.

Das Surren der Haustürklingel ließ Isolde zusammenzucken. Ein seltenes Geräusch.

Sie stellte ihr Glas mit Weißwein auf dem Tisch ab und durchquerte das stille Haus. Vorsichtig lugte sie durch den Türspion. Was sie erblickte, ließ ihr Herz schneller schlagen.

Ein riesiger Blumenstrauß.

Sie öffnete. Der Rosafarbton der *Blush-Hip*-Rosen war bezaubernd. Doch dahinter verbarg sich nicht der Mann, dessen Anblick sie sich erhoffte, sondern nur der Angestellte eines Lieferservices. Mit einem leisen Danke nahm sie den Strauß entgegen, dann war sie auch schon wieder allein.

Isolde stellte die Blumen in eine Vase und betrachtete die kleine beigefügte Karte, auf der nur zwei Worte standen: *Miss you.*

Kaum hatte sie sich Wein nachgeschenkt, ertönte das Anrufsignal ihres Handys. Ein Blick aufs Display – und erneut schlug Isoldes Herz schneller. Er war es. Sie kam sich beinahe vor wie eine Sechzehnjährige, die zum ersten Mal verknallt war.

»Vielen Dank für die Rosen«, sagte sie ins Telefon. »Sie sind wunderbar.«

»*Du* bist wunderbar«, erwiderte er. »Und ich leider nicht, was? Tut mir leid, dass ich so wenig Zeit für dich hatte. Doch das ändert sich.«

»Sehen wir uns heute Abend?«

»Nein, aber bald. Versprochen! Wie geht es dir?«

»Ich weiß auch nicht. Irgendwie komme ich nicht aus dem Quark. Alles läuft wie in Zeitlupe, alles fällt mir schwer.«

»Das legt sich, glaub's mir. Übrigens, du hast sie doch getroffen, diese Kommissarin, oder?«

»Äh, ja.« Eigentlich hätte Isolde lieber über sie beide gesprochen, nicht über Mara Billinsky.

»Wie war es mit ihr? Na los, erzähl schon, gibt es etwas Neues?«

»Du meinst, ob sie weitergekommen ist bei der Suche nach Peters Mörder?«

»Na klar, Schätzchen. Was sollte ich sonst meinen?«

»Hm, sie hat Festnahmen erwähnt.«

»Tatsächlich?« Seine Stimme klang interessiert. »Man hat also einen Verdächtigen. Oder sogar mehrere?«

Isolde war verstimmt darüber, dass er sich nicht weiter nach ihr erkundigte. »Können wir nicht über etwas anderes reden?«

»Sicher, das können wir«, erwiderte er sanfter. »Sorry. Ich bin einfach nur neugierig.«

»Schon gut.«

»Wann trefft ihr euch wieder, du und diese Billinsky?«

»Äh, wir haben nichts ausgemacht.«

»Du solltest sie wiedersehen, Isolde.«

»Ich finde, ich sollte *dich* wiedersehen.«

Er zögerte. Dann sagte er: »Weißt du was? Du hast vollkommen recht. Irgendwie werde ich es schaffen, Zeit für dich frei zu machen.«

»So? Wann denn?«

38

Mara Billinsky betrachtete die Worte auf dem Display ihres Handys: die zeit steht still. aber nicht wie damals, sondern auf eine neue art. gib mir eine chance.

Sie gestand sich ein, dass sie nicht so recht wusste, wie sie im Moment darauf reagieren sollte, und klickte die Nachricht weg.

Sie hatte wahrlich genug zu tun, sie wollte sich auf ihren Job konzentrieren und war keineswegs versessen auf eine neue Beziehung. Schon gar nicht darauf, eine alte wieder auf-flammen zu lassen. Und dennoch … Irgendwie gelang es Adrian Krucksdorf, weiterhin in ihre Gedanken vorzudringen. Würde er es auch schaffen, sich nicht nur in ihrem Kopf, sondern auch in ihrem Herzen festzusetzen? Wie damals? Was zog sie an ihm an? Dasselbe wie früher? Seine Unabhängig-keit? Seine Furchtlosigkeit? Sein gelassener Spott? Er hatte ihr wehgetan, und doch hatte er ihr auch gezeigt, dass man seinen eigenen Weg gehen konnte.

Sie legte das Handy auf die Tischplatte und schob es von sich, als könnte sie damit auch die quälende Unschlüssigkeit wegstoßen.

Regen trommelte eine Weile an die Fensterscheiben des Büros, dann verwandelten sich die Tropfen in winzige Schnee-flocken. Es war ein eisiger Herbst, ein blutiger Herbst. Was würde er noch bringen?

»Ich komme einfach nicht drauf«, ertönte es vom Schreib-tisch, der direkt gegenüberstand. »Und das macht mich ra-send.« Wieder einmal raufte Jan Rosen sich sein nicht gerade üppiges Haar.

Eigentlich ein amüsantes Bild, sich den braven Rosen rasend vorzustellen, aber sie nutzte nicht die Chance, ihn aufzuziehen. Das tat sie fast nie, machten sich doch andere Kollegen schon zur Genüge über ihn lustig, auch wenn das endlich weniger wurde. So gegensätzlich sie und Rosen auch waren, eines verband sie – sie waren Außenseiter. Eine Rolle, die Mara zeit ihres Lebens gekannt hatte. Sie wusste nur zu gut, dass man es schwer hatte, wenn man *nicht dazugehörte*. Sie rieb sich an diesem Status, nahm ihn als Ansporn, aber Rosen machte die Rolle des Außenseiters wegen seiner defensiven Art viel stärker zu schaffen, und dann tat er ihr leid.

»Ich komme einfach nicht drauf«, wiederholte er matt und sah von seinem Monitor auf, die Augen gerötet, die Haut seiner Wangen bleich. »Wirklich, ich bin mir sicher, dass ich diesen Mentiri schon mal gesehen habe. Aber wo?«

Klimmt erschien an der offenen Tür. »Mitkommen! Neuigkeiten.« Kurz angebunden wie eh und je machte er schon wieder kehrt und nahm Kurs auf sein Büro.

Mara und Rosen folgten ihm. Als sie sich auf den beiden Besucherstühlen niederließen, eröffnete Klimmt: »Wir wissen, wer Mentiri war.«

»Das ging ja schnell«, entfuhr es Mara.

Klimmt lehnte sich mit dem Hinterteil an den Schreibtischrand. »Seine Fingerabdrücke und ein DNA-Abgleich lassen keinen Zweifel. In unseren Datenbanken ist er ein häufiger Gast, um es so auszudrücken.«

»Nun lassen Sie die Katze schon aus dem Sack«, forderte Mara ihn auf.

»Der richtige Name des Mannes lautet Pablo Meissner. Irgendwann mal gehört?«

Beide schüttelten den Kopf.

»Vater aus Spanien, Mutter aus Deutschland. Gelernter Kfz-Mechaniker, aber in dem Metier war er schon lange nicht mehr tätig. Einige kürzere Gefängnisaufenthalte. Autodiebstahl, Körperverletzung, Nötigung. Keine weltbewegenden Geschichten, doch immer wieder bekamen wir ihn ins Visier. Er war mehrfach in den Verdacht geraten, im Drogenhandel und bei Zwangsprostitution mitzumischen, größere Delikte konnten ihm allerdings nie nachgewiesen werden. Angeblich verfügte Meissner über gute Kontakte zu verschiedenen Frankfurter Unterweltgrößen.«

»Etwa zu Blochin und Dassajew?«, wollte Mara wissen.

»Darauf gibt es keine Hinweise. Noch nicht. Legen Sie los, vielleicht finden Sie etwas in dieser Richtung heraus.«

Mara stand auf. »Sonst keine Informationen?«

»Nur eine noch: Einer meiner Spitzel, ich habe eben mit ihm telefoniert, kannte Meissner. Im Bahnhofsviertel gibt es eine Kneipe, in der Meissner ständig verkehrte und in der er viele Bekannte hatte, auch beim Personal. Und zwar Henry's Pinte.«

Mara hob eine Augenbraue. Das war eine Stammkneipe von Carlos Borke gewesen.

»Ein Etablissement, das uns allen auf die eine oder andere Art vertraut ist«, bemerkte Klimmt, der von Borke wusste. »Sehen Sie sich dort um, und verlieren Sie keine Zeit. Sonst wächst am Ende noch die Sammlung von Männern, die mit Nägeln gespickt sind.«

Ohne weitere Worte mit ihm zu wechseln, verließen Mara und Rosen das Büro. Sie begaben sich erst digital auf Spurensuche nach Pablo Meissner, wobei jedoch nicht mehr herauskam als das, was Klimmt bereits erwähnt hatte. Nach etwa einer Stunde brachen sie auf.

Sie parkten den Alfa in der Nähe des Hauptbahnhofs. Dann durchquerten sie zu Fuß das berüchtigte Viertel. Es war mittlerweile später Nachmittag. Der leichte Schneefall hatte aufgehört. Die Luft war noch feucht.

Rosen war wieder mit seiner Armyjacke und der Mütze bekleidet, die er tief in die Stirn zog. Er trug eine grimmige

Miene zur Schau, doch Mara wusste, dass seine Entschlossenheit nach wie vor nur gespielt war. Sie dachte an die verschwundene Zwangsprostituierte, in die er unglücklich verliebt war und die er oft noch zu finden versuchte. Eine Welle des Mitgefühls erfasste sie – wie so häufig, wenn sie über ihn nachgrübelte.

Je näher sie ihrem Ziel kamen, desto weniger Gedanken machte sie sich allerdings über ihren Kollegen. Es galt, sich zu konzentrieren. Zumal Henry's Pinte noch immer eine Befangenheit in ihr auslöste, wie jeder Ort, der sie an Carlos Borke denken ließ und den Verlust in ihr Bewusstsein rief. Davon abgesehen hatte sie die Kneipe schon vorher gekannt. Die meisten Ermittler verschlug es während ihrer Arbeit irgendwann dorthin; auch in Begleitung von Rosen war sie schon dort gewesen.

Sie betraten Henry's Pinte, und sofort richteten sich viele Blick auf sie, manche ausdruckslos, manche offen feindselig. Jeder hier wusste, dass sie zu den Bullen gehörten. Selbst diejenigen, die sie nie zuvor gesehen hatten. In Henry's Pinte gehörte es dazu, im Bilde zu sein und den Behörden keinerlei Auskünfte zu erteilen.

Die Kneipe stellte einen wichtigen Handelsplatz für Gerüchte und Neuigkeiten dar. Und zugleich neutralen Boden: Es war ungeschriebenes Gesetz, dass hier niemand Stunk anfing, Streitigkeiten mussten woanders bereinigt werden. Fünfzig bis sechzig enge Quadratmeter, deren Zentrum von einem Vierecktresen eingenommen wurde, rechts und links davon Nischen, in denen man zu viert sitzen konnte. Der Tresen war nicht voll besetzt, auch nicht die Tische. Das würde sich im Laufe des Abends und vor allem der Nacht mit Sicherheit noch ändern.

Mara und Rosen stellten sich dahin, wo sich die einzige Lücke des Tresens befand, die dem Personal vorbehalten war. Neben zwei Bedienungen, die sich um die Gäste an den Tischen kümmerten, hatte ein Barkeeper Dienst, ein Typ im Muskelshirt, das zeigte, dass er sehr oft Gewichte stemmte. Er trug zahlreiche Tätowierungen und hatte am Unterarm eine Narbe, die aussah, als stammte sie von einer Messerklinge. Sein hellbraunes Haar hatte er zu einem auffallend langen Pferdeschwanz gebunden, den er nach vorn auf die Brust fallen ließ.

Als er sich auf sie zubewegte, verengten sich seine Augen zu Schlitzen. »Was darf's sein?«, brummte er.

Mara bestellte ein Bier, Rosen einen Orangensaft.

Als die Getränke für sie beide auf dem Tresen abgestellt wurden, fragte Mara: »Wann war Pablo zuletzt hier?«

Der Barkeeper blieb stehen. Sein breiter Körper füllte die Lücke im Tresen voll aus. »Wer?«

»Pablo Meissner.« Sie fixierte ihn, der mindesten einen Kopf größer war als sie, mit hartem Blick. »Wir wissen doch, dass Sie ihn kennen, schenken wir uns also das übliche Vorgeplänkel.«

»Kleiner Tipp von mir: Verpisst euch!«

»Kleiner Tipp von mir: Sparen Sie sich die blöden Sprüche.«

Alle, die in der direkten Umgebung standen, achteten darauf, jedes Wort mitzubekommen.

Der Mann grinste Mara spöttisch an. »Gleich krieg ich Angst.«

Sie grinste zurück.

Er machte einen Schritt zur Seite, um nachlässig ein paar leere, benutzte Gläser im schmutzigen Wasser der Spüle zu reinigen. Mara schob sich in die Öffnung des Tresens. Mit der Linken packte sie das Handgelenk des Barkeepers und drehte ihm die Hand blitzschnell auf den Rücken, während sie mit der Rechten seinen Zopf ergriff und beherzt nach unten riss. Das Gesicht des Mannes tauchte in die bräunliche Spülbrühe vor ihm, ganz kurz nur, doch als Mara ihn sofort wieder losließ, sah er aus wie ein begossener Pudel.

Er schüttelte sich, baute sich mit wutverzerrter Visage in voller Größe vor ihr auf und wollte schon auf sie losgehen – doch sie kam ihm zuvor. Sein Blick fiel auf die Pistole, die wie hervorgezaubert in ihrer Hand lag, und er stoppte mitten in der Bewegung.

»Wir haben wenig Zeit«, erklärte Mara sachlich, ohne die Waffe anzuheben – sie behielt sie ganz lässig, mit nach unten zeigender Mündung in der Hand, am Oberschenkel. »Ein paar kurze Fragen, ein paar kurze Antworten, und Sie sind meinen Kollegen und mich wieder los.«

Er öffnete verdattert seinen Mund, um etwas zu erwidern, allerdings war Mara erneut schneller: »Wo können wir reden? Draußen? Hinterzimmer? Los, Beeilung, gehen Sie voran! Wie gesagt, wir haben wenig Zeit.« Flink trat sie zur Seite und wies ihm mit einer ruhigen Handbewegung den Weg am Tresen.

Alle starrten sie an, jedes andere Gespräch war längst unterbrochen.

Der Kerl mit dem Zopf war rot angelaufen. Er schnaubte etwas Unverständliches, doch dann gehorchte er und stiefelte voran.

Sie folgte ihm, ihr wiederum folgte Rosen, der keinen Mucks von sich gegeben hatte und wahrscheinlich von Maras Aktion mindestens so überrascht worden war wie der Barkeeper.

Gleich darauf standen sie zu dritt in einem winzigen Hinterhof, in dem sich leere Bier- und Colakästen stapelten. Rosen lehnte die Tür an und behielt durch den Schlitz den Korridor, durch den sie gekommen waren, im Auge, während Maras Blick weiterhin stechend auf dem Muskelprotz lag, der trotz der Kälte nicht erkennen ließ, dass er in seinem Shirt fror.

»Zurück zu Pablo Meissner«, sagte Mara, ebenso schnell wie schroff. Es war ihr gelungen, den Kerl zu überrumpeln, und sie wollte ihm so wenig Zeit wie möglich geben, sich zu sammeln. »Wir wissen, dass er regelmäßig hierherkam.«

Rosen hatte pflichtschuldig einen Notizblock gezückt und begann die Antworten zu notieren.

»Wann haben Sie ihn zuletzt hier gesehen?«, fragte sie.

Ein vages Schulterzucken des Barkeepers. »Hm, ich hatte ein paar freie Tage.«

»Also davor?«

»Anfang letzter Woche wahrscheinlich.« Er rieb sich die nackten Oberarme mit den Händen. »War's das?«

»Nein, das war's nicht«, gab Mara zurück. »Mit wem kam Meissner hierher?«

»Meistens allein.«

»Mit wem traf er sich?«

»Er kannte viele Leute und hat sich mit allen möglichen Typen unterhalten.« Die Lippen des Mannes fingen an zu zittern. »Es ist arschkalt. Können wir reingehen?«

»Je schneller Sie antworten, desto schneller sind Sie wieder drinnen.« Nach wie vor hielt sie ihre Dienstpistole lässig in der Hand. »Mit wem hat er sich regelmäßig unterhalten?«

»Das kann ich wirklich nicht sagen, Scheiße noch mal!«

»Die Russen«, erwiderte Mara schlicht.

»Hä? Welche Russen?«

»Natürlich die Russen, die das Viertel aufgemischt haben. Blochin und Dassajews Bande.«

»Dassajew ist tot.«

»Sie kennen ihn also.«

»Nein, nur seinen Namen. *Jeder* hier kennt seinen Scheißnamen.«

»Und Blochin? Er ist nämlich nicht tot.«

»Ich hab ihn nie gesehen. Und ich bin auch nicht scharf drauf.«

»Hat Meissner ihn getroffen?«

Der Barkeeper schlotterte inzwischen richtig. »Ich kenne

Blochin doch nicht, also hab ich auch keine Ahnung, ob Meissner ihn getroffen hat«, knurrte er. Seine Zähne schlugen vor Kälte hart aufeinander.

»Was ist mit Dmitri Tschipurkow?«

»Nie gehört, den Namen.« Er starrte sie an. »Ich will rein.«

»Dann erzählen Sie mir mehr über Pablo Meissner.«

Er fluchte lautstark. Dann sagte er: »In letzter Zeit hat Meissner ganz schön große Töne gespuckt.«

»Inwiefern?«

»Er hat rumposaunt, er hätte einen dicken Fisch an der Angel. Typen, die ihn zum Partner machen und ihm eine Menge Kohle bezahlen würden.« Er schlotterte immer stärker. »So, jetzt muss ich aber …«

Mara hob die Pistole an, nur kurz, aber auf unmissverständliche Art, und er verfiel in Schweigen.

»Welche Typen? Namen? Beschreibungen?«

»Keine Ahnung. *Echt!* Nicht den leisesten Schimmer. *Ich schwörs's!*« Mit den Armen umschlang er seinen Oberkörper, mit den Füßen tänzelte er auf dem Boden herum.

»Was hat Meissner denn noch so alles rumposaunt?«, fragte Mara ganz ruhig weiter.

»Dass er Aufträge für sie erledigt. Dass er mit dem Unterboss schon ganz dicke ist und bald auch den Big Boss kennenlernen wird. Dass er genug über die Typen weiß, damit sie ihn mit Respekt behandeln.«

»So? Was wusste er über sie?«

»*Ich habe keine scheiß Ahnung!*«, brüllte der Mann entnervt auf.

»Hatten Sie den Eindruck, er würde nur Sprüche machen?«, fuhr Mara seelenruhig fort, während Rosen eilig in seinen kleinen Block kritzelte und ihr warnende Seitenblicke zuwarf, sie solle nicht zu weit gehen. »Oder schien tatsächlich etwas an dem dran zu sein, was Meissner so alles erzählte?«

»Jedenfalls hat er ganz schön mit den Scheinen um sich

geworfen. Früher wollte er ständig anschreiben lassen, und plötzlich hat er Lokalrunden geschmissen. Solche Sachen halt. Außerdem hat er Designerklamotten getragen. Schicke Anzüge, teure Schuhe, eine fette Armbanduhr, Goldketten.«

»Ein Glücksjunge, was?«

»Schon möglich«, stieß er zwischen bläulichen Lippen hervor.

»Was wissen Sie noch?«

»Als ich ihn zuletzt gesehen hab, hat er was von einem wichtigen Treffen geplappert, das anstehen würde.«

»Ein Treffen mit dem angeblichen Big Boss?«

»Nee, mit einem Unterboss.«

»Big Boss, Unterboss. Waren das Meissners Worte?«

»Ich will rein!«

»Ja oder nein?«

»*Ja, Scheiße noch mal!* Das waren Meissners Worte.«

»Aber Namen hat er nicht genannt?«

»*Fuck!*«, kreischte der Barkeeper noch lauter und glotzte Mara verzweifelt an. »Mir ist arschkalt! Fragen Sie Meissner selber, wenn er wieder hier reinschneit.«

»Wann das wohl sein wird?«

»Das weiß ich nicht!«

»Ich schon.« Sie musterte ihn gelassen. »Nie wieder. Das Letzte, was er in seinem Leben sah, war eine Nagelpistole, mit der man ihm einen vier Zentimeter langen Nagel in die Stirn gerammt hat.«

Schlagartig hörte sein Zittern auf, jedenfalls für einen langen Moment. Mucksmäuschenstill stand er einfach da, die Augen plötzlich groß und rund und ungläubig.

»So, jetzt noch mal.« Mara betrachtete ihn mit hartem Blick. »Wen kennen Sie, mit dem sich Meissner regelmäßig unterhalten hat? Und ich rede nicht von irgendeinem Schluckspecht, der öfter mal am Tresen klebt. Ich will Namen. Mindestens einen. Sie müssen doch *einen* Menschen kennen, mit dem Meissner Kontakt hatte, wenn er schon so häufig hier war.«

Er zitterte nun wieder ganz heftig und musste wohl die Neuigkeit von Meissners Ende immer noch verdauen.

»Ich habe Zeit«, bemerkte Mara beiläufig. »Und eine Jacke.«

Der Mann nickte. »Ja, okay. Da gibt es jemanden. Eine Frau.«

»Name?«

»Sie kommt ab und zu auf einen Sekt in die Pinte. Meissner hat öfter mit ihr zu tun gehabt.«

»Name?«, wiederholte Mara schneidend.

39

Er sah nichts.

Er hörte nichts.

Er spürte nichts, berührte nichts.

Weder lag er, noch saß er. Eher schien es, als würde er in einem luftleeren Raum schweben. Um ihn herum gab es nur samtene, schwerelose Dunkelheit. Kein Licht, keine Konturen, kein Geräusch.

Nein, seine Umgebung war nicht vollkommen lautlos.

Von irgendwoher drang etwas an sein Ohr, in seinen Schädel, krallte sich darin fest.

Ein Ton, hoch und schrill, der schmerzte, der ihn quälte. Er merkte, dass er den Kopf nach rechts, nach links warf, Schweiß schien in wahren Strömen an seinen Schläfen herunterzufließen. Er sehnte die Stille wieder herbei. Doch im Gegenteil: Der Ton wurde sogar noch lauter, noch schriller, und allmählich konnte er ihn zuordnen.

Es waren die Schweine, die in den Lkws eingepfercht waren und spürten, dass da draußen nichts auf sie wartete, nichts außer dem Tod. Ihr verzweifeltes Quieken, gedämpft durch die Wände der Lastwagen und dennoch so durchdringend. Ihr scheinbares Bitten um Gnade.

Es machte ihm Angst. Eine höllische Furcht wuchs in ihm, und er hatte keine Ahnung, wodurch sie ausgelöst wurde.

Nicht nur den Kopf, seinen ganzen Körper warf er mittlerweile von einer Seite auf die andere. Er flehte innerlich um Stille, er wollte nichts mehr hören, schon gar nicht diese jämmerlichen Tiere.

Und plötzlich war da noch ein weiteres Geräusch.

Ein Wimmern.

Wer war das?, fragte er sich, und sofort wusste er die Antwort.

Er selbst war es.

Er war es, der weinte und schluchzte.

40

Eine schmale Seitengasse im Bahnhofsviertel. Geparkte Rostlauben, renovierungsbedürftige Häuser. Abfall und Papierfetzen wurden vom Wind über den Asphalt geweht. Von den belebteren Straßen drang der Lärm bis hierher.

Es war früher Abend, doch die Dunkelheit war bereits undurchdringlich. Mara stand neben Jan Rosen und betrachtete den traurigen Betonkasten mit abblätterndem Putz. Die große Anzahl an Klingelschildern wies daraufhin, dass die Wohnungen nicht sehr groß sein konnten, wenn so viele hier untergebracht waren. Wahrscheinlich handelte es sich um Einzimmerapartments.

Sie hatten die Namen überprüft: Auf einem Schild stand Irina Sukowa. Wie es der durchgefrorene Barkeeper von Henry's Pinte angekündigt hatte.

»Nun lass uns schon läuten«, sagte Rosen leise.

Mara spähte über die umliegenden Dächer hinweg. Es lag bereits wieder Regen in der Luft oder sogar Schneefall.

Statt einer Antwort zog sie etwas aus einer Innentasche ihrer Lederjacke.

»Was ist das?«, wollte Rosen misstrauisch wissen.

»Ein Elektrodietrich«, antwortete sie schlicht.

»Wozu, Billinsky? Lass uns doch erst mal läuten. Der Typ hat gesagt, dass ihre Schicht nachts beginnt und sie um diese Zeit fast immer daheim ist.«

»Ich kenne solche Häuser. Da kannst du Sturm klingeln, und keiner macht auf.« Sie führte den Metallstift ins Schloss ein.

»Das dürfen wir nicht.«

»Nur die Haustür, Rosen, wir nutzen das Ding nicht für

die Wohnung. Versprochen.« Sie setzte den Dietrich mit einem Knopfdruck unter Strom, und im Innern des Schlosses klickten die Bolzen.

»Das *dürfen* wir *nicht*«, wiederholte er eindringlich. »Und es besteht auch gar kein Anlass, die …«

Da stand die Tür offen.

»Schon passiert.«

In dem engen Aufzug stank es erbärmlich. Sie entschieden sich für die Treppe. Im vierten Stock fanden sie die Wohnung, die Irina Sukowa gehörte.

Rosen beeilte sich zu läuten.

»Nur die Ruhe, Rosen.« Mara hatte den Dietrich längst wieder in der Jacke verschwinden lassen.

Der Flur wurde von einer Neonröhre beleuchtet, die einen Wackelkontakt hatte, sodass man immer für ein paar Wimpernschläge im Dunkeln stand.

Hinter der Wohnungstür war nichts zu hören. Im gesamten Gebäude herrschte Totenstille.

Erneut betätigte Rosen die Klingel. Das Surren zerschnitt die unheimliche Ruhe. Die Tür öffnete sich langsam, nur einen Spaltbreit, und das argwöhnische Gesicht einer jungen Frau kam zum Vorschein.

Mara nickte Rosen auffordernd zu. Bei Argwohn war es gut, wenn er die ersten Worte sprach. Viele fassten Vertrauen zu ihm.

»Frau Irina Sukova?«, fragte er.

Ein zögerliches Nicken.

»Kriminalpolizei Frankfurt.«

Rosen hatte kaum ausgesprochen, als Bewegung in die Frau kam. Sie wollte die Tür wieder zuschlagen, doch Mara hatte blitzschnell ihre Schuhspitze dazwischen bekommen. Eine Situation, in der ihre robusten Doc-Martens nützlich waren. Den Blick entschlossen auf Irina gerichtet, drückte sie die Tür ein ganzes Stück auf.

»Dazu haben Sie kein Recht!«, zischte Irina mit starkem osteuropäischem Akzent.

»Das mag sein«, erwiderte Mara gelassen. »Aber im Moment ist mir das scheißegal. Ich musste vorhin schon mal sehr unfreundlich sein, und ich kann das bei Ihnen gern wiederholen.«

Die Frau versuchte etwas zu entgegnen, aber Mara fuhr mit scharfer Stimme fort: »Wir wollen nichts von Ihnen. Keinen Pass, keine Steuernummer, keine Fingerabdrücke.«

»Jeder will etwas«, gab Irina düster zurück.

»Das stimmt. Auch ich. Aber es handelt sich nur um ein paar Antworten.«

Die junge Frau, kaum älter als zwanzig, trug einen zerschlissenen Bademantel und an den Füßen löchrige Wollsocken. Sie war ungeschminkt, das lange blondierte Haar strähnig.

»Ich muss Ihnen keine Antworten geben«, sagte sie nach kurzem Nachdenken. »Ich muss *gar nichts*.«

»Hören Sie zu, wir wissen, dass Sie eine Hure sind. Dass Sie keine Aufenthaltsgenehmigung haben. Und dass Sie Kontakte zu Personen haben, von denen man sich besser fernhält. Das alles hat uns vorhin ein muskulöses Kerlchen erzählt, das in Henry's Pinte arbeitet. Und wenn Sie uns wieder loswerden wollen, dann …«

»Stellen Sie schon Ihre scheiß Fragen«, unterbrach Irina sie. Über die Schultern der Frau hinweg konnte Mara ins Innere sehen: Bett, Sofa, Kleiderschrank. Eine winzige Nische mit zwei Kochplatten und nur einem weiteren Raum, dem Bad.

»Es geht um Pablo Meissner«, sagte Mara.

Abwartend musterte die Frau sie.

»Ein Kunde von Ihnen, nicht wahr?«

»Ja.«

»Wo empfangen Sie Ihre Kunden? Doch nicht hier – hier wohnen Sie, oder?«

»Für die Arbeit habe ich in einem Bordell ein Zimmer gemietet.«

»Zurück zu Meissner. Ein Stammkunde?«

»Kann man so sagen.«

Nach und nach bestätigte Irina, dass Meissner sie nicht nur immer öfter besucht, sondern auch zusehends großzügiger entlohnt hatte. Er hatte umfangreicheren Service verlangt und sogar Trinkgeld gegeben, was früher nie vorgekommen war.

»Und plötzlich hatte er auch teure Klamotten.«

Auf Maras weitere Fragen gab sie noch an, dass Meissner Männer erwähnt hatte, mit denen er Geschäfte mache.

»Geschäfte?«, wiederholte Mara, die Augenbraue hochgezogen. »Welcher Art?«

»Das weiß ich nicht. Pablo hat nur angegeben und sich wichtig gemacht – aber Einzelheiten kenne ich nicht.«

»Auch keine Namen?«

»Auch keine Namen.« Irina stutzte. »Das heißt, zuletzt hat er öfter von einem Typen geredet, mit dem er sich treffen wolle. Ein *gaaanz* wichtiger Termin, hat er immer gesagt, der alte Spinner.« Sie lachte abfällig. »Er ist harmlos. Aber irgendwer hat ihm den Floh ins Ohr gesetzt, dass er nun zu den großen Jungs gehört.«

»Mit wem wollte er sich treffen?«, fragte Mara und betonte dabei fast jede einzelne Silbe, wie so oft, wenn sie besonders konzentriert war.

»Ich weiß nur, dass der Name Aurelio ein paarmal fiel.«

»Nur Aurelio? Kein Nachname?«

»Nee.«

Die schadhafte Neonröhre flackerte unentwegt, mal stärker, mal schwächer.

»Keine sonstigen Details zu Aurelio? Nationalität, Größe, Alter, verrückte Hobbys?«

»Nee.« Wieder stutzte Irina. »Moment mal, was ist denn mit Pablo?«

Mara sah ihr in die Augen. »Pablo Meissner wurde ermordet.«

»*Was!?*« Verblüffung zeichnete sich im Gesicht der jungen Frau ab.

»Und davor hat Pablo Meissner selbst einen Mord begangen.«

Die Verblüffung wurde noch offensichtlicher. »Aber … das kann nicht sein. Er war doch nur … ein harmloses kleines Gangsterchen.« Sie schüttelte den Kopf. »Kein Killer, kein … Wie soll ich sagen? Es gibt Menschen in diesem Viertel, die wirklich böse sind. *Böse!* Verstehen Sie? Aber nicht Pablo.« Erneut ein Kopfschütteln, sie konnte es immer noch nicht fassen.

Mara stellte weitere Fragen, Irina Sukova hatte jedoch nichts mehr zu sagen, das ihr und Rosen irgendwie weiterhelfen konnte.

Nachdem sie sich von der Frau verabschiedet hatten, verließen sie das trostlose Gebäude. Nebeneinander gingen sie die Seitengasse entlang.

»Wir haben einen neuen Namen«, sagte Mara nach einer Weile grübelnd.

»Aurelio.« Rosen nickte vor sich hin.

»Sonst leider nicht viel.«

Sie bogen ab, einmal, zweimal, folgten nun einer breiteren, aber ebenso menschenleeren Straße, wieder in Richtung des geparkten Alfas. Leichter Regen setzte ein. Sie passierten ein Bushaltestellenhäuschen, dessen hintere Scheibe zerstört worden war. Nur noch ein Kranz aus Glassplittern war zu sehen.

Satzfetzen, die Irina und zuvor der Barkeeper geäußert hatten, schwirrten Mara im Kopf herum.

»Was sollen wir jetzt machen?«, wollte Rosen wissen. Er klang müde.

»Nichts mehr. Jedenfalls heute.«

Mara fuhr ihn nach Hause, dann begab sie sich auf den Heimweg.

Alles, was an diesem Tag gesagt worden war, ging ihr weiterhin durch den Kopf. Die Stimmen verfolgten sie bis ins Bett, wo sie sich von einer Seite auf die andere drehte. Wieder eine Nacht, in der sie nur wenig Schlaf finden sollte.

Am Morgen, dank kalter Dusche und heißem schwarzem Kaffee ziemlich munter, war sie dennoch eine der Ersten im Präsidium. Sie rief Rafael an, konnte ihn jedoch nicht erreichen. Wahrscheinlich hatte er Frühschicht und keine Gelegenheit, ans Telefon zu gehen. Anschließend wartete sie unruhig an ihrem Schreibtisch, bis Hauptkommissar Klimmt auftauchte. Sein Naseschnäuzen schallte durch den Flur, und noch bevor er die Jacke ausgezogen hatte, stand Mara in seinem Büro.

»Ich muss mit Ihnen reden«, stieß sie hervor.

»Ihnen auch einen guten Morgen«, murmelte er.

Sie schmunzelte. »Ich wusste gar nicht, dass Ihnen Umgangsformen so wichtig sind.«

Klimmt ließ sich in den Drehstuhl fallen, der mit einem Quietschen reagierte. »Nur wenn sie dabei helfen, dass ich ein paar Sekunden länger mein altes Hirn nicht einschalten muss.«

»Die paar Sekunden sind vorbei.«

Er musterte Mara. »Sie sind abends meistens lange hier und frühmorgens auch schon wieder.«

»Irgendwie seltsam, aber das klingt wie ein Vorwurf.«

Jetzt senkte er den Blick. »Wahrscheinlich, weil alles, was von mir kommt, vorwurfsvoll klingt.«

»Kann schon sein«, entgegnete sie unverblümt und setzte sich ebenfalls.

Er grinste. »Auch irgendwie seltsam, dass wir beide uns zusammengerauft haben, finden sie nicht?«

»Sie meinen, wenn wir uns nicht gerade anbrüllen. *Sie* mich, vor allem.«

Das Grinsen wurde breiter. »Genau das meine ich.«

Sie zog eine Augenbraue in die Höhe. »Muss ich mir Sorgen um Sie machen? Ziemlich alarmierend, wenn Sie nicht knurren und brummen.«

»Anfangs wollte ich Sie nicht im Team haben.«

»Sie müssen mich wirklich nicht daran erinnern, das ist noch allzu präsent bei mir.«

»Ich dachte, Sie passen da nicht rein. Und das stimmt ja auch.«

»In welches Team würde ich schon passen«, meinte Mara mit einem Achselzucken.

»Es hat eine Weile gedauert, bis ich gemerkt habe, dass diese Mannschaft jemanden wie Sie ganz gut brauchen kann.« Er nickte. »Jemanden mit Pfeffer im Arsch. Ja, Billinsky, Sie haben hier jede Menge Staub aufgewirbelt und mich reichlich Nerven gekostet. Aber das war wohl auch nötig.«

»Ohne Zweifel.« Sie nickte spöttisch. »Ich muss mir Sorgen um Sie machen. Mir ist es lieber, wenn Sie brüllen. Da weiß ich wenigstens, woran ich bin.«

»Kann ja noch kommen, das Gebrüll.«

»Da bin ich mir sicher.«

»Ich bin eben zu alt für den ganzen Scheiß.« Er starrte auf seinen Bauch, der das Hemd spannen ließ. »Sie werden's kaum glauben, Billinsky, aber ich hatte mal die gleiche Energie wie Sie. Na ja, nur dass ich nicht so eine Nervensäge war.«

Mara schmunzelte. »Ich will ja unsere vertraute Kerzenscheinstimmung nicht kaputtmachen, aber ich muss mit Ihnen über Pablo Meissner reden.«

»Dann mal raus damit.« Er legte die Beine auf den Schreibtisch und präsentierte ausgelatschte Schnürschuhe.

»Die ganze verdammte Nacht habe ich über ihn nachgedacht«, sprudelte es nun aus ihr heraus. »Vor und zurück, hin und her. Also, er hat vor seinem Tod herumgetönt, dass er Kontakte zu wichtigen Bossen hat. Er selbst war, wie wir wissen, nur ein kleiner Fisch. Nie beteiligt an den schweren Dingern, nichts als Kleinkram. Und dann« – Mara klatschte in die Hände – »bringt er auf einmal jemanden um. Unseren *Großen Schweiger*. Meissner wird zum Mörder. Mit einer

Giftmischung, an die Typen wie er normalerweise nicht herankommen.«

»Bisher haben Sie mir noch nichts Neues erzählt«, warf Klimmt ein.

»Und kurz nach dem Mord«, fuhr Mara fort, »wird Meissner selbst getötet. Was sagt uns das?«

»Machen Sie kein Quiz draus, Billinsky.« Klimmt putzte sich die Nase.

»Es ist ganz einfach: Der Mohr hat seine Schuldigkeit getan, der Mohr kann gehen. Und zwar für immer.«

»Der Mohr soll also Meissner sein«, gab er zurück, betont skeptisch.

»Genau. Keiner der Herren im Hintergrund wollte das Risiko eingehen, sich unter falschem Namen bei uns einzuschleichen, um einen Mord zu begehen. Für diese Aufgabe hat man einen Bauern gebraucht. Und danach geopfert. Nämlich Meissner, der sich schon als einer von ihnen betrachtete.«

Der Hautkommissar machte eine skeptische Miene. »Warum hat man ihn denn überhaupt opfern müssen?«

»Weil er zu viel wusste. Zu viel quatschte. Zu oft mit den Scheinchen um sich warf, die er bei seinen Geschäften mit den Herren im Hintergrund verdient hat. Sie wissen, wie das ist mit kleinen Emporkömmlingen, die nicht widerstehen können, die Fresse aufzureißen. Und als man jemanden für eine heikle Aufgabe gebraucht hat, schickte man ihn schulterklopfend und mit vielen Komplimenten auf seine Mission.«

»Auf welche Art hat er seine Scheinchen verdient?«

»Keine Ahnung, aber offenbar ist er jemandem eine gewisse Zeitlang von Nutzen gewesen.«

»Wenn man ihn als Störenfried oder Sicherheitsrisiko oder beides betrachtet hat, traf man vielleicht die Entscheidung, dass er verschwinden musste. Aber aus welchem Grund musste man ihn dann foltern?«

»Um herauszufinden, wie viel er wirklich wusste. Und um

herauszufinden, wem er was erzählt hatte. So konnte man erfahren, ob es eventuell weitere Mitwisser gibt.«

Klimmt erwiderte nichts.

»Sie sind also meiner Meinung?«, fragte Mara.

Er blieb stumm.

»Da könnte durchaus etwas dran sein. Es wäre zumindest möglich. Oder etwa nicht?«

»Okay, Billinsky. Es. Wäre. Möglich.« Er nahm die Beine vom Tisch und begann in einer Schreibtischschublade zu kramen. »Ich habe nämlich auch noch was: Wir haben ein Konto entdeckt, das Meissner mit falscher Identität bei einer Internetbank angelegt hat. Und darauf sind in den Wochen kurz vor seinem Tod ganz schöne Summen eingezahlt worden.«

»Vom wem kamen diese Beträge?«

»Alle Spuren des Geldgebers verlieren sich im digitalen Dschungel.« Er zog eine Zigarettenschachtel aus der Schublade. »Wir brauchen das, was wir immer brauchen: Fakten, Beweise. Etwas Handfestes. Denn so gern ich Ihren Theorien auch lausche«, fügte er mit altbekannter Ironie an, »nach wie vor bleibt alles Stückwerk. Wir haben noch immer nicht folgenden Zusammenhang erklären können: Peter Johannsen, der viel über die Russen herausgefunden hat und ihnen auf der Spur ist, wird brutal ermordet, aber offenbar kommt keiner der Russen für die Tat infrage. Was ist das Motiv für den Mord an Johannsen? Was ist der verdammte *Zusammenhang*? Ausschließlich seine Recherchen?«

Mara fluchte leise, den Blick nachdenklich auf die Wand gerichtet.

»Daran knabbern wir«, sprach er weiter, »seit wir über das Siwasdee Bescheid wissen. Und wie es aussieht, wird sich daran nichts ändern. Wir werden Johannsens Mörder oder denjenigen, der den Auftrag dazu gegeben hat, nicht in den Reihen der Russen finden, sonst wären wir da längst einen Schritt weiter.«

»Das befürchte ich schon eine ganze Weile. Wir beißen uns die Zähne am Mordfall Johannsen aus. So sehr, dass wir auch bei anderen Fällen nicht weiterkommen. Irgendetwas stimmt da einfach nicht.« Sie fluchte erneut und fügte an: »Das nervt mich noch mehr als Sie, glauben Sie's mir.«

»Was ist der verdammte Zusammenhang?«, wiederholte Klimmt. Er hob die Schachtel in die Höhe. »Zigarette zum Nachdenken?«

Mara stand auf. »Nein danke. Ich muss mir das alles noch mal allein durch den Kopf gehen lassen.«

41

Noch immer sah er nichts. Noch immer schien er in einem luftleeren Raum zu schweben, um ihn nichts als die Dunkelheit aus schwerem, weichem Samt.

Doch erneut erwuchs aus diesem tiefen Nichts ein Geräusch.

Unwillkürlich zuckte er zusammen. Er wollte nicht von Neuem das Quieken der Schweine hören. Nein, auf keinen Fall. Er hatte regelrecht Angst vor den Lauten der Tiere.

Wieder das Geräusch.

Es rührte ja gar nicht von den Schweinen her, nein, es war anders. Ebenfalls schrill, ebenfalls wie von einem Tier – und doch auch irgendwie künstlich, mechanisch. Es ertönte nicht ständig, nur von Zeit zu Zeit, aufdringlich und unangenehm nah.

Er schlief, er wachte, scheinbar beides auf einmal. Die Dunkelheit blieb, auch die schrillen Klänge, die einem rätselhaften Rhythmus zu folgen schienen. Auf einmal schlich sich noch etwas in sein Ohr: eine Stimme. Leise und einschmeichelnd.

Sein Herz machte einen Sprung, als er sich versicherte, dass es nur Shaqayeg sein konnte, die so sanft mit ihm redete.

»Du musst doch mal aufwachen, mein hübscher Junge. Es wird Zeit, sonst verschläfst du noch dein ganzes Leben. Du musst etwas essen und etwas trinken.«

Er wollte ihren Namen aussprechen, doch aus seiner Kehle drang nur ein raues Krächzen.

»Was?«, rief Shaqayeg erstaunt und erfreut zugleich. »Was hast du gesagt?«

»Shaqayeg.« Endlich brachte er es fertig, dieses ersehnte

Wort zu flüstern, leise, mühsam, seine Lippen waren so verdammt trocken. Erneut sprach er ihren Namen aus, sogar ein wenig fester, lauter.

Sie kicherte.

Er lächelte.

Und dann stellte er mit dumpfem Schrecken fest, dass das Kichern sich entfernte, immer weiter, bis es sich schließlich ganz auflöste und er abermals in die samtene Finsternis hinabglitt, wehrlos und schwach.

Noch einmal wollte er ihren Namen sagen, Shaqayeg, doch er schaffte es einfach nicht mehr.

42

Eine Stunde war vergangen. Schnurstracks marschierte Mara den langen Gang entlang auf Klimmts Büro zu. Sie war so in Eile, dass sie einen oder zwei Kollegen anrempelte, ohne es richtig wahrzunehmen.

Die Tür war geschlossen, sie lauschte kurz ins Innere, hörte die Stimme des Hauptkommissars und klopfte lautstark an.

Keine Reaktion.

Erneut hörte sie ihn reden, doch Geduld hatte wahrlich nie zu ihren Stärken gehört. Sie schnaufte durch und rauschte in das Büro.

Erst erstaunt, dann erbost starrte er sie an, den Hörer seines Telefons in der Hand.

»Ich muss Sie noch mal sprechen«, erklärte Mara und schloss die Tür.

Er stülpte die andere Hand über die Sprechmuschel. »Raus!«, zischte er. »Sofort!«

Mara schüttelte den Kopf.

Noch leiser raunte er: »Das ist die Staatsanwaltschaft, die mir Feuer unterm Hintern macht.«

Wieder ihr unbeeindrucktes Kopfschütteln.

»*Nicht jetzt, Billinsky!*«

»Doch. Jetzt.«

»Scheiße, Billinsky«, stieß er kaum hörbar aus. Dann redete er wieder ins Telefon und beendete nach ein paar Sätzen das Gespräch. Er legte auf und funkelte sie an.

»Was ist los? Wenn Sie jetzt nichts Neues haben, dann gnade Ihnen …«

»Ich habe nichts Neues«, unterbrach sie ihn.

Er erhob sich aus seinem Drehstuhl, die Augen zwei glühende Punkte.

»Nur eine neue Theorie.« Sie schmunzelte. »Und denen lauschen Sie ja so gern.«

»Scheiße, Billinsky«, blaffte er, genau wie zuvor.

»Vorhin haben Sie mich nach dem Zusammenhang gefragt«, sagte Mara. »Wie bringen wir Johannsen und die Russen zusammen?«

»Und?«, knirschte er zwischen den Zähnen hervor.

»Den Zusammenhang.« Sie grinste triumphierend. »Den gibt's gar nicht.«

Irritiert runzelte er die Stirn. »Was soll das?«

»Jemand hat uns einen Köder hingeworfen.« Sie stemmte die Hände in die Hüften. »Und wir haben ihn geschluckt.«

»Das ist doch Quatsch«, gab er zurück, wirkte dabei allerdings nicht überzeugt.

»Ein Ablenkungsmanöver. Jemand, der über die Russen Bescheid weiß, hat es so aussehen lassen, als wären sie Johannsens Ziel gewesen. Und hat dafür gesorgt, dass wir Informationen über sie erhalten. Treffpunkte und so weiter. Aber nur bruchstückhaft. Damit wir ausgiebig beschäftigt waren – und genau das waren wir. Sind es immer noch, die Verhöre werden ja noch eine Weile andauern. Und daraus werden sich voraussichtlich neue Ermittlungen und im besten Fall weitere Verhaftungen ergeben. Tja. Deshalb war Dmitri Tschipurkow auch so irritiert, als ich von einem großen Geheimnis hinter dem Siwasdee sprach. Es gibt keines.«

»Eine Arbeitsbeschaffungsmethode für uns?« Klimmts Stirn war nach wie vor tief gefurcht.

»Ich bin davon absolut überzeugt. Wir sollten Zeit und Energie mit Blochin, Dassajew und ihrem Gefolge verlieren, damit andere Personen halbwegs ungestört ihren Geschäften nachgehen können. Diesen Personen kam das Wissen, das sie über die Russen hatten, gerade recht.«

»Apropos Blochin. Gibt es etwas Neues über ihn?«

»Nein. Abgetaucht. Nach wie vor. Aber ihn wird es wieder nach oben spülen. Wie ich schon mal sagte, mit dem werden wir noch genügend Ärger bekommen.«

»Dann zurück zu diesen anderen Personen aus Ihrer Theorie. Wer sollte das sein?«

»So schwer es auch fällt, wir müssen zurück zum Nullpunkt.«

Er stieß hörbar die Luft aus. »Billinsky, das klingt für mich alles reichlich wirr.«

»Wir müssen noch einmal völlig neu denken«, beharrte Mara. »Da läuft irgendetwas im Hintergrund. Und wir stehen davor und sehen es nicht, weil wir ständig nach etwas anderem Ausschau halten.«

»Sie nehmen also tatsächlich an, dass Peter Johannsens Recherchen überhaupt nichts mit den Russen zu tun hatten?«

»Und ob ich das annehme. Die Notizen auf dem USB-Stick sind gar nicht *seine* Notizen. Und seine tatsächlichen Rechercheergebnisse sind wahrscheinlich längst vernichtet. Unter der Folter wird er alles verraten haben, was er wusste und wo es abgespeichert war. Deshalb war auch jemand am Tag nach seinem Tod in Johannsens Wohnung.«

»Wenn die Russen und ihre Machenschaften uns lediglich von jemand anders ablenken sollten«, sagte Klimmt, »sind wir mal wieder bei einer altbekannten Frage. Finden Sie nicht?«

»Die Frage nach der *big story*.« In Maras Gesicht arbeitete es. »Die Thematik *Organisiertes Verbrechen* passte ohnehin nicht so recht zu Johannsens sonstigen Arbeitsfeldern. Denn meistens ging es ihm doch um den sogenannten kleinen Mann. Korruptionsskandale und Ähnliches. Die knallharten, profitgierigen Drogendealer rund um Blochin sind eine andere Nummer.«

Klimmt machte eine abwägende Geste mit der Hand. »Hm.«

Sie nickte überzeugt. »Ein Investigativjournalist kündigt brisante Enthüllungen an und wird kurz darauf brutal umgebracht. Für mich steht es nach wie vor außer Frage, dass die Tat mit seinem Job zu tun hat. Es gibt ja auch keinen einzigen mickrigen Hinweis, der in eine sonstige Richtung weisen würde.«

Klimmt zeigte ein wölfisches Grinsen. »Und wieder heißt es: Was ist die *big story*?«

»Wenn es Johannsen nicht um die Russen ging, müssen wir uns fragen, wer oder was hat uns auf Blochin & Co. gebracht?«

»Wenigstens das ist einfach zu beantworten.« Er fuhr sich über den Walrossschnauzbart. »Dieser verdammte USB-Stick.«

Mara sah ihn an. »Und von wem haben wir den Stick bekommen?«

43

Es war wärmer geworden. Ein paar flüchtige Grade, die man nicht bemerkte, die aber dafür sorgten, dass sich keine Schneeflocken mehr bildeten. Stattdessen hatte sich ein Schleier aus nahezu pausenlosem Nieselregen über die Stadt gelegt.

Ihr Bauchgefühl sagte Mara Billinsky, dass dieser trübe, nasskalte Frankfurter Herbst noch so einiges an unliebsamen Momenten für sie bereithielt.

Sie hatte Schwierigkeiten gehabt, einen Parkplatz zu finden, und musste schließlich mit der Parallelstraße des Großen Hasenpfads vorliebnehmen. Nun passierte sie die Werbeagentur, jenes auffällige Rundgebäude mit Glasfassade, in dessen Garten sich vor Kurzem ein heimlicher Beobachter davongemacht hatte. Wer war das gewesen?, fragte sie sich erneut. Jemand, der Isolde Windeck im Auge behielt – oder sie selbst?

Jetzt, am späten Nachmittag, ging nichts Unheimliches von dem Bau aus. Er war hell erleuchtet, hinter Fensterglas waren viele Menschen zu sehen. In Werbeagenturen wurde lange gearbeitet.

Mara erreichte ihr Ziel und klingelte.

Nur Sekunden musste sie warten, dann machte Isolde auf. Als Mara sie angerufen hatte, war die junge Frau sofort bereit für ein weiteres Treffen gewesen; sie schien sich sogar darauf zu freuen, wie aus ihrer hellen Stimme herauszuhören war.

»Heute habe ich leider kein italienisches Essen vorbereitet«, sagte sie mit diesem Hauch von einem Lächeln, das sie so attraktiv erscheinen ließ.

»Danke, dass Sie Zeit für mich haben«, erwiderte Mara sachlicher als beabsichtigt.

»Sind wir wieder beim Sie?«

Mara stutzte. »Nein. Das wäre wohl albern. Aber ich muss tatsächlich – wie sagt man so unschön? – rein dienstlich mit dir sprechen.«

»Oh!« Isolde wirkte sogleich ein wenig erschrocken. »Du hast also etwas herausbekommen, das …« Sie brach mitten im Satz ab.

»Wenn es nur so wäre.« Mara verzog den Mund.

»Ich verstehe nicht so recht.«

»Da ist ein Gedanke, der mich die ganze Zeit über schon wahnsinnig macht.«

»Hoppla, komm doch erst mal herein. Entschuldige bitte.«

Isolde ging voran, und sie folgte ihr in das große Wohnzimmer.

»Lass uns Platz nehmen.«

Mara blieb stehen.

Isolde holte Luft. »Wie kann ich dir helfen?«

Sie hatte in solchen Momenten etwas entwaffnend Freundliches, Liebenswürdiges, Unschuldiges. Oder kam es Mara nur so vor?

»Es geht schon wieder um den USB-Stick«, antwortete sie mit Bedacht. »Du hast den Stick doch erst nach Peter Johannsen Tod bemerkt, nicht wahr?«

Isolde nickte.

»Und wann hat Peter Johannsen dir die Nachricht geschickt, die dich dazu brachte, die Halskette mit dem Herz-Anhänger wieder hervorzuholen? Du weißt schon: *Mein Herz gehört dir.*«

»Aber Mara, darüber haben wir doch mehrmals geredet.« Sie nannte das Datum.

»Wir wissen, dass er in dieser Nacht ermordet wurde.«

Isoldes Augen wurden groß und rund. »Ja, er hat also die letzte Nachricht seines Lebens …« Ihre Stimme versagte.

»Nein«, sagte Mara eine Spur härter. Sie fragte sich einmal

mehr, ob Isolde die Naive nur spielte. »Wir gehen davon aus, dass nicht er diese Nachricht eingetippt und gesendet hat.«

Mara ärgerte sich über sich selbst. Die Worte der Nachricht, das Auffinden des USB-Sticks in dem Etui mit dem Herz-Anhänger. Sie hätte das nicht einfach so hinnehmen, sondern es stärker hinterfragen sollen. Wie sie es sonst für gewöhnlich tat.

»Nicht selbst geschickt? Wer dann?«, wiederholte Isolde verwirrt. Sie räusperte sich. »Verstehe. Sein Mörder.«

»Warum schickt ein Fremder diese Nachricht?«

Isolde nickte erneut. »Ich sollte an die Kette mit dem Herz denken – und vor allem …«

»… den Stick entdecken. Genau.«

Isolde schwieg.

»Aber noch mal einen Schritt zurück: Vorher, als du das Geschenk erhalten hast, ist dir der Stick nicht aufgefallen, oder?«

»Nein, er ist mir nicht aufgefallen.«

»Demnach könnte er auch nachträglich von jemand anders in dem Etui platziert worden sein.«

»Du meinst, damit ich ihn finde? Aber wer sollte das tun?«

»Das ist die Frage.«

»Unmöglich.« Isolde schüttelte den Kopf. »Ich muss den Stick vorher einfach übersehen haben.«

»Wer war seit Peters Tod hier in der Wohnung? Außer dir?«

»Nur du, Mara.« Ein heftiges Kopfschütteln. »Niemand sonst. Ehrlich.«

»Aber da ist doch der Mann, von dem du mir erzählt hast.«

Ohne ein Wort zu äußern, sah Isolde sie mit ihren erschrockenen Rehaugen an.

»War der Mann niemals hier?«

»Nein, nie.«

Ohne dass sie es verhindern konnte, wurde Maras Stimme noch eine Spur schärfer: »Sicher?«

»Ja. Sicher.«

Eine Sekunde verstrich in völliger Lautlosigkeit. Eine zweite, eine dritte.

»Isolde«, sagte Mara betont, aber wieder zurückhaltender. »Es ist wichtig, dass du mir alles erzählst.«

»Das tue ich.«

»Hat irgendjemand Einfluss auf dich ausgeübt?«

»Inwiefern?«

»Etwa im Zusammenhang mit diesem Stick.«

»Nein.«

Mara bedachte sie mit einem abwägenden Blick. »Hast du mit jemandem darüber gesprochen, dass du mit uns im Austausch bist? Und über die Inhalte dieses Austauschs?«

»Nein.«

»Sicher?«, wiederholte Mara.

»Absolut sicher«, gab Isolde zurück, wirkte dabei allerdings nicht sonderlich überzeugend, wie Mara fand.

»Noch mal: Du musst mir alles sagen, verstehst du?«

»Und du musst nicht mit mir reden, als wäre ich sieben Jahre alt.« Zum ersten Mal schlich sich ein schnippischer Ton in ihre Stimme.

»Alles«, wiederholte Mara unbeeindruckt.

»Selbstverständlich.« Mit unübersehbarem Trotz hielt Isolde Maras durchdringendem Blick stand.

»Es war mir wichtig, nicht einfach anzurufen, sondern dir diese Fragen persönlich zu stellen.«

Erneut verstrichen mehrere Sekunden in vollkommener Stille.

»Falls es also etwas geben sollte«, fuhr Mara fort, »dann …«

»Es gibt nichts«, unterbrach Isolde sie entschieden. »Rein gar nichts.«

»Okay.«

Ein leicht frostiger Abschied erfolgte, und Mara machte sich auf den Rückweg ins Präsidium. Sie setzte sich an den Schreibtisch und erledigte am Computer das, was man früher als Papierkram bezeichnet hatte. Egal, wie man es inzwischen nannte, sie hasste es.

Als sie etwa zwei Stunden später im unablässigen Nieselregen ihr Auto abschloss und nach Hause ging, verspürte sie Unzufriedenheit. Sicher, man konnte nicht immer Erfolg haben und alles richtig machen, aber gleich in mehrfacher Hinsicht auf der Stelle zu treten nagte an ihr. In dem Moment, als sie die Informationen über die russische Bande als Ablenkungsmanöver erkannt zu haben glaubte, hatte sie endlich einmal ein wenig Rückenwind gefühlt. Aber inzwischen war sie sich wieder ziemlich unsicher.

In ihrem Kopf kreisten zudem ständig die Antworten, die sie von Isolde Windeck erhalten hatte. Das Gespräch hatte bei ihr die Alarmlämpchen aufleuchten lassen. Es gab etwas, das Isolde ihr verheimlichte, davon war sie immer stärker überzeugt.

Dunkelheit ballte sich zusammen, von der nahen Berger Straße hörte man Verkehrslärm und die Stimmen der Nachtschwärmer. Mara war noch vollkommen vertieft in ihre Gedanken, als sie endlich die Haustür erreichte, die Haare nass, die Finger klamm.

Plötzlich ein Geräusch. Hinter ihr.

Schritte?

Sie wirbelte herum, ihre Hand schnellte automatisch zum Griff der Waffe, die im Hüftholster steckte.

Die Umrisse einer Gestalt schälten sich aus dem Regenschleier und dem Grauschwarz der Nacht, in das ein paar Straßenlaternen helle Löcher rissen.

Augen starrten sie an, schmale, fast asiatisch wirkende Augen.

Mara entspannte sich, sie ließ die Pistole los. Die Gestalt war ganz nahe.

»Du musst nur sagen, ich soll abhauen, und ich bin weg.«

Mara schwieg.

»Nun rede schon! Soll ich verschwinden?«

»Wenn ich's nur wüsste.«

»Ich wüsste etwas Besseres.«

»Und was?«

Er zog sie an sich, behutsam und doch mit einer Selbstsicherheit, der sie sich nicht zu entziehen vermochte. Sie ließ es geschehen.

Sein Gesicht war ganz nah vor ihrem. »Ich habe dir nie wehtun wollen«, raunte er. Seine Hände streichelten sie, auf bestimmte, fordernde Art, strichen über ihre Hüften, Schultern, Wangen. Und auch das ließ sie geschehen.

»Mara …«

»Scheiße, Krux«, flüsterte sie. »Ich sollte dich zum Teufel jagen.«

Das Nieseln bildete eine leise Hintergrundmusik auf dem Asphalt. Adrian Krucksdorf lächelte sein geheimnisvolles Lächeln. »Ich habe auf dich gewartet.« Sein Kopf ruckte kurz zur Seite. »In meinem Wagen.«

Sie erwiderte nichts.

»Ich wollte nicht anrufen. Ich wollte nicht wieder eine Nachricht schicken, die du nicht beantwortest.« Er ergriff ihre Hand und drückte sie. »Ich habe einfach nur die alten Songs gehört und auf den Moment gewartet, in dem du die Straße entlanglaufen würdest.«

»Krux, du hast einen Vogel.«

»Ja. Eine Krähe. Ich wollte einfach nur bei dir sein. Du musst mir glauben. Egal, wie rücksichtslos ich früher gewesen sein mag, heute bin ich ein anderer.«

Wieder sagte sie nichts.

Sein Gesicht entfernte sich wieder etwas von ihrem. »Glaubst du mir?«

Ein feines Grinsen umspielte ihre geschlossenen Lippen.

»Scheiße, Mara, hast du seit unserer letzten Begegnung kein einziges Mal an mich gedacht? Das Treffen ging mir ständig im Kopf herum. Ich wollte nicht, dass es so endet.«

Ich wohl auch nicht, dachte sie, immer noch unschlüssig, was ihn betraf – was sie *beide* betraf.

»Mara, nun mach schon deine große Klappe auf!«

Statt einer Antwort krallte sie ihre Hand in seinen aufgestellten Mantelkragen. Sie zog sein Gesicht zu sich herunter und küsste ihn. Nicht zärtlich, sondern leidenschaftlich, mit ausgeschaltetem Kopf, dafür mit ganzer Herzenskraft, womit sie sich selbst vielleicht noch mehr als ihn überraschte.

Sie gingen ins Haus, die Treppe hoch, hinein in Maras Wohnung. Sie zogen sich aus, jetzt langsamer, *bewusster*. Als hätte ihnen jemand eingeflüstert, den Moment festzuhalten und nicht einfach an sich vorbeirasen zu lassen.

Mittlerweile regnete es heftiger, Schauer prasselten wie Gewehrsalven ans Schlafzimmerfenster, vor dem weder Vorhang noch Gardine hingen. Erst nach einer ganzen Weile beruhigte sich das Wetter, Stille kehrte ein. Die Wolkendecke riss auf, verschleierte Sterne und der Halbmond kamen zum Vorschein. Sowohl Maras als auch Adrians nackte Haut wirkte im schwachen, milchigen Licht seltsam durchscheinend, fast geisterhaft.

Mara legte den Kopf an seine Brust. Nur der Tabakgeruch erinnerte noch an den Krux von damals, zumindest kam es ihr so vor. Sie fuhr mit den Fingerkuppen über seinen Oberarm, der viel muskulöser war als früher, über die stark hervortretende Sehne am Bizeps.

Er war tatsächlich ein anderer geworden, sagte sie sich. Nicht mehr der durchgeknallte, unberechenbare Punk der wilden Jahre. Er hatte etwas aus sich gemacht, sich aber seinen Charakter bewahrt, wirkte er doch nach wie vor unabhängig und eigenwillig, selbst im eleganten Anzug. Auf verrückte Weise sogar unangepasst, denn er kam ihr nicht vor wie einer dieser Managertypen, einer dieser Schlipsträger, wie sie sie sonst geringschätzig nannte.

Oder war sie letzten Endes doch nur ebenso voller Vorurteile wie die Leute, über die sie sich gern lustig machte?

Überhaupt – was war mit *ihr*? War sie verändert? Und wenn ja, inwiefern?

»Ich habe es dir schon mal gesagt«, flüsterte er jetzt. »Wenn du so in deine Gedankenwelt abgleitest, bist du umwerfend.«

»Ich bin auf einmal hundemüde.«

»Wie beruhigend, dass du auch mal müde wirst. Du wirkst sonst immer so energiegeladen, dass man sich gar nicht traut, neben dir auch nur zu gähnen.«

»Ich habe nicht mehr Kraftreserven als andere, ich tue nur manchmal so.« Sie seufzte. »Immer habe ich kämpfen müssen. Einfach *alles* ist ein Kampf.«

»Auch dafür gibt es ein passendes Zitat meines Lieblingsphilosophen: *Die Kunst des Lebens besteht mehr im Ringen als im Tanzen.*«

Mit der Fingerspitze berührte er sanft die Narbe in ihrem Gesicht, dann küsste er Mara.

Sie erwiderte den Kuss.

Gleichzeitig hörte sie immer noch in sich hinein, und ihr wurde bewusst, dass es mit Krux anders war als mit Carlos Borke. Sie fühlte sich nicht stark wie in Carlos' Gegenwart, sondern weich, unbestimmt, als wäre es ein Manko, eine Schwäche, sich jemandem hinzugeben. Und vielleicht sagte das mehr über sie aus, als ihr lieb war.

»Die Zeit steht still«, raunte Krux, seine Lippen an ihrem Ohr.

Endlich hörte ihr Kopf auf zu arbeiten. Ihre Gedanken fanden Ruhe, sie fühlte sich sonderbar schwerelos, endlich kam ein Moment, den sie wirklich auskostete. Sie schloss die Augen, tauchte immer tiefer in den Schlaf, der ganz unvermutet kam, befreit, entspannt, doch plötzlich beugte sich eine Gestalt über sie und legte die Hände um ihren Hals. Sie schrie, aber kein Ton entwich ihrem Mund. Die Luft wurde knapp, der Druck um den Hals stärker. Panisch schlug sie auf die Gestalt ein. Wer war es? Blochin?

Ja, er musste es ein. Und auf einmal hatte er mehr als nur zwei Hände. Er packte ihre Oberarme, ihre Beine. Verzweifelt wand sie sich unter den harten Griffen.

Eine Stimme drang zu ihr, besorgt, erschrocken: »*Mara!*«

Sie erstarrte, war innerhalb eines Wimpernschlags zurück in der Wirklichkeit, im Schlafzimmer, im Bett.

Mit Krux.

Aufgrund der Dunkelheit konnte sie seinen Blick mehr spüren als sehen.

»Mara, du hast geträumt«, flüsterte er. »Alles ist in Ordnung.«

»*Shit!*«, stieß sie hervor, rau und leise.

»Du bist einfach eingeschlafen. Es war schön, dir so nahe zu sein«, erklärte er, sanfter seine Stimme, als Mara sie je gehört hatte. »Und urplötzlich hast du im Schlaf um dich geschlagen.«

»Shit!«, kam es noch einmal über ihre Lippen, die sich trocken und rissig anfühlten.

Krux versuchte sie an sich zu drücken, doch diesmal wand sie sich aus seiner Umarmung.

Wieder verhakten sich die Gedanken in ihrem Kopf, wieder wirbelte alles durcheinander. Die Leichen. Die beiden russischen Gangster, die über das Dach fliehen wollten. Die Bilder im Siwasdee. Der *Große Schweiger.* Dmitri Tschipurkow, der mit dem Messer auf sie zustürmte.

Was ist los mit dir?, fragte sie sich. Krieg dich wieder ein, reiß dich zusammen!

»Ich gehe jetzt«, raunte Krux ihr zu.

Sie erwiderte nichts. Der plötzliche Wunsch, allein zu sein, war übermächtig.

Er stand vom Bett auf und zog sich an.

»Bis bald, Mara«, sagte er. »Falls du das möchtest.«

Sie drehte sich zu ihm um, suchte den fahlen Fleck, den sein Gesicht im dunklen Zimmer bildete.

»Ich will dir nicht auf die Nerven gehen«, fügte er an.

»Sorry, dass ich so bin, wie ich gerade bin. Wahrscheinlich bin ich nur genervt, dass mir einfach nichts gelingen will. Ich habe das Gefühl, dass ich nie wieder etwas auf die Reihe bekommen werde.«

»Da siehst du ganz sicher zu schwarz.«

»Ist eben meine Lieblingsfarbe.«

»Also bis bald«, flüsterte er. »Oder etwa lebe wohl?«

»Bis bald, Krux!«

Sie beobachtete, wie sein Schatten sich aus dem Zimmer schob.

44

Zum ersten Mal gelang es ihm, die Dunkelheit zu durchbrechen und die Lider zu heben, langsam, ganz, ganz langsam.

Die Helligkeit tat seinen Augen weh. Er blinzelte, es wurde noch heller um ihn herum, doch dann erkannte er Konturen, Farben, und es kam ihm vor, als wäre er lange fort gewesen, wochenlang, monatelang, irgendwo in einem fremden Land, in dem ständige Nacht herrschte.

Eine scheußliche altmodische Tapete mit Rosen, abgewetzte Möbel, die wie zusammengesucht wirkten, die muffigen Polster eines längst durchgesessenen Sofas unter seinem Rücken und seinen Beinen.

Es roch verbrannt, ungelüftet. Und nach einem würzigen Tee.

Unwillkürlich richtete er sich aus seiner liegenden Haltung auf. Seine Füße in Socken berührten einen dicken, löchrigen Teppich, der mindestens zwei Jahrzehnte alt sein musste. Da stand ein alter, verbeulter Blecheimer, der offenbar ausgespült worden war und von dem dennoch ein säuerlicher Gestank aufstieg. Hatte er kotzen müssen?

Shaqayeg saß bei ihm auf dem Sofa. Behutsam legte sie ihre Hand auf seine Brust. »Nicht aufstehen«, raunte sie ihm zu. »Lass dir Zeit.«

Er sah in ihre Augen, doch zu seiner Verwunderung musste er feststellen, dass sie nicht mehr dunkel waren, sondern blau. Ihr Gesicht verwandelte sich, sie bekam Falten, ihre Haut wurde schlaff und runzlig, ihr schwarzes Haar mausgrau.

»Du bist nicht Shaqayeg«, brachte er in vorwurfsvollem Ton über die rissigen Lippen.

Die alte Frau lachte laut los, sodass ihr ganzer Körper unter der abgetragenen, vielfach geflickten Kleidung zu wackeln begann.

»Nein«, erwiderte sie nach einer ganzen Weile. »Ich bin Hilde.« Sie deutete auf eine Tasse, die auf einem kleinen, von Stickarbeiten übersäten Tisch stand. »Trink einen Schluck Kräutertee. Selbst gemacht. Wie alles bei mir.«

Er erschrak, als das schrille Geräusch von zuvor ertönte. Sein Blick huschte zur Wand, wo eines dieser hässlichen Dinger hing. Aus dem Türchen des mit Schnitzwerk verzierten Holzkastens kam ein Vogel zum Vorschein, der mehrmals metallisch schrie. Eine blöde Kuckucksuhr. Das war also der Krach gewesen.

»Mein Junge, du hast viel geträumt«, sagte die alte Frau. »Du hast geflüstert im Schlaf, immer wieder, und warst ganz verschwitzt. Und geweint hast du auch, du armes Kerlchen.«

So alt sie auch sein mochte, ihre Augen, die ihn forschend musterten, blitzten scharf und aufmerksam.

Er lehnte sich zurück, und das Sofa knarrte laut. Es knisterte in einem gusseisernen Holzofen. Die merkwürdige Frau hielt ihm die Tasse hin.

Bildfetzen nahmen in seinem Kopf Formen an, jedoch nur verschwommen. Ja, er war aufgewacht, so wie gerade eben, auch in einer Umgebung, die er nicht kannte. Auf der Erde. Er hatte sich aufgerappelt, war losgewankt, verwirrt, erfüllt von Furcht. Wovor? Das konnte er nicht genau sagen. Es fühlte sich an, als wäre in seinem Hirn alles durcheinandergeraten und er müsste erst mal richtig aufräumen. Aber wie? Jedenfalls war er weitergegangen, das wusste er noch, ohne Ziel, ohne Sinn, mit pochenden Schmerzen im Kopf. Allerdings war er nicht weit gekommen und bald wieder zusammengesunken.

»Ich habe dich im Wald gefunden«, erklärte die Frau, als könnte sie seine Gedanken lesen. »Und hab dich bis hierher gebracht. Geschleift, geschoben, fast getragen.« Ihr Kichern erklang. »Ganz schön anstrengend, das kannst du mir glauben.«

Erneut sagte er nichts. »Ein paar Meter von dort, wo ich dich gefunden hab, liegen Steine. Ordentliche Granitblöcke sind das. Bei deinem Sturz bist du bestimmt mit deinem Köpfchen auf einem der Steine gelandet.«

»Wo bin ich?«

»Na, bei mir zu Hause. In meinem kleinen, bescheidenen Heim. Am Ortsrand von Brackdorf.« Sie zwinkerte. »Siebenhundert Einwohner, zwei Kirchen, eine Verrückte. Und die bin ich. Die verrückte Hilde. So nennen mich die Leute.«

Stumm sah er sie an.

»Und wie heißt du?«

»Rafael.«

»Hast du auch einen Nachnamen?«

»Klar.«

»Und wie lautet der?«

»Äh …« Rafael überlegte. Es war verrückt, aber er kam nicht darauf.

»Und wo wohnst du?«, fragte die Alte weiter. »Deine Adresse?«

»Frankfurt«, stieß er hervor.

»Geht's auch etwas genauer? Wir müssen dich ja irgendwie dorthin bringen.«

Ratlos sah er sich in dem kleinen Wohnzimmer um. »Ich glaube, es fällt mir gerade nicht ein.«

»Dein Schädel hat ganz schön was eingesteckt.«

Erst jetzt bemerkte er den dicken Verband, den er trug.

»Du hast geblutet«, fuhr sie fort, »und zwar recht heftig. Aber ich habe die Blutung stoppen können. Hätte genäht werden müssen – doch es ging auch so. Ich misstraue Ärzten nun mal und auch allen anderen. Mein Leben lang hab ich mir immer selbst zu helfen gewusst.« Sie kicherte. »Bin eben ein verrücktes altes Weib. Du hast dich übrigens übergeben. Öfter.

Bis nix mehr im Magen war. Gehirnerschütterung, schätze ich. Und keine leichte.« Sie rollte mit den Augen. »Kein Wunder bei dem Ei, das du am Kopf gehabt hast, meine Güte! Ich habe die Stelle gekühlt, mit Kräuterpaste bestrichen. Meine eigene Mischung, aus Arnika, Kampfer, Johanniskraut, Rosmarin, Lavendel und noch mehr guten Dingen. Na ja, und was sehe ich direkt neben deiner Beule?« Erneut verdrehte sie die Augen.

Rafael schwieg.

»*Noch* eine Beule. Wohl schon am Abschwellen. Erinnerst du dich, woher sie stammt?«

»Äh, ja«, meinte er zögernd. »Ich denke schon.«

»Wirklich?«

Wieder schwieg er.

»Hast anscheinend keine Glückssträhne, was?« Sie lächelte mitfühlend. »Na ja, als wir dann hier waren, habe ich dich jedenfalls schlafen lassen. Einen Abend lang, eine Nacht lang. Noch einen Tag, noch eine Nacht. Und jetzt ist Vormittag.«

»Ach?«, entfuhr es ihm verdutzt.

»Jaja. Du hast eine große Portion Schlaf nötig gehabt.«

Ein Gedanke durchzuckte ihn wie ein Blitz. »Mein Handy!«

»Was ist damit?«

»Es muss …« Er tastete die Taschen seiner Hose ab. Doch es war nicht da.

»Ich muss es verloren haben. Da stehen Telefonnummern von Leuten, die ich …« Er stöhnte. »Scheiße, mein Kopf tut weh. Fühlt sich an, als wäre er völlig leer. Mir fällt einfach nichts ein. Keine Namen, keine … Überhaupt nichts.«

»Das glaube ich dir. Aber das kriegen wir schon wieder in den Griff, Rafael.« Erneut hielt sie ihm die Tasse entgegen, und diesmal griff er danach. Er trank einen Schluck.

Seine Gedanken rasten, schneller und schneller, kamen aber nirgendwo an.

Nur eine einzige Erinnerung war greifbar.

Kein Bild, keine Situation, sondern ein Gefühl.

Das Gefühl von Angst.

Ratlos und unsicher schöpfte er nach Atem.

»Woran denkst du, Junge?«, fragte die Frau.

Er starrte an ihr vorbei. Wovor fürchtete er sich?

Er wusste es nicht mehr. Er war wie blockiert. Als wäre sein Gedächtnis mit einer undurchdringlichen Mauer von seinem übrigen Ich getrennt.

Und er spürte noch etwas anderes. Hilflosigkeit. Mehr als das, eine Verzweiflung, die sich in seiner Magengrube zusammenballte, hart wie ein Steinbrocken.

45

Sie stand am Wohnzimmerfenster, wie so oft in letzter Zeit, und ließ den Blick über die Stadt schweifen. Es war Morgen. In den Händen hielt sie eine Tasse dampfenden Kaffee.

Autos fuhren an ihrem Haus vorbei, darin Leute auf dem Weg zur Arbeit. Sie würde sich endlich aus dieser Lähmung befreien müssen, den Alltag wieder anpacken, das war ihr klar. Aber es fiel ihr so schwer. Und nun hatte sie ihren Urlaub auch noch um ein paar weitere Tage verlängert. Noch mehr Zeit zum Nichtstun.

Die Minuten vergingen, die Tasse leerte sich.

Isolde Windeck dachte nach. Über vieles, vor allem über Mara Billinsky. Eine Zornesfalte grub sich in ihre Stirn. Sie hasste es, wenn man sie wie ein Kind behandelte und auf eine Art mit ihr redete, als müsste man ihr erklären, dass zwei plus zwei vier ergab. Dabei war ihr andererseits bewusst, dass sie das manchmal geradezu herausforderte.

Sie stellte die Tasse auf den Tisch. Ihr Magen grummelte, aber sie hatte überhaupt keinen Appetit.

Der Tag lag vor ihr wie ein Bergmassiv.

Nach einem kurzen Seufzer ergriff sie das Handy. Sie tat, was sie immer machte, wenn sie sich so fühlte, niedergeschlagen, unsicher.

Sie rief ihn an.

Rasch nahm er ab.

»Ich bin's«, sagte Isolde zaghaft.

»Ich weiß, dass du es bist, ich sehe es auf dem Display.« Er lachte leise. Doch rasch fügte er mit ernster, einfühlsamer Stimme an: »Was ist los mit dir? Bist du traurig?«

Er schien immer sofort zu spüren, wie es in ihr aussah.

»Ach, ich weiß auch nicht«, antwortete sie gedehnt.

Es tat gut, mit ihm zu reden, auch wenn nichts von Belang ausgetauscht wurde. Isolde sagte ihm, sie wolle ihn sehen, sie *müsse* ihn sehen, wann er wieder Zeit für sie habe, sie sei einsam. Dabei kam sie sich schon wieder vor wie ein verliebter Teenager, aber sie konnte einfach nicht anders.

»Hm«, machte er mit einem bedauernden Ton, und sie ahnte, was kommen würde. Eine Absage. Tatsächlich, er vertröstete sie, versprach aber, sich bald bei ihr zu melden. Dann wand er sich geschickt wie ein Aal aus dem Gespräch.

Isolde war enttäuscht. Und eingeschnappt, wie sie sich eingestand. Mit vor Ärger abrupten Bewegungen schenkte sie sich von der Flasche Riesling ein, den sie am Vorabend unbedingt noch hatte aufmachen müssen. Und das, obwohl sie nach wie vor keinen Bissen zu sich genommen hatte. Der Wein prickelte in ihrem Hals. Immerhin brachte sie sich dazu, kein zweites Glas zu trinken. Völlig am Ende war sie dann wohl doch noch nicht.

Der zuvor in ihr schwelende Zorn auf Mara Billinsky war verflogen. Isolde ließ sich aufs Sofa fallen und begann nachzugrübeln. Nicht nur über Mara, in erster Linie über den Mann, in den sie verliebt war. Am Anfang hatte sie ihn niemals infrage gestellt, jetzt jedoch, an diesem zähen Vormittag, an dem er sie mal wieder abgewimmelt hatte, veränderte sich das Bild, das sie sich von ihm machte. Er schien sein eigenes Spiel zu spielen, und in gewisser Weise fühlte sie sich benutzt. Sie ärgerte sich immer mehr über sich selbst, nannte sich in Gedanken blind und naiv. Es war ihm stets gelungen, sie für seine Zwecke einzuspannen – und sie hatte nicht einmal begriffen, dass es diese Zwecke überhaupt gab.

Sie hätte längst mit Mara darüber sprechen sollen. Über das, was sie ihr auf sein Drängen hin verschwiegen hatte.

Der Entschluss wuchs in ihr wie ein neuer kleiner Muskel.

Sie setzte sich auf, griff nach dem leeren Weinglas und stellte es gleich wieder hin.

Ja, Entschlossenheit. Warum hatte sie nicht früher Zweifel angemeldet? Warum hatte sie …? Ja, blind und naiv.

Sie erhob sich und nahm das Mobiltelefon. Es dauerte eine Weile, bis Mara den Anruf entgegennahm.

»Sorry, Isolde«, sagte die Kommissarin. »Ich bin gerade in einer Dienstbesprechung, mein Handy ist auf stumm.«

Isolde hörte Schritte, dann eine Tür, die geschlossen wurde.

»So, jetzt ist es besser«, drang Maras Stimme wieder zu ihr. »Was ist los, Isolde?«

Sie räusperte sich. Was sie zu tun beabsichtigte, war es das Richtige?

»Isolde?«

Ja, das war es, sie hätte es längst machen sollen.

»Äh, Mara, ich wollte dich noch mal sprechen, weil …« Sie stellte sich Mara vor, den erwartungsvollen, bohrenden Blick der schwarzen Augen, die nur dezent rot geschminkten Lippen konzentriert zusammengepresst. »Also, versteh mich bitte nicht falsch, Mara, ich habe dich nicht belogen …«

»Es hat mit dem USB-Stick zu tun, nicht wahr? Isolde, nun erzähl schon, was los ist.«

Sie seufzte. »Also, die Nachricht, die ich erhielt. Von Peter, wie ich annahm, aber in Wirklichkeit eben nicht von ihm. *Mein Herz gehört dir.* Weißt du, ich habe das erst gar nicht mit dem Herzanhänger in Verbindung gebracht. Der Herzanhänger, na ja, ich fand ihn nie so toll, er lag immer noch in dem Etui … Wenn ich im Nachhinein darüber nachdenke, kommt es mir so vor, als hätte das alles zu einem Plan gehört. Jemand hat sich um mich gekümmert, mir Fragen gestellt und mich auf subtile Weise an diesen verdammten Herzanhänger erinnert.«

»Nicht du, sondern jemand anders ist darauf gekommen, dass es zwischen dem Schmuckstück und der Nachricht eine Verbindung gab. Richtig?«

»Ja, und da es mir nicht gleich auffiel, musste man anscheinend etwas nachhelfen. So entdeckte ich den USB-Stick.«

»Der wohl doch nachträglich in dem Etui platziert worden ist.«

»Wahrscheinlich schon.« Isolde holte tief Luft.

»Damit du ihn finden und an uns weitergeben konntest.«

»Aber das ist noch nicht alles. Es betrifft nämlich auch dich.«

»Das dachte ich mir schon.«

»Ich wurde stark ermutigt, dich immer mal wieder anzurufen, um mich nach dem Stand der Ermittlungen zu erkundigen. Aber du warst nicht besonders redselig.«

»Es gab leider nicht so viel zu berichten. Das war keine Lüge. Aber halten wir fest: Jemand hat dich gedrängt, den Kontakt mit mir aufrechtzuerhalten, um von möglichen Ermittlungserfolgen zu erfahren.«

»So ist es«, sagte Isolde. Unbewusst zog sie ein wenig den Kopf ein. Denn sie wusste, welche Frage nun kommen würde.

»Isolde.« Maras Stimme klang hart und klar. »Wer ist dieser Jemand?«

»Zuerst dachte ich, er hätte es gut gemeint, ihm ginge es einzig und allein darum, dass die Mörder gefunden werden. Jetzt allerdings …«

»Es handelt sich um den Mann, von dem du mir erzählt hast, oder?«

»Ja, Mara.«

»Sag mir seinen Namen.«

Ein Klingeln ertönte, und Isolde zuckte erschrocken zusammen.

»Isolde?«

»Es hat geläutet, da ist irgendwer an der Tür.«

»Seinen Namen, Isolde!«

»Um die Zeit kann es eigentlich nur der Paketdienst sein. Ich hatte Klamotten bestellt, schon letzte Woche. Hm, ansonsten erwarte ich niemanden ...« Sie durchschritt den Flur, der zur Haustür führte, das Handy am Ohr.

»Isolde, ich brauche den Namen.«

»Moment, Mara.«

Sie öffnete die Tür.

Und zuckte erneut zusammen.

Es war nicht der Paketdienst.

Sie ließ das Handy sinken, drückte es unbewusst an ihren Oberschenkel. Sie kam sich ertappt vor, völlig überrumpelt.

»Hallo, mein Schatz«, sagte er ganz leise. »Du hast dich vorhin so komisch angehört – so enttäuscht. Vielleicht sogar sauer? Ich musste nach dir sehen, ich hab mir Sorgen gemacht.«

Isoldes Kehle war auf einmal völlig trocken, sie bekam keinen Ton heraus.

»*Isolde!*«, hörte sie gedämpft Mara durchs Telefon rufen.

Er trug dunkle Kleidung und schwarze Lederhandschuhe, die sie nie zuvor an ihm gesehen hatte.

Er lächelte sie an. Doch zum ersten Mal ließ dieses Lächeln nicht ihr Herz schneller schlagen.

Es erinnerte sie eher an ein Zähnefletschen.

Und es brachte ihr Blut zum Gefrieren.

46

Plötzlich war die Verbindung unterbrochen.

Mara Billinsky starrte auf das Display ihres Handys.

»Shit!«

Sie klickte auf Wahlwiederholung und hörte angespannt auf das Piepen, das sogleich ertönte.

Doch Isolde nahm den Anruf nicht entgegen.

Die Tür neben ihr wurde ruckartig geöffnet. Klimmts grimmiges Gesicht tauchte auf.

»Billinsky, hätten Sie die Freundlichkeit, uns wieder mit Ihrer Anwesenheit zu beglücken?«

Mara sah ihn an, ohne einen Ton zu äußern.

»Was ist mit Ihnen?«

Abrupt rannte sie los.

»Hey, Billinsky!«

»Die Windeck!«, rief sie im Laufen.

Wenige Momente später saß sie am Steuer ihres Alfas und zerschnitt den Frankfurter Verkehr wie mit einem Skalpell. Die eingeschaltete Sirene surrte. Ihr Gespür spielte verrückt, ihre inneren Warnlämpchen leuchteten feuerrot. Und der Stadtteil Sachsenhausen schien auf einmal unerreichbar weit entfernt.

Während der Fahrt rief sie erneut bei Isolde an, erreichte sie jedoch abermals nicht.

Jede Sekunde zählte, das fühlte sie, und sie beschleunigte noch einmal.

Sie überquerte die Brücke über den Main, jetzt noch schneller, so gefährlich das auch war. Fast wäre sie auf einen SUV geprallt, der nicht schnell genug auswich.

Mörfelder Landstraße. Und noch eine Spur schneller. Dann bog sie ab in den Großen Hasenpfad. Die Reifen kreischten auf, als sie bremste. Sie riss an der Handbremse, die aufgrund der Steigung nötig war, schnappte sich die zuvor auf den Rücksitz geworfene Lederjacke und streifte sie hastig über.

Sie näherte sich dem Haus, in dem Isolde Windeck wohnte. Seitlich an der Tür stellte sie sich hin. Sie klingelte und legte die Hand auf die Pistole, die im Hüftholster steckte.

Wieder klingelte sie.

Wieder keine Reaktion.

Sie umrundete das Haus, spähte dabei durch die Fenster im Erdgeschoss. Nichts Besonderes zu erkennen, niemand zu entdecken.

Zurück an der Haustür betätigte sie noch einmal die Klingel. Nichts.

Sie zog ihren Elektrodietrich aus der Tasche. Gleich darauf befand sie sich im Inneren des Hauses.

Stille.

Mittlerweile lag die Pistole in ihrer Hand. Mara bewegte sich aufs Wohnzimmer zu. Sie stieß die angelehnte Tür auf.

Auf dem Tisch stand ein leeres Weinglas. Daneben lagen ein zugeklappter Laptop und eine Modezeitschrift.

Nichts als diese tosende Stille.

Kein Anzeichen, das auf Gewalt, auf ein Verbrechen hindeutete. Alles wirkte, als wäre Isolde nur mal schnell zum Einkaufen gegangen.

Dennoch lief es Mara eiskalt den Rücken hinunter.

Teil 3

Einsame Krähe

47

Beim Verlassen der Werbeagentur überprüfte Mara Billinsky rasch ihre erhaltenen Handynachrichten. Die wichtigste kam von Rosen: Er teilte ihr mit, dass die Maßnahmen für die Suche nach der verschwundenen Isolde Windeck in die Wege geleitet seien.

»Endlich«, murmelte sie.

Seit Mara in Isoldes leerer Wohnung gestanden hatte, war eine Nacht vergangen; nun war es bereits später Vormittag. Alles brauchte seine Zeit, sicher, aber ihr konnte es einfach nie schnell genug gehen. Als sie weiterscrollte, stellte sie fest, dass Rafael sich nicht gemeldet hatte, wie es seine Absicht gewesen war. Dafür aber ihr Vater – dreimal hatte er denselben Wortlaut geschickt: *Ich erreiche dich nie. Würdest du dich bitte kurz bei mir melden?*

Seit dem Telefonat, bei dem er betrunken gewesen war, hatte sie jeden seiner Anrufe abgeblockt. Er war immer ein fleißiger Trinker gewesen, doch neuerdings schien er es wirklich zu übertreiben. Damit konnte sie sich jetzt allerdings kaum auseinandersetzen, das musste warten.

Auch Adrian hatte ihr eine Nachricht geschickt – mit vielen Smileys. Er würde ebenfalls auf eine Antwort warten müssen.

Sie gelangte an den Asphaltstreifen, auf dem die Autos der Mitarbeiter standen. Dort hatte auch sie geparkt. Beim Einsteigen warf sie noch einen beiläufigen Blick auf die ehemalige Fabrikhalle aus roten Klinkersteinen, in der sich die Werbeagentur befand, bei der Isolde Windeck beschäftigt war. Der Abstecher hierher war enttäuschend verlaufen. Keiner der Kollegen hatte noch etwas von Isolde gehört, seit sie sich krankgemeldet hatte. Die Antworten auf Maras Fragen waren unpersönlich ausgefallen – auch wenn sich die Leute angesichts Isoldes Verschwinden betroffen zeigten. Es war offensichtlich, dass die Art Directorin hier keine Freundschaften geschlossen hatte; der Kontakt beschränkte sich fast ausschließlich aufs Berufliche.

Mara startete den Motor und lenkte den Alfa vom Parkplatz auf die Waldschmidtstraße. Die Werbeagentur lag in Bornheim, also nicht weit entfernt von Maras Wohnung, die um diese Tageszeit allerdings nicht ihr Ziel war. Dank des wie üblich ziemlich zähen Verkehrs dauerte es recht lange, bis sie wieder im Präsidium war.

Wo mochte Isolde stecken?

War ihr etwas zugestoßen?

Wer war der Mann, von dem sie Mara berichtet hatte?

Diese Fragen kreisten in Maras Kopf, als sie dem langen Flur folgte, der sie zu ihrem Großraumbüro brachte. Im Türrahmen stand Jan Rosen, der wohl ebenfalls gerade auf dem Weg zu seinem Platz war und sie bemerkt hatte. Sein türkisfarbener Pullover leuchtete ihr entgegen.

»Und?«, rief er. »Hat sich der Besuch gelohnt?«

»Nicht im Geringsten.« Genervt schüttelte sie den Kopf.

Rosen deutete auf die geschlossene Tür eines Besprechungsraums. »Du hast übrigens auch Besuch.«

Sie blieb stehen, stutzte. »Wer ist es?«

»Privat.«

Unwillkürlich kam ihr Krux in den Sinn. Sie nickte Rosen zu, der im Büro verschwand, und folgte weiter dem Flur, bis sie das betreffende Zimmer erreichte. Ohne anzuklopfen, betrat sie es.

Vor Überraschung weiteten sich ihre Augen. »Du?«

»Ja. Ich.«

Tatsächlich, da saß er, ein Bein bequem über das andere gelegt. Elegante Schuhe von Santoni, maßgeschneiderter eisengrauer Seidenanzug, perfekt gebundene schmale Krawatte. Viele endlose Arbeitstage und etliche durchzechte Nächte hinterließen mittlerweile Spuren in seinem markant geschnittenen Gesicht mit den stechenden Augen, doch vor Gericht war er nach wie vor eine imposante Erscheinung. Und vor allem der Damenwelt fiel es weiterhin schwer, ihn zu übersehen.

»Was willst du hier?«, fragte Mara.

»Ich habe mitbekommen, dass du mit Kai Degener zu tun hast.« Edgar Billinsky sah sie an. »Ich kenne ihn. Nicht allzu gut, aber eben doch so gut, um dir etwas über ihn sagen zu können.«

»Und deswegen kommst du extra hierher?«

Erst jetzt schloss sie die Tür. Dann nahm sie ihrem Vater gegenüber Platz.

»Degener ist vielleicht ein eher spröder Typ, der zum Lachen gern in den Keller geht, aber dafür ist er über jeden Zweifel erhaben. Absolut rechtschaffen. Korrekt bis ins Mark.«

Mara hob eine Augenbraue. »Was soll das? Ich ermittle doch nicht gegen ihn. Obwohl er manchmal –«

»Nun ja, ich habe etwas anderes gehört.«

Er hatte sie unterbrochen, was sie bei keinem Menschen mochte, bei ihrem Vater aber regelrecht hasste.

»Mir kam nämlich zu Ohren«, fuhr er fort, »dass du ihm nicht sonderlich respektvoll gegenübergetreten bist.«

Mara maß ihn mit einem ihrer berüchtigten eisigen Blicke. »Und da möchtest du nun mit zwanzigjähriger Verspätung deinen Vaterpflichten nachkommen und mich zurechtweisen?«

»Nein, ganz und gar nicht.« Er schüttelte entschieden den Kopf. »Es ist, wie ich sagte: Da ich ihn kenne, zumindest flüchtig, und einiges über seinen Werdegang weiß, will ich dir nur helfen. Wirklich, der Mann ist die Rechtschaffenheit in Person.«

»Für dich wiederhole ich es liebend gern«, sagte sie spitz. »Ich ermittle nicht gegen Degener.«

»Das wäre auch Zeitverschwendung.« Vorsichtiger fügte er hinzu: »Vergiss bitte nicht, der Mann hat seine Ehefrau verloren. Auf tragische Weise.«

»Wie sollte ich es vergessen? Wir suchen den verdammten Mörder.« Auf Maras Stirn bildete sich eine Falte. »Wie hast du eigentlich erfahren, dass ich mal wieder zu wenig respektvoll gewesen sein soll?«

»Ach, Mara, wir beide kennen doch Frankfurt. Ein Dorf im Gewand einer Metropole. Alles spricht sich herum. Kurze Wege, große Klappen, offene Ohren.«

»Noch mal: Du kommst extra hierher, um mir zu sagen, was Degener für ein Saubermann ist?«

»Was hätte ich tun sollen?« Edgar Billinsky fuhr mit der Hand durch die Luft. »Auf meine Anrufe und Nachrichten reagierst du ja nicht.«

Sicher, das traf durchaus zu, aber sie hatte sich einfach nicht zu einer Reaktion aufraffen können. »Ich hatte in letzter Zeit eine Menge um die Ohren.«

Er senkte die Lider. »Und ich habe in letzter Zeit hin und wieder einen über den Durst getrunken.«

»Ach?«, meinte sie sarkastisch. »Das ist fast nicht aufgefallen.«

Immer noch sah er nach unten. »Ich wollte mich entschuldigen.«

»Du? Bei mir? Hast du jetzt etwa auch getrunken?«

»Lass die Frechheiten, ich meine es ehrlich. Es tut mir leid, wenn ich …« Ansonsten sehr eloquent, geriet er nun ins Stocken.

Sie hörte aus seinem Tonfall, wie unangenehm dieser Moment für ihn war. Normalerweise würde er lieber nackt über Glasscherben kriechen, als ein Wort der Entschuldigung über die Lippen zu bringen. Oh ja, sie kannte ihren alten Herrn.

»Mara, vielleicht können wir …« Er verstummte erneut, verhalten und leise wie kaum je zuvor.

»Können wir was?«

»Ich habe viel nachgedacht.«

»Worüber? Ob der Rum aus Costa Rica besser ist als der aus –«

»Mara!«, stoppte er sie mit einem wütenden Zischen.

»Sorry«, sagte sie rasch. Das war mindestens einen Tick drüber, sie hatte es gemerkt. »Ich versuche mich zu bremsen. Okay?«

»Ich habe über uns beide nachgedacht«, begann er von Neuem. »Wir waren doch schon dabei, aufeinander zuzugehen. Wirklich, ich habe mir Gedanken gemacht. All diese verschwendeten Jahre. Kein einziges Wort zwischen uns.« Er grinste mit einem traurigen Blick, den sie nicht an ihm kannte. »Ich werde alt, Mara. Und vielleicht, wer hätte es gedacht, auch ein wenig weiser.«

»Die Betonung liegt auf vielleicht.« Doch diesmal schmunzelte sie bei ihren bösen Worten.

»Du kennst mich. Und du weißt, dass mir solche Gespräche nicht besonders liegen.«

»Und ob ich das weiß. Mir allerdings auch nicht.«

»Wenigstens etwas, das wir gemeinsam haben.« Ein kurzes Lächeln huschte über sein Gesicht. »Scherz beiseite. Es ist mir ernst. Das mit uns beiden, ich habe es oft schon ... wie soll ich sagen?«

»Verbockt«, kam es wie aus der Pistole geschossen von Mara.

Er grinste. »Das trifft es wohl ganz gut. Jedenfalls will ich es nicht noch mal verderben. Ich wünsche mir, dass du uns beiden noch eine letzte Chance gibst, Mara.«

Sie sah ihn an.

Es klopfte an der Tür, die sich fast im gleichen Moment öffnete. Rosen schob den Kopf herein. »Verzeihung«, sagte er, wie nur er das sagen konnte. »Äh, Billinsky, da ist ein Anrufer. Er verlangt, dich zu sprechen.«

»Wer ist es?«

»Das behält er für sich. Er hat in der Zentrale angerufen und will unbedingt mit einer Polizistin namens Billinsky reden. So hat er sich ausgedrückt. Er behauptet, wichtige Neuigkeiten zu haben.«

Mara stand auf. »Sorry«, sagte sie zu ihrem Vater, der das mit einem stummen Nicken zur Kenntnis nahm.

Gefolgt von Rosen, eilte sie den Flur entlang, betrat das Büro und setzte sich an ihren Schreibtisch. Sie gab der Zentrale die Anweisung, den Anruf zurückverfolgen zu lassen und ihn außerdem aufzuzeichnen. Dann ließ sie sich durchstellen.

»Hier ist Billinsky.«

Rosen nahm auf seinem Drehstuhl Platz. Sein Blick lag forschend auf ihr. Damit er alles mitbekam, drückte Mara die Lautsprechertaste ihres Telefons.

»Hallo?«, rief sie in den Hörer, als niemand sich meldete.

Nach einigen Sekunden drang eine männliche Stimme zu ihr, leise, vorsichtig: »Sind Sie Billinsky?«

»Das sagte ich doch. Und mit wem habe ich das Vergnügen?«

Es kam keine Antwort, aber sie hörte das Atmen am anderen Ende der Leitung.

»Sie wollten doch unbedingt mit mir sprechen, wie ich höre. Hier bin ich. Sprechen Sie.«

Wiederum keine Antwort.

»Übrigens, woher kennen Sie meinen Namen?«

»Den habe ich schon mal gehört«, erwiderte der Unbekannte, und jetzt meinte Mara einen Akzent herauszuhören, womöglich einen osteuropäischen.

»Sind wir uns je begegnet?«, fragte sie weiter, um die Unterhaltung nur ja nicht abreißen zu lassen.

»Nein.«

»Wenn ich Ihnen irgendwie helfen kann, dann …«

»Gibt es eine Belohnung?«, unterbrach sie der Mann.

Mara stutzte. »Wofür?«

»Ich weiß, wer der Kerl ist?«

»Welcher Kerl?«

»Na, der Typ, der überall in der Stadt hängt.« Ein Kichern ertönte. »Also, sein Bild hängt.«

Der *Große Schweiger*, formte Rosen lautlos mit den Lippen.

»Kein Zweifel? Sie kennen ihn?«

»Würde ich sonst anrufen?« An der Art, wie er sprach, hörte man, dass der Fremde sicherer wurde.

»Okay«, sagte Mara und sah zu Rosen hinüber. »Dann geben Sie mir eine Information über ihn, damit ich weiß, dass Sie kein Märchenonkel sind.«

Erneut erklang das Kichern. »Ich bin kein Märchenonkel. Und ich bin nicht doof, Lady.«

Sein Lachen kam Mara bekannt vor. Wo und wann hatte sie es gehört?

»Sehen Sie«, sprach er weiter, »ich bin in einer finanziellen Notlage. Sozusagen.«

»Nicht nur in einer finanziellen, wie mir scheint«, versuchte Mara Zeit zu gewinnen.

»Ach, hört man das? Sie sind auch nicht auf den Kopf gefallen, Lady. Es stimmt nämlich, mir geht der Arsch auf Grundeis, wie ihr Deutschen so schön sagt. Deshalb muss ich auch vorsichtig sein. Wenn Sie wissen wollen, wer der Mann auf dem Foto ist …« Er ließ den Satz offen.

Ist, hallte es in Maras Kopf nach. Er wusste also nicht, dass der *Große Schweiger* tot war. Vielleicht war das ein Vorteil.

»Natürlich wollen wir das wissen«, sagte sie. »Also – wie kommen wir beide weiter?«

»Es wird Sie was kosten.«

Mara wechselte erneut einen Blick mit Rosen.

»Verstanden. Ich kann es in die Wege leiten, dass Sie eine Belohnung erhalten.«

»Wirklich?«, erwiderte er misstrauisch.

»Ich verspreche es Ihnen.«

»Wie viel Kohle?«

»Das kann ich nicht entscheiden.«

»Hm«, gab er gedehnt zurück.

»Ich kann auch auflegen, und wir vergessen das Ganze«, gab sie mit betonter Gelassenheit zurück.

»Schon gut, Lady. Ich sage Ihnen, wer der Mann ist. Allerdings erst bei Geldübergabe.«

»Wo?«

Wieder sein Kichern. »Nicht wo, sondern wie viel. Ich will zehntausend Euro.«

»Sie sind ein Witzbold, was?«

»Na gut, aber mindestens fünftausend.«

Er musste wirklich in einer Notlage sein, so rasch wie er sich herunterhandeln ließ. Trotz ihrer Angespanntheit schmunzelte Mara. »Hören Sie, ich kann das für Sie arrangieren«, versprach sie – ohne dazu wirklich in der Lage zu sein.

»Tja«, kam es von ihm, nun wieder skeptischer, nachdenklicher. »Ich weiß nicht so recht.«

»Aber ich weiß es.« Mara versuchte Überzeugung in ihre Stimme zu legen. »Informationen zu dem Mann sind wichtig für uns.«

»Was hat er denn ausgefressen?«

»Wie kommen Sie darauf, dass er das hat?«, wollte sie sofort wissen, überrascht von seiner Frage.

Keine Antwort. Wie zu Beginn hörte sie nur sein Schnaufen.

»Also sind wir im Geschäft«, sagte sie.

»Wissen Sie, ich muss mir das noch mal überlegen. Die Bullen und ich, wir sind keine …«

»Ich verspreche es Ihnen«, wiederholte Mara drängend.

Plötzlich war die Verbindung tot.

»Shit!«, kam es leise über ihre Lippen.

»Im letzten Moment ein Rückzieher«, meinte Rosen mit enttäuschter Miene.

»Mal sehen, was das Zurückverfolgen bringt«, erwiderte sie nachdenklich. »Kommt dir die Stimme irgendwie bekannt vor? Vor allem das Gekicher?«

»Nein. Aber auf jeden Fall handelt es sich bei dem Mann um einen Ausländer.«

Mara wollte gerade zustimmen, als es ihr einfiel.

Ja, das Kichern.

Nur ein einziges Mal hatte sie es zuvor gehört – doch es war derart charakteristisch, dass sie keinen Zweifel hegte. Ja, bei einem anderen Telefonat. Einer der wenigen Gelegenheiten, bei der sie zuletzt mit Rafael geredet hatte. Rafael war von jemandem gestört worden. Doch mit welchem Namen hatte er diesen Jemand angesprochen?

Irgendetwas mit einem D …

Ja.

Jetzt erinnerte sie sich ganz genau an den Vornamen.

»Billinsky, worüber grübelst du so angestrengt nach?«, fragte Rosen, aber sie achtete nicht auf ihn, sondern ergriff ihr Handy und klickte Rafaels Nummer an. Kein Freizeichen. Es ertönte nur eine Computerstimme mit der Angabe, der Teilnehmer sei momentan nicht erreichbar.

Mara hinterließ eine Sprachnachricht und schickte ihm noch eine WhatsApp – jeweils mit der Bitte, sie so schnell wie möglich zurückzurufen.

Als das Kichern damals im Hintergrund ertönt war, hatte Rafael auf ein Treffen mit ihr gedrängt, dazu jedoch war es nicht gekommen, weil sie die ganze Zeit über … Mara ärgerte sich über sich selbst. Sie hätte sich schon längst bei ihm melden müssen.

»Shit!«, sagte sie erneut, jetzt lauter.

Das schlechte Gewissen kroch unter ihre Haut. Und alles wurde offenbar nur noch verworrener. Der Unbekannte mit der Kicherstimme kannte den *Großen Schweiger*. Oder wusste zumindest etwas über ihn. Moment mal, dachte sie, das Telefonat mit Rafael, es hatte während seiner Arbeitszeit stattgefunden, also hatte er sich in der Fleischfabrik aufgehalten.

Rosen spähte von seinem Platz aus zu ihr herüber. »Du siehst aus, als würde dein Kopf gleich anfangen zu qualmen vom vielen Denken.«

»Rafael«, sagte sie halb im Selbstgespräch. »Er wollte sich unbedingt bei mir melden, um ein Treffen abzumachen. Ich habe ihn ganz vergessen. Pablo Meissner kam dazwischen. Sozusagen. Natürlich auch die Sache mit Isolde Windeck.«

»Hast du nicht noch jemanden vergessen?«

Fragend musterte sie ihn. »Wen?«

Er deutete auf die geschlossene Bürotür. »Drüben. Im Besprechungsraum.«

»Mist!« Sie stand auf, steckte das Handy in die Gesäßtasche und marschierte los. »Ach, Rosen«, rief sie im Laufen, »kannst du mal feststellen, ob die Kollegen etwas über den anonymen Anrufer herausbekommen haben?«

»Klar, mach ich.«

Als sie wieder den anderen Raum erreichte und die Tür aufstieß, befand sich niemand mehr darin.

Auch das versetzte ihr einen Stich.

Sie lief sofort wieder los, gleich noch schneller, hinein in den Aufzug, nach unten, raus aus dem Aufzug. Sie trat ins Freie. Es war früher Nachmittag, der Himmel eine aschgraue Wulst dicht über den Dächern.

Mara hielt inne und ließ den Blick umherschweifen. Weder Edgar Billinsky noch sein Wagen waren zu sehen. Sie zog das Handy aus der Tasche und rief ihn an. Das Freizeichen ertönte, doch er meldete sich nicht.

Gerade wollte sie eine Nachricht an ihn verfassen, da läutete es bei ihr.

Ihr Vater? Oder Rafael?

Weder noch. Im Display leuchtete Rosens Name auf.

»Rosen, sag bloß, wir wissen, wer der Anrufer war?«

»Leider nicht. Prepaidtelefon. Während eures Telefonats hielt er sich mitten in der City auf.«

»Shit!«

»Aber ich melde mich wegen etwas anderem. Einem Hinweis.« Jetzt hörte sie aus seinem Tonfall heraus, dass er aufgeregt war. »Eine Zeugin, also eine Spaziergängerin, die mit ihrem Hund unterwegs war, hat angeblich gesehen, wie ein Mann etwas Verdächtiges aus seinem Kofferraum geholt hat. Im Stadtwald.«

»Etwas Verdächtiges?«, wiederholte sie mit jäher Ungeduld. »Na los, Rosen!«

»Die Frau sagt, es spukt ihr die ganze Zeit im Kopf herum. Zuerst dachte sie, es wäre harmlos. Aber dann …«

»*Rosen!*«

»Es könnte sein, dass es ein Mensch gewesen ist, eingewickelt in eine Decke.«

»Ach du Scheiße«, entfuhr es ihr tonlos.

»Wir bereiten eine Suchaktion vor. Ich fahre gleich mit Klimmt dorthin.«

»Okay, ich hole meine Jacke und mache mich auch sofort auf den Weg.«

48

Er lag noch immer die meiste Zeit über auf dem Sofa. Stand er doch einmal auf, um rasch auf die Toilette zu gehen, begann sich sofort alles in seinem Kopf zu drehen.

Also nichts wie zurück unter die Decke, auf die alten, muffigen Polster, den Blick durch das schmutzige Fenster nach draußen gerichtet, wo Nebel die Bäume des angrenzenden Waldstücks verschwinden ließen.

Die verrückte Alte namens Hilde war unterwegs, irgendwo im Dorf. Sie sammelte Pfandflaschen und Dinge, die andere nicht mehr brauchten und stehen ließen. Außer dem verwahrlosten Häuschen verfügte die Frau offenbar über keinerlei Besitz. Sie besaß keinen Fernseher, jedenfalls keinen funktionierenden, kein Radio, kein Telefon, und Computer waren etwas, das sie höchstens vom Hörensagen kannte.

Ausgerechnet bei ihr war Rafael gelandet.

Aber was hieß das schon? Jemand anders hätte womöglich nicht so schnell und entschlossen Hilfe geleistet.

Es war Nachmittag. Kühle Luft erfüllte das staubige Wohnzimmer.

Rafael rollte sich unter der Decke zusammen. Hilde würde bestimmt bald zurückkehren. Auch etwas anderes kehrte zurück, langsam, dennoch unaufhaltsam. Rafaels Erinnerungsvermögen. Immer mehr Bilder aus den Tagen und Wochen und Jahren vor der Ohnmacht nahmen Gestalt an, setzten sich Stück für Stück zusammen. Shaqayeg. Seine erste Liebe. Er sah sie vor sich, fühlte den Schmerz, als sie beide getrennt wurden. Er sah seine Mutter, die ihn und sich kaum über die Runden bringen konnte. Er spürte den Vater als Schatten in seinem Leben, den Mann aus dem Kongo, den er nie gekannt hatte und der schon lange tot war.

Dass sein Gedächtnis wieder zu arbeiten begann, hatte etwas Beruhigendes – und zugleich etwas höchst Beunruhigendes. Denn die Erinnerung an die mächtige Angst, die ihn erfasst hatte, wurde immer stärker. In den Minuten, bevor alles dunkel wurde, hatte er nur noch aus Furcht bestanden. Und das ließ ihn nicht los, es hatte etwas zutiefst Beklemmendes.

Er schloss die Augen und sah sich rennen, vorbei an Bäumen, zwischen Sträuchern hindurch, hinter ihm Verfolger, die aufholten. Ihre Gesichter blieben wie im Nebel verborgen – oder *wollte* Rafael lediglich, dass er sie nicht erkannte? Auch die Gründe, warum sie ihn jagten, waren ihm schleierhaft. Was sie von ihm wollten … darüber mochte er einfach nicht länger nachgrübeln, etwas in seinem Kopf blockte sofort ab.

Aber die Erinnerung an die Männer schlich sich bald wieder an ihn heran. Was hatten sie beabsichtigt? Ihm eine Tracht Prügel zu verabreichen? Damit würde er schon klarkommen.

Oder war es schlimmer? Waren sie scharf auf sein Leben?

Wie kam es dazu? Was hatte er getan?

Oder hatte er etwas gesehen, das er lieber … Nein, er wollte *nicht* darüber nachdenken. Er wollte zu Atem kommen, neue Kräfte sammeln, untertauchen. Einfach abschalten. Doch unbewusst spähte er immer wieder zum Fenster. Als könnten jeden Moment fremde Gesichter hinter dem schlierigen Glas auftauchen, auf der Suche nach ihm.

Diese *scheiß Angst.*

Plötzlich ein Geräusch.

Ein Knarren.

Rafael zuckte vor Schreck zusammen.

49

Es war noch nicht Abend, doch der Nebel flutete den Wald mit einer Welle aus stumpfem Grau, das die Sicht enorm erschwerte. Die Taschenlampen stachen mit grellen Strahlen in den Wall aus kahlen Bäumen.

Klimmt war bei den Einsatzwagen geblieben und versuchte über Funk, Verstärkung zu organisieren, während Mara und Rosen die etwa zwei Dutzend uniformierten Beamten unterstützten. Beim Durchkämmen des Waldes beschrieben sie immer größer werdende Kreise, deren Mittelpunkt jene Stelle war, an dem die Zeugin angeblich den verdächtig wirkenden Mann gesehen hatte. Die Beschreibung des Unbekannten war leider reichlich vage ausgefallen: schlank, dunkel gekleidet, eher jünger als älter.

Rosens Miene drückte seine übliche Skepsis aus, und Mara konnte ihn nur zu gut verstehen. Andererseits mussten sie dem Hinweis nachgehen. Isolde Windecks plötzliches Verschwinden ließ gar keinen anderen Schluss zu, als das etwas Unheilvolles geschehen sein musste.

Am Morgen würden sie die Suchmaßnahmen – falls sich bis dahin nichts ergeben hätte – sogar verstärken. Klimmt kümmerte sich darum, dass Leichenspürhunde eingesetzt würden, vielleicht sogar ein Helikopter mit Wärmebildkamera, und sie hofften, seine Bemühungen würden nicht an den Mauern der Bürokratie abprallen.

Mehrfach hatte Mara beim beschwerlichen Durchqueren des Unterholzes versucht, Rafael zu erreichen – erneut ohne Erfolg. Daraufhin hatte sie Hanno Linsenmeyer angerufen, der ihr sagte, er habe Rafael seit mehreren Tagen nicht gesehen, was nicht völlig ungewöhnlich war, aber dennoch sowohl bei Mara als auch bei Hanno ein ungutes Gefühl ausgelöst hatte.

Hanno versprach, sich unverzüglich auf die Suche nach dem Jungen zu machen. Im Wohnheim, in dem er untergebracht war, aber auch an anderen Treffpunkten, wo man ihn bisweilen finden konnte.

Rafaels Worte, sein drängender Tonfall, daran musste Mara denken, während sie weiterhin über Wurzelstränge und Gestrüpp stieg, den Blick aufmerksam auf den Lichtkegel gerichtet, den ihre Taschenlampe in die Umgebung warf. Nach Isolde Windeck wurde bereits gesucht – würden sie in Kürze auch nach Rafael suchen müssen? Sie hätte nicht sagen können, wieso sie darauf kam, mit ihm war nichts vorgefallen, doch das unangenehm nagende Gefühl ließ sich nicht verdrängen.

Auch das Gespräch mit ihrem Vater und die letzte Begegnung mit Adrian spukten ihr im Kopf herum. Krux hatte sich sehr rücksichtsvoll verhalten, ganz anders als früher, sie verspürte ein schlechtes Gewissen ihm gegenüber. Warum war immer alles so kompliziert? Warum war *sie* so kompliziert? Je tiefer sie in den Wald vordrang, desto eindringlicher fielen die eigenen Gedanken über sie her.

Ihre Schritte, die Schritte der Kollegen, das Rauschen, wenn Stoff beim Gehen Zweige und Äste streifte, ansonsten herrschte eine unheimliche Ruhe. Die pulsierende City schien nicht nur eine rasche Autofahrt entfernt zu liegen, sondern sich auf einem anderen Planeten zu befinden.

Mara blickte zwischen den Baumwipfeln zum Himmel, der zusehends dunkler wurde. Der Eindruck, Zeit zu verschwenden, die wesentlich besser hätte genutzt werden können, wurde mit jedem Meter über matschigen, vom vielen Regen getränkten Boden stärker. Noch eine gute Stunde, dann würde die Finsternis derart undurchdringlich sein, dass die Suche nach einer vielleicht irgendwo hier verscharrten Leiche abgebrochen werden musste.

Am Ende gab es gar keinen Leichnam, und die Zeugin hatte sich getäuscht. Sie hatten ja auch so genügend Tote, die ihnen reichlich Rätsel aufgaben.

Mara gähnte. Sie verspürte leichten Hunger. Und den Wunsch nach einer Zigarette.

Zeitverschwendung. Ja. Was sonst?

Sie spähte zu den immer verschwommener werdenden Umrissen ihres Kollegen. Rosen bemerkte ihren Blick, streckte seine freie Hand von sich und ließ den Daumen Richtung Erde zeigen.

Sie machte die gleiche Geste. Nein, nicht einmal mehr eine Stunde bis zur Dunkelheit, mit jedem Wimpernschlag wurde es finsterer.

Zeitverschwendung.

Plötzlich ertönten Rufe, die schlagartig die bleierne Eintönigkeit verscheuchten.

Rosen sah zu Mara, fuchtelte mit erhobenem Arm und bewegte sich nach links, weg von ihr. Sie folgte ihm, ebenso wie die Polizisten, die rechts von ihr gesucht hatten.

»Hierher!«, schrie einer der Beamten, der mit einem Stock im Erdreich wühlte. »Hierher!«

Ein zweiter kam hinzu, bückte sich und griff nach losen Ästen und Zweigen, die auf dem Boden lagen, um sie vorsichtig aufzuheben. In dem diffusen Licht, nur hin und wieder rasch gestreift vom Strahl einer Taschenlampe, wirkte jede Gestalt, jede Bewegung seltsam geisterhaft.

»Billinsky!«, rief Rosen.

Jetzt rannte Mara. Immer mehr Kollegen kamen zusammen.

Lag dort etwas? *Jemand?*

Sie spurtete weiter, stieß einen uniformierten Polizisten beiseite und stoppte abrupt. Ihr Blick fiel auf die karierte Wolldecke, die um einen menschlichen Körper geschlungen war.

Über Maras Rücken lief ein eiskalter Schauer, genau wie in Isolde Windecks leerer Wohnung.

50

Fast Mitternacht. Regen prasselte ans Wohnzimmerfenster und ließ die Welt dahinter bei jedem beiläufigen Blick durch die Scheibe verschwommen und trügerisch irreal wirken.

Aber alles da draußen war echt, manchmal viel zu echt.

Mara Billinsky saß auf dem Totenkopfteppich, den Rücken an das kleine Sofa gepresst. Sie hatte getrunken, doch lange nicht so viel, wie sie zunächst befürchtet hatte. Der Rotwein, den sie so sehr mochte, schmeckte heute bitter und schal.

Ganz leise, die Musik. PJ Harvey. Harte und dennoch seltsam zerbrechliche Songs, wie es ihr vorkam – zuletzt hatte sie sie gemeinsam mit Adrian Krucksdorf gehört. Auch vorhin hatte Krux sich gemeldet, Mara hatte allerdings weder seine Anrufe entgegengenommen noch seine Nachrichten beantwortet, auch wenn ihr schlechtes Gewissen ihm gegenüber wachsen würde.

Sie wollte allein sein.

Nur über ein Lebenszeichen von Rafael hätte sie sich gefreut, mehr noch, darüber wäre sie verdammt erleichtert gewesen – von ihm allerdings kam nach wie vor nichts.

Die Minuten schlichen an Mara vorbei, verloren sich im Nichts ihrer Einsamkeit. Immer wieder drängte sich ein bestimmtes Bild zurück in ihr Bewusstsein. Jener Moment, als die Wolldecke zurückgeschlagen wurde und der rote Haarschopf zum Vorschein kam. Die blasse Haut der Wangen, die farblosen, leicht geöffneten Lippen, die schönen grünen Augen aufgerissen, starr und tot.

Mara hörte die Stimmen in den Minuten danach, die Kommentare. Klimmt, Rosen, sich selbst.

»Ziemlich notdürftig verscharrt.«

»Der Mörder hat improvisieren müssen, es musste schnell gehen.«

»Die Spuren am Hals. Erwürgt.«

»Keine Folterungen, keine verdammten Nägel, keine Fesselspuren.«

Mara hatte so mancher Mordleiche ins Gesicht blicken müssen, Isolde Windecks Tod jedoch machte sie ganz besonders betroffen. Er traf sie ins Mark, er machte ihr gegenwärtig, wie groß die Verantwortung war, die ihr Job mit sich brachte, wie schwerwiegend Fehler oder Nachlässigkeiten sein konnten.

Mindestens bei einer Gelegenheit war ihr die Frage gekommen, ob Isolde Windeck in Gefahr sein mochte, ob man sie schützen musste. War Mara fehlerhaft gewesen, nachlässig? Ein konkretes Anzeichen, dass jemand etwas Böses gegenüber der jungen Frau im Schilde führte, hatte es nicht gegeben. Nein, konkret nicht, aber dennoch … Mara hätte …

Ja, was hätte sie tun sollen?

Die Grübeleien kreisten sie immer enger ein, nahmen ihr die Luft zum Atmen. Sie stand auf und öffnete weit das Fenster, obwohl es ein wenig hereinregnete. Die Woge aus kalter Luft tat ihr gut. Sie atmete tief ein, schloss die Augen – und sah doch wieder Isolde vor sich.

Anfangs hatte Mara sie als harmlos und verwöhnt betrachtet, dann ihr misstraut, dann wiederum … Schwer zu sagen.

Was war Isoldes Geheimnis? Warum hatte sie sterben müssen? Weil sie dabei war, zu viel auszuplaudern? Ganz sicher. Mara hatte gespürt, dass die Frau schon vorher mit sich gerungen hatte. Kurz vor ihrer Ermordung jedoch war sie endlich bereit gewesen, Entscheidendes preiszugeben.

Wer war der Mann, mit dem Isolde sich getroffen hatte? Wie konnte Mara an ihn herankommen? Isoldes Laptop wurde untersucht, ebenfalls ihr Handy. Beides war in der Wohnung aufgefunden worden.

Die Beschreibung des Fremden, der die Leiche aus dem Auto geladen hatte, würde Mara nicht weiterbringen, so viel stand fest. Waren er und Isoldes Liebhaber ein und derselbe? Mara ging unwillkürlich davon aus, obwohl es eigentlich ihre Art war, jederzeit alles infrage zu stellen.

Isolde war im Stadtwald gefunden worden, Pablo Meissner in einem weiter von Frankfurt entfernten Waldstück, Peter Johannsen in einer momentan vermeintlich ruhenden Baustelle. Die Männer waren gefoltert worden, die Frau nicht. Dann war da noch der *Große Schweiger*. Umgebracht in seiner Zelle. Stand er mit den anderen dreien in irgendeinem Zusammenhang? Wohl kaum. Und außerdem gab es den Fall Degener. Ein Mord zu Hause. Oder eher Totschlag? Eine Tat, die nur für sich allein stehen konnte. Oder doch nicht?

Mara schloss das Fenster und hob ihr Handy vom Teppich auf. Aber erneut konnte sie Rafael nicht erreichen, es ertönte immer nur diese verfluchte Computerstimme. Dann erhielt sie selbst einen Anruf – von Hanno.

»Weißt du, wo Rafael steckt? Gibt es Neuigkeiten?«, wollte sie sofort wissen.

»Leider nicht«, erwiderte er. »Rafael ist nicht im Heim. Und jetzt halt dich fest: Es besteht die Möglichkeit, dass er schon seit zwei Tagen nicht mehr da war.«

»Wie kann das sein?«, kam es erschrocken von ihr. »Da gibt es doch Sozialarbeiter, die im Blick haben müssen, ob …«

»Jaja, so ist es«, unterbrach er sie mit angespannter Stimme. »Aber es ist möglicherweise zu einem saublöden Missverständnis gekommen, weil Rafael in der Fabrik immer wieder in andere Schichten eingeteilt wird. Mal bricht er ganz früh morgens auf, mal am Vormittag, mal arbeitet er bis spät in den Abend. So hat sich einfach keiner Sorgen gemacht, wenn er nicht im Heim war. Alle dachten, er arbeitet gerade. Und wir reden ja auch nicht über einen Zeitraum von einer Woche oder so. Zumal die Jugendlichen ja ganz bewusst *nicht* überwacht werden und angehalten sind, eigenverantwortlich ihre Pflichten wahrzunehmen, sei es Arbeitsdienst im Heim oder eben auch ein Nebenjob wie bei Rafael. Ich habe vorhin auch in der Fabrik angerufen, aber dort haben sie nur gesagt, ich solle mich wieder zu den normalen Geschäftszeiten melden, wenn das Büro besetzt ist.«

»Scheiße!«, murmelte Mara. Ihre Sorgen um den Jungen wuchsen. Erst recht, als Hanno auch noch von einem merkwürdigen Zwischenfall berichtete, bei dem Rafael einen Schlag gegen den Kopf erhalten hatte.

»Warum hast du mir nicht längst davon erzählt?«, wollte sie in vorwurfsvollem Ton wissen.

»Ach, er hat das so vehement runtergespielt, dass ich es dann wohl irgendwie verdrängt habe. Sicher, es kam mir schon eigenartig vor, aber dann … Mannomann, was für ein Mist! Hm, vielleicht ist auch alles ganz harmlos. Ich Esel dachte sogar schon, er hat vielleicht eine neue Freundin gefunden. Das wär die Krönung, was? Wir malen uns irgendwelche Schreckensszenarien aus, und Romeo ist eine Weile bei einer neuen Julia abgetaucht.«

»Zuletzt hat er ein paar Andeutungen über diese Firma gemacht, in der er jobbt. Er wollte sich mit mir treffen und …« Mara hielt inne und schüttelte zornig den Kopf. »Verflucht, ich habe da wohl wesentlich mehr verdrängt als du. In letzter Zeit unterlaufen mir zu viele Fehler, Hanno. Nicht nur, was Rafael angeht. Mein Gespür lässt mich im Stich, und das macht mir Angst.«

»Wahrscheinlich brauchst du nur mal Urlaub. Du spannst nie aus.«

»Schon möglich«, antwortete sie leise.

Kurz nach dem Telefonat legte Mara sich ins Bett. Nach ein paar Stunden unruhigen Schlafs und einer schnellen Dusche schrieb sie Rosen eine Nachricht, dass sie etwas später im Büro erscheinen würde. Angesichts mehrerer unaufgeklärter Morde würde er das bestimmt mit Verwunderung zur Kenntnis nehmen. Und Klimmt wohl nicht nur mit Verwunderung.

Aber die Sache mit Rafael ließ ihr keine Ruhe. Und dann gab es ja noch den anonymen Anrufer, der so auffällig ins Telefon gekichert hatte. Also hatte Mara gleich zwei Gründe, zur Fleischfabrik Baltzer zu fahren.

Es war kurz nach acht Uhr, als sie dort in einem schmucklosen, unaufgeräumten Büro dem etwa fünfundvierzigjährigen Geschäftsführer gegenübersaß.

Der Mann, der sich als Bernd Latka vorgestellt hatte, taxierte sie aufmerksam aus winzigen Augen, die über einer spitzen Nase eng beieinanderstanden. Sein dünnes sandfarbenes Haar war quer über den Schädel gekämmt. Er trug einen in die Jahre gekommenen Anzug, der eine Runde in der Waschmaschine nötig gehabt hätte.

»Was verschafft mir die Ehre Ihres Besuchs?«, meinte er mit einem Grinsen, das wohl Freundlichkeit vermitteln sollte.

»Es geht um einen Ihrer Angestellten. Eine Aushilfskraft. Sein Name ist Rafael Makiadi.«

»Hm.« Latka kräuselte die Lippen. »Das ist eine große Firma, wissen Sie.«

»Rafael Makiadi«, wiederholte Mara. »Ist er heute zur Arbeit erschienen oder nicht?«

»Hm.« Er verschränkte die Arme vor der Brust. »Ich glaube, ich weiß, wen Sie meinen. Nur dass Sie Pech haben, also falls Sie ihn sprechen wollen. Der Kleine ist wahrscheinlich krank. Wenn er was ausgefressen hat, Frau Kommissarin, dann ...«

»*Wahrscheinlich* krank?«, wiederholte Mara.

»Er ist nicht aufgetaucht.« Ein Schulterzucken. »Wissen Sie, ich muss das erst genauer nachprüfen. Er ist nur eine Aushilfe, Sie sagten es ja selbst. Ehrlich, es kommt ständig vor, dass die Aushilfen hier schnell die Segel streichen, vor allem die jüngeren. Er wäre nicht der Erste.«

»Gut«, sagte Mara sachlich, ohne auf sein neuerliches Grinsen zu reagieren. »Dann prüfen Sie es bitte nach.«

Er stand wortlos auf und verschwand aus dem Raum.

Sie sah sich um. Regale mit abgegriffenen Ordnern und einem altersschwach wirkenden Drucker. Ein Schreibtisch mit Papierkram, der einen großen, unsortierten Haufen bildete, und einem zugeklappten Laptop. An der Wand ein Kalender mit kurvenreichen Models, die zumindest halbwegs bekleidet waren. Angesichts der Größe der Fabrik hätte Mara mit etwas gerechnet, das mehr hermachte. Und das galt auch für den Geschäftsführer.

Latka kehrte zurück und nahm wieder Platz. »Wie ich's mir dachte«, sagte er mit bedauerndem Ausdruck. »Makiadi fehlt schon seit zwei Tagen.«

»Hat er sich nun krankgemeldet oder nicht?«

»Anscheinend nicht. Oder er hat angerufen, und sein Anruf ist irgendwie vergessen worden.«

Mara musterte ihn prüfend. Er grinste schon wieder. War er ein Idiot? Oder einfach ein recht guter Schauspieler? Vorhin, bei Maras Auftauchen, hatte er ihre Aufmachung mit weniger Irritation zur Kenntnis genommen, als es andere für gewöhnlich taten. Überhaupt wirkte er wie ein Mensch, der sich schnell und flexibel auf Situationen einzustellen vermochte. Warum sie zu diesem Schluss kam, hätte sie nicht einmal sagen können.

»Es geht noch um einen weiteren Ihrer Angestellten. Allerdings weiß ich nur seinen Vornamen.« Mara machte eine Pause. »Darius.«

»Darius?« Er kratzte sich am Hinterkopf. »Da muss ich überlegen ...«

»Gibt es hier einen Darius? Oder mehrere?«

»Wissen Sie, ich kann nicht jeden einzelnen Mitarbeiter kennen. Und spontan fällt mir keiner ein, der …«

»Aber Sie haben doch bestimmt ein Verzeichnis. Gehaltslisten. Und so weiter.«

Er klappte den Laptop auf und begann auf der Tastatur herumzutippen.

»Hm«, murmelte er. »Ich habe keinen Zugriff auf bestimmte Dateien. Ein IT-Fehler.«

»Ich würde gern eine Liste sehen, das dürfte doch kein Problem sein«, sagte Mara.

»Aber warum wollen Sie das?« Sein Grinsen blieb wie angeklebt im Gesicht, doch in seinen kleinen, eng stehenden Augen lag ein hellwacher Glanz.

Nein, das war kein Idiot.

»Ich kann Ihnen nicht einfach alles Mögliche zeigen«, fuhr er fort, erneut mit diesem bedauernden Tonfall, »wenn Sie mir keinen Grund dafür angeben.«

Zum ersten Mal zeigte auch Mara ein Grinsen. »Alles streng geheim hier, was?«

»Nein, aber meine Leute sind mir sehr wichtig.«

»Deshalb kennen Sie sie nicht.«

»Ich muss nicht jeden Vornamen wissen. Und ich finde, wenn nichts gegen jemanden vorliegt, der hier beschäftigt ist, besteht kein Anlass …«

»Herr Latka«, unterbrach Mara ihn mit jäher Härte. »Ich will die Namensliste einsehen. Und zwar jetzt.«

Wieder sein Grinsen, unbeeindruckt von ihrem schroffen Ton. »Schon gut, Frau Kommissarin, ich drucke etwas für Sie aus.« Er deutete zur Tür. »Bitte seien Sie doch so gut, und warten Sie kurz im Vorzimmer. Ich bin gleich bei Ihnen.«

»Ergebenen Dank, Herr Latka«, sagte sie lässig und verließ den Raum.

Sie nahm auf einem Stuhl Platz. Ihr Blick wanderte zu der Sekretärin, die in dem Vorzimmer hinter einem Schreibtisch saß. Es handelte sich um eine Frau, die sich mit spitzen Lippen als Eickelkamp vorgestellt hatte, mit grauem Haar, gewiss schon an die sechzig.

Nach zwei Minuten tauchte Latka auf. »Der Drucker ist schon wieder kaputt«, nuschelte er, ohne Mara anzusehen.

»Gibt es nur einen Drucker hier?«, fragte sie.

»Nein, ich drucke die Liste an einem anderen Gerät aus. Bin gleich wieder da.« Er stiefelte davon.

Mara versuchte, Blickkontakt mit der Sekretärin aufzunehmen. »Tut mir leid, dass ich Umstände mache. Und alles nur wegen einer Kleinigkeit.«

Die Frau musterte sie. Vorher hatte sie ihr partout nicht glauben wollen, dass sie Kriminalbeamtin war, trotz Dienstausweis.

»Wirklich«, fuhr Mara fort. »Ich wollte nur eine Auskunft. Eine Lappalie.«

»Hm«, kam es von Frau Eickelkamp.

»Sie arbeiten bestimmt schon lange hier, nicht wahr?«

Ein vorsichtiges Kopfnicken.

»Und ich wette, Sie kennen die Belegschaft besser als der Chef, was?«

Erneut ein Nicken.

»Dann wohl auch Darius?«

Zum ersten Mal erwiderte die Frau wirklich ihren Blick.

»Ah, Sie wissen, wen ich meine, richtig?«

Wieder das Nicken, jetzt forscher. »Es gibt zwei Dariusse hier. Zmuda oder Markowski?«

Mara brachte ein harmlos-freundliches Lächeln zustande, nicht gerade ihre leichteste Übung. »Raten Sie mal, wegen welchem von beiden ich hier bin.«

Zum ersten Mal huschte der Anflug eines Schmunzelns über das faltige, schmale Gesicht. »Dann wohl Darius Zmuda.«

»Wie alt ist Zmuda?«

»Mitte, Ende zwanzig, würde ich schätzen.«

»Und der andere Darius?«

»Älter. Bestimmt schon um die fünfzig.«

Die Stimme des anonymen Anrufers gehörte einem jüngeren Mann, da war Mara sich sicher. »Der Darius, um den es mir geht, der kichert gern.«

Frau Eickelkamp ließ ein Schmunzeln zu. »Jaja, das ist er.«

»Wo finde ich ihn hier in der Fabrik, diesen Darius Zmuda?«

»Äh, Sie sind doch wirklich eine richtige Polizistin, oder?«

Mara grinste wieder. »Ich sehe nicht so aus, aber – ja. Eine richtige Polizistin.«

»Also, hier finden Sie Darius gar nicht.«

»Arbeitet er nicht mehr bei Ihnen?«

»Doch, eigentlich schon. Aber er ist wohl krank. Einfach nicht aufgetaucht.«

Was für ein Zufall, dachte Mara. Sie stand auf. »Kennen Sie auch Rafael Makiadi?«

Die Frau überlegte. »Hm, ich glaube, der Name sagt mir gar nichts.«

Sie beschrieb Rafael.

»Ach der! Klar. Eine Aushilfe. Aber mit ihm habe ich nie ein Wort gewechselt. Das ist so ein ganz Stiller.«

»Rafael ist ebenfalls krank, kann das sein?«

»Schon möglich«, erwiderte die Frau mit einem Schulterzucken.

»Zurück zu Darius. Wo wohnt er? In Frankfurt?«

»In Sossenheim, soviel ich weiß. Da wohnen sie alle, die Polacken.«

»Aha. Die Polacken«, wiederholte Mara gerade so missbilligend, dass Frau Eickelkamp es nicht mitbekam. »Und seine Adresse?«

Die Sekretärin erhob sich und zog einen Ordner aus dem Regal, das hinter ihrem Stuhl stand. Sie blätterte eine Weile darin, dann nannte sie eine Straße und eine Hausnummer.

»Besten Dank«, sagte Mara.

In diesem Moment tauchte Latka auf und reichte ihr einen kleinen Stapel DIN-A4-Blätter mit Listen. »Hier«, meinte er knapp und beäugte sie.

»Auch Ihnen besten Dank«, sagte Mara und nahm die Blätter entgegen. »Die brauche ich jetzt zwar nicht mehr, aber ich nehme sie trotzdem mit.«

Damit ging sie aus dem Raum.

Während ihrer Rückfahrt nach Frankfurt ärgerte sie sich, dass sie der Sache nicht unverzüglich nachgehen konnte. Anderes stand an. Im Präsidium würde man sie gewiss schon erwarten. Als sie mit beträchtlicher Verspätung in die Dienstbesprechung platzte, konnte sie Klimmts mürrischer Miene ansehen, dass sie mit dieser Vermutung richtiglag.

Die folgenden Stunden waren vollgepackt mit der Suche nach möglichen Spuren und Hinweisen zu Isolde Windecks Ermordung. Befragungen von Verwandten, erneut von Kollegen, den offenbar wenigen Freunden, die Isolde hatte.

Doch dabei kam nichts Neues ans Tageslicht. Auch die Anwohner im Großen Hasenpfad konnten keine Angaben machen. Ob Isolde Windeck in letzter Zeit Besuch von einem Mann bekommen hatte, war keinem aufgefallen. Isolde hatte für sich gelebt, zu nachbarschaftlichen Plaudereien oder gar Besuchen und Gegenbesuchen war es mit ihr nie gekommen.

Auch im Fall Pablo Meissner führte ein bestimmter Anhaltspunkt in eine Sackgasse: Aurelio. Der Name stellte eine zu dürftige Information dar, um etwas aus ihr herauszuholen. Mara und Rosen drehten am späten Nachmittag eine ausgedehnte Runde durchs Bahnhofsviertel. Ein erneuter Besuch in Henry's Pinte gehörte dazu. Aber die üblichen Spitzel und Kontaktleute konnten angeblich mit einem Mann namens Aurelio wenig anfangen, weder im Zusammenhang mit Pablo Meissner noch unabhängig von ihm.

Deprimierend, wie schlecht der Tag verlaufen war. Auch in Sachen Rafael gab es nichts Neues. Sie hatte ihn am Morgen zur Fahndung ausschreiben lassen und dazu mehrmals bei Hanno angerufen. Doch er war nach wie vor ebenso ratlos wie sie.

Ihr kam es so vor, als würde sie unentwegt gegen Mauern rennen. Egal, welchen Fall sie sich vornahm, wo sie auch ansetzte, ständig wurde sie von Nebel umhüllt, genau wie die Stadt, die von Stunde zu Stunde immer rettungsloser in grauen Schwaden unterzugehen schien.

So war es längst Abend, als Mara vor dem schäbigen Block in Sossenheim stand, in dem sie einen gewissen Darius Zmuda zu finden hoffte. Doch abermals – gegen Mauern. Sie befragte einige Bewohner des Hauses, bei denen es sich in der Tat vorwiegend um Polen handelte, allesamt arme Leute, die in ziemlich primitiven Verhältnissen lebten. Man kannte Zmuda, hatte ihn aber seit mehreren Tagen nicht mehr gesehen.

Der einzige Hinweis, den Mara ernst nahm, bezog sich auf eine Kneipe, nur ein paar Straßen weiter, in die Darius oft einkehren sollte. Sie machte sich auf den Weg dorthin und landete in einer staubigen Kaschemme, in die sich allerlei Gesindel hineinquetschte. Die Lautsprecher waren kaputt, sodass die Rapmusik kratzte und knarrte, aber niemand schien sich daran zu stören. Gelächter und trunkenes Geschwätz erklangen, Flaschen klirrten beim überschwänglichen Zuprosten.

Mara drückte sich an den letzten Platz, den der Tresen noch hergab, ganz am Ende, neben der Tür zu den Toiletten. Sie wurde argwöhnisch beäugt, aber niemand quatschte sie dumm an, worüber sie froh war, während sie an der Flasche Bier nippte, die sie bei dem dicken, rauschebärtigen Wirt bestellt hatte. Zigarettenqualm weckte mal wieder die verhasste Lust in ihr, selbst eine zu rauchen.

Als sie ihr Bier bezahlte, fragte sie den Wirt, ob Darius heute schon hier gewesen sei, was ihr einen noch argwöhnischeren Blick eintrug. »Kenne keinen Darius«, brummte der Mann und drehte sich von ihr weg.

Die nächste Mauer, dachte Mara genervt. Es schien alles sinnlos zu sein. Sie war müde und wollte nur noch nach Hause.

Die Toilettentür sprang auf, und ein junger Mann erschien, den Mara nicht hatte hineingehen sehen. Er war schlank, nicht einmal viel größer als sie und hatte einen flachsblonden Ziegenbart. Er grüßte in alle Richtungen und zwängte sich an Mara vorbei, um hinter dem Tresen und in der kleinen Küche zu verschwinden, gefolgt vom Wirt. Kaum eine Minute später tauchte der Mann schon wieder auf, in der Hand eine Plastiktüte.

Für einen winzigen Moment hatte sie den Eindruck, er würde sie mit einem betont unauffälligen Blick streifen. Sie spähte in die Tüte, in der sich offenbar Bierflaschen, ein Laib Brot und eine riesige abgepackte Wurst befanden. Jemand rief dem jungen Mann etwas in einer fremden Sprache zu, vielleicht auf Polnisch, und er antwortete ein paar rasche Worte. Dann stieß er ein Kichern aus, das Maras Müdigkeit im Nu vertrieb.

Wieder schob er sich durch die Toilettentür. Anscheinend gelangte man so zu einem Hintereingang. Mara wartete noch ein paar Sekunden, dann folgte sie ihm. Ein enger, schlecht beleuchteter Gang erwartete sie. Eine Tür für die Damen, eine für die Herren. Und am Ende des Gangs eine weitere Tür, allerdings eine aus Stahl.

Mara steuerte darauf zu und öffnete sie. Ja, ein Hinterausgang. Er führte in einen Hof, in dem sich Abfalltonnen, Bierfässer und gestapelte Mineralwasserkisten befanden.

Sie ging um die Ecke des Gebäudes und erreichte so eine Seitengasse. Dort hinten, inmitten des Nebels und nur schwach angestrahlt von einer Laterne, lief der Mann mit dem Ziegenbart.

Sie nahm die Verfolgung auf. Vorsichtig, langsam, nur so nahe an ihm, dass er ihrem Blick nicht entgehen konnte.

Der Mann gelangte an eine Kreuzung, die er mit schnellen Schritten überquerte. An einer Bushaltestelle bog er in eine schmale Gasse ab. Hinter einem mächtigen Kasten von Wohnblock erstreckte sich plötzlich eine recht große Fläche, die man für ein Schrebergarten-Areal genutzt hatte.

Mara schob sich näher an ihn heran. Er überwand einen Zaun aus Holzlatten und steuerte auf einen der Schuppen zu. Das Quietschen von rostigen Türangeln ertönte. Im nächsten Moment wurden die Fenster erleuchtet, aber nur schwach, wohl durch Kerzenschein.

Mara schlich sich heran. Sie spähte durch eines der beiden winzigen Fenster auf der Längsseite.

Da saß er. Auf einem Klapphocker. Vor ihm ein Campingtisch, auf dem eine dicke Kerze brannte. Er schnitt Scheiben vom Brot und von der Wurst ab und nippte an einer Flasche Bier.

Mara riss die Tür auf und betrat den Schuppen.

»Schmeckt's, Darius?«, fragte sie mit kalter Stimme.

Er starrte sie an, als wäre sie ein Gespenst. Plötzlich kam Bewegung in ihn.

51

Er sprang von dem Klapphocker auf und versuchte an Mara vorbeizustürmen, hinaus ins Freie.

Doch damit hatte sie gerechnet.

Sie rammte ihm die Schulter in die Seite, und er landete hart auf dem staubigen Boden des Schuppens. Das Klappmesser, mit dem er Brot und Wurst geschnitten hatte, rutschte ihm aus den Fingern. Er japste und starrte sie von unten an.

Mara bückte sich flink, um das Messer aufzuheben und es sich hinten in den Hosenbund zu stecken. Sie zog ihre Dienstwaffe und hielt sie lässig in der Hand, die Mündung nach unten. »Ich denke nicht, dass ich die brauchen werde. Aber besser, Sie vergessen nicht, dass ich sie habe.«

Er rührte sich noch immer nicht, starrte sie nur an.

»Nicht nötig, dass ich mich vorstelle. Wir haben ja bereits miteinander telefoniert.«

»Keinen Schimmer, wovon Sie reden«, kam es nun von ihm, mit ganz leichtem Akzent.

Sie schob ihr Gesäß gegen die Tischkante und deutete auf den Hocker. »Wieder hinsetzen!« Der Blick aus ihren dunklen Augen durchbohrte ihn förmlich. »Na los, Darius! Sonst verständige ich ein paar Kollegen, die Sie mitnehmen, und wir lassen unser Rendezvous im Präsidium ausklingen. Ist es Ihnen hier nicht lieber?«

Das brachte ihn auf die Beine. Mit misstrauischem Blick ließ er sich auf dem Hocker nieder. Nervös spielte er mit den Fingern. Im Schein der Kerze leuchtete sein Ziegenbart fast orange.

»Als Erstes will ich wissen: Wo steckt Rafael?«

»Keine Ahnung.« Er sah sie kurz an und stieß sein Gekicher aus, das wohl entspannt wirken sollte.

»Sie kennen ihn aus der Fabrik, nicht wahr?«

»Nur flüchtig. Ein Kollege. Eine Aushilfe.« Schweiß stand auf seiner Stirn, obwohl es im Schuppen alles andere als warm war.

»Noch mal: Wo ist er?«

»Keine Ahnung.«

Ansatzlos trat Mara so heftig gegen den Hocker, dass er wegklappte und Darius Zmuda sich erneut auf dem Boden wiederfand. »Hören Sie zu«, sagte sie auf eine sehr beherrschte Art, die im krassen Gegensatz zu dem Tritt stand. »Rafael ist mir wichtig. Sehr wichtig. Soll ich jetzt noch mal nach ihm fragen? Oder kriegen Sie auch so den Mund auf?«

Er rappelte sich auf und stellte den Hocker wieder hin. »Ich habe ihn seit zwei Tagen nicht mehr in der Fabrik gesehen. Vielleicht ist er krank.«

»Ich glaube, dass Sie lügen.«

Er zuckte zusammen, erwartete wohl einen weiteren Ausbruch von der bewaffneten Polizistin. Doch der blieb aus. Sie taxierte ihn nur weiterhin mit diesem Blick, von dem sie wusste, wie unangenehm er wirken konnte.

»Wieso verstecken Sie sich hier?«

Er setzte sich. »Ich verstecke mich nicht – mir gefällt es hier.«

»Und die mögliche Belohnung, nach der Sie mich am Telefon gefragt haben? Benötigen Sie nicht das Geld, um aus Frankfurt abzuhauen?«

»Niemand will abhauen.«

»Sie haben Schiss. Ich kann Ihre Angst riechen. Ich sehe sie Ihnen an, sie klebt Ihnen im Gesicht.« Sie verlagerte ihr Gewicht. »Vor wem fürchten Sie sich so?«

»Ich fürchte mich nicht«, erwiderte er, wenig überzeugend.

»Kommen wir zu dem Mann, wegen dem Sie mich angerufen haben. Dem Mann auf dem Foto.«

Er taxierte sie wiederum ganz kurz, dann starrte er vor sich hin, schien aber krampfhaft nachzudenken.

»Wenn Sie mir von ihm erzählen, kann ich Ihnen helfen.«

Er seufzte. »Ja, ich kenne ihn.«

Kenne ihn, hallte es in Mara nach. Er wusste immer noch nicht, dass der *Große Schweiger* tot war.

»Haben Sie wegen ihm Angst? Angst, dass Ihnen etwas zustoßen könnte?«

Diesmal kam keine Antwort, sein Ausdruck wurde verschlossener, nur eine Nuance, aber Mara bemerkte es. Falsche Frage, dachte sie. Später.

Sie holte Luft. »Wie gesagt, ich kann Ihnen helfen – falls Sie mir helfen. Fangen wir doch mal mit etwas Einfachem an: seinem Namen.«

»Pawel Kadzior.«

Lautlos wiederholte Mara die Silben. Der *Große Schweiger* war also endlich kein Namenloser mehr. »Kommt er wie Sie aus Polen?«

Darius Zmuda nickte.

»Ein Kollege in der Fleischfabrik?«

Abermals nickte er. »Eine ganze Zeit lang. Dann hörte er auf damit.«

»Hat er gekündigt?«

Er kicherte, aber mit seltsam traurigem Klang. »Keiner von uns kündigt.«

»Was war dann mit ihm?«

»Er konnte nicht mehr arbeiten.«

»War er krank?«

»Nein, er war nicht krank.« Darius Zmudas Stimme wurde immer fester, er spielte nicht mehr mit den Fingern, sondern saß ruhig da. »Er war in Trauer.«

»Um wen trauerte er?«

»Um seinen Sohn Jakub. Ich kannte Jakub. Er hat auch in der Fleischfabrik gearbeitet.«

»Wie starb Jakub?«

»Durch einen Unfall.«

»Arbeitsunfall?«

»Nein, nein.« Er blickte zu Mara, dann an ihr vorbei. »Ich habe mich falsch ausgedrückt. Durch einen Zufall. Oder eher eine Unachtsamkeit. Pech gehabt, könnte man sagen.«

»Was meinen Sie damit?«

»Das werden Sie von mir nicht erfahren. Da könnte ich mir gleich selbst eine Schlinge um den Kopf legen.«

Mara stellte weitere Fragen, die in die gleiche Richtung gingen, konnte ihm jedoch keine Antwort mehr entlocken.

»Was passierte nach Jakubs Tod? Wie reagierte sein Vater?«, versuchte sie den Faden neu aufzunehmen, bevor Darius noch mehr ins Grübeln geriet.

»Pawel war entsetzt. Nicht nur weil Jakub tot war, sondern weil die Leiche seines Sohnes einfach verschwand. Als hätte es das Unglück nie gegeben, als hätte es Jakub nie gegeben.«

Mara zog eine Augenbraue in die Höhe. »Was heißt das? Einfach verschwand?«

»Was in der Fabrik geschieht, bleibt in der Fabrik, wissen Sie.«

»Aber heutzutage kann man einen Menschen nicht einfach verschwinden lassen«, widersprach Mara.

»Und ob man das kann. Heute ebenso gut wie zu allen Zeiten, glauben Sie's mir.« Von stummem Zorn erfüllt nickte Darius vor sich hin

»Erzählen Sie endlich mehr!«

»Darauf geschissen«, erwiderte er hart.

Mara musterte ihn. Ein merkwürdiger Kerl. Ein Schlitzohr. Einer, der so manches im Leben gesehen haben mochte. War er glaubwürdig?

Sie zog ihr Handy heraus und tippte eine Nachricht an Rosen: *ich weiß, wir haben viel zu tun, aber wenn du eine freie*

minute hast – überprüfe bitte fleischfabrik baltzer und den ge-
schäftsführer bernd latka. tausend dank.

»Was ist nun mit meiner Belohnung?«, wollte Zmuda schon wieder wissen.

»Sie sagen mir ja nichts, was eine Belohnung rechtfertigt.«

»Seinen Namen habe ich Ihnen genannt. Schon vergessen?« Er schien unentwegt zwischen Frechheit und Unsicherheit zu schwanken, das merkte sie – aber noch hatte sie ihn nicht geknackt.

»Was haben Sie mir vorhin verschwiegen? Über Pawel Kadzior?«

»Was ist mit meiner Belohnung?«

»Das werden wir sehen.«

»Geld ist es, was ich sehen will.«

Mara ließ sich nicht aus der Ruhe bringen. »Zurück zu Rafael.«

»Rafael?« Seine Augen verengten sich. Auf einmal wirkte er wieder argwöhnischer, wachsamer.

»Was ist mit ihm?«, fragte sie schlicht.

»Was soll mit ihm sein?« Er stierte an ihr vorbei, griff nach der Flasche und trank einen großen Schluck Bier.

»Sie wissen irgendetwas.«

»Gar nix weiß ich. Außer dass er wahrscheinlich krank ist.«

»Sie wissen irgendetwas«, wiederholte Mara leiser, unheilvoller.

Jetzt sah er sie wieder an, und Hinterlist mischte sich in seine Augen. Oder war es Furcht? Vor ihr? Vor anderen? Was verbarg er?

»Worüber denken Sie so angestrengt nach?«

Er zögerte. »Stimmt es, dass er sie so gut kennt, wie er behauptet?«

»Was hat er Ihnen denn erzählt?«

»Wie kommt es eigentlich«, fragte er weiter, »dass einer wie Rafael mit einer Kommissarin befreundet ist?« Er rollte mit den Augen. »Na ja, eine gewöhnliche Polizistin sind Sie ja wohl nicht.«

»Wollen Sie ablenken?«, fuhr sie ihn an, plötzlich schroff.

»Aber nein, auf keinen Fall.« Er hob beschwörend die Hände. »Seit zwei Tagen hab ich ihn nicht gesehen. Das ist die Wahrheit.«

»Ist es Ihre Schuld, dass er in Schwierigkeiten steckt?« Ihre Stimme war hart geworden, kalt, unnachgiebig.

»Nein. Ehrlich nicht.«

»Schluss jetzt mit dem Quatsch! Was ist los?«

Er senkte das Kinn und sah zu Boden. »Es ist seine Schuld, nicht meine. Allein seine eigene Schuld.«

Maras Kehle war auf einmal ganz trocken. Also doch. Rafael war möglicherweise in Gefahr.

»Wo ist er?«

»Ich weiß es nicht.«

Ebenso ansatzlos wie zuvor trat sie den Hocker unter ihm weg. Er schrie auf vor Überraschung.

»Raus mit der Sprache!«, zischte sie.

»Er hat rumgeschnüffelt. In der Fabrik. Hat sich gewundert, was da abläuft. Und das ist aufgefallen. Latka hat sich einmal nach ihm erkundigt. Und dann …« Er wollte aufstehen, aber Mara stellte sich dicht neben ihn, sodass er sich lieber weiter auf den Boden kauerte.

»Und dann?«, fragte sie düster.

»Ich weiß es nicht.« Er hob die Hand, als wollte er schwören. »Ehrlich! Ich habe damit nichts zu tun. Ich glaube, er ist entkommen.«

»*Ich glaube?*«, wiederholte Mara – und jetzt war sie es, die beinahe schrie. Sie verspürte den jähen Wunsch, den Kerl mit Schlägen zu malträtieren.

»Mehr weiß ich nicht«, stammelte er.

Sie hatte sich wieder in der Gewalt. Von oben fixierte sie ihn mit skeptischem Blick. Noch immer war sie sich nicht sicher, was sie von ihm halten sollte. Einiges von dem, was er daherredete, klang glaubhaft. Anderes jedoch nicht.

»Ich nehme Sie mit aufs Revier«, sagte sie dumpf.

Plötzlich federte er nach oben und rammte sie mit der Schulter, sodass sie an die Wand prallte.

Er wollte die Tür erreichen und abhauen.

Mara versuchte, mit der linken Hand seinen wehenden Jackenzipfel zu schnappen. Die rechte, in der die Waffe lag, hob sie zum Schlag an.

52

»Nicht erschrecken«, erklang beruhigend die Stimme der alten Frau, die in der Wohnzimmertür stand und ihn ansah.

Rafael atmete tief durch.

»Ich bin's doch nur.« Die alte Hilde lachte. »Bin wieder zurück. Jetzt mache ich uns einen Tee, und dann reden wir.«

Nur zehn Minuten später saß sie auf der Sofakante und reichte ihm eine geblümte Tasse mit Sprung, aus der Dampf aufstieg.

Beide schlürften die bräunlich schimmernde Flüssigkeit nur vorsichtig, so heiß war sie. Nie in seinem Leben hatte Rafael dermaßen viel Tee getrunken – zumindest das wusste er mit Sicherheit.

»Sag es mir, mein Junge«, verlangte sie auf einmal, völlig unvermittelt.

»Was?«

Sie stellte ihre Tasse behutsam auf dem Tisch ab, der immer noch nicht aufgeräumt war. »Sag mir, was dir so eine höllische Angst einjagt.«

Rafael senkte unwillkürlich den Blick.

»Es ist paradox, aber …« Sie schmunzelte. »Weißt du, was paradox bedeutet?«

»Ich denke schon.«

»Na ja, ich sage lieber verrückt, ich bin ja auch die verrückte Hilde. Jedenfalls ist es ziemlich verrückt: Wenn man versucht, es nicht an sich heranzulassen, kriegt es einen umso sicherer.«

»Was?«

»Das, wovor man sich fürchtet.«

»Ich fürchte mich nicht«, sagte er lahm.

Sie betrachtete ihn wieder mit diesem Mitgefühl. »Rafael, du hast im Schlaf etwas von einer Fabrik geredet. Jedenfalls klang es so.«

Er sah sie wortlos an.

»Arbeitest du in einer Fabrik?«

»Als Aushilfe«, erwiderte er leise. »Eigentlich versuche ich gerade, die Schule nachzumachen.« In Gedanken sah er das Gebäude vor sich, die Arbeitshalle, die Behälter für die abgetrennten Schweineschwarten. Und auch andere Dinge fügten sich vor seinem inneren Auge wieder zusammen.

»Ist in dieser Fabrik irgendetwas vorgefallen?«

Wie zuvor senkte er die Lider.

»Rafael, wir gehen dorthin, wo ich dich gefunden habe. Einverstanden?«

Er nickte.

»Und dann versuchen wir den Weg zurückzugehen, den du zuvor gekommen bist. Einverstanden?«

Erneut nickte er.

»Man kann sich nicht ewig verstecken.«

»Nein«, flüsterte er, nach wie vor ohne sie anzuschauen. Noch leiser fügte er hinzu: »Vielleicht finden wir dann auch mein Handy.«

»Richtig.«

»Dann könnte ich Mara anrufen. Oder Hanno. Oder beide.«

»Mara und Hanno – sind das Freunde von dir?«

»Meine einzigen.«

Er machte Anstalten aufzustehen, doch die Hand der alten Frau auf seiner Schulter stoppte ihn. »Erst noch mehr trinken«, wies sie ihn an. »Dann mache ich dir etwas zu essen. Und anschließend brechen wir auf.«

»Moment«, sagte er.

»Ja?«

»Es könnte gefährlich werden. Jemand war hinter mir her. Und ist es wahrscheinlich immer noch.«

Sie runzelte die Stirn. »Du meinst, dich sucht jemand? Jemand, der nichts Gutes im Sinn hat?«

»Genauso ist es.«

»Wie ich's mir dachte: Deine Erinnerungen kommen wieder, stimmt's? Auch die unliebsamen.«

Er nickte.

»Vielleicht gehen wir hier zum Gasthaus. Der Wirt ist ein netter Kerl. Manchmal zumindest. Du könntest dort die Polizei anrufen und …«

»Mara ist Polizistin«, unterbrach Rafael die alte Frau. »Ich würde lieber erst mein Handy suchen – und dann Mara anrufen. Ich vertraue ihr mehr als anderen Polizisten. Mehr als *allen* anderen Leuten.«

Hilde rollte beeindruckt mit den Augen. »Du bist mit einer Polizistin befreundet? Hm, du scheinst ein junger Mann mit einer Menge interessanter Geheimnisse zu sein.« Sie nickte. »Also gut. Noch eine Tasse Tee, etwas zu essen – und dann suchen wir dein Handy.«

53

Mara Billinsky sah zu, wie mobile Trennwände in das Großraumbüro gebracht wurden, um kleine Zonen zu schaffen, die aus jeweils zwei gegenüberstehenden Schreibtischen bestanden. Mal wurden offene Arbeitsbereiche bevorzugt, mal abgeschlossene. Es war ein Hin und Her, bei dem offenbar nie eine endgültige Entscheidung getroffen wurde.

Die Wände verdeckten nach und nach den Blick auf die Kollegen, auf Schleyers Familienfotos und Zeichnungen seiner Kinder, auf Stankos Computerausdrucke, auf Patzkes beachtliche Sammlung von Speisekarten nahe gelegener Restaurants und Imbisse. Die Geräuschkulisse hingegen blieb, diese stetige gedämpfte Kakofonie aus Tastaturgeklapper, Gesprächen, Telefonklingeln und dem Brummen von Kopierern.

Mara waren die Trennwände völlig egal, solche Einzelheiten hatten sie nie gekümmert, sie war immer ihren Weg gegangen, hatte ihr Ding durchgezogen, unabhängig von der Umgebung. Hatte es sich und anderen oft genug schwer gemacht, war hin und wieder nur Millimeter von einem Abgrund entfernt gewesen. Manchmal kam es ihr vor wie ein Wunder, dass sie sich hier gehalten hatte, in diesem Team, in dieser Einheit. Doch sie war noch da, hartnäckig wie eh und je. Trotzdem hatte sie selten das Gefühl, auf sicherem Boden zu stehen. Ungewissheit hatte sie immer verfolgt, der Abgrund schien stets in ihrer Nähe zu bleiben. Genau wie bestimmte Ängste, sowohl kaum spürbare als auch heftig brennende.

Würde es niemals einen Punkt geben, an dem sie völlig in sich ruhen konnte? Unangreifbar? Selbstbestimmt?

Sie wusste nicht, warum sie solche Gedanken plagten, auch nicht, weswegen sie gerade jetzt kamen. Sie wusste nur, dass es immer eine Angst gab. Jetzt gerade die Furcht um Rafael Makiadi. Seit er zur Fahndung ausgeschrieben worden war, hatte sich nichts Neues ergeben. Wo steckte der Junge nur?

Anschließend hatte sie sich für zwei Stunden Darius Zmuda vorgeknöpft. Bei seinem Fluchtversuch hatte sie ihm ordentlich eins über den Schädel gezogen, doch er jammerte nicht über Kopfweh. Aber er gab auch nichts Neues preis, sondern kaute nur auf der Unterlippe herum. Konnte oder wollte er nicht mehr sagen? Wurde er ebenfalls von Ängsten geplagt, wie Mara es schon von Anfang an gedacht hatte?

Auch wenn sie ihm misstraute und er etwas unangenehm Wieselhaftes an sich hatte: In einem Punkt zweifelte sie nicht an seinen Aussagen. Und das waren der Name des *Großen Schweigers* und die Geschichte über den Tod von dessen Sohn Jakub.

Das war überzeugend gewesen, glaubhaft, ehrlich. Jedenfalls war das ihr Eindruck gewesen.

Ansonsten war es wie so oft in ihrem Job: Die Zeit lief ihr mit großen Schritten davon. Denn viel länger würde sie Zmuda nicht festhalten dürfen; sie konnte ihm nichts Ungesetzliches nachweisen. Nach wie vor hatte sie den Verdacht, dass er noch viel mehr wusste – auch über Rafael. Hielt er sich aus Furcht vor ihr oder einer möglichen Strafverfolgung so bedeckt, wenn es um dieses Thema ging?

Sie seufzte, brachte ihre Gedanken wieder in die Reihe, beendete den Text für eine E-Mail, an der sie gerade saß, und schickte sie ab. Die Adressaten waren Klimmt und Rosen.

Die Arbeiter, die die Wände gebracht hatten, verschwanden wieder. Windböen rüttelten an den Fensterscheiben.

Mara spähte über ihren aufgeklappten Laptop hinweg zu Rosens Platz. Er hatte nicht auf ihre gestrige Nachricht reagiert und sich heute noch nicht sehen lassen – untypisch für ihn. Wo war er eigentlich gerade?

Sie hob die Schultern und befasste sich wieder mit den Berichten zu den mehr als spärlichen Ergebnissen, die die bisherigen Nachforschungen bezüglich Isolde Windeck gebracht hatten. Ihr Tod bedrückte sie ebenfalls noch immer. In Isoldes Wohnzimmer, Bad und Schlafzimmer waren die Spezialisten auf DNA-Spuren mehrerer Männer gestoßen. Neben Peter Johannsen gehörten sie einem Cousin Isoldes, einem IT-Freak, der vor Kurzem bei ihr gewesen war, um ihren Laptop zu reparieren, und einem weiteren Mann, dessen Identität jedoch nicht hatte geklärt werden können.

Der Cousin stand nicht in Verdacht, mit einem Verbrechen zu tun zu haben; er hatte zudem ein wasserdichtes Alibi für die Zeit von Isoldes Verschwinden. Die Gedanken an den Unbekannten jedoch ließen Mara keine Ruhe. Wann kamen endlich die Auswertungen für Isoldes Festnetzanschluss, Handy und Laptop?

Die Obduktion von Isoldes Leichnam hatte ebenfalls keine neuen Erkenntnisse geliefert. Erwürgt. Von einem Täter, der Handschuhe getragen haben musste und keine Spuren hinterlassen hatte. Ellen Degener war ebenfalls erwürgt worden, allerdings mit bloßen Händen. Außer der Todesart gab es nichts, was die beiden Opfer miteinander verband.

Sie gingen davon aus, dass Isolde dem Mörder die Haustür geöffnet hatte und er rasch zur Tat geschritten war. Anschließend hatte er aus ihrem Schlafzimmer eine Decke entwendet, um die Tote darin einzuwickeln und sie im Schutz der Dunkelheit fortzuschaffen.

Mara ließ die Abfolge in ihrem Kopf entstehen, Schritt für Schritt, Bild für Bild. Kein übereiltes, aber doch wohl auch kein von langer Hand geplantes Verbrechen. Er sah sich gezwungen zu handeln – und er hatte gehandelt.

Auf dem Monitor ihres Laptops klickte sie die Fotografien

vom Fundort der Leiche an. Der Unbekannte hatte sich keine allzu große Mühe gegeben, um sie vor Blicken zu verbergen. Ja, nicht aus dem Affekt heraus oder übereilt, aber auch nicht geplant.

Jan Rosen schob sich an einer der Trennwände vorbei und hob beiläufig die Hand zum Gruß. »Jetzt sind wir mehr für uns, was?« Er deutete auf die Wand, schlüpfte aus seiner Jacke und drapierte sie mit seiner üblichen Sorgfalt über der Stuhllehne.

»Stimmt. Ziemlich romantisch.« Mara musterte ihn. »Wo warst du denn?«

Er nahm Platz und klappte seinen Laptop auf. »Bei unseren Kollegen von der Datenforensik. Du weißt, ich finde das immer recht interessant, wie die die Sachen angehen.«

»Und?«, fragte sie, sofort aufmerksam und gespannt.

»Isolde Windecks digitale Welt wurde ausgiebig durchleuchtet.«

»Rosen, das *weiß* ich – was kam heraus?«

»Zuerst einmal gar nichts«, begann er umständlich. »Jedenfalls nichts Auffälliges. Social Media, Anrufe, E-Mails. Virtuell war sie viel unterwegs, aber nicht bemerkenswert viel. Erst recht nicht für einen Menschen ihres Alters und ihres Berufs. Bis dann auf einmal …« Er schnalzte mit den Fingern. »Tja, eine Sache fiel mir auf.«

»Verflucht, Rosen, dann komm endlich zu dieser Sache und lass den Rest weg.«

»Äh, klar. Kurz vor Peter Johannsens Tod hatte Isolde zum ersten Mal E-Mail-Austausch mit einem bestimmten Mann. Die Kontakte zu ihm häufen sich schnell. Immer mehr Nachrichten. Es folgten Telefonate. Sowohl Handy als auch Festnetz. Erst kurze, dann lange.«

»Auch nach Johannsens Tod?«

»Sogar noch häufiger.« Rosen hob die Hand. »Aber jetzt kommt die schlechte Nachricht. Dieser Mann versteht es sehr gut, sich digital zu verstecken. Unsere Tecchies haben es nämlich bislang nicht geschafft, seine Identität festzustellen. Er nutzt immer wieder andere Telefone und E-Mail-Accounts. Sämtliche virtuellen Spuren, die er auf diesem Weg hinterlässt, verlieren sich sofort wieder.«

»Okay.« Maras Augenbraue hob und senkte sich rasch. »Und die gute Nachricht? Falls es eine gibt.«

»Na ja, es ist eher so, dass wir dafür sorgen müssen, daraus eine gute Nachricht zu machen.«

»Himmelarsch, Rosen, könntest du dich etwas weniger kompliziert ausdrücken?«

»Isolde Windeck hat diesen Mann nur unter seinem Vornamen abgespeichert. Das heißt, wir wissen natürlich überhaupt nicht, ob es sein richtiger …«

»Rosen«, fuhr sie dazwischen. »Wie lautet dieser Vorname?«

Er lehnte sich zurück. Mit einem genüsslichen Lächeln, wie er es selten fertigbrachte. »Kommst du von selbst darauf, Billinsky? Du bist doch immer so clever.«

In ihrem Kopf ratterte es. Plötzlich ein Funkeln in ihrem Blick. »Sag nicht, es ist ein südeuropäischer Name.«

Sein Lächeln blieb. »Doch, ist es.«

Mara stützte die Ellbogen auf der Tischplatte ab und bettete ihr Kinn in die Hände. »Sag nicht, der Name ist Aurelio.«

»Doch, ist es.«

»Shit!«

»Tja. Wer ist Aurelio?«

»Er kannte Pablo Meissner, und wahrscheinlich ist er dieser Charmeur, der der armen Isolde mächtig den Kopf verdreht hat.«

»Und jetzt sind beide tot.«

Eine Trennwand geriet ins Wanken, als Hauptkommissar Klimmt sich näherte und aus Versehen mit seiner massigen

Schulter dagegenstieß. Er sah Mara an und verzog die Lippen.

»Den Blick kenne ich doch«, meinte sie mit einem feinen Grinsen.

»Billinsky, was haben Sie uns da wieder für ein Ei ins Nest gelegt?«

»Chef, Sie sprechen in Rätseln.«

»Sie wissen genau, um was es geht. Um diesen komischen Heini mit dem Ziegenbart. Was genau erhoffen Sie sich von seiner Festnahme?«

»Bei Darius Zmuda ist es keine Festnahme in dem Sinn …«

»Falls das Ganze überhaupt einen Sinn hat«, fiel er ihr ins Wort. »Spätestens wenn er auf die Idee kommt, sich einen Anwalt zu nehmen …«

»Die Gefahr besteht nicht, glaube ich …«

»Wenn doch, dann haben wir ein Problem mehr. Und zurzeit stecken wir auch so schon bis zum Hals in der Scheiße. Die Mordopfer vermehren sich, unsere Verdächtigen dagegen nicht.«

»Immerhin kennen wir durch ihn den Namen unseres *Großen Schweigers*. Pawel Kadzior.«

»Ich habe Ihre E-Mail gelesen, Billinsky.«

»Ich auch«, warf Rosen zurückhaltend ein. »Gerade eben.«

»Da gibt es einiges, mit dem Darius Zmuda noch hinterm Berg hält. Und wenn ich mehr aus ihm herausbekommen habe, sehen wir weiter.«

»Billinsky, ich sag's noch mal«, brachte Klimmt mit grollendem Unterton hervor. »Falls Mr Ziegenbart tatsächlich zu einem Problem wird – dann allein zu *Ihrem* gottverdammten Problem.«

»Das ist angekommen, Chef.«

»Das will ich auch hoffen.«

Ohne ein weiteres Wort rauschte Klimmt wieder ab.

Mara und Rosen wechselten einen vielsagenden Blick.

»Du wirst es nicht glauben«, sagte er dann, »ich zermartere mir immer noch das Hirn, wo ich Pablo Meissner schon mal gesehen habe.«

»Du meinst, bevor er seinen Killer-Auftritt als falscher Anwalt Thomas Mentiri hatte.«

»Die ganze Zeit spukt es mir im Schädel herum, doch ich komme einfach nicht darauf.«

»Sag mal, Rosen, die Stichworte Baltzer und Latka. Hast du dir einen Moment nehmen können, um …«

Sofort schüttelte er den Kopf. »Hab's auf dem Schirm, aber heute …« Er breitete hilflos die Arme aus.

»Schon klar. Ich habe dich nur gebeten, weil du der Beste bist, wenn es darum geht …« Sie hielt inne und sagte dann: »Es wäre mir einfach sehr wichtig.«

Er lächelte. »Wie hast du gerade so schön zu Klimmt gesagt: Das ist angekommen.«

»Danke, Rosen. Und übrigens – ich habe gleich noch eine zweite Bitte. Falls du es über dein rechtschaffenes Herz bringen könntest, wäre es klasse, wenn Klimmt nichts davon erfährt.«

»Wovon?«

»Dass ich mal eine Stunde lang abtauchen muss. Vielleicht auch zwei. Ich hab etwas zu erledigen.«

Erstaunt taxierte er sie. »Ausgerechnet jetzt? Ist nicht gerade die beste Zeit, um … Hm, das weißt du ja selbst.«

»Es geht um Rafael Makiadi. Ich hab dir von ihm erzählt, du erinnerst dich doch.«

»Klar. Allein schon deshalb, weil du nicht über viele Leute aus deinem privaten Umfeld Worte verlierst.«

»Wohl weil es da nicht viele Leute gibt.«

Wieder lächelte er, diesmal mit einem melancholischen Zug um die Lippen. »Das kenne ich.«

»Ich weiß noch nicht genau, wie – aber Rafael hängt in derselben Geschichte mit drin wie Kadzior, unser *Großer Schweiger*.«

Verblüfft zog Rosen die Stirn in Falten. »Sicher?«

»Ach, sicher ist irgendwie gar nichts. Ganz egal, um welchen Fall es gerade geht, wie mir scheint. Aber Kadzior hat in der Fleischfabrik Baltzer gearbeitet. Rafael macht da einen Aushilfsjob. Und auch Zmuda ...« Sie winkte ab. »Einzelheiten folgen, Rosen. Falls ich welche rauskriege. Jetzt muss ich los.«

»Okay«, meinte er nur mit vagem Gesichtsausdruck.

Sie stand auf und schlüpfte in ihre Lederjacke.

Die folgenden beiden Stunden verbrachte sie damit, frühere Gangmitglieder aufzusuchen, mit denen Rafael in seiner wilden Zeit zu tun gehabt hatte. Niemand hatte ihn zuletzt gesehen. Sie erschien an seinen alten Treffpunkten, befragte Lehrer und Schüler, die täglich mit ihm zu tun hatten. Dasselbe Resultat: gar keines. Hanno hatte ihn ja ebenfalls schon erfolglos gesucht. Sie fuhr zur Fleischfabrik Baltzer. Doch Bernd Latka war nicht anwesend – oder ließ sich verleugnen. Auch hier stellte sie Fragen nach Rafael, wiederum ohne einen Schritt weiterzukommen.

Danach suchte sie erneut Isolde Windecks ehemalige Kollegen in der Werbeagentur auf, um sich nach Aurelio zu erkundigen. Keiner hatte je von ihm gehört.

Es blieb dabei: Wände. Nichts als Wände, gegen die sie ständig rannte. Hinzu kam auch noch die schwelende Sorge um Rafael.

Bei ihrer Rückkehr ins Präsidium hatte sie eine finstere Miene aufgesetzt, wie immer, wenn sie etwas bedrückte. Einmal mehr wurde ihr bewusst, wie oft sie Gefühle als Schwäche empfand, wie sehr es sie dazu drängte, ihr Innerstes mit einer Panzerwand abzuschirmen. Niemand sollte in sie hineinsehen können, so war sie immer schon gewesen, zumindest seit sie als kleines Mädchen die eigene Mutter verloren hatte, die einem Mord zum Opfer gefallen war. Maras Dasein, so erschien es ihr, wurde häufig vom Tod gekreuzt, und sie wusste nicht, ob das Schicksal war oder etwas in ihr sie immer wieder geradezu in diese Finsternis drängte.

Ohne den Kopf zu heben, ohne einen Gruß marschierte sie an den Kollegen vorüber, die Augen zwei schwarze Flecken in ihrem schmalen, blassen Gesicht. Nicht einmal Rosen bekam ein Hallo zu hören, als sie an ihrem Platz ankam, die Jacke abstreifte und sich setzte.

»Nach deiner Miene zu schließen«, sagte er, »hast du nichts Neues herausgefunden.«

Ein Brummen, fast wie von Klimmt, war die Antwort. Sie mochte es nicht, wenn sie so war, aber sie konnte diese Stimmungslage auch nicht einfach abstellen.

»Ich hingegen schon«, fügte er an, vorsichtig, wie meistens, wenn sie derart mieser Laune war. »Falls es dich interessiert.«

Maras Kopf ruckte hoch. »Sorry, Rosen!« Sie band sich rasch einen Pferdeschwanz, was sie selten tat – selbst ihr Haar war eine Art Panzer, und auch das war ihr bewusst. »Es tut mir leid.«

»Kein Ding«, meinte er. »Also, es bringt uns wahrscheinlich nicht weiter, aber … Hm, ich war jedenfalls nicht untätig.« Er zog mehrere vollgeschriebene DIN-A5 Blätter zu sich heran. »Deine Stichworte waren Fleischfabrik Baltzer und Bernd Latka. Erst mal zur Fabrik.«

Mara lehnte sich zurück, verschränkte die Arme vor der Brust und hörte aufmerksam zu.

»Baltzer war früher einmal«, fuhr er fort, »ein klassisches Familienunternehmen. Damals noch unter dem Namen Baltzer-Wild. Gründung Anfang der Fünfzigerjahre. Der Sohn übernahm irgendwann vom Vater. Zwischen 1975 und 2005 verhundertfachte sich der Umsatz. Ein großer Kuchen, von dem sich mehrere Leute Stücke abschnitten. Sprich, sich einkauften. Partnerschaften wurden eingegangen, wieder aufgelöst und so weiter. Die Enkel des Firmengründers verkauften schließlich die Familienanteile, sodass bei Baltzer schon lange kein Baltzer mehr zu finden ist.«

»Und wer hat heute das Kommando?«

»Tja.« Rosen fuhr sich durch sein schütteres Haar. »Gar nicht so leicht zu sagen. Sicher, laut Handelseintrag und so weiter lassen sich Namen feststellen. Aber die Männer hinter diesen Namen sind, nun ja, gar nicht so leicht zu ermitteln. Es handelt sich um eine kleine Gruppe von Ausländern, die die Baltzer-Torte unter sich aufgeteilt hat. Allem Anschein nach Schweizer, die aber nicht mehr in der Schweiz leben. Und auch nicht in Deutschland.«

»Sondern?«, fragte Mara, eine Augenbraue skeptisch in die Höhe gezogen.

»Rate mal.«

»Auf dem Mond.«

»Fast.« Er schmunzelte. »Einer in einem Karibikstaat, von dem ich nicht mal wusste, dass es ihn gibt. Zwei in Costa Rica.«

»Hm.«

»Auf den ersten Blick ein ganz normales deutsches Unternehmen, aber je genauer man hinzusehen versucht, desto schleierhafter wird alles.«

»Was gibt es sonst über die Firma Baltzer zu berichten?«

»Gar nicht so viel. Man hat, wie schon gesagt, den Geschäftsbetrieb über die Jahre kontinuierlich ausgebaut, hinkte dabei jedoch mit der baulichen Entwicklung hinterher. Das wurde vor einigen Jahren von verschiedenen Kontrollgremien und Sonderkommissionen beanstandet. Mängel wurden festgestellt bei der Lagerung, der Hygieneschleusung, aber auch der Personalführung. Die Beschwerden häuften sich, hörten aber ziemlich abrupt auf.«

»Warum? Besserte sich das Unternehmen?«

»Darauf habe ich auf die Schnelle noch keine Antwort gefunden. Und ich bin mir nach wie vor nicht sicher, ob es sich lohnt, Energie für diese Sache aufzubringen.«

Mara löste bereits wieder ihren Pferdeschwanz. »Man müsste die betreffenden Behörden kontaktieren, Kontrolleure befragen.«

»Ohne konkret etwas gegen die Firma in der Hand zu haben?« Rosen verzog skeptisch den Mund. »Unser fragwürdiges Männlein mit dem Ziegenbart, das reichlich vage Andeutungen macht. Mehr haben wir nicht. Na ja, und offenbar dein berühmtes Gespür.«

»Ja, mein inzwischen ziemlich unverlässliches Gespür. Aber irgendetwas stimmt da nicht.«

»Das mag schon sein, doch da wären ja noch ein paar Morde, die wir ...«

»Ich weiß, Rosen«, fiel sie ihm ins Wort.

»Das ist eine große Firma. Wenn man da irgendetwas in die Wege leiten will, dann ...«

»Rosen, das ist mir alles bewusst, glaub's mir.«

»Und es wäre auch nicht unser Bier. Wir müssten uns an die dafür zuständigen Kollegen wenden und ...«

»Rosen, auch das stimmt. Auf jeden Fall danke ich dir schon mal.«

»Das ist ja noch nicht alles«, sagte er rasch. »Zweites Stichwort.«

»Bernd Latka.« Sie nickte anerkennend. »Über ihn hast du also auch bereits etwas in Erfahrung gebracht.«

»Was übrigens ebenfalls nicht so einfach war, wie man eigentlich annehmen sollte.« Rosen griff nach weiteren Notizblättern. »Latka fungiert zwar als Geschäftsführer, verfügt aber interessanterweise über keinerlei beruflichen Hintergrund in Sachen Fleischindustrie. Sein Lebenslauf ist recht bunt. Geboren in Offenbach. Sechsundvierzig Jahre alt. Ledig, alleinstehend. Abgebrochene Lehre als Mechaniker. Das war sein Start. Dann wurde es unübersichtlicher. Mehrere Hilfsarbeiterjobs. Plötzlich Betreiber eines Spielcasinos. Noch plötzlicher Inhaber der ominösen *BL Entertainment GmbH*, die zeitweise vier Nachtclubs betrieb – und noch zusätzlich ein Bordell in Offenbach.«

»Also doch ein Fachmann in Sachen Fleischhandel«, bemerkte Mara trocken.

»Das Bordell ist inzwischen geschlossen, die Nachtclubs ebenfalls, die GmbH existiert nicht mehr. Und es folgen ein paar Lücken im Lebenslauf, wie man es so schön nennt. Ach ja. Außerdem war er zeitweise Mitglied eines Sportschützenvereins, eines Schäferhund-Clubs und auch als Jäger aktiv.«

»Wie ist er ins Fleischbusiness gekommen?«

»Das ließ sich nicht nachprüfen. Ich habe den Eindruck, dass das ein Kerl ist, der über Jahre hinweg Kontakte zu allen möglichen Kreisen geknüpft hat. Vor allem in seiner Zeit als Bordellbetreiber. Ein Hansdampf in allen Gassen, wie man es früher mal genannt hat. Aber nirgendwo hat er vorher derart stark Fuß gefasst wie im Fleischhandel. Ich habe Hinweise – nicht etwa Belege – gefunden, die darauf schließen lassen, dass Latka nicht nur in der Fleischfabrik Baltzer seine Hände im Spiel hat, sondern – mehr oder weniger inoffiziell – noch mit anderen fleischverarbeitenden Betrieben zu tun hat.«

»Ein stiller Teilhaber?«, meinte Mara ironisch.

»Teilhaber nicht gerade, aber still ist wohl zutreffend.«

»Hat sich der feine Herr jemals etwas zuschulden kommen lassen?«

»Zumindest nicht so, dass ihm irgendetwas hieb- und stichfest nachgewiesen werden konnte. Das Finanzamt stand anscheinend öfter bei ihm vor der Tür. Aber letztlich hat man ihn nie wegen Steuerhinterziehung drangekriegt. Oder wegen etwas anderem.«

»Und die Kollegen von der Sitte? Nie hinter ihm her gewesen? Ich meine, wegen seiner sogenannten Entertainment GmbH.«

»Offenbar nicht.« Rosen machte eine unschlüssige Miene. »Wie erwähnt, lückenlos lässt sich sein Weg durchs Leben nicht nachvollziehen. Ich müsste mich genauer mit ihm befassen.«

Mara nickte grüblerisch. Und sie fühlte sich in ihrem Eindruck zumindest vage bestätigt: Latka war kein Idiot. Auf den ersten Blick vielleicht niemand, der Respekt einflößte, aber ein Mann, der eventuell zu Überraschungen fähig sein konnte – wohl vor allem zu unliebsamen.

Oder sah sie gerade zu viel in ihm? War er am Ende doch vollkommen harmlos?

»Einen wichtigen Punkt hätte ich noch«, merkte Rosen an. »Latka agiert bei Baltzer als Subunternehmer.«

»Und was ist daran so wichtig?«

»Weil man nur so das ganze Konstrukt verstehen kann.« Mit seiner beflissenen Art, die Mara manchmal schmunzeln ließ, führte er es weiter aus: »Ich habe mich nämlich auch ganz allgemein rund um das Thema Fleischindustrie schlau gemacht. Hm, lass es mich so sagen. Ein Monteur, der in Rüsselsheim bei Opel am Band steht, ist auch tatsächlich bei Opel angestellt. In der Fleischbranche funktioniert das anders. Schlachten, Zerlegen, Verpacken, es gibt so gut wie keine Arbeit – selbst wenn sie auf den ersten Blick wie klassische Fabrikarbeitertätigkeit aussieht –, die nicht an eine Fremdfirma vergeben wird.«

»An Subunternehmer wie Bernd Latka.«

»Exakt. Das ist wohl ähnlich wie in der Baubranche. Es herrscht quasi ein seit Jahren und sogar Jahrzehnten verfestigtes Sub-sub-sub-Unternehmenssystem, bei dem alle Beteiligten nahezu vollkommen selbstständig agieren. Der Fleischkonzern tritt offiziell kaum noch als Arbeitgeber in Erscheinung. Er vergibt lediglich Aufträge. Statt etwa Lohnvereinbarungen werden Vereinbarungen über die zu schlachtende Anzahl von Schweinen getroffen, Kilopreise – oder auch Ausbeutepreise. Wie der Auftragnehmer seinen Job erledigt, ist formal seine Sache.« Rosen schüttelte den Kopf. »Manche nutzen das aus. Mit ausgeklügelten Vertragskonstruktionen versucht man, nach außen hin den Schein von Rechtschaffenheit zu wahren, um dann tatsächlich nach eigenem Gutdünken zu handeln. Es gibt Rahmenverträge, in denen festgelegt wird, dass der Subunternehmer die Arbeit ohne eine innerbetriebliche Kontrolle eigenverantwortlich durchführen lässt. Der juristische Grat scheint schmal zu sein, darüber weiß ich noch zu wenig.«

»Ich finde, du weißt sehr viel, wenn man bedenkt, dass du gerade erst begonnen hast. Hut ab.«

»Ja, ich habe nur meine Nasenspitze hineingesteckt, aber die Details, die ich dabei erfuhr, lassen so einiges erahnen.«

»Es gibt doch Kontrollen in der gesamten Lebensmittelindustrie.«

»Wo es Kontrollen gibt, gibt es Kontrolleure«, meinte er lächelnd.

»Verstehe. Menschen sind nun mal Menschen. Und damit bestechlich.«

»Für mich tut sich da ein großes Problem auf. Denn durch diese Regelungen fällt es dem Fleischkonzern leicht, die Hände in Unschuld zu waschen – etwa wenn es um Themen wie überlange Arbeitszeiten oder aggressives Lohndumping geht.«

»Der Subunternehmer macht die Arbeit, vor allem die Drecksarbeit …«

»Beziehungsweise lässt sie machen.«

»Und er ist es, der die Rahmenbedingungen bestimmt. Egal, wie fragwürdig sie letzten Endes sind.« Mara beugte sich wieder nach vorn. »Normalerweise müsste ich jetzt so etwas sagen wie: Aber es gibt doch Gesetze.«

»Müsstest du. Und ich könnte wiederum nur antworten, dass ich da nicht genügend bewandert bin. Aber was ich vorhin schon klargestellt habe, gilt: Der juristische Grat scheint mitunter sehr schmal zu sein.«

»Oder eher viel zu breit.« Sie sah Rosen an. »Wie dem auch

sein mag, ich finde, wir sollten die mögliche Zeitverschwendung riskieren ...«

»Und außerdem einen Megaanschiss von Klimmt«, warf Rosen ein.

»... und uns mit diesem Bernd Latka unterhalten. Glaub's mir, das schlage ich nicht allein aus dem Grund vor, weil ich mir Sorgen um Rafael mache.«

»Ich dachte mir schon, dass du das vorhast.«

»Ich war vorhin bereits zum zweiten Mal in der Fleischfabrik. Wegen Rafael. Latka allerdings war nicht anwesend. Angeblich.«

»Ich habe seine Privatadresse ermitteln können – obwohl er sich sehr bedeckt zu halten scheint und wohl gern den Geheimniskrämer spielt.«

»Wo wohnt er?«

»In Seckbach.«

Mara stand auf und schnappte sich ihre Jacke. »Je mehr du über ihn erzählst, desto mehr sehne ich mich nach einem weiteren Schwätzchen mit diesem Gentleman.«

»Sollen wir nicht lieber vorher Klimmt ...«

»Lass uns gehen, Rosen.«

54

Auch wenn ihm die Gemüsesuppe und der Tee Kraft gegeben hatten: Noch fühlte Rafael sich bei jedem Schritt wacklig auf den Beinen.

Es war ihm peinlich, doch es tat ihm gut, wenn Hilde ihn ab und zu mit ihrer erstaunlich kräftigen Hand stützte, diese verrückte alte Frau, die wie die Hexe aus einem Märchen nach Holzkohle und Kräutern roch und auf die er sich einfach keinen Reim machen konnte.

Das winzige Nest namens Brackdorf lag in ihrem Rücken. Sie tauchten in den von Nebelschwaden durchzogenen Wald ein und gingen exakt den Weg zurück, auf dem Hilde ihn in ihr kleines Hexenhäuschen gebracht hatte. Sie bewegte sich flink, offenbar gewohnt daran, tagtäglich große Strecken zu Fuß zurückzulegen.

»Und Sie meinen, Sie finden genau die Stelle, an der ich ...«

»Na klar«, fiel sie ihm rasch ins Wort.

Tatsächlich, höchstens fünf Minuten später hielt Hilde an. »Hier muss es gewesen sein.«

»Hm.« Rafaels Blick wanderte wieder und wieder über die von Unkraut, braunem Gras und aus der Tiefe hervorbrechenden Baumwurzelsträngen bedeckten Erde. »Ach, das bringt doch sowieso nichts«, murmelte er kopfschüttelnd. Genau in dem Moment fiel ihm etwas Schwarzes am Boden auf. »Das gibt's doch nicht«, stieß er hervor. »Tatsächlich, da ist es. Mein Handy.«

»Es muss dir aus der Tasche gerutscht sein, als du gestürzt bist – oder als ich dir aufgeholfen habe.« Sie musterte ihn. »Es war doch ein Sturz, nicht wahr? Oder hat dir jemand ...«

Rafael bückte sich und hob es auf. »Mist!«, sagte er. »Es ist leer. Na klar ist es leer, das Ding lag ja eine ganz Weile hier herum. Ich muss es aufladen.« Er verstummte kurz. »Sie brauche ich wohl nicht nach einem Ladekabel zu fragen, was?«

Hilde lachte nur.

»Mein Ladekabel wird zu Hause sein. In Frankfurt.«

»Ich habe es dir ja erklärt«, sagte sie, wobei sie ihn nicht aus den Augen ließ. »Mit dem Bus bist du in einer halben Stunde in Frankfurt. Denk dran, selbst bei all meiner Fürsorge – ein Besuch bei einem Arzt wäre nicht verkehrt. Auch wenn du recht gut erholt wirkst.«

Bei dem Gedanken an die Stadt wurde ihm schon wieder ganz anders. Die Angst kroch an ihm hoch wie kalte Luft.

»Aber das muss ja nicht jetzt sein«, sagte Hilde mit sanfterer Stimme. »Von mir aus kannst du dich gern noch eine Weile bei mir ausruhen.« Sie lächelte unsicher. »Oder soll ich sagen: verstecken?«

Er erwiderte nichts, sondern starrte nur auf das Handy, das er nach wie vor in den Fingern hielt.

»Noch mal zurück zu dieser Fabrik. Seit ich sie erwähnt habe …« Sie ließ den Satz offen.

Zögerlich nickte Rafael. Er sah es wieder vor sich. Alles. Schon seit geraumer Zeit, nur dass er lieber die Augen davor verschloss. Die Schläger, die vor einiger Zeit aufgetaucht waren. Da hatte er begonnen, die Fabrik mit misstrauischeren Augen zu betrachten. Oder zumindest dann, als er von Darius einiges über die Hintergründe erfahren und selbst so manche Beobachtung angestellt hatte.

Er hatte Mara davon berichten wollen … aber dann war es plötzlich zu spät gewesen, alles war drunter und drüber gegangen. Die Falle. Darius hatte Rafael zu dem Schuppen auf dem Industriegebiet gelockt. Dort war er erwartet worden. Nicht von Schlägern, sondern von Männern, die noch wesentlich gefährlicher waren. Er hatte nicht viel von ihnen gesehen, aber das wenige reichte aus.

Diese Männer waren anders. Sie begnügten sich nicht mit einem Schlag auf den Schädel. Die erledigten andere Aufgaben. Tödliche Aufgaben. Er hatte es bei seiner wilden Flucht durch die Nacht gespürt. Seine Angst hatte ihm zugeflüstert, dass es um sein Leben gegangen war.

Die Alte tippte ihm auf den Oberarm. »Los, Rafael. Wieder nach Hause.«

Sie kehrten um und hatten bald den Rand des Waldstücks erreicht. Die Bäume gaben den Blick auf das winzige Dorf frei, dessen Häuser wie hingewürfelt auf der Ebene standen. Rechts und links von Rafael und Hilde erstreckten sich Wiesen und Felder. Rafael spürte, dass immer mehr Erinnerungen zurückkehrten – oder eher, dass er es nicht mehr schaffte, sich unter ihnen wegzuducken. Sie waren bedrängender, kreisten ihn mehr und mehr ein.

»Makiadi«, sagte er vollkommen unvermittelt.

»Wie bitte?«

»Das ist mein Nachname.«

»Er ist dir also wieder eingefallen.«

»Schon seit einer Weile.«

Sie zwinkerte wissend. »Das dachte ich mir. Jedenfalls nett, dich kennenzulernen, Rafael Makiadi. Und wie gesagt, du kannst noch länger bei mir bleiben. Bis du genug Kraft und Mut gesammelt hast.«

»Vielen Dank!«

»Makiadi«, wiederholte sie mit singendem Ton. »Ein klangvoller Name. Woher stammt er?«

»Mein Vater kam aus Afrika. Er ist seit Langem tot – ich habe ihn nie kennengelernt.«

»Das tut mir leid.«

Sie gelangten ans Dorf und folgten einem schmalen, asphaltierten Fußweg, der um einige Gebäude herum verlief und bis zu Hildes kleinem Haus führte. Dahinter nahm ein weiteres Waldstück seinen Anfang.

»Was ist mit deiner Mutter?«, fragte Hilde.

»Sie wohnt in Frankfurt. Sie ist Deutsche.«

»Und sie wird längst in großer Sorge um dich sein.«

»Das ist wahr«, sagte Rafael schuldbewusst. »Ich lebe nicht bei ihr, sondern in einem Heim. Eigentlich bin ich auf Bewährung und ...« Er verfiel kurz in Schweigen. »Das ist eine lange Geschichte.«

»Großartig«, erwiderte Hilde. »Ich liebe lange Geschichten. Nachher kannst du sie mir ganz in Ruhe erzählen. Und morgen früh schauen wir, wie wir dich nach Frankfurt bringen.«

»Ja, das machen wir.« Rafael versuchte, einen entschlossenen Ton in seine Worte zu legen, war sich aber nicht so sicher, ob es gelang.

Plötzlich hielt er inne.

»Rafael, was ist?«

Er hatte zwei Männer bemerkt, die die Straße hinabgingen, offenbar auf ihren Wagen zu, der am Rand des Asphalts geparkt war.

Die Männer erblickten ihn und Hilde. Und stoppten ebenfalls.

»Was ist?«, wiederholte Hilde. Dann fiel ihr Blick auf die Fremden, die sich auf den Weg zu ihnen machten.

Da war sie wieder, die Angst.

Todesfurcht.

Rafael rannte los.

55

Seckbach war ein nordöstlicher Stadtteil von Frankfurt, dessen Zentrum etwa fünf Kilometer von der City entfernt lag. Das ursprüngliche dörfliche Erscheinungsbild der Gemeinde war noch deutlich sichtbar. Alles wirkte eng und ein wenig verschlafen, vor allem im Ortskern, wo sich historische Fachwerkgebäude drängten. Der Lohrberg, der einzig verbliebene Weinberg im Frankfurter Stadtgebiet, war von Nebel umhüllt.

Bei keiner ihrer Ermittlungen hatte sie es bislang hierher verschlagen, weder Mara noch Rosen, und Mara wusste nicht so recht, was sie von der harmlosen Umgebung halten sollte. Der Begriff Zeitverschwendung hallte beständig in ihrem Hinterkopf nach, und eine gewisse Unsicherheit breitete sich in ihr aus, während sie den Alfa durch Seckbach lenkte, den schweigsamen Rosen neben sich auf dem Beifahrersitz.

Während der Fahrt hatte Mara erneut in der Fleischfabrik angerufen und verlangt, mit Bernd Latka zu sprechen, jedoch abermals die Auskunft erhalten, er sei nicht zugegen.

Nach der Ortsmitte blieben die Straßen eng, unauffällige Ein- und Mehrfamilienhäuser wechselten sich ab. Das Navigationsgerät leitete sie in ein Neubaugebiet, in dem sich keine prunkvollen, aber dennoch kostspieligere Häuser befanden.

Am Ende einer Sackgasse ragte ein dreistöckiger, gelb verputzter Kasten mit Mansarddach auf, ein Bau, der wohl moderne mit klassischer Architektur vereinen sollte und so ein seltsames Zwitterwesen darstellte. Umgeben von einem durch einen Holzlattenzaun abgegrenzten Rasen wirkte das Haus etwas leblos. Die Rollläden der meisten Fenster waren heruntergelassen, Stille ballte sich über den dunklen Dachziegeln.

Rechts und links der mächtigen, mit gusseisernen Ranken verzierten Holztür standen zwei Schäferhundplastiken. Zusätzliche kleinere Schäferhunde aus Keramik waren neben den Kiesweg platziert worden, der das Gebäude mit der ebenfalls in Gelb gehaltenen Garage verband. Das Heim eines biederen Mannes, so wirkte es zumindest.

Mara stoppte den Wagen, ließ den Motor im Leerlauf brummen und betrachtete das recht große Grundstück eingehend aus der Entfernung. Dann parkte sie den Alfa am Straßenrand, direkt hinter einem weiß lackierten SUV. »Hier riecht es geradezu nach staubiger Spießigkeit«, bemerkte sie beiläufig beim Aussteigen zu Rosen.

Über das Autodach hinweg lächelte er ihr zu. »Nicht ganz die Wohngegend, von der Mara Billinsky träumt, hab ich recht?«

»Das kann man wohl sagen.« Sie schlug die Fahrertür zu und grinste zurück.

Nebeneinander gingen sie auf das Haus zu. Sie öffneten das Türchen des Lattenzauns und folgten dem Kiesweg bis zum Eingang. Als sie klingelten, wurde ihnen nicht geöffnet. Aus dem Inneren drang kein einziges Geräusch zu ihnen.

Rosen zuckte mit den Achseln. »Er ist nicht da. Wir hätten uns den Weg sparen sollen.«

Auf Maras Drängen umrundeten sie das Haus.

Konzentriert beäugte sie jedes Fenster, lauschte aufmerksam in die träge Ruhe.

»Nicht direkt hinsehen«, zischte sie auf einmal. »Zweites Stockwerk, letztes Fenster.«

»Ich hab nichts bemerkt.« Unauffällig schielte Rosen nach oben.

»Da war doch ein Gesicht, oder? Ganz kurz nur.«

»Latka?«

56

Hatten sie ihn bemerkt oder nicht?

Er stand seitlich des Fensters und verhielt sich ganz still. Als wäre es möglich, dass die beiden Bullen ihn hören konnten, obwohl er doch vom Mauerwerk seines Eigenheims geschützt war.

Er hatte sie bereits entdeckt, als sie den schwarzen Alfa anhielten, den Motor laufen ließen und möglicherweise noch beratschlagten, ob es eine gute Idee war, ihm einen Besuch abzustatten.

Bernd Latkas Instinkte hatten immer schon gut funktioniert. Sie waren wie ein eingebautes Frühwarnsystem. Weiterhin betont leise schob er sich noch ein Stück weg vom Fenster.

Beim surrenden Laut der Klingel verharrte er erneut stocksteif. Die Rädchen in seinem Schädel ratterten. So oft im Leben hatte sich ihm bereits eine Schlinge um den Hals gelegt. Jedes einzelne Mal hatte er seinen Kopf wieder herausziehen können.

Auch jetzt?

Im Nachhinein war es schwer zu sagen, wann alles so groß geworden war. Ein Riesenberg. Ein Achttausender, mächtig, unübersichtlich und verzweigt. Vielleicht hatte er sich diesmal übernommen. Den Augenblick verpasst, sich aus der Angelegenheit zurückzuziehen. Ein geschickter, schleichender Abgang, das wäre schlauer gewesen – aber eben auch verdammt schwer. Nie zuvor hatte er mehr Kohle gemacht. Nie zuvor hatte er mit reicheren Leuten zu tun gehabt.

Das war das Stichwort. Reiche Leute.

Er fischte sein Handy aus der Brusttasche seines zerknautschen Hemdes und rief den Mann an, den er nicht leiden konnte, der jedoch Latkas Schlüssel zu all dem Geld darstellte.

Lange ertönte das Freizeichen, bis die bekannte Stimme sich meldete. »Ja?«

»Hier ist Latka«, sagte er im Flüsterton, obwohl das gar nicht nötig gewesen wäre.

»Gibt es etwas Neues?« Die Stimme war leise, zurückhaltend und doch überheblich, eine Mischung, die nur einer hinbekommen konnte.

»Wie neu hättest du es denn gern? Gerade eben standen die Bullen bei mir auf der Schwelle. Diese Bullen-Lady war eine von den beiden.«

»Hast du mit ihnen geredet?«

»Natürlich nicht«, sagte Latka. »Denkst du etwa, dass …«

»Ruhig bleiben«, fiel Aurelio ihm ins Wort.

»Du hast gut reden«, schnaufte Latka. »Ich hab die ganze Arbeit um die Ohren. Und jetzt soll ich auch noch den Ärger abkriegen?«

»Nein, du sollst die Ruhe bewahren«, gab Aurelio gelassen zurück. »Die Bullen? Na und! Bleib cool. Dass so etwas vorkommt, lag immer im Bereich des Möglichen. Wir haben ihnen einen Brocken hingeworfen, der sie von uns ablenkt und mit dem sie alle Hände voll zu tun haben. Aber das ist nun mal keine Lebensversicherung für uns. Im Grunde gilt: Was haben sie denn schon in der Hand?«

»Ich will's lieber nicht wissen«, meinte Latka giftig. »Dieses kleine, mickrige Aushilfsjüngelchen mit seinem scheiß Irokesen auf dem Kopf – der bringt uns Pech. Seit ich hörte, dass er Fragen stellt …«

»Gut, das stimmt. Er hätte uns nicht entwischen dürfen. Ich habe dafür gesorgt, dass zwei unserer Leute die Suche nach ihm ein wenig intensivieren. Sie suchen im Umkreis der Stelle, wo er ihnen durch die Lappen gegangen ist. Und wesentlich gewissenhafter als zuletzt.«

»Die kleine Ratte bringt uns Pech«, wiederholte Latka dumpf.

»Er hat offenbar zu viel mitbekommen. Okay. Aber wir werden uns um das neugierige Kerlchen kümmern. Und es liegt ja nicht allein an ihm. In letzter Zeit gab es auch genügend andere Probleme, von denen du gar keine Ahnung hast …«

»Und ob ich eine Ahnung habe! Dieser Schnüffler! Ihr habt ihn viel zu lange im Mist wühlen lassen. Habt gar nicht mitgekriegt, was das für einer ist. Und was er vorhat. Ohne mich hättet ihr ihn …«

»Beruhige dich, Latka!«

»Fast hätte er euch ausgetrickst und euren Arsch an die Wand genagelt. Und damit natürlich auch meinen. Denkst du, ich bin ein Idiot? Nichts als Probleme.«

»Aber du musst dich immerhin nicht darum kümmern.« Beschwichtigend fügte Aurelio hinzu: »Denn du musst dich jetzt erst mal um dich selbst kümmern.«

»Was kann ich schon tun?«

»Du hast die beiden Möglichkeiten, die wir für solche Fälle besprochen haben«, entgegnete Aurelio mit dieser Geduld, die auf Latka so herablassend wirkte. »Denn die Bullen können wieder auftauchen, das ist klar. Erste Möglichkeit: Du nimmst dir sofort einen jener Anwälte, die wir dir genannt haben. Du hältst dich bedeckt – nicht nur den Bullen, sondern auch ihm gegenüber. Du sagst ihm immer nur so viel, wie wir es dir vorgeben.« Aurelio machte eine Pause. »Zweite Möglichkeit: Du tauchst ab. Still und leise. An einen der Orte, die wir dir vorgeschlagen haben. Oder einen Ort deiner Wahl. Hauptsache, du verschwindest vom Radar. Deine Aufgaben werden dennoch weiterhin erledigt.«

Latka hasste es, ihn das zu fragen, doch er tat es trotzdem: »Zu welcher Möglichkeit würdest du mir raten?«

»Zur ersten«, kam die Antwort ohne jegliches Zögern.

»Anwalt. Abstreiten, sich dumm stellen, schweigen. abwarten, bis der Wind sich legt.«

»Hm«, machte Latka.

»Das wäre mein Rat an dich.«

»Ich muss erst mal darüber nachdenken.«

»Denke nicht zu lange nach, Latka.«

Damit beendete Aurelio das Gespräch.

Latka steckte das Handy weg. Vorsichtig bewegte er sich wieder auf das Fenster zu.

Was sollte er tun?

Anwälten hatte er immer misstraut. Auch denen, die Aurelio in der Hinterhand hatte.

Also doch lieber abtauchen?

Diese Möglichkeit gefiel ihm besser. Er dachte an einen Unterschlupf, den er besaß, und von dem niemand wusste. Ein winziges Häuschen, versteckt von der Welt, in einem engen, dicht bewaldeten Tal im Elsass, eine gute Stunde von der deutsch-französischen Grenze entfernt.

Vorsichtig spähte er nach draußen. Sein Blick fiel automatisch auf den weißen SUV, seinen Zweitwagen, der für eine Fahrt durchs Elsass wie gemacht war.

Was war mit den beiden Bullen?

Wo steckten sie?

57

»War es Latka oder jemand anders?«, fragte Rosen.

Mara hob unschlüssig die Schultern. »Bin mir nicht sicher.«

»Nicht sicher, dass er es war? Oder ob sich überhaupt irgendwer am Fenster gezeigt hat?«

Sie brummte nur etwas Unverständliches.

Noch einmal läuteten sie die Klingel am Eingang – erneut ohne dass eine Reaktion erfolgt wäre.

Sie umrundeten abermals das Haus und gingen zur Garage, deren Tor geschlossen war. Durch ein kleines Fenster sahen sie an der Längsseite ins Innere. Darin stand ein in dunklem Blaumetallic lackierter Mercedes.

Abermals warfen sie einen Blick zum Haus.

»Lass uns verschwinden«, schlug Rosen vor.

Mit einem eher unwilligen Kopfnicken stimmte sie zu.

Sie verließen das Grundstück durch das Türchen im Lattenzaun, und Mara spähte über ihre Schulter zurück zu dem wie verlassen daliegenden Gebäude.

Gleich darauf saßen sie im Alfa. Mara steuerte das Auto auf demselben Weg durch das Wohngebiet, auf dem sie hergekommen waren.

»Jetzt erst mal zurück ins Präsidium«, meinte Rosen.

Kaum Verkehr, fast keine Fußgänger auf den Bürgersteigen. Tief hängende, schwere Wolken verdunkelten den Tag. Immer mehr Nebel bildete sich.

An einer Ampel musste Mara halten. Hinter ihnen befand sich kein Fahrzeug, wie ein schneller Blick in den Rückspiegel bestätigte. Aus einem Impuls heraus wendete sie den Alfa.

Rosen starrte sie verdutzt an. »Was soll das?«

»Ich weiß auch nicht, aber vielleicht habe ich ihn ja doch am Fenster gesehen.«

»Latka? Aber selbst wenn – das bringt doch sowieso nichts. Oder denkst du etwa …« Er verstummte. Wahrscheinlich weil er sie einfach zu gut kannte.

Sie beschleunigte ein wenig.

Er schüttelte den Kopf, aber das war ihr egal.

Eingangs der Sackgasse verringerte sie das Tempo. »Schau dir das an.« Mit der linken Hand deutete sie nach vorn.

Sie sahen gerade noch, wie Bernd Latka in den SUV einstieg, hinter dem sie zuvor geparkt hatten, und den Motor startete.

Mara brachte ihren Alfa zum Stehen. Die Straße war so schmal, dass Latka sich kaum an ihnen vorbeizwängen konnte. Rosen stieg aus und bedeutete dem Mann per Handzeichen, er solle nicht losfahren. »Wir müssen mit Ihnen reden«, rief er.

Latka starrte sie an. Sie konnten es sehen, trotz der Entfernung und der Tatsache, dass seine Windschutzscheibe verdreckt war. Er ließ den Motor bei gedrückter Kupplung aufheulen.

»Rosen!«, sagte Mara mit warnendem Unterton.

Doch ihr Kollege reagierte nicht, sondern winkte erneut Latka zu. Dabei spürte Mara bereits, was folgen würde.

Rosen! Weg von der Straße!

Latka raste los. Genau auf den Alfa zu.

Mara konnte es kaum glauben. Was immer sie von dem Kerl erwartet hatte – nicht eine solche Aktion.

Zum dritten Mal brüllte sie Rosens Namen. Aus den Augenwinkeln sah sie, dass er endlich kapierte und sich mit einem Sprung über den Gartenzaun eines angrenzenden Grundstücks in Sicherheit brachte.

Sie fuhr los und lenkte den Wagen so weit nach rechts wie nur möglich, um dem drohenden Crash zu entgehen. Beim nächsten Wimpernschlag krachte der SUV an ihr vorbei, Latkas Gesicht eine panische, fast irre Fratze. Ein schleifendes Geräusch ertönte, als die Karosserien sich berührten. Der Alfa wurde mächtig durchgeschüttelt, dann war das weiße Auto nur noch im Rückspiegel zu sehen.

Hastig wendete Mara. Sie ließ Rosen auf den Beifahrersitz hüpfen und jagte Latka hinterher.

»Der Typ ist völlig wahnsinnig«, keuchte Rosen. »Dem sind wohl alle Sicherungen durchgebrannt.«

»Genauso sah er aus«, meinte Mara knapp, vollkommen aufs Fahren konzentriert.

Sie ließen die Sirene heulen. Rosen forderte über Funk Verstärkung an und gab durch, was passiert war und wo sie sich befanden. Unterdessen hatte Mara es geschafft, sich fast an Latkas hintere Stoßstange zu kleben. Er fuhr aus Seckbach hinaus und gab sofort mehr Gas, aber sie blieb an ihm dran.

Eine Landstraße. Auch hier kaum Verkehr. Latka beschleunigte schon wieder.

»Er will auf die Autobahn«, mutmaßte Rosen.

»Nein, will er nicht.«

Sie sahen, wie er seinen Wagen abrupt herumriss und in einen Wirtschaftsweg einbog. Schotter spitzte auf. Mara nahm ebenfalls die Kurve, allerdings weniger risikoreich.

»Was hat er vor?«, wunderte sich Rosen.

»Das frage ich mich auch. Hier ist es für uns jedenfalls leichter, ihn nicht entwischen zu lassen, als auf einer vollen Autobahn.«

»Da bin ich mir nicht so sicher. Mit seinem Offroader hat er gegenüber deinem kleinen Italiener Vorteile.«

Die Wolken hingen noch tiefer, es wurde noch düsterer. Der nächste Regen lag in der Luft.

Latka folgte dem Schotterweg, der zu einem Waldstück führte, das wie ein schwarzer Vorhang vor ihnen auftauchte. Nur mit einem kleinen Vorsprung erreichte Latka die kahlen

Bäume. Der Weg wurde schmaler, Steine und Geröll lagen auf der Fahrbahn.

Rosen hielt die Kollegen über die eingeschlagene Richtung auf dem Laufenden. Seiner ansonsten spröden Stimme war die Aufregung, die ihn erfasst hatte, deutlich anzuhören.

Der Untergrund wurde welliger, hügeliger, es ging immer wieder auf und ab. Und vor allem wurde die Strecke kurviger. Der SUV geriet mehrfach in eine bedenkliche Seitenlage.

»Der Typ kann fahren«, rief Rosen gegen den Motorenlärm an. »Das muss man ihm lassen.«

»Und ich? Bin ich etwa eine lahme Ente?«

Bevor er eine Antwort geben konnte, wurde die nächste Kurve Latka zum Verhängnis. Die Reifen verloren den Kontakt zur Erde, der SUV hob ab, neigte sich gewaltig nach links, krachte in eine Baumgruppe und lag schließlich mit durchdrehenden Rädern auf der Fahrerseite.

Mara bremste sofort, kam ins Schlingern, brachte den Alfa jedoch rasch zum Stillstand. Sie und Rosen stiegen schnell aus.

Gemeinsam näherten sie sich dem Wagen.

»Der Kerl müsste sich alle Knochen gebrochen haben«, kam es leise von Rosen. »Zumal er nicht mal angeschnallt war, das habe ich gesehen.«

»Dann kriegt er von uns ein Knöllchen, was?«

»Jetzt bitte keine blöden Sprüche, Billinsky.«

Plötzlich tat sich etwas.

Die Beifahrertür des SUVs wurde aufgestoßen, eine zerknautschte Gestalt wühlte sich förmlich aus dem Auto heraus und kam daneben zum Stehen. Latka sah sich hastig um, die Stirn blutverschmiert, den Mund sperrangelweit offen vor Schreck und Anspannung. Seine Augen richteten sich auf Mara und Rosen, noch immer voller unberechenbarer Wildheit. Er beugte sich über das Auto und nestelte fahrig im Inneren des Wagens herum, als suchte er etwas.

Sie hielten inne.

»Latka!«, hallte Maras Stimme durch den düsteren Wald. »Heute hatten wir alle genug Spaß. Halten Sie die Hände über den Kopf, damit wir sie sehen können.«

Er gehorchte nicht. Jetzt zog er etwas aus dem Auto. Er drehte sich um – mit einem Gewehr in den Händen.

»Latka!«, brüllte Rosen ungläubig.

Mara und er zogen ihre Dienstwaffen und suchten Schutz zwischen Bäumen und Sträuchern.

Latka legte an und schoss. Der Knall zerfetzte die Stille des Waldes.

Dann rannte er erstaunlich flink los und weg vom SUV. Die Schöße seines Jacketts flatterten, das Gewehr trug er quer vor der Brust.

Mara und Rosen nahmen sofort die Verfolgung auf. Beide kamen ihm rasch näher, wobei sie sich wortlos verständigten. Mara winkte mit der linken Hand. Rosen wusste sofort, was sie meinte. Er wandte sich nach rechts, während sie über die linke Seite versuchte, Latka zu überholen.

58

Zwischen Bäumen und Büschen tauchte immer wieder Latkas Rücken auf. Der Mann rannte zwar nach wie vor schnell, doch er konnte sich keinen entscheidenden Vorsprung verschaffen. Etwas von ihm blieb ständig in Rosens Blickfeld.

Dafür konnte Rosen nichts mehr von Billinsky sehen. Er merkte, dass er schwitzte. Gleichzeitig war ihm kalt. Die Waffe lag schwer in seiner Hand.

Verrückte Situation. Mit einem Latka, der völlig durchdrehte und auf sie schoss – darauf waren sie nicht gefasst gewesen.

Rosens Atem ging stoßweise. Schweiß strömte in seinen Nacken und an seinem Gesicht herab. Mehr Lauftraining wäre nicht verkehrt gewesen.

Nebel formte zwischen den Baumstämmen wabernde Fetzen. Wind ließ die Wipfel leise rauschen.

Wo mochte Billinsky stecken? Hatte sie eine größere Strecke zurückgelegt als er?

Er stoppte. Verschnaufte. Strich sich mit der freien Hand über die nasse Stirn.

Und wo war auf einmal dieser Latka? Nichts war mehr von dem Kerl zu sehen, nichts mehr von seinen Schritten zu hören.

Eine Erkenntnis, die Rosens Inneres mit einer Schicht aus Eis überzog. Einmal kurz die Konzentration verloren, ein paar Augenblicke, länger war es nicht. Und doch hatte es genügt ...

Mist! Wo steckte Latka?

Er musste doch irgendwo hier ...

Rosen schwitzte gleich noch heftiger. Auf einmal wirkte der Wald viel dunkler. Und dieser verfluchte Nebel!

Wieder hielt er an, drückte sich seitlich gegen einen Stamm. Er lauschte in die Stille ringsum, die mit einem Mal so bedrohlich wirkte.

Kein Laut. Abgesehen von einem Holzknacken ab und an. Doch. Da war noch etwas anderes, als würde jemand schleichen und …

Hinter ihm!

Rosen wirbelte herum und riss die Pistole hoch.

Was er erblickte, war Latkas Gesicht. Mit demselben verzerrten, wilden Ausdruck wie vorhin, als er noch im SUV gesessen hatte.

Dann sah Rosen gar nichts mehr. Dunkelheit schwappte über ihn hinweg, riss ihn in die Tiefe.

59

Sein Herz trommelte. Er japste vor Anstrengung. Das Gewehr wog immer schwerer in seinen verschwitzten Händen. Er merkte, dass er langsamer wurde, jeder Schritt tat in den Knochen weh. Aber wie es aussah, hatte Bernd Latka sein cleveres Köpfchen wieder einmal aus der Schlinge gezogen.

Sicher, die Nerven waren mit ihm durchgegangen, mehr als je zuvor. Er hätte cooler bleiben sollen, wie Aurelio es ihm geraten hatte, doch vorhin … Als die beiden Bullen so unerwartet wieder auftauchten, hatte er bloß noch den nackten, unbändigen Drang verspürt, das Gaspedal durchzudrücken und so schnell wie möglich viele Kilometer zwischen sich und das Rhein-Main-Gebiet zu bringen.

Fast hätten sie ihn doch noch geschnappt, aber eben nur fast. Allmählich kehrte seine alte Zuversicht zurück. Fort wollte er immer noch. Je schneller, desto besser. Je weiter, desto besser. Aber wie? Mit dem Mercedes, der in der Garage stand? Nein, auf seinem Grundstück würde er sich vorerst nicht mehr blicken lassen.

Weg, nichts wie weg.

Und weil der SUV auch nicht infrage kam, war er auf einen anderen Gedanken gekommen. Die Bullen würde er schön an der Nase herumführen. Er wusste, wie man bluffte, wie man noch ein Ass aus der Tasche zog – selbst eines, das einem gar nicht gehörte.

Mittlerweile hatte er im Zickzack einen großen Bogen durch den Wald beschrieben, den er ganz gut kannte, weil er früher hier manchmal auf die Jagd gegangen war. Umso besser, dass deshalb noch die Flinte im Wagen gewesen war, eine

Akkar Silah Churchill, türkische Waffe, mit einem Lauf von einundsiebzig Zentimetern Länge. Heute war es Gold für ihn wert, das alte Ding.

Hätte ihn das Laufen nicht so erschöpft, Bernd Latka hätte jetzt in sich hineingrinsen müssen. Mit der Knarre hatte er die Bullen so richtig auf dem falschen Fuß erwischt.

Er machte eine kurze Pause. Sein Atem rasselte in der Brust, dann lief er weiter. Er hatte sich nicht geirrt. Sich zwischen dornigem Gestrüpp hindurchzwängen, und er war beinahe am Ziel. Noch ein paar Schritte. Vorbei an dem auf der Seite liegenden SUV, schließlich stand er vor dem schwarzen Alfa.

Als er feststellte, dass die Bullen-Lady ihr Auto nicht abgeschlossen hatte, wie er es angesichts der Eile, in der sie gewesen war, auch erwartet hatte, musste er schmunzeln. Er öffnete die Beifahrertür und wollte das Gewehr auf dem Rücksitz verstauen.

Doch ein leises Geräusch in seinem Rücken ließ ihn in der Bewegung stoppen. Er drehte sich um. Und starrte in die schwarzen Augen der Frau.

Nicht nur in ihre Augen, auch in die Mündung ihrer Pistole.

»Das einzige fahrtüchtige Auto weit und breit«, sagte sie. »Keine Überraschung für mich, dass ich Sie hier treffe. Eine Flucht zu Fuß wäre doch etwas zu beschwerlich.«

Er keuchte. »Ich dachte, Sie wären eventuell noch damit beschäftigt, Ihren ungeschickten Kollegen zu suchen.« Sein Blick streifte die Waffe, die er nach wie vor in den Händen hielt.

»Zunächst einmal habe ich Sie gesucht.« Sie brachte es fertig, ihn ebenso kalt wie frech anzugrinsen. »Und gefunden.«

Sie musterten einander. Mit dem linken Zeigefinger deutete Mara auf das Gewehr. »Denken Sie nicht mal dran, Latka.«

»Tue ich das?« Noch mehr Schweiß lag auf seinem Gesicht, sein ganzer Körper triefte mittlerweile. Die Anspannung wuchs in seiner Brust, wie ein Fremdkörper aus Blei. Seine Finger schlossen sich fest und immer fester um die Waffe.

»Es gibt nur zwei Optionen, Latka. Entweder Sie legen das Gewehr auf den Boden, oder Sie benutzen es.« Im Gesicht der Polizistin zuckte kein Muskel. Die bleichen Wangen, die dunklen Augen: eine kalte Maske. »Dazwischen gibt es nichts. Hinlegen oder benutzen.«

Latka fuhr sich mit der Zungenspitze über die Lippen.

»Wie entscheiden Sie sich?«, fragte sie.

60

Ein auffällig in Regenbogenfarben gestrichenes Gebäude in Bornheim.

Diskussionsrunde.

Mehrere Jugendliche und der Leiter des Zentrums saßen im Kreis auf Stühlen.

Es fiel ihnen nie leicht, in der Gruppe offen zu reden. Wem ginge es nicht so? Heute allerdings lief es besonders zäh. Was vielleicht auch an Hanno Linsenmeyer selbst lag, der einfach nicht bei der Sache war. Die ganze Zeit schleppte er die Sorge um Rafael wie einen unsichtbaren, viel zu schweren Rucksack mit sich herum. Schon wieder ertappte sich Hanno dabei, dass er höchstens mit halber Aufmerksamkeit zuhörte.

Serdar, ein sechzehnjähriges Schlitzohr, das schon in jedem Laden in Bornheim etwas geklaut hatte, erzählte nuschelnd von den lieblosen Zuständen in seinem Elternhaus. Hanno sah ihn an und nickte ausdrucksstark, als hätte er jedes einzelne Wort erfasst.

Serdar grinste frech. Dem Jungen konnte man nichts vormachen. Schon gar nicht, dass man an seinem Leben Anteil nahm, wenn man in Gedanken doch ganz woanders war.

»Okay«, murmelte Hanno, »ich bin heute ein wenig durch den Wind. Lasst uns mal eine Pause machen. In zehn Minuten wieder hier, einverstanden?«

Alle nickten, offenkundig ganz froh über die Unterbrechung.

Sie standen auf, um nach draußen zu gehen und eine Zigarette zu rauchen. Hanno verließ ebenfalls den Gemeinschaftsraum, um sich in sein Büro zurückzuziehen. Er hockte sich auf die Schreibtischkante, mit dem Rücken zum einzigen Fenster, und griff nach seinem Tabaksbeutel. Noch ehe er ihn aufgemacht hatte, ließ ihn ein Geräusch aufblicken: ein kurzes, leises *Pling*.

Hanno legte den Beutel wieder weg. Er richtete sich auf und ging langsam auf das Fenster zu. Hatte jemand ein Steinchen an die Scheibe geworfen? Was sollte das?

Hanno öffnete das Fenster, das zur Rückseite des Gebäudes wies. Hier wuchsen Sträucher und Büsche, die die Sicht auf die nachbarlichen Wohnblöcke erschwerten.

Er blickte hinaus.

Und er erschrak.

Dort, zwischen dicht wuchernden Zweigen und braun verfärbtem Blattwerk, lugte ein Gesicht hervor. Zwei dunkle Augen musterten ihn.

61

In diesem Moment war er ganz froh über die neuen Trennwände, die das Büro in Zweierzonen einteilten. So entging er wenigstens den Blicken der Kollegen. Halb mitfühlenden, halb spöttischen Blicken, wie er sie sich nur allzu lebhaft vorstellen konnte.

Jan Rosen saß am Schreibtisch, versunken in dumpfem Brüten, und starrte das Screensaver-Motiv auf seinem Monitor an – bunte Fische in einem Aquarium.

Die Wirkung der Schmerzmittel, die man ihm verabreicht hatte, ließ bereits nach. Unter dem dicken Verband tat sein Kopf höllisch weh, als würde er an mehreren Stellen von Bohrern malträtiert. Mit stillem Grauen musste er an die Nagelpistole denken und daran, was die Mordopfer hatten durchleiden müssen. Zumindest im Vergleich mit ihnen ging es ihm also ganz gut, dachte er in einem seltenen Anflug von Sarkasmus.

Von Latkas Schlag mit dem Gewehrkolben hatte er eine Platzwunde davongetragen, die mit sechs Stichen genäht worden war. Leichte Gehirnerschütterung, lautete die Diagnose.

Er dachte daran zurück, wie minutenlang alles schwarz um ihn herum gewesen war. Es hätte auch für immer sein können, das war ihm klar.

»Was machen Sie denn hier?«

Rosen schreckte auf und blickte hoch zu Hauptkommissar Klimmt, der neben der Trennwand erschienen war, ohne dass er es bemerkt hatte.

»Das ist mein Platz«, erwiderte er und wusste im selben Moment, wie albern sich das anhörte.

»Rosen, das ist mir durchaus bekannt.« Klimmt musterte

ihn prüfend. »Aber Sie müssten doch zu Hause sein und sich auskurieren.«

»Ich bin nur gekommen, um meinen Schreibtisch aufzuräumen und den Laptop einzupacken. Dann bin ich wieder weg.«

»Gut.« Klimmt sah ihn immer noch an, abschätzend, grübelnd, und machte keine Anstalten, wieder zu verschwinden.

»Dann können sich die anderen wieder ganz ungestört über mich lustig machen.« Er spielte an der Computermaus herum.

»Weshalb sollten sie?«, brummte Klimmt auf diese unbeteiligte, gleichgültige Art, mit der Rosen selten zurechtkam.

»Ach, ich hab nur Begriffe wie Wurstkönig und Rindswürstchen gehört. Und wahrscheinlich bin ich dann bald wieder der Spatz. Sie wissen doch, so haben mich die anderen genannt, als die Krähe hier angefangen hat und …«

»Niemand hat sich über Sie lustig gemacht«, unterbrach ihn der Hauptkommissar.

»Auch wenn dieser Latka kein Blochin oder Dassajew ist: Da draußen im Wald war er *gefährlich*. Wenn jemand auf Sie schießt, ist er alles andere als eine Witzfigur.«

»Niemand bezeichnet ihn als Witzfigur.« Klimmt betrachtete ihn mit unverändertem Ausdruck. »Oder Sie.«

»Das kann ich kaum glauben. Ich habe mich ja auch ziemlich übertölpeln lassen.«

»Ein Heldenepos wird wegen der Sache kaum auf Sie verfasst werden, aber wir haben ihn – und das zählt.«

»Weil er sich Billinsky ergeben hat. Wäre sie nicht gewesen, dann …«

»Rosen!« Zum ersten Mal mischte sich ein schärferer Ton in Klimmts Stimme. »Hören Sie auf mit dem Gejammer! Und gehen Sie nach Hause! Seien wir einfach mal froh, dass er Ihre Denkerstirn nicht gespalten hat.«

Rosen tippte mit dem Finger auf die stark geschwollene Stelle über dem Ohr. »Es war die Seite.«

»Hören Sie mal zu, Rosen. Keiner hat vergessen, dass Sie vor Kurzem Billinsky rausgehauen haben. Ich verstehe also nicht, dass *Sie* es vergessen haben. Ich weiß, Sie haben's nicht leicht unter mir. Aber wer hat's schon leicht unter mir?« Er grinste. »Man muss nicht *Dirty Harry* sein, um einen guten Bullen abzugeben. Rosen, Sie haben einen Platz in diesem Team. Sie haben Ihre Stärken. Und die sind wichtig.«

Rosen starrte ihn an und brachte keinen Ton hervor.

»Statt also in Selbstmitleid zu baden, sollten Sie zusehen, wieder fit zu werden. Wir brauchen Sie.«

Noch immer war Rosen unfähig, auch nur eine Silbe zu äußern. Nichts hätte ihn unvorbereiteter treffen können als Zuspruch von Klimmt.

Mit einem knappen Rucken seines breiten Kinns wies der Hauptkommissar auf den Platz, der Rosens Schreibtisch gegenüberlag. »Wo treibt sich denn Ihre werte Kollegin herum? Ich muss ein Wörtchen mit ihr wechseln.«

»Billinsky ist im Verhörraum.«

Klimmt stutzte. »Aber Latka steckt doch in seiner Zelle. Ich weiß das, weil …« Er stockte und schob die Augenbrauen zusammen. »Mit wem ist sie im Verhörraum?«

Rosen sah ihn an, dann wieder auf die Fische auf dem Monitor. »Mit Darius Zmuda.«

»Dachte ich's mir doch«, knurrte der Hauptkommissar mehr zu sich selbst. »Ich frage mich wirklich, was das bringen soll. Dieser Zmuda ist doch nur ein kleines Schlitzohr, das scharf darauf ist, für so gut wie nichts eine Belohnung aus uns herauszuschlagen.«

Da Klimmt nicht unbedingt auf eine Antwort erpicht zu sein schien, hielt Rosen lieber den Mund.

Nach einem weiteren Brummen rauschte der Hauptkommissar davon. Rosen blickte ihm kurz hinterher, dann räumte er, ordentlich wie immer, den Schreibtisch auf, damit nichts herumlag, während er zu Hause war und seinem Kopf und seinem Nervenkostüm Ruhe gönnte. Er erinnerte sich an den Trotz, den er Billinsky gegenüber an den Tag gelegt hatte, und ärgerte sich darüber. Das war kindisch gewesen, vollkommen unnötig und letztlich wohl nur der eigenen Unsicherheit geschuldet. Dabei war es doch zuvor recht gut für ihn gelaufen, hier im Team, zumindest besser als früher.

Warum zweifelst du immer an dir?, fragte er sich. Warum hörst du aus jeder Bemerkung eine Kritik an dir heraus? Er musste endlich selbstbewusster werden, geradliniger, das wusste er. Klimmts Worte erklangen erneut in seinem Kopf. Lob. Unglaublich. Und vielleicht der erste Schritt auf dem Weg, der endgültig zu einem ganz neuen Jan Rosen führen würde.

Um sich zu bedanken, schrieb er noch rasch einige E-Mails an Kollegen, die ihm zuletzt bei Recherchen rund um die Fleischindustrie geholfen hatten. Die Bilder der zurückliegenden Tage blitzten dabei in seinen Gedanken auf, Gesichter, Tatorte. Pawel Kadzior, die russischen Gangster, Bernd Latka, Pablo Meissner. Die Degener-Villa. Das Haus, in dem Peter Johannsen umgebracht worden war. Das Siwasdee.

Es traf ihn wie ein Blitz. So lange hatte er darüber nachgegrübelt, und plötzlich … Die Erinnerung kam tatsächlich wie aus heiterem Himmel.

Er suchte auf dem Desktop seines Laptops nach dem Ordner mit den Aufnahmen, die von der Überwachungskamera des Siwasdee stammten.

Oder täuschte er sich vielleicht?

Er klickte die Filmdateien an. Ließ die Szenen abspielen. Scrollte. Stoppte immer wieder. Starrte auf die Bilder. Minute um Minute verging. So viel Filmmaterial. Es kam ihm vor wie eine Ewigkeit. In seinem Kopf hämmerte es, aber er versuchte, den Schmerz zu verdrängen.

Endlich!

Rosen lehnte sich zurück, atmete durch. Er hatte sich also nicht geirrt.

Dann fiel ihm noch etwas auf. Ungläubig starrte er auf den Monitor.

Hastig erhob er sich. Das musste er unbedingt noch Billinsky mitteilen, bevor er sich auf den Heimweg begab.

62

Mara Billinsky stand ruckartig auf, und der Mann, der ihr gegenübersaß, zuckte kurz zusammen. Noch immer präsentierte er sich halb eingeschüchtert, halb frech.

»Vor wem haben Sie Angst?«, stellte Mara zum vierten Mal dieselbe Frage.

»Ich habe keine Angst«, gab er zum vierten Mal dieselbe Antwort.

In dem fensterlosen quadratischen Raum roch es nach Darius Zmudas Schweiß. Die beiden Stühle und der Tisch waren am Boden fixiert.

»Sie verschweigen mehr, als Sie preisgeben.«

»Ich verlange, dass Sie mich freilassen. Was habe ich verbrochen?« Bei jeder Silbe zitterte der Ziegenbart. »Wie lautet der Verdacht gegen mich?«

»Ich verdächtige Sie, dass Sie an einem Verbrechen beteiligt waren«, entgegnete Mara, so beherrscht es ihr möglich war. »Ein Verbrechen, das in Zusammenhang mit Rafael Makiadi steht. Das ist mein scheiß Verdacht.«

»Wie oft wollen Sie damit eigentlich noch kommen?«

»So oft, bis Sie mir Auskunft geben.«

»Ich habe ihn nicht in eine Falle …« Er presste die Lippen aufeinander.

»Eine Falle? Wer hat etwas gegen ihn?«

Zmuda schwieg und senkte den Blick.

»Also gut. Fangen wir eben von vorn an.« Mara ließ sich auf ihren Stuhl fallen. »Vor wem haben Sie Angst?«

»Ich habe schon zu viel geredet«, murmelte er, fast ohne die Lippen zu bewegen.

»Zu viel? Wegen der Details, die Sie über die Fabrik erzählt haben?« Betont beiläufig setzte sie hinzu: »Falls es Bernd Latka sein sollte, vor dem Sie sich fürchten – das ist unnötig.«

Zmuda blickte auf. Wortlos.

»Latka ist gestern festgenommen worden.« Mara behielt den beiläufigen Ton bei. »Und so, wie er sich kurz vor der Festnahme aufgeführt hat, wird er kaum so schnell wieder auf freien Fuß kommen.«

»Ist das wahr?«, meinte er skeptisch.

»Ich kann Sie zu ihm bringen, falls Sie Sehnsucht nach ihm haben«, sagte sie ironisch.

In seinem Kopf arbeitete es. Sie konnte es ihm ansehen.

Mit gerunzelter Stirn meinte er: »Ach, dieser Hund ist schneller wieder draußen, als ich Scheiße sagen kann. Egal, was er getan hat. Irgendein Rechtsverdreher holt ihn raus. Jede Wette.«

Mara betrachtete ihn eindringlich. »Noch mal: Sie brauchen keine Angst vor ihm zu haben. Und jetzt erzählen Sie mir endlich, was Sie bisher verschwiegen haben.«

Weiterhin rang er mit sich. Er misstraute den Behörden, er misstraute allem und jedem. Das war Maras Eindruck gewesen, und sie fühlte sich bestätigt. Wahrscheinlich wollte er wirklich nur eine Belohnung aus ihr herausholen, ohne eine Gegenleistung zu liefern.

»Sie wollten doch irgendetwas über Pawel Kadzior loswerden.«

»Wollte ich?«, flüsterte er.

Sie wechselte wieder in ihren unbeteiligten Tonfall. »Kadzior ist tot.«

Sein Kinn ruckte hoch, wie an einer Kordel gezogen. »*Was?*«

»Tot.«

»Und warum haben Sie mir das nicht gesagt?«

»Weil ich gemerkt habe, dass Sie das nicht wussten – und

weil ich Ihnen ebenso wenig traue wie Sie mir«, gab sie mit entwaffnender Lässigkeit zurück.

»Wie ist er gestorben? Wurde er ermordet?«

»Wie kommen Sie darauf?«

Zmuda schnaufte. »Weil Pavel selbst jemanden umbringen wollte.« Er legte die Hände auf die Tischplatte.

»Das wollten Sie mir also über ihn sagen.«

»Deshalb kam ich drauf. Ich dachte, die anderen wären eben schneller gewesen. Oder geschickter. Oder skrupelloser.«

»Welche anderen?«

Er biss sich auf die Unterlippe.

»Zmuda, Sie haben mir von Jakub erzählt. Pawels Sohn, der angeblich durch eine Unachtsamkeit starb. Was hat es damit auf sich? Wie kam er zu Tode?«

»Er hat einen Schlag abgekriegt, der aus Versehen etwas zu hart ausgefallen ist. Mit einem Baseballschläger. Auf die Birne. Tja, und dann war das Licht aus.« Darius machte eine hilflose Geste. »Er war mausetot, der arme Kerl.«

»Wer hat zugeschlagen?«

»Irgendwelche Muskelprotze.«

»Aus welchem Grund kam es zu der Auseinandersetzung?«

»Keine Auseinandersetzung. Die Schläger haben einfach einen Auftrag ausgeführt. Prügel für Geld.«

»Von wem wurden sie gekauft?« Maras Worte kamen im Stakkato, wie jedes Mal, wenn sie angespannt war.

»Ich rede und rede – und keine Sau wird mir glauben.«

Zweifelnd taxierte sie ihn. »Wer bezahlt die Schläger?«

Er schnaufte tief durch. »Die Geschäftsführung der Fabrik.«

Unablässig waren ihre Augen auf ihn gerichtet. »Die Geschäftsführung lässt die eigenen Arbeiter verprügeln. Das wollen Sie mir sagen, ja?«

»Und ob!«

»Das kann doch nicht wahr sein«, entfuhr es ihr.

Darius Zmuda betrachtete sie abwägend und sah dann weg. »Ich rede mich gerade um Kopf und Kragen. Besser, ich halte die Klappe.«

»Im Gegenteil. Es wird Zeit, dass Sie den Schnabel aufmachen. Warum schickt man einen Schlägertrupp auf die eigenen Leute los?«

»Wenn die Arbeiter aufmucken, über einen Streik nachdenken oder sonst irgendwie auffällig werden, gibt's was auf die Mütze. Man schüchtert sie ein, man zeigt ihnen mal wieder die Grenzen auf. Um sie noch kleiner zu machen, als sie sowieso schon sind. Immer wenn man den Eindruck hat, da könnten einige aufbegehren oder sogar zu einem Streik aufrufen, gibt's was auf die Fresse. Zuerst wurde der Schlägertrupp noch in das Wohnheim geschickt. Aber diese dämlichen Gorillas haben auf alles eingeprügelt, was sich bewegte. Auch auf Leute, die gar nicht bei Baltzer arbeiten.« Angewidert und wütend schüttelte er den Kopf. »So kam man auf die grandiose Idee, unter dem eigenen Dach für blaue Augen zu sorgen. Da kann es nämlich keine Unbeteiligten treffen, die möglicherweise nicht davor zurückschrecken würden, die Bullen zu alarmieren.« Leiser fügte er an: »Außer vielleicht mal eine Aushilfe.«

»Rafael?«

»Ja, da hat er Pech gehabt. Ihm hat der Angriff ja gar nicht gegolten.«

Mara taxierte ihn mit ihren dunklen Augen.

»So läuft das da nun mal«, redete er weiter. »In der Fabrik fühlen sie sich sicher. Da können sie sich alles rausnehmen. Und das tun sie auch. Tja, da kann es schon mal vorkommen, dass einer zu fest zuhaut. Was ist schon dabei? Ein Polacke mehr oder weniger – wen juckt's?«

Sie hob eine Augenbraue an. »Jakub Kadzior.«

»Klar.« Wieder sein Nicken. »Diese miesen Schweine.«

»Zurück zu Pawel«, sagte Mara, hin- und hergerissen zwischen Zweifel und Fassungslosigkeit.

»*Ich will mich rächen, ich will mich rächen.* Das hat Pawel immer gesagt. *Ich werde ihn umbringen.*«

»Ihn?«

»Denjenigen, der schuld am Tod von Pawels Sohn Jakub sein soll. Der für alles verantwortlich sein soll, was in der Fabrik abläuft. Damit konnte er nur den Boss meinen.«

»Sagen Sie's endlich: Bernd Latka.«

»Natürlich. Wer denn sonst?« Er starrte vor sich hin. »Tja, das war an dem Abend in der Kneipe. Pawel sah aus … Mann, der war echt vor die Hunde gekommen. Verdreckt, als hätte er im Straßengraben geschlafen. Ausgehungert. Verzweifelt. Er redete pausenlos etwas davon, dass er sie beobachtet, dass er sie verfolgt habe. Er wollte Rache für Jakub, und er sah absolut entschlossen aus. Sicher, er hat auch viel wirres Zeug geredet, aber nicht in dem Punkt, das versichere ich Ihnen. Wir quatschten die ganze Zeit, ich versuchte ihn zu beruhigen. Als ich nur mal schnell aufs Klo ging, war er verschwunden. Ich hab ihn nie wiedergesehen. Hm, bis mich dann plötzlich sein Foto angestarrt hat.«

»Und Sie sind sich sicher, er wollte Latka umbringen?«

»Absolut sicher.«

Mara taxierte ihn. »So was sagt man schnell daher. Wen ich schon alles abmurksen wollte.«

»Klar, ich auch. Aber ich habe es nie so ausgesprochen wie Pawel. Sie hätten ihn erleben müssen. Mir ist es eiskalt den Rücken runtergelaufen.« Er schüttelte den Kopf. »Das mit Jakub hat ihm das Herz gebrochen. Sie wissen nicht, wie sehr er Jakub geliebt hat. Nicht einmal seine Leiche hat er noch sehen können. Sie hatten gerade in verschiedenen Schichten gearbeitet, und er lag an dem Tag im Bett. Verstehen Sie, er schlief, als sein Sohn starb.«

»Aber Jakubs Tod konnte doch nicht *übergangen* werden«, zweifelte Mara. »Es muss doch eine Anzeige …«

Zmuda unterbrach sie mit einem zornerfüllten Abwinken. »Ich habe es Ihnen ja bereits im Schuppen gesagt: Was in der Fabrik geschieht, bleibt in der Fabrik. Offiziell hat es gar keinen Toten gegeben. Keine Schläger. Alles lief weiter wie davor. Jakub wurde wahrscheinlich irgendwo verscharrt. Oder zerstückelt. Oder verbrannt. Wer weiß das schon? Und nicht einmal dieser Vorfall hat etwas geändert. Ganz und gar nicht, denn bald nach Jakubs Tod, als die Arbeiter von Neuem zu murren anfingen, tauchten ja schon wieder Schläger auf. Das war, als Rafael etwas abbekam …«

»Wenn das stimmt, was Sie sagen …«

»*Wenn das stimmt*«, fiel er ihr erregt ins Wort. »Sehen Sie, Sie glauben mir ja auch nicht. Ich bin ja bloß ein Niemand, ein armes Schwein, wie Pawel. Mein Gott, nach Jakubs Tod war er nur noch ein Schatten seiner selbst. Sicher, er wollte Anzeige erstatten, aber man hat ihm aufgelauert. Hat auf ihn eingeredet und ihm eingebläut, dass das nichts bringen würde. Dass ihm niemand glauben würde. Dass er doch nur ein dreckiger Polacke wäre. Ohne anständige Papiere, ohne irgendetwas. Und er hat das geschluckt. Er kam nicht mehr in die Fabrik, hat sich wohl aber in der Nähe herumgetrieben. Auch in seinem Wohnheim hat er sich nicht mehr blicken lassen. Nicht nur aus Verzweiflung, wahrscheinlich auch aus Angst, sie würden ihn ebenfalls kaltmachen.«

Mara ließ ein paar Sekunden verstreichen. Sie musste erst einmal nachdenken.

»Ehrlich gesagt«, meinte sie schließlich, »kommt mir das, was Sie über die Fabrik erzählt haben …«

»Ich weiß, dass Sie mir kein Wort glauben«, unterbrach er sie zum dritten Mal. »Würde ich ja auch nicht. Es klingt wie Mittelalter. Und genauso fühlt es sich an. Scheiße, niemand würde es glauben.«

Vor Maras innerem Auge entstand das Bild des *Großen Schweigers*. Ihr Gespür hatte sie also nicht getrogen. Die tiefe Verzweiflung, die sie bei Pawel Kadzior wahrgenommen hatte, war wahrhaftig gewesen. Jetzt konnte sie sich seine seltsam apathische Art, seinen leeren, traurigen Blick erklären. Der arme Mann hatte seinen Sohn verloren – auf brutale Art.

Falls die Kadziors Verwandte in Polen hatten – und davon ging Mara aus –, dann mussten sie benachrichtigt werden. Der *Große Schweiger*. Schon als sie noch nicht seine Hintergründe kannte, hatte er sie irgendwie gerührt. Jetzt ging ihr sein Schicksal noch mehr zu Herzen. Armer Kerl, dachte sie. Und musste sich doch wieder konzentrieren und an jemand anders denken.

»Weiß Rafael von Jakub?«, fragte sie.

»Nein, aber die Schläger hat er ja selbst leibhaftig miterlebt. Und er weiß auch, was sonst noch vor sich geht in der Fabrik.«

»Sonst noch? Was zum Teufel ist da los?«

Die Tür ging auf, Klimmts breite Gestalt schob sich in den Raum.

»Billinsky, ich muss mich mal kurz mit Ihnen unterhalten.«

Er brachte die Worte betont sachlich vor, aber sie wusste auch so, dass er sauer war. Und sie hatte ohnehin mit seinem Erscheinen gerechnet. Dennoch sagte sie auf die herausfordernde Art, die sie wohl nie würde ablegen können: »Das muss natürlich ausgerechnet jetzt sein.«

»Muss es.« Klimmt blickte von ihr zu Zmuda.

»Wir sind gerade an einem verdammt wichtigen Punkt und …«

»Die Befragung ist abgebrochen.«

»Das kann nicht Ihr Ernst sein, Chef. Ich muss mit diesem Mann reden, denn …«

»Und ich muss mit Ihnen reden«, knurrte der Hauptkommissar.

Nur Minuten später betrat Mara Klimmts Büro. Er hatte das Fenster aufgemacht und paffte nach draußen.

Sie schloss die Tür hinter sich und stellte sich neben ihn. Er bot ihr keine Zigarette an. Kalte Luft strömte herein.

Sekunden verstrichen. Klimmt brütete mit düsterem Blick, als wäre er ganz allein.

»Nun sagen Sie schon, was Sie auf dem Herzen haben«, durchbrach Mara sein Schweigen.

Er ließ sich Zeit mit der Antwort. Dann brummte er nur: »Alles ist nur Stückwerk. Wir haben nichts in der Hand.«

»Mag sein. Aber …«

»Sie servieren mir hier einen komischen Vogel nach dem anderen«, fiel er ihr ins Wort. »Aber keinen Mordverdächtigen. Zmuda. Latka. Davor Pawel Kadzior. Wollen Sie mir etwa weismachen, dass das Killer sind?«

»Na ja, Latka hat immerhin beinahe Rosen und mich auf dem Gewissen. Hoffe, es ärgert Sie nicht, dass wir noch am Leben sind.«

»Billinsky, ich *weiß*, dass er auf euch geschossen hat. Was ich nicht weiß, ist Folgendes: Wer hat Ellen Degener umgebracht? Isolde Windeck? Pablo Meissner? Peter Johannsen?«

Sie schwieg.

»Und wer hat Pablo Meissner damit beauftragt, Pawel Kadzior zu ermorden?« Er hustete und schneuzte sich die Nase. »Es bleibt dabei. Alles nur Stückwerk.«

»Vielleicht sieht es nicht so aus, aber außer dem Fall Ellen Degener hängt alles miteinander zusammen. Oder fast alles.«

»Was macht Sie da so sicher?«, fragte er, wenig überzeugt.

»Ich fange mal von hinten an. Darius Zmuda hat uns gewissermaßen zu meinem guten Freund Rafael Makiadi und zu Pawel Kadzior geführt. Alle drei führen uns zur Fleischfabrik Baltzer. Und damit zu Bernd Latka, der ohne wirklichen Grund auf uns schießt und wohl gerade dabei ist, die Flucht anzutreten, vor wem oder was auch immer. Pawel Kadzior führt uns außerdem zu Pablo Meissner, der getötet hat – und getötet wurde. Mit einer Nagelpistole, was uns wiederum zu Peter Johannsen führt.« Sie machte eine Pause. »Nichts und niemand in dieser Auflistung führt uns dagegen zu Blochin und den Russen. Was mich endgültig in dem Verdacht bestärkt, dass sie uns lediglich von der entscheidenden Spur abbringen sollten.«

»Was ist denn die verdammte entscheidende Spur?«

»Lachen Sie mich nicht aus, aber es scheint die Fleischfabrik zu sein. Darius Zmuda hat einige Dinge erwähnt, die wir genauer überprüfen sollten.«

»Hm«, machte Klimmt, noch weniger überzeugt.

»Wir haben diesen Latka mächtig aufgescheucht. Er hat komplett die Nerven verloren. Und noch etwas: Pawel Kadzior wollte Latka umbringen.«

Klimmt stutzte. »Aus welchem Grund?«

Sie gab eine Kurzzusammenfassung ihres Gesprächs mit Zmuda. Und sie erwähnte auch Rafael.

Nachdenklich nickte Klimmt. »Okay, wenn da etwas dran ist, werden wir Schritte einleiten, um alles über die Fabrik in Erfahrung zu bringen. Dank Ihnen haben wir Latka. Wir wringen ihn aus wie einen nassen Lappen, und dann wird auch herauskommen, weshalb er plötzlich mit euch beiden Wilder Westen gespielt hat.« Er sah sie an. »Aber bedenken Sie: Latka ist nicht der Typ, der jemandem mit einer Nagelpistole auf den Leib rückt. Er foltert niemanden über Stunden, während er das Opfer mit einem Amphetamincocktail am Leben hält. Er schickt Meissner nicht mit einer Todesspritze und einem Mordauftrag los und macht ihn anschließend kalt.« Wieder brummte er unwillig.

»Ich würde gern noch eine Weile mit Zmuda reden. Er hat ja gerade erst angefangen auszupacken, wer weiß, was noch ans Tageslicht kommt.«

Erst jetzt hielt Klimmt ihr die Zigarettenschachtel hin. Sie griff zu und ließ sich Feuer geben.

Es klopfte.

»Hm«, brummte Klimmt erneut, nur etwas lauter. Die Tür wurde geöffnet und gleich wieder geschlossen. Sie drehten sich um und sahen in Rosens blasses Gesicht. Der Kopfverband war noch strahlend weiß, aber mittlerweile etwas verrutscht. In den Händen hielt er seinen aufgeklappten Laptop.

»Rosen, Sie sollten doch längst zu Hause sein.« Klimmt schnippte seine Zigarettenkippe ins Freie.

»Es tut mir leid.«

»Was? Dass Sie noch hier sind?«

»Äh, nein.« Rosen suchte nach den richtigen Worten, wie an seiner Miene abzulesen war. »Dass ich einfach nicht darauf gekommen bin. Schon seit Tagen spukt es mir …«

»Rosen«, unterbrach Mara ihn. »Was willst du uns zeigen?«

»Ach so. Ja. Hier ist es.«

Während auch Mara sich ihrer Zigarette entledigte, stellte Rosen den Laptop auf Klimmts Schreibtisch. Zu dritt standen sie nebeneinander und sahen sich, nach vorn gebeugt, eine Filmsequenz an. Unscharfe, krisselige Bilder von einer hoch in der Ecke des Siwasdee-Eingangsbereichs hängenden Kamera mit veralteter Technik.

An einer Stelle stoppte Rosen den Film mit einem schnellen Tastendruck.

Trotz der schlechten Bildqualität gab es keinen Zweifel. Neben leicht bekleideten asiatischen Frauen war Pablo Meissner zu sehen, der an einem Champagnerglas nippte. Und hinter ihm, leicht verdeckt, stand ein weiterer Mann.

»Der Kerl hinter Meissner«, entfuhr es Mara sofort. »Das ist unser schießwütiger Freund Bernd Latka.«

Klimmt stimmte nickend zu.

»Latka ist mir erst heute aufgefallen«, erklärte Rosen. »Als ich die Bänder zum ersten Mal sah, kannte ich ihn ja noch gar nicht.«

»Dieser Ausschnitt bestätigt das, was ich vorhin sagte«, bemerkte Mara, den Blick auf den Hauptkommissar gerichtet. »Alles hängt zusammen. Es ist eben nicht nur Stückwerk. Oder anders ausgedrückt: Wir müssen die einzelnen Stücke eben zusammenkleben.«

»Ich werde Sie nicht aufhalten, Billinsky«, brummte Klimmt.

63

Sie hatte sich einen Kaffee geholt und setzte sich an den Schreibtisch. Eine kurze Pause, dann würde sie wieder in den Verhörraum gehen.

In ihrer Zweierzone, hinter den Trennwänden, war es still. Das einzige Geräusch kam von Jan Rosen, der auf seiner Tastatur herumtippte.

»Du müsstest doch längst daheim sein«, meinte Mara.

»Das hat Klimmt mir auch schon gesagt.«

»Dann sei ein braver Junge und folge den Anweisungen deines Vorgesetzten.« Sie nippte an der schauderhaften Automatenbrühe.

»Das ist ja mein Fehler: dass ich immer ein braver Junge bin.«

Sie spähte an ihrem Monitor vorbei und betrachtete Rosens Verband. »Denk an deinen Kopf – und verschaff ihm Ruhe. Was machst du denn eigentlich?«

»Du erinnerst dich doch an die drei ominösen Schweizer?«, erwiderte er, ohne aufzublicken.

»Die Besitzer von Baltzer?«

»Ich bin an ihnen dran, und ich glaube, da wartet durchaus eine Überraschung auf uns.«

Noch einen Schluck Kaffee, dann schob sie den Becher von sich weg. »Meine übliche Rosen-Frage: Geht's auch etwas präziser?«

»Hoffentlich.« Er sah zu ihr herüber. »Aber leider noch nicht jetzt. Ich sage es dir erst, wenn ich absolut sicher bin. Dazu sind noch Telefonate mit verschiedenen Kollegen nötig. Und das werde ich wohl wirklich von daheim aus erledigen.«

»Ich bin gespannt.«

Sie zog ihr Handy aus der Tasche. Beim Gespräch mit Zmuda hatte sie nicht gestört werden wollen und es daher auf stumm geschaltet. Als sie die Einstellung nun wieder änderte, bemerkte sie, dass Hanno Linsenmeyer mehrfach angerufen hatte, ohne sie zu erreichen.

Auch mehrere Nachrichten waren eingegangen.

Eine von Adrian, nur Minuten zuvor: *wollen wir nicht mal wieder die zeit stillstehen lassen? wann sehe ich dich wieder …?*

Keine Frage, aufgrund des Stresses der letzten Tage hatte sie ihn nun schon öfter versetzen müssen. Was ihr leidtat. Was vielleicht aber auch besser war, wie ihr der eigene Verstand zuflüsterte.

Doch selbst jemand, der so gern für sich war wie Mara, der sich immer wieder nach Einsamkeit sehnte, konnte offenbar nicht gegen bestimmte Empfindungen immun sein, denn sie spürte ihn, den glimmenden Wunsch, Krux wiederzusehen.

Ihre Antwort auf seine Nachricht bestand aus einem einzigen kurzen Wort: *bald*

Seine Antwort wiederum traf nur Sekunden darauf ein, doch sie wollte sie erst später lesen, da sie bereits Hanno Linsenmeyer anrief.

Hanno meldete sich sofort: »Mara! Endlich!«

»Sorry, ich hatte zu tun. Gibt es …?«

»Rate mal«, unterbrach er sie, »wer bei mir ist?«

»Sag nicht, es ist Rafael«, entfuhr es ihr mit jäher Anspannung.

»Er ist ziemlich mitgenommen, aber tatsächlich: Rafael ist aufgetaucht. Der Junge hat die letzten Tage in einem winzigen Dorf zugebracht. Dort musste er flüchten, erst zu Fuß, dann hat er irgendwo auf dem Land einen Linienbus nach Frankfurt erwischt und … Am besten, er erzählt dir selbst alles. Du solltest dir das unverzüg-«

»Wo seid ihr?«, fiel sie diesmal ihm ins Wort. »Bei dir zu Hause?«

»Nein, im Jugendzentrum.«

»Ich hole euch ab – wir reden bei mir in der Wohnung, da sind wir ungestörter als im Zentrum.«

»Stimmt. Übrigens, hier sind mehrere Jugendliche. Wir haben eigentlich eine Diskussionsrunde. Das heißt, ich kann euch nicht begleiten. Aber es ist ohnehin wichtiger, dass du im Bilde bist. Ich fürchte, Rafael befindet sich in großer Gefahr.«

»Das fürchte ich auch. Ich fahre gleich los.«

In höchster Eile stürmte sie in Richtung Tür davon.

»Was ist denn los?«, rief Rosen ihr nach. »Ich dachte, du wolltest wieder mit Zmuda sprechen.«

»Ziegenbart muss warten.« Sie stoppte kurz, streifte sich fahrig die Jacke über. »Stell dir vor, Rafael ist wieder aufgetaucht.«

»Das freut mich.«

»Später mehr!«, stieß sie noch hervor und war schon draußen.

Mittlerweile war es früher Abend geworden. Ein endloser Tag, wie es Mara vorkam, als sie auf ihren Alfa zustürmte. Doch sie war viel zu aufgedreht, um Erschöpfung zu verspüren.

Feierabendverkehr. Die Straßen noch voller als sonst. Dennoch wagte Mara es immer wieder, bestimmte Streckenabschnitte in halsbrecherischem Tempo zum Jugendzentrum zurückzulegen. Kaum hatte sie direkt davor mit quietschenden Reifen gebremst, brachte Hanno bereits Rafael nach draußen. Genau wie Rosen trug der Junge einen Kopfverband – nur dass seiner verschmutzt war und inzwischen ziemlich locker saß.

Mara stellte keine Fragen, sondern startete sofort wieder den Wagen.

Zu ihrer Wohnung war es nicht weit. Keine fünfzehn Minuten später schloss sie die Eingangstür hinter sich und Rafael und atmete tief durch.

In den Flur drang nicht viel Tageslicht vor. Sie standen einander gegenüber, ein kurioser Moment der Befangenheit. Sie waren Freunde, sie vertrauten einander. Und dennoch dauerte es, bis sie beide ihre gewohnte Hülle aus Coolness überwanden und sich in die Arme fielen.

»Fuck«, flüsterte Mara. »Ich hatte wirklich Schiss um dich.«

»Du weißt ja, was Hanno immer sagt: Unkraut vergeht nicht.«

Sie lösten sich voneinander. Beide lächelten scheu.

»Sorry, dass ich mich nicht gemeldet habe. Ich hätte mich viel früher um dich kümmern müssen, aber in meinem Schädel war ein einziges Durcheinander. Es läuft alles schief zurzeit, und irgendwie …« Mara gingen die Worte aus.

»Alles okay.« Er umarmte sie erneut, und das tat ihr verdammt gut.

Gleich darauf saßen sie sich auf dem Totenkopfteppich im Wohnzimmer gegenüber, Mara mit lässig ausgestreckten Beinen, den Rücken am Sofa, Rafael im Schneidersitz.

Er redete so viel, wie er wohl nie zuvor im Leben geredet hatte.

Er erzählte von dem Moment, als er begonnen hatte, der Fleischfabrik und den Vorgängen dort mehr Aufmerksamkeit zu schenken. Davon, wie Gammelfleisch wieder in Umlauf gebracht wurde, von den weiteren Tricks und der katastrophalen Hygiene, die da herrschte. Von den Wohnheimen der Arbeiter in Sossenheim. Von Darius und dessen Schilderungen. Von der verrückten Hilde. Von Bernd Latka. Von dem Schlägertrupp – und von den Männern, denen er fast in die Falle gegangen wäre.

»Und bei denen«, betonte er mit Nachdruck, »handelte es sich nicht nur um Schläger.«

Jetzt erst wurde Mara bewusst, wie mitgenommen er aussah, blass und dünn. Wie sehr er von Angst erfüllt war – und das, obwohl er in seinem jungen Leben schon so manche schlimme Situation hatte durchstehen müssen.

»Du hast wirklich einiges mitgemacht«, sagte sie mitfühlend.

»Die Kerle wollten mir nicht bloß eine Abreibung verpassen«, betonte er erneut. »Ich bin überzeugt, dass sie mich kaltmachen wollten.« Mit ernsten runden Augen sah er sie an.

»Auf jeden Fall wollten sie in Erfahrung bringen, wie viel du weißt. Darüber, was in der Fabrik vorgeht. Wohl auch über den Tod von Jakub Kadzior.«

Er stutzte. »Wer ist das?«

»Der Sohn von Pawel Kadzior.«

Er grinste unsicher. »Und wer ist das?«

»Jetzt bin ich an der Reihe mit Erzählen. Ich habe nämlich auch die Bekanntschaft von Darius Zmuda gemacht.«

»Du kennst Darius?« Sein Gesicht zeigte Verblüffung.

»Wie es aussieht, wollte er eine Belohnung einstreichen und sich damit absetzen. Das hat er nicht zugegeben, aber das ist meine Vermutung.«

»Er hat mich in eine Falle gelockt.«

»An dem Punkt waren er und ich auch schon, aber so richtig wollte er nicht mit der Wahrheit herausrücken.«

»Wahrscheinlich hat er es nicht aus böser Absicht getan. Sie haben ihn nur benutzt. Ich meine, er wusste nicht, wieso er mich an einen bestimmten Ort locken sollte.«

Mara hob zweifelnd eine Augenbraue an. »Sicher?«

»Ziemlich.« Er nickte. »Er ist doch nur ein kleiner Arbeiter. Er kennt alle, er quatscht mit allen. Vor allem kennt er mich. Latka ist es aufgefallen, dass ich anfing, mich umzusehen und – na ja, du weißt ja jetzt alles.«

Sie überlegte. Dann griff sie zu ihrem Handy und rief Rosen an. Als er sich meldete, fragte sie, ob er inzwischen zu Hause sei.

»Bin ich«, erwiderte er. »Aber um ehrlich zu sein – ich klebe schon wieder am Laptop.«

»Dann schadet's ja nicht, dass ich anrufe«, meinte sie ironisch.

»Kommt darauf an«, gab er im selben Tonfall zurück.

»Rosen, du hast doch erwähnt, dass Bernd Latka seine Finger noch in weiteren fleischverarbeitenden Betrieben hat. Wir müssen unbedingt herauskriegen, um welche Betriebe es sich handelt.«

»Das ist mir schon klar.«

»Je schneller, desto besser.«

»Du meinst, *ich* muss es herauskriegen.«

Sie lachte leise. »Du kennst mich, was?«

»Und ob!« Auch Rosen musste lachen. »Ich schaff das schon.«

»Danke!«

Kurz darauf erhielt sie einen Anruf von Adrian, der sie charmant um ein weiteres Treffen bat. Doch einmal mehr musste sie ihn vertrösten.

Rafael hatte sich inzwischen aufs Sofa gekauert. Er sah müde aus. Aus seinem dunklen, attraktiven Mischlingsteint war noch immer jede Farbe gewichen.

»Ich glaube, ich werde dann mal aufbrechen.« Er gähnte.

»Wohin?«, fragte Mara verdutzt.

»Nach Hause. In meinen Wohnheimpalast. Wohin sonst?«

»Du bist ja lustig.« Sie schmunzelte. »Das kannst du vergessen. Denkst du, ich lasse dich noch einen Moment aus den Augen? Du bleibst hier. Und morgen früh begleitest du mich zu meinem Chef, einem ganz besonders liebenswürdigen Brummbär. Ihm werden wir dann noch einmal alles erzählen. Und für die nächste Zeit bleibst du unter Polizeischutz.«

»Ich mag die Bullen nicht«, sagte er nachdenklich. »Außer dir natürlich.«

»Jetzt, da du eine Aussage machen kannst, wird sich auch

Darius überwinden und alles preisgeben, was er weiß, da bin ich mir sicher.«

Rafael drückte sich noch tiefer in die Polster. Erneut gähnte er. Mara stellte sich ans Fenster und blickte nach draußen in die mittlerweile dicht und abweisend gewordene Dunkelheit. Sie ermahnte sich, aufmerksam zu bleiben, konzentriert. Es lag an ihr, dass Rafael wohlbehalten im Präsidium ankommen würde. In der bevorstehenden Nacht würde sie auf Schlaf weitgehend verzichten müssen.

Dennoch atmete sie beim Blick in die Dunkelheit einmal ganz tief durch vor Erleichterung. Nicht nur wegen Rafaels Rückkehr. Auch weil sie sie endlich vor Augen hatte, Peter Johannsens verdammte *big story*.

Als ihr Darius von der Behandlung der osteuropäischen Arbeiter berichtet hatte, war ihr bereits der Verdacht gekommen, dass die Fabrik das Ziel von Johannsens Recherchen gewesen sein konnte. Aber die Situation von Menschen wie Pawel und Jakub Kadzior stellte lediglich einen Aspekt dar. Nach den Beobachtungen zu urteilen, die Rafael gemacht hatte, ging es um wesentlich mehr: Es ging um das Fleisch. Es ging um Betrug im großen Stil. Um gewissenlose Geldmacher und um Gesundheitsgefährdung – und damit um das Wohl zahlreicher Menschen.

Ja, jetzt konnte man das gesamte Ausmaß absehen. Es handelte sich bei Weitem nicht nur um eine unbedeutende Fabrik in der Einöde, ganz und gar nicht. Ja, die *big story*. Endlich. Ohne das Ablenkungsmanöver mit dem Siwasdee und den Verbrechern aus Russland wären sie womöglich früher auf der richtigen Spur gewesen. Doch wer konnte das schon mit Sicherheit sagen?

Mara ging in die Küche und schenkte sich ein Glas Rotwein ein. »Magst du was trinken?«, rief sie Rafael zu.

»Ein Bier wäre nicht schlecht.«

Mara lachte. »Hanno wäre strikt dagegen.«

»Aber das hab ich mir doch verdient, oder?«

»Hast du«, stimmte sie zu.

Sie brachte ihm eine Flasche aus dem ansonsten mal wieder ziemlich leeren Kühlschrank. Als sie sich zuprosteten, sagte sie: »Wir könnten uns nachher Pizza kommen lassen. Was hältst du davon?«

»Viel.« Er nahm noch einen großen Schluck.

Der Wein, es war ein Feudo Arancio Rosso, schmeckte hervorragend: trocken, samtig, üppig. Und er tat ihrer Seele gut, jedenfalls sagte sie sich das. Trotz ihrer Konzentration – die Anspannung ließ ein wenig nach. Endlich bestand die Chance, Licht in dieses Labyrinth aus Dunkelheit zu bringen und die vielen losen Fäden miteinander zu verknüpfen.

Das jähe Surren der Haustürklingel riss sie aus ihren Gedanken.

Sie wechselte einen überraschten Blick mit Rafael und zuckte ratlos die Schultern.

In Rafaels Augen schimmerte Furcht auf.

Es klingelte erneut.

64

Eine Schreibtischplatte, auf der sich kein einziges Staubkorn fand. Leer. Kein Notizblock, keine Stifte, keine Kalender. Nur ein zugeklappter, ausgeschalteter Laptop. Und der Festnetzapparat, dessen Nummer nur wenige kannten. Daneben lag ein Smartphone, dessen Nummer sogar nur einer Person vertraut war.

Als es dezent summte, nahm der Mann, der in einem Drehstuhl vor dem Schreibtisch saß, den Anruf mit einem kurz ausgestoßenen Wort entgegen: »Ja.«

»Hier ist Aurelio.«

»Ich weiß«, entgegnete der Mann gereizt.

»Es gibt ein kleines Problem.«

»Eines? Klein? Zwei Lügen in einem einzigen kurzen Satz.« Er rollte mit dem Stuhl ein Stück weg vom Tisch und legte die Füße darauf. Sein dunkelblauer Anzug war von schlichter Eleganz. »Ich hätte mich nicht auf Sie verlassen sollen, Aurelio.«

»Ich biege das wieder hin, davon bin ich überzeugt«, erwiderte Aurelio. Wie immer klang er zuversichtlich und selbstsicher. Wie bekam er das nur hin?

»Überzeugt? Sie vielleicht, ich nicht. Es ist schon zu viel schiefgelaufen. Es begann mit diesem Journalisten, und jetzt sind wir bei diesem Jungen. Habt ihr ihn endlich?«

»Wir sind an ihm dran.«

Der Mann lachte hart auf. »Das ist mir zu wenig.«

»Wir sind an ihm dran«, wiederholte Aurelio seelenruhig.

»Und Latka?«

»Das wird schon.«

»So meine ich es nicht.«

»Wie dann?«

»Wie schon? Können Sie sich das nicht denken?«

»Hm. Das wird nicht leicht.«

»Bei diesem Waldschrat, der von mir wusste, hat es doch auch funktioniert.«

»Latka wird bewacht. Viel strenger als der Waldschrat. Wir haben gute Anwälte. Sie werden ihn führen wie eine Handpuppe und dazu bringen, den Mund zu halten.«

»Das wird sich zeigen.«

»Ich bin da ebenfalls zuversichtlich.«

»Wie auch immer die Sache mit Latka weitergeht, es müssen bestimmte Vorkehrungen getroffen werden.«

»Das ist mir klar«, erwiderte Aurelio unverändert gelassen. Fast musste man ihn für seine Ruhe bewundern.

»Vorkehrungen für meine Person.«

»Selbstverständlich.«

»Ich muss weg von hier.«

»Selbstverständlich.«

Der Mann im Anzug saugte die Luft ein. »Leiten Sie das in die Wege! Und kümmern Sie sich um den Rest!«

»Selbstverständlich.«

Damit war das Gespräch beendet.

Ordentlich, wie er war, platzierte er das Handy exakt so auf dem Schreibtisch, wie es zuvor gelegen hatte.

Fest presste er die Lippen aufeinander. Er hatte zu viel riskiert. Zum ersten Mal in seinem Leben hatte er zu viel gewollt, zu hoch gepokert und den Überblick verloren. Und er hatte anderen zu viel Vertrauen geschenkt und sie zu wenig kontrolliert. Aber lange waren die Dinge reibungslos gelaufen. Sehr lange.

Jetzt allerdings würde alles explodieren, und ihm würden die Splitter um die Ohren fliegen.

Er musste verschwinden. Möglichst rasch, möglichst unauffällig. Er machte sich nichts vor, es ging nur noch darum, den eigenen Kopf zu retten.

65

Mara hastete durchs Wohnzimmer und öffnete die Tür zum angrenzenden Schlafzimmer.

»Hier rein mit dir«, zischte sie.

Sie konnte Rafael die Angst noch immer ansehen.

Er stand vom Sofa auf. »Meinst du, das sind …?«

»Los!«, unterbrach sie ihn. »Nur zur Sicherheit. Ich will erst mal feststellen, wer uns mit einem Überraschungsbesuch beehrt.«

Als er im Nebenraum war und sie die Tür wieder schloss, klingelte es zum dritten Mal.

Mara schob sich vorsichtig ans Fenster und spähte nach unten. Doch aus dem zweiten Stockwerk war der Bereich vor dem Hauseingang nicht einsehbar. Sie holte ihre Waffe, betätigte den automatischen Türöffner und hörte, wie die Tür aufgestoßen wurde.

Lautlos schob sie sich aus der Wohnung und schloss die Wohnungstür. Im Treppenhaus brannte Licht. Schritte. Jemand kam nach oben. Mara nahm geräuschlos mehrere der Stufen, die in die dritte Etage führten. Dort presste sie sich an die Wand, den Blick nach unten auf ihren Eingang gerichtet.

Ein Mann, dunkel gekleidet, tauchte auf und klingelte oben abermals.

Lässig stand er vor der Tür.

»Ich war nicht auf Besuch eingestellt, Krux«, sagte Mara.

Er drehte sich um, anscheinend noch nicht einmal erschrocken. Als er sie erblickte, lächelte er. In der Hand hielt er eine Rose. »Was treibst du denn dort? Falls du mich überfallen willst – ich hätte nichts dagegen.« Mit dem Kinn deutete er auf die Pistole.

Sie kam zu ihm herunter.

»Du hast nicht auf meine Nachricht geantwortet«, sagte er.

»Um ehrlich zu sein, ich habe sie nicht einmal gelesen.«

»Ich habe geschrieben, dass du mich nicht loswirst.«

»Das scheint mir auch so«, erwiderte sie spöttisch.

»Ich weiß, du hast viel um die Ohren, und eigentlich war es meine Absicht, dich auf keinen Fall zu bedrängen. Aber …«

Adrian hielt inne. Er wollte ihr einen Kuss geben, sie wich ihm jedoch aus, um die Tür aufzumachen.

»Nicht enttäuscht sein – ich habe schon Besuch.«

»Oh … Etwa männlichen?«

Sie nickte herausfordernd. »Richtig geraten.«

»Doch wohl kaum so attraktiven wie mich?« Er grinste frech.

»Er kann mit dir mithalten – und ist sogar jünger als du.«

Adrian hielt ihr die langstielige Rose hin, die tiefschwarze Blütenblätter hatte. »Dann gehe ich lieber und lasse dir die als Erinnerung an mich zurück.«

Mara musste lachen. »Mein Kollege Rosen hat mir mal einen winzigen Kaktus geschenkt, aber Blumen noch nie jemand.«

»Also auch nicht mein jüngerer Rivale«, kommentierte er zufrieden.

»Du musst nicht gehen.« Sie sah ihn an. »Nun komm schon rein.«

Mara ließ ihre Waffe verschwinden und brachte Adrian ins Wohnzimmer. Dort legte sie die Rose auf dem winzigen Tischchen ab und ging ins Schlafzimmer zu Rafael. Der Junge war erleichtert, dass es sich bei dem Besuch nur um einen Freund handelte, wie Mara Krux nannte, zeigte sich aber nicht gerade versessen auf Gesellschaft. Er wirkte erschöpft.

»Und was ist mit Pizza?«, fragte Mara.

»Der Schreck von eben hat mir den Appetit verdorben. Ich würde am liebsten einfach nur schlafen.«

Sie nickte ihm zu. »Dann leg dich ins Bett und mach die Augen zu. Du wirst weiterhin viel Kraft brauchen.«

»Dein Bett? Aber was ist mit dir?«

»Nun mach schon, Rafael«, sagte Mara.

Er zog sich den Hoodie aus; die Sneaker hatte er schon zuvor im Flur abgestreift. »Danke«, murmelte er. In Jeans rollte er sich zusammen. Plötzlich strahlte er etwas sehr Kindliches aus. Angesichts dessen, was er bereits alles erlebt hatte, vergaß sie bisweilen, wie jung er noch war. Mit einem letzten Blick auf ihn knipste sie das Licht aus, um geräuschlos den Raum zu verlassen.

Gleich darauf saß sie gemeinsam mit Adrian auf dem Teppich. Im Hintergrund liefen leise dieselben Songs wie zuletzt.

»*I've laid with the devil*«, sang PJ Harvey. »*Cursed god above, forsaken heaven, to bring you my love.*«

Jeder von ihnen hatte ein Glas Rotwein vor sich.

»Ich habe nicht mal eine Vase«, meinte Mara mit einem Blick auf die schwarze Blume, die sie auf dem Tisch abgelegt hatte. »Aber eine leere Weinflasche tut's sicher auch.«

»Die Rose ist perfekt für dich.« Er lächelte auf seine rätselhafte Art. »Eine ewige, unvergängliche Rose.«

»Hör auf mit dem schwülstigen Mist.« Mara lachte auf. »Sonst glaube ich noch, du bist gar nicht Krux, sondern nur ein Doppelgänger.«

»Aber es stimmt. Sie ist in einem aufwendigen Prozess mit Glycerin und natürlichen Farbstoffen konserviert. Sie blüht eine halbe Ewigkeit – und das ohne Wasser, ohne Sonne.« Er zwinkerte ihr zu. »Wenn dieses Ding nicht wie für dich gemacht ist, dann weiß ich auch nicht.«

Wieder musste sie lachen, und für einen Moment erschienen ihr die jüngsten Erlebnisse ganz weit weg.

»Mara.« Er rückte näher an sie heran.

»Was ist? Sollte ich mal langsam um Hilfe schreien?«

»Verstärkung wäre ja nebenan. Wer ist denn dein geheimnisvoller Verehrer?«

»Das verrate ich dir nicht. Verrate du lieber mir, warum du auf einmal so ernst guckst.«

Adrian ließ sich Zeit mit der Antwort. »Auch auf die Gefahr hin, dass du mich gleich wieder auslachst: Ich finde, wir beide sollten eine Entscheidung treffen.«

Sie hob eine Augenbraue.

»Mara, ich denke, wir passen einfach gut zusammen.«

»Das denkst du also? Da bin ich mir nicht so sicher.«

Er holte Luft. »Ich will einfach nicht, dass es aufhört …« Kurz senkte er den Blick. »Scheiße, ich kann so was einfach nicht.«

»Was? Reden? Da schätzt du dich falsch ein, glaub's mir.«

»Mara, ich finde, wir beide sind Verrückte, auf unsere Art. Und irgendwie gehören wir zusammen.«

Wieder hob sie eine Augenbraue. »Tun wir das?«

Er rückte noch näher, legte einen Arm um sie und küsste sie. Sie ließ es geschehen, erwiderte den Kuss, doch als seine Hände unter den Stoff ihres engen schwarzen Shirts und über ihre Haut glitten, stoppte sie ihn.

»Was ist?«

Sie erhob sich und ergriff dabei ihr Weinglas. Im Stehen trank sie einen Schluck. »Lass mir Zeit, Krux.« Wieder wurde ihr bewusst, dass es mit ihm anders war als damals mit Carlos Borke.

Auch Adrian stand auf. »Alle Zeit der Welt, Mara.«

Sie erwiderte nichts, sondern sah aus dem Fenster.

»Ich lasse dich jetzt allein.« Er trat hinter sie, strich ihr Haar zur Seite und küsste ihren Nacken. »Oder fast allein«, fügte er scherzhaft hinzu.

Sie konnte den Stoff rascheln hören, als er in seinen Mantel schlüpfte.

»Denk drüber nach, Mara.« Er räusperte sich. »Über uns, meine ich.«

»Das werde ich tun, Krux.«

Sie drehte sich nicht um, bis er die Wohnung verlassen hatte. Dann setzte sie sich in Bewegung und verriegelte die Tür.

Sie machte sich einen pechschwarzen Kaffee, holte ihre Waffe wieder hervor und stellte sich auf eine lange Nacht ein. In Adrians Gegenwart hatte sie sich gehen lassen, das war auch schön gewesen, doch nun wollte sie wieder Konzentration aufbauen.

Rafael konnte nach wie vor in höchster Gefahr sein. Das war es, was sie beschäftigen sollte. Nicht Adrian. Über Krux konnte sie nachgrübeln, wenn diese Sache ausgestanden war.

Vor dem Fenster ballte sich die Finsternis.

»*I'm scared, baby*«, sang PJ Harvey. »*I wanna run. This world's crazy. Gimme the gun.*«

Mara machte die Musik aus und setzte sich aufs Sofa, die Tasse in der Hand, Beine angezogen, die Pistole griffbereit. Sie lauschte in die Stille, die das Haus umschlossen hielt.

66

Er war früh aufgestanden, noch vor dem ersten zarten Flackern des Tageslichts. Wie immer, wie sein ganzes Leben lang.

Auch heute trug er einen Anzug in einem dezenten blauen Farbton. Auch heute saß er da, das Handy im Blick, und wartete auf einen Anruf. Diesmal nicht im Büro, sondern zu Hause. Er hatte keinen Schluck getrunken, nichts gegessen.

Stille.

Bis endlich der leise Klingelton an sein Ohr drang.

»Ja?«

»Die Vorbereitungen laufen«, sagte Aurelio, ebenfalls ohne ein Wort der Begrüßung.

»Das müssen sie auch, die Zeit rast mir davon.«

»Keine Sorge, heute geht es los für Sie.«

»Was ist mit dem Jungen?«

»Seine Lebenserwartung beträgt höchstens noch zwei oder drei Stunden«, erwiderte Aurelio sachlich.

»Bleiben noch Latka und dieser Pole. Zmuda.«

»Latka wird geholfen. Wir kriegen ihn aus dem Kreuzfeuer.« Aurelio machte eine Pause. »Und was den Polen angeht, werden wir sehen.«

»Zmuda muss ausgeschaltet werden.«

»Wir können keine Bombe abwerfen und ihn damit unter Schutt und Asche begraben.«

»Wie Sie es anstellen, ist Ihre Sache.«

»Selbstverständlich.«

Der Mann im blauen Anzug blickte aus dem Fenster. »Ich will, dass Sie alle wegschaffen. Die Polen, Rumänen, Bulgaren.«

Schweigen, eine ganze Weile. »Alle, die bei Baltzer sind?«

»Auch diejenigen, die woanders für uns arbeiten.«

»Unmöglich«, gab Aurelio schlicht zurück.

»Machen Sie es möglich. Die Leute müssen weg. Alle. Je schneller, desto besser.«

»Wohin?«

»Zurück in ihre Heimat. Dorthin, wo der Pfeffer wächst. Auf den Mond. Was weiß ich. Lassen Sie sich was einfallen. Packen Sie sie in Lkws, und nichts wie weg mit ihnen.«

»Ich kann das nicht versprechen.«

»Sie sollen es nicht versprechen, sondern umsetzen. Wie sieht es in den Fabriken aus?«

»Viele fleißige Händchen sind dabei, aufzuräumen und bestimmte Sachverhalte zu verschleiern, um es mal so auszudrücken.«

»Wann muss ich mich bereithalten?«

»Wie ich schon sagte: Heute geht es los für Sie.«

»Ich will eine Uhrzeit.«

Aurelio schwieg erneut.

»Eine Uhrzeit«, kam die Forderung bestimmter.

»Halten Sie sich ab elf Uhr bereit.«

67

Wie eine langsame bleigraue Flut wälzte sich der Morgen durch die Straßen Bornheims, gespenstisch, fast unwirklich. Es wurde heller und blieb doch düster, als würde der neue Tag nie Gestalt annehmen.

Der starke Kaffee hatte letztlich nichts genützt – Mara war immer wieder eingenickt, auch für mehrere Stunden am Stück.

Kein Vorfall, keine Störung, nichts war passiert, und das gab ihr Auftrieb. Sie versuchte die stumpfe Müdigkeit mit einer Heiß-kalt-Dusche zu vertreiben, was ihr auch halbwegs gelang.

Danach weckte sie Rafael, der ohne Unterlass geschlafen hatte, in nahezu unveränderter Haltung. Auch er ging rasch unter die Brause. Mara machte noch mehr Kaffee, und nach einer großen Tasse für jeden von ihnen verließen sie das Haus.

Kaum jemand war unterwegs, der Motorenlärm der großen Einfallstraßen drang nur gedämpft zu ihnen. Die Luft war klar und kalt, der farblose Himmel sah aus wie marmoriert.

Am Vorabend hatte Mara Glück gehabt und in der Parallelstraße eine Parklücke gefunden. Ihre Schritte hallten, als sie sich nun über Kopfsteinpflaster hinweg auf den Alfa zubewegten, an dessen Fahrerseite noch immer die Schramme zu sehen war, die Latkas SUV verursacht hatte. Ein jäher Windstoß ließ Laub von den Kastanienbäumen aufwirbeln.

»Eigentlich bin ich noch viel zu müde, um alles wieder haarklein zu erzählen«, bemerkte Rafael. »Aber andererseits will ich natürlich unbedingt, dass das herauskommt.«

»Du schlägst dich großartig«, antwortete Mara.

Alles war ruhig, kein Anlass zur Sorge, und dennoch

meinte sie ein Kribbeln zu verspüren, das sie unwillkürlich angespannter werden ließ. Ihre Augen scannten die Umgebung. Die leere Straße, die leeren Bürgersteige, die beiden Reihen dicht an dicht geparkter Fahrzeuge.

Sie hatten den Alfa fast erreicht, als kurz hintereinander aus unterschiedlichen Richtungen zwei identische Geräusche ertönten. Mara wusste sofort, was es war: Autotüren hatten sich geöffnet.

Sie warf einen Blick über ihre Schulter und erfasste augenblicklich die Gestalt. Groß, breitschultrig, dunkel gekleidet. Der Mann zog sich eine schwarze Skimaske, die nur die Augen freiließ, über den Kopf. Und nahezu gleichzeitig hatte er eine Pistole in der Hand.

Maras Stimme zerriss die Stille: »Lauf, Rafael!«

Sie rannten beide los – und hielten nach wenigen Schritten inne.

Auch von vorn näherte sich ihnen eine Gestalt, ein ebenfalls kräftiger, nahezu identisch gekleideter Mann. Auch er mit Maske und Waffe.

Sie wurden in die Zange genommen.

Mara gab Rafael einen kräftigen Schubs, der ihn nach rechts über die Straße schickte. Im Laufen riss sie die Dienstwaffe aus dem Hüftholster.

Schüsse peitschten auf, surrten durch die Luft, trafen auf das Blech der abgestellten Autos. Mara und Rafael zogen die Köpfe ein und flüchteten weiter, geschützt von den Fahrzeugen, die von weiteren Kugeln getroffen wurden. Glas splitterte, Luft entwich Reifen, die Querschläger abbekamen.

»Schneller!«, zischte Mara.

Sie rannten um die Ecke, schneller, immer schneller, hinter ihnen ertönten die Schritte der Verfolger.

Noch einmal um die Ecke. Jetzt waren sie auf der Berger Straße. Weiter, immer weiter. Neuerliche Schüsse ertönten. Die U-Bahn-Haltestelle tat sich wie ein Abgrund vor ihnen auf. Die Treppe hinunter, Rafael wäre beinahe gestürzt. Die erste Tiefebene, weiter, weiter.

Die Maskenträger immer noch hinter ihnen. Noch mehr Schüsse.

Von unten erklang das Rauschen einer sich nähernden U-Bahn.

Zum Glück war es früh am Morgen. Noch wartete hier nicht die übliche Masse an Leuten, um zur Arbeit zu gelangen. Die wenigen Menschen am Bahnsteig warfen sich nach einer langen ungläubigen Schrecksekunde auf den Boden.

Die zweite Ebene.

»Schneller!«, schrie Mara.

Da stand sie, die grün lackierte Bahn, die Schiebetüren gingen zu, Mara und Rafael zwängten sich gerade noch hinein und warfen sich automatisch unter den verstörten Blicken der Fahrgäste, die in ihrer morgendlichen Routine aufgeschreckt wurden, zu Boden.

Die Bahn setzte sich in Bewegung, Kugeln prallten dumpf von dem Waggon ab.

Im Liegen warf Mara einen Blick zu Rafael, in dessen Augen blankes Entsetzen stand. Sie ging hoch in die Knie und ergriff seine zitternde Hand.

»Hat es dich erwischt, Rafael?«

Er starrte sie nur heftig keuchend an, unfähig, etwas zu erwidern.

68

Das Geklingel von Telefonen, eine Putzfrau, die den billigen Laminatboden wischte, gemächliche Schritte, gedämpfte Gespräche. Der Flur des Präsidiums erstreckte sich vor ihnen, und erst hier erlaubten sie es sich, einmal tief durchzuatmen.

Mara drückte sanft Rafaels Arm, ganz kurz nur, und er antwortete mit einem Blick, der ihr sagte, dass er in Ordnung war und den Schrecken einigermaßen verdaut hatte.

Jan Rosen erschien in der offenen Tür ihres Büros. Er hielt abrupt inne, als er sie erblickte, und erkannte offenbar sofort, dass etwas vorgefallen war. Fragend sah er Mara an.

»Es war knapp«, sagte sie, als wäre damit alles erklärt.

»Was ist passiert?«

Sie musterte seinen Verband, den er eigenhändig erneuert hatte und der akkurat saß. »Du solltest doch zu Hause sein.«

»Ach«. Er winkte ab. »Ich sitze ja hier nur am Schreibtisch und betreibe Recherche. Das bisschen Schädelbrummen ist auszuhalten.« Er betrachtete Maras Begleiter.

»Ach so«, sagte sie. »Das ist Rafael Makiadi.«

»Hallo.« Rosen nickte ihm zu. Die beiden reichten sich die Hand.

»Und das ist mein Kollege Jan Rosen.«

»Der mit den Pullovern«, kam es gedankenlos von Rafael, dessen Blick beiläufig Rosens knallgrünen Rolli streifte.

Rosens Wangen röteten sich. »Also: Was ist passiert?«, fragte er noch einmal.

»Man ist verdammt scharf darauf, Rafael daran zu hindern, dass er mit uns spricht«, erwiderte Mara. »Lasst uns zum Chef gehen. Dann kann er ausführlich Bericht erstatten.«

»Klimmt hat schon nach dir gefragt«, gab Rosen mit vielsagender Betonung zurück.

Zu dritt standen sie gleich darauf vor der Tür des Hauptkommissars. Mara klopfte an, öffnete, und nacheinander betraten sie das Büro.

»Wo stecken Sie die ganze Zeit?«, lautete Klimmts geknurrte Begrüßung. »Wer ist der Junge?«, fragte er weiter, ohne ihr Zeit für eine Antwort zu lassen.

»Das ist Rafael Makiadi«, entgegnete Mara betont ruhig. »Ich habe Ihnen bereits von ihm erzählt«,

»Er soll draußen warten.«

»Nein, er bleibt hier.« Immer noch aufreizend ruhig ihr Tonfall. »Und nun sagen Sie lieber, welche Laus Ihnen über die Leber gelaufen ist.«

Er riss das Fenster auf und schob sich eine Zigarette in den Mund. Ohne sie anzuzünden, mit fast geschlossenen Lippen, redete er los: »Bernd Latka hat sich zwei Anwälte genommen.«

»Kennen wir sie?«, fragte Mara.

»Frankfurt ist keine riesige Stadt. Da sind uns die meisten Winkeladvokaten schon über den Weg gelaufen, die beiden allerdings nicht. Weiß der Geier, aus welchem Sumpf sie hervorgekrochen sind.« Die Flamme des Feuerzeugs züngelte, er inhalierte tief.

»Hoffentlich machen sie ihn nicht kalt«, sagte Mara in Anspielung auf Pablo Meissners Mord an Pawel Kadzior.

»So etwas darf – und wird – nie wieder vorkommen.« Klimmt fuhr sich über den Schnauzbart. »Scheinen jedenfalls zwei besonders clevere Vögel zu sein. Man sollte sie nicht unterschätzen. Offenbar wollen sie es nun so hinstellen, dass Sie und Rosen Druck auf Latka ausgeübt haben. Sie beide hätten ihm Angst eingejagt und ihm gedroht. Daraufhin sei er geflüchtet.«

»Das kann nur ein schlechter Scherz sein«, warf Mara ein.

Rosen schüttelte verärgert den Kopf.

»Außerdem betonen die Rechtsverdreher, dass Latka in dieser ungerechtfertigten Drucksituation Rosen hätte erschießen können, jedoch so nett gewesen sei, ihm nur die Birne zu zertrümmern.«

»Ein echter Vorzeigebürger«, bemerkte Mara. »Rosen, du solltest ihm einen Dankesbrief schreiben.«

»Die Anwälte behaupten, ihr Mandant habe sich nichts zuschulden kommen lassen und alles sei nur ein Missverständnis. Angeblich erwägen sie gerade, Sie beide zu verklagen.«

»Tatsächlich, ein Scherz«, wiederholte Mara mit einem Achselzucken.

»Abwarten, wir haben schon gesehen, was juristische Trickser so alles aus dem Ärmel schütteln können. Wie gesagt: nicht unterschätzen.«

Klimmt warf Mara die Schachtel zu, aber sie legte sie nur auf dem Schreibtisch ab. »Bevor ich eine rauche, hören wir uns erst mal an, was Rafael alles zu erzählen hat. Danach werden Sie sich weniger Sorgen machen wegen der Anwälte.«

Skeptisch musterte er erst den Jungen, dann Mara. »Was hat er denn Packendes auf Lager?«

Mara grinste ihren Chef an. »Immerhin Peter Johannsens *big story*.«

Der Hauptkommissar lachte auf. »Nehmen Sie mich nicht auf den Arm! Ich bin zu dick dafür – und zu genervt.«

»Wenn Rafael fertig ist mit seinem Bericht, wird er dieses Gebäude nicht mehr verlassen und außerdem unter Polizeischutz gestellt. Heute hatten wir nämlich schon eine reizende Begegnung. Übrigens, nach seiner Aussage wird auch Darius Zmuda umfassend auspacken, davon bin ich überzeugt.«

»Dann schieß mal los, Junge«, brummte Klimmt. Er lehnte sich an der Fensterbank an und stieß eine bläuliche Qualmwolke aus.

Rosen und Rafael nahmen auf den beiden Besucherstühlen Platz, Mara blieb stehen, und Rafael begann zu erzählen.

69

Ein paar Stunden später standen Mara und Jan Rosen am Kaffeeautomaten, jeder einen Becher in der Hand.

»Licht am Ende eines verdammt dunklen Tunnels. Oder findest du nicht, Rosen?«

»Es war beschwerlich genug.«

»Kann man wohl sagen. Und es ist einiges schiefgelaufen. Aber dennoch – wir kommen voran.«

Um Rafael Makiadi wurde sich, nachdem er seine Aussage beendet hatte, bestens gekümmert. Man hatte ihm zu essen gegeben, er war ärztlich untersucht worden, und nun schlief er sich, vorsorglich unter Bewachung, in einem improvisierten Patientenzimmer aus.

Zuvor hatte Mara ihn noch zu Darius Zmuda geführt, der sich wortreich bei Rafael dafür entschuldigte, dass er ihn, wenn auch unwissentlich, zu dem verlassenen Industriegebiet gelockt hatte.

Anschließend hatte auch Darius, im Beisein von Hauptkommissar Klimmt, eine umfassende Aussage gemacht. In der Tat – nach langem Herumirren schien sich am Ende des Tunnels ein Lichtstreif zu zeigen.

Mara taxierte Rosen prüfend. »Du siehst wieder ganz schön bleich aus. Ab mit dir nach Hause.«

»Ist schon okay.« Betont gleichmütig winkte er ab. »Außerdem will ich dir die ganze Zeit etwas erzählen.«

»Dann schieß los.«

»Lass uns ins Büro zurückgehen.«

Auf dem Weg begann er zu berichten: »Ich habe gestern und heute sehr, sehr viel telefoniert. Eine Menge E-Mails geschrieben, eine Menge E-Mails erhalten. Sowohl von nationalen als auch internationalen Kollegen.«

»Gefällt mir, wie du immer ausholst«, meinte sie ironisch.

»Danke!«, gab er säuerlich zurück und fuhr fort: »Jedenfalls hatte das alles nur einen Zweck: endlich mehr über die drei Schweizer herauszufinden.«

»Ich habe sie nicht vergessen: die Herren, denen Baltzer gehört.«

»Baltzer sowie eine Handvoll weiterer fleischverarbeitender Betriebe.«

Sie erreichten ihr Großraumbüro, zwängten sich an den Trennwänden vorbei und setzten sich auf ihre Plätze an den gegenüberstehenden Schreibtischen.

»Du wirst es nicht glauben«, sprach er weiter, »aber alles deutet darauf hin, dass es diese drei Männer gar nicht gibt. Ihre Namen, ihre Daten, alles verliert sich im virtuellen Nebel. Scheinexistenzen. Das heißt, jemand anders steht hinter Baltzer – und den übrigen Betrieben, die übrigens allesamt über ganz Hessen verteilt sind. Und jetzt kommt's.« Über die Schreibtische hinweg warf ihr Rosen einen vielsagenden Blick zu.

»Nämlich?«

»Ein bestimmter Name taucht ebenfalls in Verbindung mit genau diesen Betrieben auf.«

Sie hob eine Augenbraue. »Bernd Latka?«

»Treffer, Kollegin.« Er nickte. »Latka mischt in sämtlichen Firmen mit. Wie es sich ja schon angedeutet hatte. Jeweils als Subunternehmer, der für alles Mögliche verantwortlich ist, zum Beispiel auch fürs Personalwesen.«

»Dieser kleine schmierige Widerling.«

»Die zuständigen Kollegen sind bereits informiert und auf die Betriebe angesetzt. Deshalb mein reger E-Mail-Austausch. Da wird auch garantiert etwas passieren, und zwar ganz fix.«

»Sehr gut, Rosen.« Mara trank den letzten Schluck ihres Kaffees.

»Das wird eine Lawine auslösen. Hundertprozentig. Denn du kannst mir nicht erzählen, dass das, was Rafael und Darius geschildert haben, sich allein bei Baltzer abspielt. Sowohl was den Umgang mit den Angestellten und die hygienischen Verhältnisse als auch den Betrug am Verbraucher betrifft. Dahinter steckt System.«

Sie sah ihn an. »Und der bauernschlaue Bernd Latka mit seinem Frettchengesicht soll das alles auf die Beine gestellt haben? Ein offenkundig bestens durchorganisiertes Unternehmen, das im Verborgenen agiert?«

»Wichtiges Stichwort: die Organisation. Sie erfordert große Kenntnisse und immensen Aufwand.«

»Ein ebenso wichtiger Punkt: die notwendigen Männer fürs Grobe. Und damit meine ich nicht die Kraftprotze, die mit Baseballschlägern auf Arbeiter einprügeln – die kennt Latka vielleicht noch aus seiner Zeit als Bordellbetreiber oder was weiß ich. Nein, ich rede von den Männern, die mit höchst professioneller Brutalität gegen eventuelle Störenfriede vorgehen.«

»Störenfriede wie Peter Johannsen.«

»Genau. Jemand wie Johannsen, der das Ganze zum Einsturz bringen kann.« Mara legte die Beine auf den Schreibtisch. »Wer hierbei überhaupt keine Grenzen kennt, nicht vor Mord zurückschreckt und dazu über die Mittel und Profis verfügt, um Tötungen auf diese Art durchzuführen, für den steht viel auf dem Spiel. Hierbei ging es nicht nur darum, die Vorgänge innerhalb der Fabriken geheim zu halten, sondern vor allem denjenigen zu schützen, der dafür verantwortlich ist und letztlich die entscheidenden Befehle gibt.«

»An diesem Punkt waren wir vor Kurzem schon einmal – bei dem Gespräch mit Klimmt.«

»Johannsen hat diversen Chefredakteuren angekündigt, eine Riesenschweinerei auffliegen zu lassen.«

Rosen nickte zustimmend. »Schweinerei passt bestens. Aber auch die Dimension stimmt. Da tut sich ein Abgrund auf.«

»Ja, das ist ein Riesengeschäft. Man zahlt geringstmögliche Löhne für die Arbeiter, spart sich kostspielige Hygienevorschriften, macht mit vergammelter Ware enorme Gewinne, oder anders: Man macht Dreck zu Gold. Und das im großen Stil.« Mara zeigte ein grimmiges Grinsen.

»Hm«, brummte er nachdenklich. Seine Augen weiteten sich plötzlich. »Wo haben wir Pawel aufgegriffen? Daran denkst du doch.«

»Genau, Rosen.«

Beide erhoben sich fast gleichzeitig und griffen nach ihren Jacken, die über den Stuhllehnen hingen.

»Wir haben ihn in Kronberg kennengelernt«, sagte Rosen, als sie das Büro verließen und den Flur entlangeilten.

»In der Nähe einer Villengegend«, ergänzte Mara.

Sie nahmen den Aufzug und traten kurz darauf ins Freie, wo sie ein neuerlicher kalter Windzug empfing.

»Ich stelle mir das so vor«, redete Rosen weiter. »Pawel hängt die ganze Zeit über in der Nähe der Fabrik herum. Sagte nicht auch Darius Zmuda etwas in der Art?«

»Stimmt.« Mara fischte den Wagenschlüssel aus der Jackentasche.

»Vielleicht war Latka da sogar noch Pawels Ziel. Für ihn war er ja der Boss. Er ist ihm nachgeschlichen, hat ihn beobachtet, womöglich auch in der Nähe von Latkas Haus. Auf diesem Wege hat er zufällig ein Treffen zwischen Latka und dem Mann mitbekommen, bei dem in Wahrheit die Fäden zusammenlaufen. Und der damit die Schuld am Tod von Pawels Sohn Jakub trägt.«

Sie stiegen in den Alfa ein, Mara fuhr los und schlug den Weg Richtung Autobahn ein.

»Rosen«, sagte sie nach einer Weile des Schweigens, »deine Theorie vom Einbrecher, der in der schicken Villa zum Zufallsmörder wird, war gut durchdacht, aber leider falsch.«

»Das ist mir klar.«

»Obwohl das Wort Zufall durchaus von Bedeutung ist.«

Mara beschleunigte. Aus dem Augenwinkel nahm sie wahr, wie Rosens Gestalt, gepresst in den Beifahrersitz, sich versteifte.

»Es gab keinen Einbrecher«, fuhr sie fort. »Aber einen Eindringling, der sich aus einem einzigen Grund Zutritt verschafft hat: um jemanden umzubringen. Allerdings nicht die Person, die er vorfand.«

»Denn er traf Ellen Degener an, die wahrscheinlich vorher in seinem verbitterten Kopf gar keine Rolle gespielt hatte«, spann Rosen ihre Gedanken weiter. »Wenn man so will, war er kein Zufallsmörder, aber Ellen Degener ein Zufallsopfer.«

»Richtig.«

Mittlerweile hatten sie Kronberg fast erreicht.

»Und Pawel Kadzior verlor, genau wie du es dir ausgemalt hast, völlig die Nerven«, nahm Mara den Faden wieder auf. »Wahrscheinlich ist er total erschrocken, als er ihr gegenüberstand.«

»Klar, er war ohnehin verzweifelt, völlig durcheinander.«

»Womöglich hat die arme Frau, mindestens so erschrocken wie er, wie am Spieß geschrien, als sie ihn entdeckte. Er muss durchgedreht sein und hat sie erwürgt.«

Rosen nickte. »Und anschließend ist er weiterhin um die Villa herumgeschlichen. Er hat das Gebäude vom Waldrand aus beobachtet und auf eine zweite Chance gehofft.«

Sie gelangten an die Straße, die ihr Ziel darstellte.

»Irgendwann wurde Pawel bemerkt, bestimmt vom neu installierten Sicherheitspersonal. Vielleicht war er zu ungeschickt oder zu waghalsig. Die Bodyguards haben auf ihn geschossen und ihm einen Streifschuss verpasst, aber es gelang ihm, den Kerlen zu entkommen.«

Mara parkte eingangs der Straße, ein Stück von der Villa entfernt. Beim Aussteigen bemerkte sie, dass Rosen hektisch auf seinem Smartphone herumtippte. »Abschiedsbriefe? Liebesbotschaften? Was ist denn so dringend?«

»Etwas, das ich gleich hätte erledigen sollen. Ich werde allmählich wie du: unvorsichtig.«

»Mal den Teufel nicht an die Wand«, warf sie spöttisch ein.

»Und ich lasse mich fast schon automatisch von dir mitschleifen.«

Trotz der wachsenden Anspannung musste sie leise lachen. »Ich schleife niemanden mit.«

Er schob das Handy in die Innentasche seiner Jacke. »Ich habe Klimmt mitgeteilt, wo wir uns befinden und warum. Und ihn darauf vorbereitet, dass wir unter Umständen Verstärkung brauchen.«

»Solche Umstände könnten eintreten«, sagte sie, jetzt verhaltener, konzentrierter. Beide gingen auf den Holzzaun zu, der das Grundstück und die zweistöckige Villa in Kubusform umschloss. Mara griff sich ans Hüftholster und entsicherte ihre Waffe, ohne sie zu ziehen.

Rosen bemerkte es. »Meinst du, es wird so ernst werden?«

Sie zuckte mit den Schultern. »Wir wissen nicht mal, ob der feine Herr und seine kleine Privatarmee anwesend sind.«

Jetzt standen sie am Zauntor, wo sich die Klingel befand.

»Denk bitte dran, dass wir ihm nichts beweisen können, wenn wir uns mit ihm unterhalten. Dass nichts gegen ihn vorliegt, zumindest *noch* nicht.« Rosen sprach die Worte mit großer Eindringlichkeit aus, was Mara doch wieder zum Schmunzeln brachte.

»Aber reden müssen wir auf jeden Fall mit ihm, das siehst du ja wohl genauso.«

»Sonst wäre ich nicht mitgekommen.« Rosen nickte ihr zu. »Willst du nicht läuten?«

Mara überlegte. »Nein, will ich nicht.« Sie deutete knapp nach links. »Ich drehe eine halbe Runde und nähere mich von der anderen Seite.«

»Warum?«, fragte er verdutzt.

»Kann ich dir auch nicht sagen. Es ist nur so ein …«

»Gefühl«, fiel er ihr ins Wort. »Aber allein wirst du kaum über den Zaun kommen.«

»Ich schaff das schon.« Sie war bereits losgegangen. »Gib mir noch ein paar Sekunden, bevor du läutest.«

Mara konnte den bangen Blick förmlich spüren, mit dem er ihr hinterhersah. Kaum war sie außer Sichtweite, als sie das Geräusch der Klingel hörte. Sie betrachtete noch kurz das ruhige Villenviertel um sich herum, dann sprang sie aus dem Stand nach oben, hielt sich am Rand des Zauns fest und zog sich hoch.

70

Kai Degener stand vorm Garderobenspiegel im Eingangsbereich und betrachtete sich prüfend. Mit seinen schlanken Fingern strich er sich das Revers des blauen Anzugs glatt.

Zum ersten Mal seit Tagen dachte er an Ellen. Sie hatten eher nebeneinander als miteinander gelebt, aber ihr Tod hatte ihn getroffen, auch wenn die Tränen gespielt waren. Er hatte seit Langem keine Liebe mehr für sie empfunden, aber Respekt dafür, wie unerschütterlich sie den Schein gewahrt hatte.

Ein solches Ende hatte sie jedenfalls nicht verdient.

Schritte ertönten, und sofort konzentrierte er sich wieder.

Seiffert kam vom ersten Stock die Treppe nach unten gelaufen.

»Wir kriegen Besuch«, kündigte er an. Beherrscht wie immer. Das schätzte Degener an ihm.

»Vom wem?«, fragte er gleichermaßen ruhig.

Seiffert hielt inne. Die breiten Schultern ließen den weißen Hemdstoff spannen. »Einer der beiden neugierigen Bullen.«

»Das hat mir gerade noch gefehlt«, sagte Degener.

Sekunden verstrichen.

Im ganzen Haus war es mucksmäuschenstill. Wie schon vor Ellens Tod, wie seit jeher.

»Möchten Sie den Mann empfangen?«, wollte Seiffert wissen.

Es klingelte.

»Ich denke, ich verzichte auf ein Geplauder mit ihm.«

Alles war vorbereitet. Er wollte verschwinden. Bis Anwälte ihm Zeit verschafft hätten, sodass er am anderen Ende der Welt mit Hilfe von weiteren Anwälten untertauchen und neu beginnen konnte. Geld öffnete Türen. So war es stets, so würde es stets sein. Und Geld war alles, was ihm geblieben war. Bald würde die ganze Sache herauskommen, das war jetzt nicht mehr aufzuhalten.

Sein Standing, seine Reputation, sein bisheriges Leben – alles verloren, alles dahin.

Seiffert ging zu der Tür, durch die man zu der Doppelgarage gelangte, und öffnete sie. »Einer meiner Kollegen fährt Sie. Ich bleibe mit dem zweiten hier. Wir halten den Bullen auf, das verschafft Ihnen Luft.«

Degener streifte den muskelbepackten Mann mit einem Seitenblick. Er war nicht im Bilde darüber, was Seiffert alles für Jobs bewältigte und wie er sie durchführte, aber er schätzte Profis. Und genau das war Seiffert. Oder wie immer er in Wirklichkeit heißen mochte.

Kai Degener nickte. »Dann los.«

Er machte sich auf den Weg in die Garage, wo sein Koffer bereits in die Limousine verladen worden war. Mehr wollte er nicht mitnehmen, er musste schnell und flexibel sein. Die Reise würde er mit falschen Papieren, unter falschem Namen antreten.

Hinter sich hörte er die Schritte des Mannes, der ihn chauffieren würde, und den Ruf, mit dem Seiffert den dritten Sicherheitsmann zu sich beorderte. Er öffnete die Fondstür des Wagens und schob sich auf die mit Leder bezogene Rückbank. Sonst kein Mensch schlichter Gedanken, gab es jetzt nur noch eines, was Degener durch den Kopf ging: Nichts wie weg!

Der Fahrer setzte sich ans Steuer.

Fast im selben Moment ertönte zum zweiten Mal der dezente Laut der Klingel.

71

Mara näherte sich der Villa von hinten. Wie zuletzt waren erneut viele der Fenster von Jalousien verdeckt.

Ihre Anspannung wuchs. Diese Sicherheitsleute waren keine Clowns gewesen, und seit sie und Rosen die Stadtgrenze erreicht hatten, war sie von einem unguten Gefühl erfüllt gewesen.

Sie umrundete den strahlend weißen kubusartigen Bau. Der Himmel war grau und tot, ein unangenehmer Wind wehte. Hinter einem der noch nicht völlig kahl gewordenen, ausladenden Zierbüsche ging sie so gut wie möglich in Deckung.

Offenbar war Rosen nach seinem abermaligen Läuten geöffnet worden. Sie verfolgte, wie er durch das Tor im Zaun das Grundstück betrat und auf die drei Stufen der marmornen Freitreppe zuging, die zum Eingang führte. Er bewegte sich zögerlich, vorsichtig, wie es typisch für ihn war, während er sich unauffällig nach ihr umsah.

Ein elektronisches Surren zerschnitt die Stille ringsum.

Das breitere der beiden Zauntore schob sich auf – das für die Durchfahrt von Autos. Auch eines der Garagentore öffnete sich.

Eine schwarze Limousine, die hinteren Scheiben dunkel getönt, fuhr heraus, äußerst schnell.

»Stop!«, rief Rosen und hob die Hand.

Im selben Moment sprang die breite Haustür auf. Ein Mann in Anzughose und weißem Hemd mit schmaler Krawatte erschien auf der Treppe, eine Waffe in der Hand.

Es war Seiffert.

»Hallo, Bulle!«, sagte er mit metallisch harter Stimme zu Rosen.

Rosen erstarrte förmlich. Sein Gesicht war auf einmal so bleich wie der sorgfältig angelegte Kopfverband.

»Waffe weg!«, kreischte Rosen, wirkte aber immer noch wie paralysiert. Seine Arme hingen regungslos am Körper herunter.

Seiffert grinste. Er legte an.

Mara zielte nur grob und schoss ohne Zögern.

Die Kugel verfehlte Seiffert knapp, verhinderte aber, dass er auf Rosen feuern konnte. Überrascht ging er in die Knie und suchte den Garten ab, bis er Mara entdeckte. Er legte erneut an und drückte ab. Das Projektil zerfetzte ein paar Zweige des Zierbusches, den Mara als Deckung nutzte. Aus den Augenwinkeln bekam sie mit, dass Rosen sich endlich zu Boden geworfen hatte und an seinem Rücken nestelte, um seine Pistole zu ziehen.

Eine Fensterscheibe klirrte. Ein zweiter Mann hatte sie von innen zerschlagen. Der Lauf einer weiteren Waffe kam zum Vorschein. Schüsse fielen.

Mara zielte auf das Fenster, dann auf Seiffert, der sich ins Haus rettete. Sie gestikulierte Rosen zu und feuerte weiter abwechselnd auf die Tür und das Fenster, dessen restliche Glassplitter klirrend zerstört wurden.

Rosen kam auf die Beine. Er rannte auf sie zu, seine Augen zwei riesige flackernde Flecken aus purer Angst. Mit einem wenig eleganten Hechtsprung tauchte er hinter einem weiteren Busch ab.

Mara zerrte ihr Handy hervor und wählte im Knien Klimmts Mobilnummer an. Sofort nahm er den Anruf entgegen.

In kurzen Worten beschrieb sie ihm die Situation, wahrend sie weiterhin die Fenster der Villa im Auge behielt, die Waffe schussbereit.

»Ich schicke euch umgehend Verstärkung«, sagte Klimmt so ruhig, dass es auch ihr half, einigermaßen die Ruhe zu bewahren.

»Beordern Sie auch ein paar Leute zum Flughafen«, verlangte sie.

»Es ist nicht gesagt, dass der Kerl per Flugzeug ...«

»Tun Sie es trotzdem«, rief Mara. »Die Wahrscheinlichkeit ist am größten, dass er so abhauen will.«

»Okay«, stimmte Klimmt zu. »Ich fahre selbst hin.«

»Ich versuche die Verfolgung aufzunehmen, während Rosen hier die Stellung hält, bis die Verstärkung eintrifft.«

Sie fühlte Rosens bestürzten Gesichtsausdruck mehr, als dass sie ihn sah.

Weitere Scheiben klirrten.

Seiffert und der andere Sicherheitsmann hatten an zwei Fenstern im oberen Stockwerk Aufstellung genommen. Sie schossen erneut.

Mara und Rosen blieb nichts anderes übrig, als sich zurückzuziehen und hinter einem Schuppen Deckung zu suchen, in dem wohl Gartenmöbel gelagert wurden.

Stille kehrte ein.

»Rosen, du schaffst das«, sagte Mara eindringlich.

Er nickte. Eher mechanisch als überzeugt.

»Lass sie nicht entkommen.«

Er nickte wieder.

»Vielleicht ist noch ein zweites Auto in der Garage.«

Er nickte erneut.

»Rosen ...«

»Ja«, stieß er hervor. »Ich schaffe es.«

»Weiß ich doch.«

Mara sprang auf und rannte in gebückter Haltung so schnell sie konnte hinter die Villa. Kugeln pfiffen um sie herum, doch dann war alles still. Sie hetzte auf den Zaun zu. Erneut gelang es ihr, ihn rasch zu überwinden.

Dann hastete sie zur Straße. Sie warf sich hinters Steuer des Alfas und startete den Motor. Mit laut quietschenden Reifen fuhr sie los, rasch beschleunigte sie.

Der Vorsprung der Limousine war verdammt groß, aber sie versuchte alles aus dem Wagen herauszuholen. Sie raste durch Kronberg. Die Sirene zerschnitt die verschlafene Ruhe, die die Straßen beherrschte. Autos wurden an den äußersten Rand des Asphalts gelenkt, um sie passieren zu lassen.

Sie folgte der Landstraße 3005, ohne eine Ahnung zu haben, wo Degener sich befand. Aber so viele sinnvolle Möglichkeiten hatte er nicht, von hier wegzukommen.

Ihr Gefühl trog sie nicht.

Nach einigen im Höchsttempo zurückgelegten Minuten sah sie die schwarze Limousine, die unverzüglich die Geschwindigkeit erhöhte, und nach kurzer Zeit auf die A5 steuerte.

Mara blieb dran, aber an ein Überholen war nicht zu denken. Per Freisprecheinrichtung gab sie ihre Position und Fahrtrichtung rasch an die Kollegen weiter, beide Hände fest ums Lenkrad gelegt. Auf ihrem Nacken bildete sich Schweiß, ihre Kehle, ihre Lippen waren wie ausgetrocknet.

Die mächtigen Gebäude des Flughafens kamen in Sicht.

»Na los!«, sagte Mara laut. »Fahr schon dorthin!«

Die Limousine nahm die Fahrspur, die zum Terminal 1 führte.

Maras Anspannung wurde immer größer, sie schien das gesamte Wageninnere auszufüllen.

Plötzlich beschrieb die Limousine eine scharfe Kurve. Der Fahrer stellte sie quer auf die Fahrbahn. Er eilte nach draußen, umrundete die Frontpartie des Autos und ging hinter dem Kotflügel in Deckung.

Mara vollführte eine Vollbremsung. Sie schlitterte über den Asphalt, die Reifen kreischten.

Dann stand der Alfa.

Sie schälte sich aus dem Auto. Über dem Dach der Limousine sah sie Kai Degeners Kopf und Schultern. Der Geschäftsmann versuchte offenbar den kurzen Rest der Strecke zum Terminal rennend zurückzulegen. Glaubte er wirklich, auf diese Weise entkommen zu können? Oder war es allein die Verzweiflung, die ihn antrieb?

Schüsse bellten auf.

Der Fahrer feuerte über die Motorhaube hinweg. Kugeln schrammten über die Karosserie des Alfas.

Mara duckte sich und brachte sich hinter ihrem Wagen in Schutz. Sie riss die Pistole aus dem Holster. Doch sie schoss nicht zurück.

Überall standen Autos, die mitten in der Fahrt gestoppt worden waren. Überall rannten Menschen herum, panisch, orientierungslos.

Weitere Schüsse heulten auf.

Nein, es wäre fahrlässig gewesen, das Feuer zu erwidern.

»Shit!«, stieß Mara aus.

Dann sah sie auf einmal zwischen den etlichen Flüchtenden zwei uniformierte Beamte, die sich auf die Limousine zubewegten, Waffen im Anschlag, unbemerkt von dem Schützen.

72

Die Stille zerrte beinahe noch stärker an seinen Nerven als
eben noch das Dröhnen der Schüsse.

Jan Rosen kauerte regungslos an der Schuppenrückwand,
die Beine angewinkelt. Er schwitzte, fühlte sich regelrecht
durchnässt. Er keuchte. Sein Herz hämmerte wild in der Brust.

Lautlos zählte er bis zehn, um sich wieder halbwegs in den
Griff zu kriegen. Er war schon öfter in bedrohliche Situationen geraten, aber nur ein einziges Mal völlig auf sich allein gestellt.

Vorsichtig spähte er um die Ecke des kleinen hölzernen
Baus.

Von den Männern war nichts zu sehen. Die leeren Rahmen
der Fenster bildeten klaffende schwarze Löcher.

Was, wenn sie ihn von zwei Seiten in die Zange nahmen?

Was, wenn sie vom zweiten Stock auf ihn schossen – aus
größerer Höhe hätten sie eine noch bessere Chance, ihn auszuschalten.

Er schluckte. Schwitzte immer heftiger. Die Hand, die die
Pistole hielt, zitterte.

Mit der Linken nahm er den Kopfverband ab, der sich gelöst hatte und sowieso heruntergerutscht wäre. Achtlos legte
er ihn neben sich ins braun verfärbte Gras.

Erneut der Blick um die Ecke.

Es wäre ihm lieber gewesen, Billinsky wäre noch hier. So
schmal und zierlich sie sein mochte – in Situationen wie dieser
hatte sie etwas Zupackendes, das ihn beinahe verstörte – und
um das er sie zuweilen beneidete. Sie war nicht furchtlos, keineswegs, Rosen hatte oft die Angst in ihren dunklen Augen se-

hen können, wenn sie um sich starrte wie ein gehetztes, in die Enge getriebenes Tier. Und doch gelang es ihr, sich nicht lähmen zu lassen. Dann strahlte sie tatsächlich etwas Tierhaftes aus, erfüllt von einer Wut, von einem Trotz, von einem Willen, sich nicht geschlagen zu geben. Ja, eine Wut. Nicht allein auf mögliche Gegner, sondern auf das Leben an sich.

Denk nicht an Billinsky, fuhr Rosen sich im Geiste an, konzentrier dich!

Es geht um *dein* Leben. Jetzt und hier.

Er stutzte.

Was, wenn die beiden Männer schon entwischt waren? Er hätte es wohl gar nicht mitbekommen.

Noch ein Blick.

Die Fenster leer, die gesamte Villa wie verlassen.

Er keuchte nicht mehr, sein Atem ging ruhiger.

Auf einmal drang Sirenengeheul an sein Ohr, noch aus der Ferne. Erleichterung durchflutete ihn. Er kniete sich hin und schaute wieder auf die Villa.

Die Sirenen wurden lauter – die Kollegen kamen näher. Auch die Fahrzeugmotoren waren jetzt zu hören. In den Lärm mischte sich ein elektronisches Surren.

Rosen wusste sofort, um was es sich dabei handelte – das zweite Tor der Doppelgarage. Eine weitere schwarze Limousine kam zum Vorschein.

Rosen richtete sich auf und begann zu laufen.

Das Beifahrerfenster wurde heruntergelassen.

Eine Waffe funkelte, Mündungsfeuer flammte auf, der Schuss ertönte.

Rosen warf sich flach ins Gras.

Er sah, wie der Wagen aus dem noch offenen Tor jagte. Die Sirenen kamen ihm auf einmal ohrenbetäubend laut vor.

Dann erfolgte ein Knall, beinahe noch lauter.

Rosen stand wieder auf und lief zur Ausfahrt. Dort hielt er inne. Er blickte auf die Straße.

Die Limousine war mit dem ersten Einsatzwagen frontal zusammengeprallt.

Beamte kamen aus den übrigen Wagen geströmt. Befehle wurden gebrüllt, Waffen angelegt. Etliche Mündungen zeigten auf das schwarze Auto.

Einer der Männer im Innenraum war gegen die Windschutzscheibe geprallt und war bewusstlos. Sein Blut verschmutzte das Glas.

Dem Fahrer schien nichts passiert zu sein. Das war Seiffert.

Rosen sah, wie der Kerl die Hände hob.

73

Durch die Drehtür mit gewaltigem Radius gelangte er ins Innere der großen Halle des Terminal 1. Kein Durchatmen, kein Nachdenken, hinein in das Getümmel, schnell, als könnte er dadurch unsichtbar werden.

Weiter, weiter. Noch schneller.

Kai Degener war ein Mann, der eigentlich nie die Übersicht verlor, nie die Gelassenheit, nie die Beherrschtheit. Jetzt allerdings war er nur noch ein einziges Nervenbündel.

Die Schüsse vor dem Gebäude schienen in seinem Kopf widerzuhallen. Mit Gewalt war er nie direkt in Kontakt gekommen, und das Erlebnis hatte ihn mächtig durchgerüttelt.

Er bewegte sich nicht mehr ganz so eilig, jedoch nach wie vor bestens verborgen von der Menschenmasse. Seine Gedanken jagten hin und her.

Wie schnell mochte es gehen, fragte er sich, bis der Flugverkehr gestoppt und das Terminal gesichert wäre?

Sollte er sich in die Business-Lounge flüchten und darauf hoffen, dort unbemerkt ... nein. Unsinn. Fast automatisch hatte er den Weg gewählt, den er auch sonst, im Normalfall, genommen hätte. Er hastete weiter, direkt auf die erste Ticketkontrolle zu, die Apparate mit den Schranken, die den Barcode lasen, der sich auf seinem Online-Ticket befand.

Das Handy lag ihm bereits in den zittrigen Fingern.

Die Schranken öffneten sich, er huschte hindurch und näherte sich dem Security-Check.

Wie mochte es draußen aussehen? Vor der Halle? Suchten sie bereits nach ihm? Er umging die lange Schlange an Reisenden und reihte sich in die kurze fürs Priority-Boarding ein.

Dann folgte der Check.

Er schwitzte Blut und Wasser.

Die Kontrolleure schienen keine Notiz davon zu nehmen.

Es ging schnell, und er lief weiter in Richtung der Abfluggates, vorbei an Dutyfree-Geschäften und teuren Boutiquen. Nun beschleunigte er wieder seine Schritte, was niemandem auffiel – rennende Leute waren in Flughäfen nichts Ungewöhnliches.

Sein Gate kam in Sicht.

Er lief noch schneller.

Am Schalter sah ihm eine Stewardess entgegen. Misstrauisch? Nervös? Alarmiert?

Schwer zu sagen.

Degener prallte förmlich gegen den Schalter.

»Geht der Flug pünktlich?«, stieß er atemlos hervor.

»Absolut«, erwiderte sie, ohne sich von seinem aufgeregten Auftritt aus der Ruhe bringen zu lassen.

Über Paris wollte er nach Santiago de Chile fliegen, wo ihn ein befreundeter Anwalt in Empfang nehmen und sich darum kümmern wollte, dass er untertauchen konnte.

»Wann fängt das Boarding an?«, fragte er.

»In wenigen Minuten.«

Sein Verstand begann wieder zu funktionieren, und zum ersten Mal stellte er sich die Frage, was in Paris geschehen würde. Bestand tatsächlich die Möglichkeit, dass man ihn unbehelligt seinen Weiterflug nach Südamerika nehmen ließ?

Nein, er musste sich etwas anderes einfallen lassen, und zwar schleunigst.

»Kann ich noch etwas für Sie tun?«, fragte die Stewardess.

Er merkte, wie sie plötzlich über seine Schulter hinwegspähte und sich ihr Ausdruck veränderte.

Kai Degener wirbelte herum und sah sie augenblicklich.

Uniformierte Beamte bahnten sich den Weg durch die zahlreichen Passanten. Sie kamen genau auf ihn zu. Ihnen folgte

412

ein untersetzter Mann mit entschlossener Miene, Stiernacken und Walrossschnauzbart, dem man auch auf Kilometer den Bullen angesehen hätte.

Degener lief davon. Er stieß Leute beiseite und rannte weiter, so schnell wie seit Jahren nicht mehr. Immer wieder drehte er den Kopf nach hinten.

Sie verfolgten ihn.

Er prallte gegen einen der Karren zur Gepäckbeförderung und stürzte kopfüber zu Boden. Noch bevor er wieder auf die Beine kam, packten ihn Hände und drückten ihn flach nach unten.

Eine harte Stimme bellte ihn an. Er achtete nicht auf die Worte. Er schloss die Augen. Er wurde hochgezogen und durchsucht, seine Arme wurden auf den Rücken gerissen, damit man ihm Handschellen anlegen konnte.

Bei dem metallischen Klicken öffnete er wieder die Augen.

Menschen standen überall herum und verfolgten alles mit entgeisterten Gesichtern.

Direkt vor ihm tauchte der Bulle mit dem Schnauzbart auf. Er starrte ihm geradenwegs in die Augen und brummte nur: »Das war's dann wohl.«

74

Regine Eickelkamp stellte ihren Opel Meriva in der Parklücke ab, die sie seit fast vierzehn Jahren nutzte. So lange war sie schon als Bürokraft und Sekretärin in der Fleischfabrik tätig. Schon als sie in die Einfahrt eingebogen war, hatte sie gewusst, dass heute etwas nicht stimmte. Sofort hatte sie ein ungutes Gefühl erfasst.

Vor den Eingängen standen viele Arbeiter beisammen, in kleinen und größeren Gruppen. Heftige Diskussionen waren im Gange, wie es schien.

Als sie ausstieg, wurde Regine Eickelkamp von einigen der Leute bestürmt. Alle redeten durcheinander, es war kaum etwas zu verstehen. Mit mächtig Ärger in der Stimme gelang es ihr, für Ruhe zu sorgen. Doch nur für kurz, dann plapperten auch schon wieder alle aufgeregt durcheinander.

Erst jetzt hörte sie das Quieken der Schweine, die seltsamerweise immer noch nicht ausgeladen und in den Lkws eingepfercht waren. Wieso waren die Lastwagen überhaupt noch da?

Ihr schwante Übles, während weiter von allen Seiten auf sie eingeredet wurde. Sie spähte zum Himmel, an dem sich Wolken ineinanderwühlten. Es war kalt. Wann hatte eigentlich zuletzt einmal so richtig die Sonne geschienen?

Sie fühlte sich müde, gereizt und sehnte sich nach ihrem Bett.

Erneut dauerte es eine ganze Weile, bis sie die anderen zum Schweigen bringen konnte. Sie sah zwischen den Männern hindurch. Sämtliche Eingänge der Fabrik waren offenbar abgeschlossen. Warum?

Es war eine überraschende Situation, keine Frage, doch in ihrem Inneren hatte Frau Eickelkamp schon längst gespürt, dass irgendetwas passieren würde. Im Grunde war sie sich dessen sicher, seit Bernd Latka angefangen hatte, hier zu arbeiten. Vom ersten Moment an hatte sie an ihm gezweifelt. Was für ein Spiel genau er trieb, wusste sie nicht, aber ihr war klar, dass es nicht mit rechten Dingen zuging.

»So«, rief sie laut. Ihr Atem bildete feine Wölkchen vor ihrem Mund. »Jetzt mal einer nach dem anderen. Was ist hier los?«

Was sie nach und nach hörte, konnte sie trotz aller Vorahnungen kaum glauben. Die Nachtschicht war offenbar mitten in der Arbeit nach Hause geschickt worden, eine große Putzkolonne hatte stundenlang gereinigt und jede Menge Fleischabfälle entsorgt? Die Fabrik würde heute geschlossen bleiben? Womöglich für immer? Und bei weiteren fleischverarbeitenden Betrieben in Hessen sollte sich Ähnliches abspielen?

»Was redet ihr für einen Unsinn?«, fragte sie, die Stirn gerunzelt.

Abermals ging sie förmlich im Wortschwall vieler Stimmen unter. Noch mehr Unglaubliches kam heraus. Angeblich seien vor den Wohnheimen in Sossenheim, wo die meisten der Arbeiter lebten, nachts Lkws aufgetaucht. Die Fahrer forderten sie auf, innerhalb von Minuten ihre Siebensachen zu packen und auf die Ladefläche zu steigen. Doch die Arbeiter weigerten sich. Fast sei es zu einer Massenschlägerei gekommen, dann jedoch seien Polizisten erschienen, die das Durcheinander beendeten, die Fahrer der Lkws, die alle Baseballschläger bei sich trugen, verhafteten und mitnahmen aufs Revier.

»Das kann doch alles nicht wahr sein«, stieß Regine Eickelkamp hervor.

Es wurde immer besser. Bernd Latka war offenbar auch verhaftet worden.

Die Sekretärin stand inmitten der Arbeiter und schüttelte den Kopf. Ja, sie hatte es geahnt, dass es zu einer Katastrophe kommen würde. Dieser Latka. Ein Windhund, ein Betrüger. Ihm hatte sie immer schon misstraut. Warum hörte eigentlich nie jemand auf sie? Und was würde wohl noch alles ans Tageslicht kommen?

Jetzt musste sie sich doch tatsächlich noch einmal nach einem neuen Job umsehen, und das in ihrem Alter.

75

»Hier stecken Sie also!«

Klimmts Stimme tönte knurrig durch den Korridor.

Mara Billinsky sah von ihrem Smartphone auf und verfolgte, wie er auf sie zustiefelte.

»Ich wollte einen Kaffee.« Sie wies beiläufig mit dem Kinn auf den Getränkeautomaten. »Aber dann habe ich gemerkt, dass ich kein Kleingeld habe.«

Der Hauptkommissar zog einen platt gesessenen, abgewetzten Geldbeutel aus der Gesäßtasche.

»Wie läuft es?«, fragte sie. »Gar nicht so leicht, den Überblick zu behalten. So viele Widerlinge unterschiedlichen Kalibers, so viele Verhöre.«

»Wohl wahr.« Er grinste schief und füllte den Automaten mit Münzen. »Aber wir haben ja Unterstützung von Kollegen aus anderen Abteilungen. Und die haben auch schwer zu tun. Erstens mit den betreffenden Fleischfabriken, die auf den Kopf gestellt werden. Zweitens mit den Schlägertypen, die die ausländischen Arbeiter wegschaffen sollten, offenbar zurück in die Heimat. Was für eine Wahnsinnsgeschichte. Wohin man auch sieht, man findet immer etwas, das einen zum Kotzen bringt.«

»Das Ganze ist womöglich nur die berühmte Spitze des Eisbergs. Mal abwarten, was noch alles herauskommt. Ich fürchte, uns wird noch öfter schlecht werden.«

Klimmt reichte ihr einen Becher und nahm einen weiteren Kaffee für sich. »Aber wir sind nun mal die verdammte Mordkommission. Wir müssen die scheiß Morde aufklären.« Er nippte und verzog angewidert das Gesicht. »Und Kai Degener zaubert mehr Anwälte aus dem Nichts hervor als ein Magier weiße Kaninchen aus dem Zylinder.«

»Was ihm hoffentlich nichts nützen wird.«

»Abwarten. Solche Typen schaffen es immer wieder, durch die winzigsten Gesetzesmauselöcher zu schlüpfen.«

Mara trank ebenfalls einen Schluck. »Wir haben ihn und sein Gefolge in einen Sack gesteckt. Den müssen wir doch nur noch zumachen.«

»Nur noch«, wiederholte Klimmt ironisch. »Es ist, wie es immer ist. Wir brauchen glasklare Beweise. Wer hat wann welchen Auftrag gegeben? Wer hat wann welche Aufträge auf welche Weise durchgeführt? Glauben Sie's mir, das wird noch ein langer, mühsamer Paragrafenkrieg. Manchmal sollte man sie einfach abknallen.« Er grinste wieder. »Aber das habe ich natürlich nie gesagt.«

Ihr Blick sagte ihm, dass sie ihn genau verstand.

Sie wollte noch rasch die Kurznachricht beenden, bei der er sie vorhin unterbrochen hatte. Es war eine WhatsApp an Adrian, bereits die dritte. Doch er reagierte nicht, nachdem er ihr selbst am Vortag noch zwei Nachrichten geschickt hatte, um sie daran zu erinnern, dass er immer noch auf eine Antwort warte.

Wusste sie selbst überhaupt die Antwort? Wollte sie auch mehr von ihm?

Sie hatte sich immer noch nicht entschieden. Zumindest wusste sie, dass sie wieder ein schlechtes Gewissen ihm gegenüber hatte. Trotz aller Aufregungen hätte sie sich ja wenigstens mal melden können. War er nun sauer? Beleidigt? Oder gar tiefer getroffen?

Sie klickte auf *Senden*, steckte das Handy weg und fragte sich, ob sie diesmal von ihm hören würde.

Jan Rosen tauchte am Ende des Korridors auf und eilte auf sie zu. Er trug einen scheußlichen rostbraunen Pullover, aber keinen Kopfverband mehr, und war auch nicht mehr so blass.

Vor allem jetzt nicht, da seine Wangen mit Rot überzogen waren. Offenbar hatte ihn Aufregung erfasst.

»Ein Durchbruch«, rief er, noch ehe er bei ihnen zum Stehen kam.

»Sie sind ja ganz aus dem Häuschen«, meinte Klimmt spöttisch.

»Seiffert«, stieß Rosen aus. »DNA-Abgleich, Fingerabdrücke. Jetzt wissen wir, mit wem wir's in Wirklichkeit zu tun haben.«

Mara hob gespannt eine Augenbraue. »Nämlich.«

»Einem kriminellen Schwergewicht. Er ist ansonsten vor allem in Hamburg und Berlin zugange, zeitweise auch in Köln. Richtig heißt er Kevin Reinleder. Außer Seiffert benutzt er noch weitere Falschnamen, darunter Franke und Keller. In mehreren Bundesländern wird er gesucht wegen Verdacht auf Totschlag beziehungsweise Mord, aber auch wegen anderer Delikte.« Rosen nickte eifrig. »Das ist offenbar ein Auftragskiller. Und jetzt können wir ihn an die Wand nageln.«

»Apropos Nägel«, warf Klimmt mit zynischem Grinsen ein. »Ist er der Junge mit der Nagelpistole?«

»Ich glaube, dass Seiffert gemeinsam mit seinen Bodyguard-Kollegen sowohl Peter Johannsen als auch Pablo Meissner umgebracht hat. Und außerdem Isolde Windeck. Alle drei mussten zum Schweigen gebracht werden, bevor sie aus den unterschiedlichsten Gründen zu viel ausplaudern konnten.«

»Wie ich schon sagte, das müssen wir *beweisen*«, brummte Klimmt.

Erneut nickte Rosen hastig. »Schleyer und ich, wir haben ihm jetzt seit zwei Stunden kaum einen Moment zum Durchschnaufen gelassen. Er hat kapiert, dass wir ihn mit Morden in anderen Bundesländern in Zusammenhang bringen können. Mehr als das.« Er holte Luft. »Seiffert – oder Reinleder – hat

Bereitschaft signalisiert, dass er eine Aussage machen möchte, falls sich das positiv für ihn auswirken sollte. Und er will ab jetzt auf die Dienste des Anwalts verzichten, der ihm über Degener zugespielt worden ist.«

»Sagen Sie das doch gleich, Rosen«, meinte Klimmt.

»Wollte ich ja.«

Mara sah von Rosen zu Klimmt. »Dann könnte Reinleder das Dominosteinchen sein, das fällt und die anderen mitreißt.«

Ihr Handy gab einen Signalton von sich. Sie zog es hervor, um es zu überprüfen.

Eine Nachricht von Adrian: *big business steht an. muss ein paar tage weg. melde mich bei dir, wenn ich zurück in F. bin.*

»Hoffen wir also«, merkte Klimmt an, »dass unser Dominosteinchen auch wirklich stark genug ist, um alle zum Einsturz zu bringen. Von den Trupps mit den Baseballschlägern, die auf die Arbeiter losgegangen sind, über die knallharten Killer bis hin zur Ebene des Unterchefs.«

»Also Bernd Latka«, kam es von Rosen.

»Und auch bis hinauf zum großen Boss.«

»Also Degener«, sagte Rosen.

Eine Stille trat ein, sie wechselten Blicke.

»Demnach fehlt noch eine Ebene«, sagte Mara.

»Welche?« Rosen musterte sie.

»Das weißt du doch. Die Ebene zwischen Degener und Latka.«

»Wieso sind Sie so überzeugt, dass es sie gibt?«, fragte Klimmt.

»Ein Name ist ja in unserer Auflistung noch gar nicht genannt worden.«

Wieder sah Mara auf das Display ihres Handys, das sie noch nicht wieder weggesteckt hatte. Sie klickte sich ins Netz. In einem Online-Telefonbuch stieß sie auf den Namen einer Frau und deren Adresse in Darmstadt.

»Chef, ich muss noch mal weg«, murmelte sie.

»Was?«, entfuhr es ihm verdutzt. »Wohin?«

Mara eilte bereits den Korridor entlang.

»Billinsky«, rief Rosen ihr hinterher, »soll ich dich begleiten?«

Ohne sich umzudrehen, gab sie zurück: »Das muss ich allein erledigen.«

76

Die Strecke nach Darmstadt hatte Mara in teilweise halsbrecherischem Tempo zurückgelegt. Während der gesamten Fahrt waren ihr Worte durch den Kopf gegangen, die sie viele Tage zuvor gehört und nicht sonderlich beachtet hatte: ... *die schwere Zeit hat uns richtig zusammengeschweißt ... wir telefonieren regelmäßig ... ich besuche sie, so oft es geht ...*

Vielleicht konnten ihr diese paar harmlosen Sätze jetzt von Nutzen sein.

Sie befand sich im Martinsviertel, dem grünen Stadtteil Darmstadts in unmittelbarer Citynähe. Ruckartig brachte sie den Alfa im Parkverbot zum Stehen und stieg eilig aus, den Blick auf das Gebäude gerichtet, das ihr Ziel war.

Es handelte sich um einen verschnörkelten, denkmalgeschützten Bau mit mehreren im Laufe langer Jahre angebauten Flügeln, die von dunklen Ziegeln bedeckt waren. Er war von einem großen Park umgeben, in dem sich Bäume, Obstgehölze, Beete für Blumen und ein Kräutergarten befanden. Schon seit vielen Jahrzehnten wurde das imposante Haus als Senioren- und Pflegeheim genutzt.

Dank einer freundlichen Empfangsdame erfuhr Mara schnell, dass die Frau, wegen der sie hergekommen war, ihren Wohnbereich im zweiten Stock hatte. Nur zwei Minuten später klopfte Mara an die blank polierte Holztür.

Es öffnete eine gertenschlanke, rüstige Frau mit schlohweißer Kurzhaarfrisur, die sie und ihre Kleidung misstrauisch aus wachen blauen Augen musterte. Sie war Mara nie zuvor begegnet, und offenbar war ihr auch nie von Mara berichtet worden.

»Was kann ich für Sie tun?«, fragte die alte Dame, nachdem Mara sich vorgestellt und ihren Dienstausweis präsentiert hatte.

»Sie können mir sagen, wo ich Ihren Sohn finde.«

»Worum geht es denn?«

»Um das, was man wohl reine Routine nennt. Eine Aussage zu einem möglichen Geschäftspartner Ihres Sohnes.«

Die Frau taxierte sie nachdenklich. Sie schien nicht zu wissen, was sie von der Antwort halten sollte.

»Es wäre sehr wichtig, dass ich ihn sprechen kann.«

Immer noch schimmerte Argwohn in den blauen Augen auf. »Komischer Zufall, dass Sie gerade jetzt hier auftauchen.«

»Wieso?«

»Sie haben ihn um einige Minuten verpasst.«

»Hat er sich verabschiedet? Für länger?«

»Wie kommen Sie darauf?«

»Nur so eine Ahnung«, erwiderte Mara mit einem rätselhaften Lächeln. »Falls Ihr Sohn auf dem Weg in eine andere Stadt oder ins Ausland sein sollte, wäre es umso dringender, dass ich ihn sprechen kann.«

»Sagen Sie mir bitte ganz genau, worum es geht«, forderte die Dame, der Maras Besuch zusehends suspekter vorkam, wie man sehen konnte.

»Das darf ich nicht. Sagen Sie lieber mir, wo auf dem Frankfurter Hauptfriedhof Ihr Gatte begraben liegt.«

Verblüffung mischte sich in den Ausdruck der Frau. »Wozu?«

»Sagen Sie es mir!«, verlangte Mara mit ruhiger Stimme. »Sofort!«

Sie konnte nur hoffen, dass er sich erst von den Lebenden, dann von den Toten verabschiedete. Sonst war sie zu spät. Viel zu spät.

»Das werde ich nicht tun.«

»Doch. Das werden Sie. Und zwar jetzt.« Der Blick aus

Maras dunklen Augen brannte sich in das Gesicht der Frau, die kurz die Lider senkte und schließlich die Stelle des Grabes beschrieb.

»Vielen Dank«, entgegnete Mara.

Sie verabschiedete sich knapp und beeilte sich, wieder zu ihrem Alfa zu gelangen.

War sie zu spät?

Hatte sie zu viel Zeit verloren?

77

Kein Fenster, nackte Wände, kaltes gelbliches Licht.

Hauptkommissar Klimmt stand da, die Schulter an der Wand, den Kopf eingezogen, die Kiefer mahlend. Er hatte fast etwas von einem Bären. Sein Blick war düster auf den Mann gerichtet, der am Tisch saß: Kevin Reinleder.

Rosen hatte ebenfalls an dem kleinen Tisch Platz genommen, während Schleyer eine Pause gegönnt wurde, nachdem er Reinleder mehrere Stunden lang in die Mangel genommen und ihn mit Fragen gelöchert hatte.

»Das reicht uns noch nicht«, brummte Klimmt.

»Ich habe doch schon eine Menge ausgeplaudert.« Reinleders Muskelpakete kamen unter dem weißen Hemdstoff zum Vorschein. Obwohl es warm, geradezu stickig in dem Verhörraum war, schwitzte er kein bisschen. Sein militärischer Kurzhaarschnitt, sein hartes Gesicht, seine ruhige Haltung – er war kühl, sachlich, nahezu gelassen, ein Profi; die Situation schüchterte ihn keineswegs ein.

Rosen überprüfte, ob mit dem Aufnahmegerät, das auf dem ansonsten fast leeren Tisch stand, noch alles in Ordnung war. Dann griff er wieder nach dem Stift, mit dem er sich, beflissen wie eh und je, zusätzliche Notizen auf einem Schreibblock machte.

»Noch mal zurück zum Anfang«, meinte Klimmt. »Wer war es, der Ihnen und Ihren beiden Kompagnons die Befehle erteilt hat? Latka oder Degener?«

Reinleder sah ihn an. »Von Degener wussten meine Männer und ich doch gar nichts. Wir haben ihn erst nach dem Tod seiner Frau kennengelernt. Er hatte keinen Schimmer, wer dafür verantwortlich war, befürchtete aber, dass er das eigentliche Ziel des Mörders war. Und dass da noch mehr kommen könnte ... Also sind wir seine Palastwache geworden.« Reinleder hob kurz die massigen Schultern. »Tja, und dann ist dieser durchgeknallte Spinner, also der Pole, tatsächlich aufgetaucht und uns leider entwischt.«

»Sollen wir Ihnen das wirklich glauben? Sie hatten vorher keine Ahnung, dass Degener hinter allem steckte?«

»Na klar. Das ist doch ein cleverer Hund. Mit Leuten, die fürs Handwerk zuständig sind, vor allem fürs blutige, will so einer doch keinen Kontakt. Er machte die Ansagen, die über einen Umweg mich erreicht haben.«

»Und der Umweg war Latka?«

»Ach, Latka hat uns gar nichts zu sagen. Ein Kleinkrämer. Er hat ein Auge auf die armen Schlucker gehabt, die sich in den Fabriken den Rücken krumm schuften. Und damit das lief, hat er ihnen ab und zu die Typen mit den Baseballschlägern auf den Hals gehetzt, die früher schon in seinem Puff als Türsteher ein paar Euro verdient haben.«

»Fürs wirklich blutige Handwerk waren aber Sie verantwortlich.«

Reinleder gab keine Antwort.

Klimmts Blick lang noch immer auf ihm, jetzt unverhohlen angewidert. »Die Nagelpistole haben Sie entsorgt, nehme ich mal an.«

»Welche Nagelpistole?« Ein schmieriges Grinsen zeichnete sich in Reinleders Gesicht ab. »Bin eigentlich kein Heimwerker.«

»Sie müssen alles auf den Tisch legen, wenn wir Ihnen im Gegenzug behilflich sein sollen.«

»Wir kommen nur zusammen, wenn auch ich etwas davon habe«, entgegnete Reinleder.

»Erst müssen wir sehen, ob *wir* etwas davon haben.« Klimmt löste sich von der Wand und setzte sich auf den letzten freien Stuhl. »Gehen wir doch mal näher auf Peter Johannsen ein.«

»Johannsen?«

»Sicher.«

»Okay.« Reinleder legte seine breiten Hände in den Schoß. »Offenbar war es jahrelang ruhig gewesen, was die Fabriken betraf. Keiner hat sich dafür interessiert, was hinter den Toren ablief. Monat für Monat Schweinereien, die einen Arschvoll an Kohle brachten. Bis dieser Journalist auf der Bildfläche erschien. Er hat bei Baltzer einen Aushilfsjob ergattert. Latka bekam allerdings bald mit, dass er rumgeschnüffelt hat. Latka ist eine kleine Ratte, doch ihm entgeht nicht viel. Also folgte die Kündigung. Johannsen hat trotzdem weitergemacht. Tauchte immer wieder in der Nähe der Fabrik auf. Auch bei Latkas Haus. Machte Fotos. Stellte den Nachbarn und den Fabrikarbeitern Fragen. Was solche Heinis eben so machen. Irgendwann wusste er auch von Degener.«

»Dann kamen Sie ins Spiel.«

Reinleder wechselte einen Blick mit Klimmt. »Ich muss mich auf Ihr Wort verlassen können.«

»Je ehrlicher Sie sind, desto mehr können Sie sich darauf verlassen.«

»Na ja, dieser Johannsen. Es war nicht so ganz klar, wie lange er unentdeckt hatte herumstöbern können. Wir sollten mal mit ihm reden. Als klar war, dass er viel zu viel herausgefunden hatte …« Reinleder ließ den Rest des Satzes offen.

»Pablo Meissner musste auch verschwinden. Richtig?«

»Ein totaler Idiot.« Er winkte kurz ab. »Er kam über Latka an die Sache heran. Hat immer Botengänge für irgendwelche Gangstergrößen gemacht und hielt sich selbst für eine. Zumindest wusste er jede Menge über die Gangster. Russen. Hat damit geprahlt. Latka und er waren Kumpels. Die zwei hässlichen Vögel gingen manchmal zusammen in einen der Puffs, den die Russen führten. Irgendwann hat Pablo angefangen, zu viel zu quatschen. Vor allem wenn er voll war. Wir mussten erst mal feststellen, wann er mit wem alles geredet hat. Er wurde zu einem Risiko. Wenn auch zu keinem so großen wie Johannsen.«

»Vorher durfte er noch einen Mord für euch erledigen.«

»Er wollte doch unbedingt ein cooler Gangster sein.« Reinleder grinste abfällig. »Und es gab ja noch den verrückten Polen. Wir wussten zwar nicht, wie viel er mitbekommen hat und euch gesteckt hatte, aber auch er war ein Risiko.«

Stille trat ein. Nur das Kratzen von Rosens Stift auf dem Papier war zu hören.

Klimmt fixierte Reinleder. »Isolde Windeck wusste ebenfalls zu viel – und wollte reden. Stimmt's?«

Reinleder stutzte. »Verarschen Sie mich nicht!«

»Wieso sollte ich?«

»Versuchen Sie gerade, mir etwas in die Schuhe zu schieben, womit ich nichts zu tun habe?«

»Isolde Windeck«, sagte der Hauptkommissar noch einmal. Mehr nicht.

»Nie gehört, den Namen.«

In Klimmts Gesicht zuckte kein Muskel. Der Schnauzbart war so ungepflegt, dass er seine Lippen fast komplett bedeckte.

»Kommen wir noch mal zu der Person, die die Befehle erteilte«, sagte er dann. »Wenn Sie von Degener angeblich lange keine Ahnung hatten – wer gab sie Ihnen?«

»Derjenige, der alles zusammenhielt.« Reinleder zeigte erneut ein kurzes Grinsen. Diesmal nicht abfällig, eher mit Respekt. »Derjenige, dem Degener anscheinend einen Teil seines Vermögens zu verdanken hat. Zumindest, was die letzten, offenbar sehr ertragreichen Jahre betrifft.«

»Und wer ist das?«

»Degener hat eine Art Imperium aufgebaut. Die Leute denken, er macht seine ganze Kohle auf rechtschaffene Weise, aber das stimmt nicht. Er ist ein raffinierter Schweinehund.

Neben der Fleischgeschichte hat er seine Finger in allen möglichen Dreckgeschäften stecken. Sicher, eines Tages hat er ganz brav und ehrlich angefangen, aber dann … Das bekam ich alles nach und nach heraus.«

»Die Fleischgeschichte, wie Sie es nennen – wie lange läuft das schon?«

»An die zehn Jahre bestimmt. Vor Latka hat es andere Scheißkerle gegeben, die für ihn gearbeitet haben.«

»Nicht solche Vorzeigejungs wie Sie«, meinte Klimmt.

Reinleder verzichtete auf eine Antwort.

»Wer ist der Mann, der für Degener den Laden geschmissen hat? Und war er wirklich so wichtig für ihn?«

»Na klar.« Reinleder nickte. »Jemand musste doch die Arbeit machen. Degener war derjenige, der das Geld hatte und noch mehr haben wollte. Der die Ansagen machte, aber im Hintergrund blieb. Aber es musste jemanden geben, der Latka in der Spur hielt und kontrollierte, der mit mir und meinen Männern redete. Eben jemanden, der die Übersicht behielt. Degener war der Kopf, Latka der Arm, wenn Sie so wollen. Herz und Hirn gehörten allerdings jemand anders.«

Rosen hielt im Schreiben inne und sah auf.

»Wie heißt der Mann?«, fragte Klimmt.

»Denken Sie, ich wüsste das? Niemand weiß das, wahrscheinlich nicht einmal Degener.« Reinleder zuckte mit den Achseln. »Ist ein cleverer Junge, das muss man ihm lassen. Noch durchtriebener als Degener. Ich kenne nur seinen Decknamen.«

»Den kennen wir auch«, brummte Klimmt. »Stimmt's, Rosen?«

Rosen nickte.

78

Mara Billinsky hatte das düstere Alte Portal des Hauptfriedhofs hinter sich gelassen.

Beim Betreten des riesigen Areals schlug ihr ein beißend kalter Wind entgegen, als wollte er sie aus dieser morbiden Welt vertreiben, die mitten in der Stadt lag und dennoch den Eindruck vermittelte, weit weg und völlig abgeschnitten von allem zu sein.

Kahle Hecken und Sträucher, etliche Kilometer asphaltierte Wege, unbefestigte Pfade.

Einem davon folgte Mara mit raschen Schritten. Ihre Sohlen knirschten, Laub wehte auf, weitere Böen ließen die Wipfel der Bäume rauschen. Ansonsten lag eine tiefe, gespenstische Ruhe über den Gräbern. Keine Besucher waren zu sehen. Mittlerweile war es später Nachmittag, der wolkenverhangene Himmel schien ein herbstliches Unwetter anzukündigen.

Mara rief sich die Worte der alten Frau in Darmstadt genau in Erinnerung und orientierte sich. Sie überwand eine kleine Anhöhe, auf der das Mausoleum Reichenbach-Lessonitz stand, ein Sandsteinbau mit byzantinischer Architektur, und folgte einem rechts und links von Platanen gesäumten Weg.

Nach wenigen Minuten erreichte sie einen besonders unübersichtlichen Teil des Friedhofs. Hecken, Sträucher und weitere Bäume versperrten immer wieder die Sicht. Außerdem standen hier weniger Laternen, von denen einige nicht funktionierten.

Mara hielt inne, orientierte sich neu. Weiterhin war niemand zu entdecken. Du bist zu spät, sagte sie sich. Er ist schon weg.

Als sie kurz darauf das beschriebene Grab erreichte, schien sich das zu bestätigen. Sie stand da, las den Namen seines Vaters auf dem Grabstein und kam sich vor, als wäre sie ganz allein auf der Welt.

Wahrscheinlich war er heute nicht hier, dachte sie, wahrscheinlich ist er längst außer Landes.

Das Pfeifen des Windes ließ nach, das aufgewirbelte Laub kam zur Ruhe, und für einen Moment herrschte wieder bedrückende Stille.

Abgesehen von einem leichten Rascheln hinter Mara.

Sie wirbelte herum. Nein, sie war nicht allein auf der Welt.

Dort stand er, fast verborgen von mannshohem Strauchwerk.

Er trug dunkle Kleidung, wie immer. Der Mantel war knielang. Seine Hände steckten in schwarzen Lederhandschuhen, die sie nie an ihm gesehen hatte.

Nun löste er sich aus dem Versteck, in das er sich wohl zurückgezogen hatte, als sie aufgetaucht war. Langsam kam er auf sie zu. Einen knappen Meter vor ihr stoppte er.

»Die Zeit steht still«, sagte er ganz leise, seine Stimme nur ein Hauch.

»Nein, sie stand nie still. Sie rast. Und wir können kaum mit ihr Schritt halten. Wir kommen durcheinander, weil sie Druck auf uns ausübt, wir übersehen Dinge. Ich zumindest.«

»*Unser Leben ist das, wozu es unser Denken macht.* Du ahnst bestimmt, von wem das stammt.«

»Von deinem Lieblingsphilosophen, schätze ich.«

Er nickte und sagte nichts.

»Mark Aurel, richtig?«

Wieder nur sein Nicken, wachsam, gelassen, mit einem überlegenen Ausdruck im Gesicht.

Mara sah ihn direkt an. »Mark Aurel – wie Aurelio.«

Adrian Krucksdorfs Mund verzog sich zu einem Grinsen. In seinen schmalen Augen jedoch schimmerte Kälte.

»Aber selbst du hast nicht immer alles im Griff«, sagte sie. »Manchmal läuft eben etwas schief, und dann muss man improvisieren. Auch mal selbst Hand anlegen. Zum Beispiel an den Hals von Isolde Windeck. Das hast du selbst erledigt, nicht wahr?«

»Ich wusste nicht, wie viel die Kleine von Peter Johannsens Recherchen mitbekommen hatte.«

»Also hast du sie einfach mal angequatscht. Darauf verstehst du dich ja recht gut.« Noch immer war der Blick aus Maras schwarzen Augen hart, unnachgiebig. »Und dann hast du festgestellt, dass kein Grund zur Besorgnis bestand. Isolde hatte keine Ahnung, womit Johannsen beschäftigt war. Sie war ein naives Ding, aber trotzdem – oder gerade deswegen – stellte sie für dich eine Hilfe dar. Du hast sie gereizt, verwirrt, erobert und ganz locker für deine Zwecke eingespannt. Denn es wurde zusehends enger für euch, schwieriger, im Verborgenen zu agieren. Gerade auch durch das Auftauchen von Johannsen. Und gleichzeitig hast du dein Wissen über die Russen, zu dem Latka dir verholfen hat, ins Spiel gebracht, um die Bullen in eine Richtung zu schicken, die weit weg von euch führte.«

»Vor allem eine Bullen-Lady, über die ich in letzter Zeit immer mehr gehört hatte.« Sein Grinsen wurde breiter, herausfordernder.

»Damals, vor vielen Jahren, hast du mich weggeworfen. Heute hast du mich ausgenutzt.«

»Ach, Mara. Ich gebe zu, als ich erfuhr, dass eine gewisse Kommissarin Mara Billinsky für die Mordkommission im Einsatz ist, platzte ich vor Neugier. War das tatsächlich *meine* Mara? Und wenn ja: Hat sie sich verändert? Ist sie sich treu geblieben? Also bin ich ein paar Tage um dich herumgeschlichen, wie du es nanntest. Ich wollte dich kennenlernen – aufs Neue.«

Regen setzte mit vereinzelten Tropfen ein.

»Vor allem hast du die Chance gesehen, durch mich die Polizei auszuspionieren.«

Seine Augen verengten sich noch mehr. Als er sie nun fixierte, wirkte er fast wie ein Reptil. »Er war nicht unbedingt nötig, dieser Versuch, dich ein wenig auszuhorchen. Oder sagen wir so: Ich habe mich etwas zu sehr darauf eingelassen. Ein Spiel mit dem Feuer. Aber du weißt, das hat mich immer schon gereizt. Ich konnte nicht widerstehen. Tja, und dann war es plötzlich mehr als ein Spiel. Es ging um etwas, das ich nicht auf der Rechnung hatte: Gefühle.«

»Du hast doch keinen Schimmer, was das überhaupt ist. Spar dir also die billigen Sprüche.«

»Das ist keine Lüge, Mara. Auf einmal war es fast wieder wie früher mit uns beiden. Nein, es war besser, spannender. Du hast dich doch verändert. Und zwar sehr. Dieses Harte, Unnahbare. Wie aus Panzerstahl. Das hattest du früher nicht. Jedenfalls nicht so ausgeprägt. Du ahnst nicht, wie reizvoll das ist. Auf mich hast du jedenfalls einen enormen Reiz ausgeübt, viel stärker als damals.« Es funkelte in seinen Augen. »Und dir ging es umgekehrt genauso, gib's zu.«

»*Du* hast wesentlich mehr zuzugeben, finde ich«, entgegnete sie eisig.

»Aber letztlich ziehst du dich dann doch immer wieder hinter deine Schutzmauer zurück.«

»Dass es sie gibt, hat auch mit dir zu tun.«

Er grinste. »Ein Happy End ist bei uns ausgeschlossen, was? Das war es von Anfang an. Ich muss leider weiterziehen. Es war schon gefährlich genug, so lange hier auszuharren. Und das lag eben nicht nur an den Geschäften, sondern auch an dir. Sogar zu einem großen Teil an dir.«

»Ich sag's noch mal: Spar dir die Sprüche.«

Sein Grinsen verschwand, wie auf Knopfdruck. Das Funkeln in den Augen blieb. »Sprüche haben mir viel Geld eingebracht.«

»Gewalt und Verbrechen haben dir viel Geld eingebracht.«
Der Regen wurde dichter.

»Früher war das Leben für mich ein Gegner«, sagte Adrian unvermittelt. »Inzwischen ist es ein Verbündeter. Das Leben liebt dich, wenn du es liebst. Und dann fällt dir alles ganz leicht. Die Leute hören dir zu. Sie finden dich interessant. Sie vertrauen dir. Die Welt steht dir offen.« Noch einmal zeigte er ein Grinsen, das aber sofort wieder verschwand. »Jetzt wird es Zeit, Mara. Zeit für einen Abschiedskuss.«

Mara wollte zurückweichen, um mehr Abstand zwischen sich und ihn zu bekommen, doch Adrian war blitzschnell. Er stürmte auf sie zu und rammte ihr das Knie in den Magen. Sie sackte nach vorn. Die Luft blieb ihr weg, Schmerz durchzuckte sie. Rasch versetzte er ihr einen Schlag mit dem Ellbogen, der sie seitlich am Kopf traf und zu Boden warf. Sie japste, roch intensiv die Erde, spürte das dumpfe Pochen an ihrer Schläfe. Intuitiv tastete sie nach ihrer Pistole im Hüftholster.

Als sie die Waffe gezogen hatte, warf Krux sich mit seinem gesamten Gewicht auf Mara. Mit seinen starken Fingern quetschte er ihr das Handgelenk zusammen. Sie versuchte verzweifelt, sich aus seinem Griff zu winden, doch das war unmöglich.

Er riss an ihrem Arm, und die Pistole wurde einige Meter weit durch die Luft geschleudert.

Krux wirbelte Mara herum, setzte sich auf sie, seine Hände an ihrem Hals. Er drückte zu, sein Blick bohrte sich in sie. Einen aberwitzigen Moment lang sah sie den früheren Krux vor sich, mit volleren Wangen und Punkfrisur.

»Nur noch eine knappe Stunde, und ich wäre weg gewesen aus der Stadt«, zischte er. »Wir hätten uns nie wiedergesehen. Du hättest weiterhin in Frankfurt die bösen Jungs jagen können. Daraus wird jetzt nichts. Wegen einer einzigen verdammten Stunde.«

Sie röchelte. Ihre Hände lagen auf seinen Armen, versuchten sie wegzudrücken, doch erneut hatte sie keine Chance.

Ihr Blick verschwamm, seine Züge waren nur noch eine konturenlose Fratze.

»Die Zeit steht still, Mara«, hörte sie ihn flüstern, ganz weit entfernt und zugleich unerträglich nah.

Sie ließ ab von seinen Armen, ihre Hände berührten die nasse Erde, sie bewegte die Finger, um zu spüren, dass sie ihr noch gehorchten.

»Damals habe ich dich sitzen lassen, Mara, das ist wahr. Wie schön es gewesen wäre, das auch diesmal tun zu können, aber du lässt mir keine Wahl.«

Sie blinzelte und sah seine vor Anstrengung verzerrten Züge wieder klarer. Bevor alles von Neuem verschwimmen konnte, stieß sie ihm die Zeigefinger mit aller Wucht in die Augen.

Er kreischte auf.

Und die Kraft seiner Hände, eben noch wie Schraubstöcke um ihren Hals, ließ nach. Ganz kurz nur. Doch das genügte Mara, um ihn zur Seite zu drücken und vom Gewicht seines Körpers freizukommen.

Über die Erde hinweg kroch sie auf die Pistole zu, die Griffschale im Blick.

Krux warf sich mit Wucht auf sie, und erneut umfassten seine Hände ihren Hals, diesmal von hinten. Sie japste, röchelte, bekam die Waffe gerade noch zu fassen. Ohne zielen zu können, schlug sie damit nach hinten, irgendwo dorthin, wo sich sein Kopf befinden musste.

Sie fühlte, wie der Stahl der Waffe auf Widerstand traf, und hörte Krux aufstöhnen. Wiederum lockerte sich der Griff um ihren Hals, wiederum gelang es ihr, sich unter ihm herauszuwinden.

Noch einmal schlug sie auf seinen Kopf. Gezielter, härter.

Blut spritzte auf. Sie spürte es auf ihren Wangen, wo es sich mit Schweiß und Regenwasser vermischte.

Krux stöhnte auf.

Mara kämpfte sich auf die Beine. Auch er rappelte sich hoch.

Doch der nächste Schlag mit Maras Pistole ließ ihn zurück auf die Erde sacken. Er versuchte sich aufzustützen, das schwarze Leder seiner Handschuhe versank in der getränkten Erde. Mühsam schaffte er es, auf die Knie zu kommen.

Blut strömte an seinem Gesicht herab, als er zu ihr hochblickte, das Haar zerzaust, den Mund weit geöffnet, seinen Mantel voller Dreck.

Mara stand da und ließ ihn direkt in die Mündung starren.

Der Regen war noch stärker geworden, prasselte nun in dicken, kalten Tropfen auf sie herab.

»Na los, Mara! Schieß schon!« Krux wischte sich über seine Augen. »Warum den Staatsanwälten und Richtern alles überlassen? Wie ich dich kenne, verachtest du diese Bürohengste doch sowieso. Erledige es selbst. Sonst komme ich am Ende noch davon. Vor Gericht haben sich schon die verrücktesten Dinge abgespielt. Unschuldige wurden ins Gefängnis geschickt, Schuldige freigelassen. Und deine ganze mühevolle Arbeit war mal wieder umsonst.«

»Du denkst, ich schieße nicht, was?«, stieß sie keuchend hervor. »Was soll das? Ist das wieder ein Spiel mit dem Feuer?«

Er grinste sie wild an, sein Mund eine schiefe Kerbe im Gesicht. »Wie lautet also mein Urteil, Mara. Leben oder Tod?«

»Du weißt, was du verdient hast.«

Er lachte auf. »Mark Aurel sagt: *Wo kein Urteil ist, da ist kein Schmerz.* Aber was sagt Mara Billinsky?«

Sie starrte auf ihn hinab, den Finger am Abzug. In ihren Ohren trommelte der Regen. Ihr Haar war pitschnass. Hass wütete in ihr. Hass auf den Mann, der vor ihr kniete, Hass auf Adrian Krucksdorf, den verrückten, aufmüpfigen, sich vor nichts fürchtenden Punk, in den sie sich vor einer Ewigkeit, in einem anderen Leben, verliebt hatte.

»Wie lautet das Urteil, Mara?«, wiederholte er. »Gibt es Gnade für mich?«

Ihr Finger schien mit dem Abzug zu verschmelzen. Das Herz hämmerte ihr so fest in der Brust, dass es sie schmerzte. Hart presste sie die Lippen aufeinander.

»Es würde dir allerdings schwerfallen, die Sache als Notwehr hinzustellen«, meinte Krux abschätzig. »Immerhin bin ich unbewaffnet.«

Kein Ton kam von ihr. Sie starrte ihn nur weiterhin aus ihren schwarzen Augen an.

»Dieses Scheißwetter, Mara. Der Regen geht mir langsam auf die Nerven. Wenn du es nicht schaffst, dem Ganzen ein Ende zu setzen, sollten wir uns ins Warme verkriechen und es uns gemütlich machen, findest du nicht? Nun komm schon, nimm die Pistole runter, du schießt ja doch nicht. Es wäre auch verdammt schade um mich.«

Das unentwegte Prasseln, die Einsamkeit des Friedhofs, die Kälte.

Krux grinste sie an.

Und Mara drückte ab.

79

Das Wohnhochhaus im Stadtteil Sachsenhausen ragte fast hundertvierzig Meter auf und schien geradezu in den Himmel zu stechen. Es war der Nachfolgebau des Henninger Turms, der vor Jahren abgerissen worden war. Die wuchtige Form des Gebäudes erinnerte an das alte Wahrzeichen der Stadt, vor allem der runde tonnenartige Aufsatz. Auf der Spitze dieses Zylinders befand sich ein Panorama-Restaurant, hoch über den Dächern Frankfurts, edel und teuer.

Als Mara Billinsky an diesem kalten, von Schneeregen durchsetzten Abend auf das Hochhaus zuging, hatte sie das Gefühl, als würde sie etwas verfolgen, und sie wusste auch, um was es sich dabei handelte. Es war dieser Hauch von Einsamkeit, der offenbar zu ihr gehörte und den sie einfach nicht abzuschütteln vermochte.

Für einen langen Moment hatte es den Anschein gehabt, Adrian Krucksdorf könnte diese Einsamkeit vertreiben, wie es einmal Carlos Borke gelungen war. Ausgerechnet Krux, dieser unberechenbare Schatten aus ihrem früheren Leben. Eine Illusion, nichts weiter.

Mara dachte nicht mehr an Adrian, auch nicht mehr an Carlos, als sie das schicke Restaurant betrat, das eigentlich ganz und gar nicht ihrem Geschmack entsprach.

Aber ein bestimmter Mann hatte darauf bestanden, sie hierhin einzuladen, und sie hatte es sich verboten, ihn erneut zu versetzen.

Von dem kleinen, für sie reservierten Tisch sah er ihr entgegen, mit einem zufriedenen, doch auch vorsichtigen Lächeln. Er hatte sich für einen Casual Look entschieden, oder was er dafür hielt. Elegante Stiefeletten, Armani-Jeans, kariertes Buttondown-Hemd, dunkles Jackett.

»Schön, dass du gekommen bist«, sagte er zur Begrüßung.

»Das wird sich zeigen«, meinte Mara so vorsichtig, wie er sie gerade angeblickt hatte.

»Nein.« Edgar Billinsky winkte ab. »Heute wird es ein schöner Abend. Das weiß ich ganz genau.«

»Nichts dagegen einzuwenden.« Sie nahm Platz und ließ sich von dem Ober, der sie hergeführt hatte, die Karte reichen.

»Wünschen Sie einen Aperitif?«, fragte der junge Mann.

»Einen doppelten Bourbon. Kein Eis.« Mara grinste ihren Vater an. Sie wusste, wie sie es schon mit einer simplen Getränkebestellung schaffen konnte, gegen bestimmte Konventionen zu verstoßen, die in Edgars Welt galten.

Doch er ließ sich nicht aus der Reserve locken. »Für mich auch«, sagte er gleichmütig.

Der Ober zog sich mit einem servilen Nicken zurück.

Die Sterneküche des Restaurants hatte sich auf einen progressiven hessischen Vintage-Stil spezialisiert, wie es in der Karte hieß. Mit hochgezogener Augenbraue las Mara von Schinkennudeln Deluxe mit Trüffelschaum, Blutwurst-Gyoza, Austern Ebbelwoi Royal und Leberwurst Crème brûlée.

»Deftig, wie du es magst. Und zugleich ein wenig exklusiver, wie ich es ganz gern habe.« Edgar schmunzelte, als er ihr Gesicht betrachtete. »Ich hoffe, du bist mit der Wahl der Location zufrieden.«

»Und ich hoffe, dass wir beide am Ende des Abends zufrieden sind. Unabhängig von der Location.«

»Lass uns die Friedenspfeife rauchen. Das ist mein größter Wunsch.«

Sie maßen sich mit einem langen Blick, der all die Gräben mit einschloss, die zwischen ihnen lagen.

»Tut mir leid«, sagte sie, »dass ich bei deinem Besuch im Präsidium so wenig Zeit hatte.«

»Kein Problem.«

»Du bist eigentlich gar nicht vorbeigekommen, um mit mir über Kai Degener zu reden, oder?«

Die Gläser mit dem bernsteinfarbenen Bourbon wurden serviert.

Sie bestellten die Mahlzeiten sowie je eine Flasche Rotwein und Mineralwasser. Als der Ober erneut verschwunden war, meinte Edgar Billinsky: »Was ich über Degener sagte, war nicht gelogen. Ich hielt ihn, wie wohl alle, für den rechtschaffenen Mann, als den ich ihn dir beschrieb. Wer hätte schon ahnen können, dass seine Fassade derart perfekt …«

»Das war nicht meine Frage«, unterbrach Mara ihn.

Sie prosteten sich zu und tranken einen Schluck.

»Du hast recht. Degener war nur ein Vorwand. Ich wollte dich einfach sehen.«

»Du mich sehen – wer hätte das gedacht!«

»Mit dir reden.« Er nickte. »Eben die Friedenspfeife rauchen. Genau wie heute.«

»Worüber sollten wir reden? Wir hatten uns nie viel zu sagen.«

Ihr Vater ließ die Spitze seines Zeigefingers über den Rand des Whiskeyglases gleiten. »Vielleicht ändert sich das.«

Maras stille Antwort darauf beschränkte sich auf das vorsichtige Grinsen von vorhin.

Er nippte erneut an seinem Drink. »Du hast nervenaufreibende Wochen hinter dir, was? Die Zeitungen quellen ja immer noch über von dieser Fleischgeschichte. Auch im Fernsehen sieht man sie ständig. Jeden Tag kommen neue widerwärtige Details ans Licht. Betrug am Verbraucher, Gesundheitsgefährdung, Ausbeutung von Billiglohnarbeitern. Was für Abgründe sich da auftun. Unfassbar.« Er schüttelte den Kopf. »Das wird eine wahre Flut von Anklageschriften und Gerichtsverhandlungen nach sich ziehen.«

»Hoffentlich eine wahre Flut von Verurteilungen.«

»Da bin ich mir sicher. Die juristischen Mühlen mögen langsam mahlen, aber das heißt nicht, dass sie schlecht mahlen.«

»Manchmal kommt es mir allerdings so vor.«

»Das könnte auch an deinem Dickschädel und an deinem Gerechtigkeitswahn liegen«, entgegnete er mit einem sanften Schmunzeln. »Nicht unbedingt an den Mühlen.«

Sie erwiderte sein Lächeln. »Schon möglich.«

Ein paar Sekunden ließen sie schweigend verstreichen.

Er musterte sie. »Aber wie geht es dir persönlich nach dem ganzen Wahnsinn? Brauchst du nicht ein bisschen Erholung?«

»Jetzt stehen tatsächlich zwei Wochen Urlaub an. Obwohl ich gar nicht weiß, wie Urlaub eigentlich geht.«

»Nun, ich stelle mir dich gerade an einem Strand vor. In einem schwarzen Bikini aus Leder. Mit deinen unmöglichen Stiefeln an den Füßen.«

Sie musste leise lachen, und sie fragte sich, wann sie zuletzt in Gegenwart ihres Vaters offen und entspannt gelacht hatte. Oder ob überhaupt jemals, wenn sie zu zweit waren.

»Über dem Lederbikini hast du dann natürlich deine furchtbare Motorradjacke an«, fuhr er fort, »die sich eigentlich schon längst in ihre Bestandteile hätte auflösen müssen.«

»Ein Wunder, dass sie mich in meinem Aufzug in diesen feinen Schuppen hereingelassen haben. Oder hast du das Personal bestochen?«

»Nein, habe ich nicht.«

»Aber doch wenigstens vorgewarnt?«

Er zwinkerte ihr zu. »Nennen wir es vorbereitet, nicht vorgewarnt.«

Ihr Ausdruck wurde wieder ernster. »Oder ich verschiebe den Urlaub doch noch ein wenig und kümmere mich lieber um diesen Blochin.«

»Der Name ist mir häufiger begegnet. Allerdings nicht in

letzter Zeit. Es gibt Gerüchte, dass er sich nicht mehr in Frankfurt aufhält, womöglich gar nicht mehr in Deutschland.«

»Je öfter ich das höre, desto weniger glaube ich es. Ihn müssen wir noch kriegen. Er ist der letzte Anführer der Bande.«

Edgar Billinsky lehnte sich zurück und betrachtete sie eingehend. »Ach, Mara, warum lässt du es nicht zu, mal zur Ruhe zu kommen? Atme durch, leg die Beine hoch. Es wird immer einen Blochin geben.«

»Umso besser. Dann wird mir nicht langweilig.«

Der Wein und das Mineralwasser wurden gebracht und eingeschenkt. Der Rote schmeckte vorzüglich.

»Ich möchte dir etwas sagen, Mara, was ich dir noch nie zuvor gesagt habe. Ich bin stolz auf dich.«

»Shit.« Spöttisch zog sie die Augenbraue hoch. »Willst du dich über mich lustig machen oder über dich? Oder über uns beide?«

»Ich meine es ernst.«

»Stolz? Dafür besteht nun wirklich kein Grund.« Sie seufzte unmerklich. »Weißt du, früher dachte ich immer, es gibt einen Fall, in den man sich verbeißt, bis er gelöst ist. Aber so ist es nicht. Es gibt eher viele kleine Scharmützel, Pyrrhussiege, Niederlagen, Fehler. Und meine Fehlerquote war zuletzt ziemlich hoch.«

»Wir alle machen Fehler.«

»Irgendwie habe ich mir alles ganz anders vorgestellt.«

»Ich bleibe dabei, ich bin stolz auf dich.«

»Sag das Isolde Windeck. An sie muss ich ständig denken.«

»Wer ist das?«

»Wer *war* das?, müsste es heißen. Eine Frau, die ich hätte beschützen müssen. Ich hätte …« Mara gingen die Worte aus, ihr Blick verdüsterte sich.

»Ich bin nicht nur stolz auf das, was du erreicht hast«, redete er ungerührt weiter. »Auch darauf, dass du immer den schwereren Weg wählst – und ihn dann konsequent weitergehst. Und vor allem darauf, dass du nicht schwach geworden bist.«

Sie sah auf. »Schwach?«

»In dem Moment, als er vor dir gekniet hat.«

»Ich habe zehn Zentimeter über seine grinsende Visage gezielt und abgedrückt. Er ist völlig erschrocken und hat sich flach auf den Boden geworfen, wie vom Blitz getroffen. Seine ganze Coolness: auf einmal einfach weg. Er dachte wirklich, ich würde ihn töten. Und das hätte ich auch tun sollen.«

»Nein«, antwortete Edgar Billinsky entschieden. »Das hättest du nicht tun sollen. Er wird jahrelang in den Knast wandern.«

»Ach? Deshalb also sollte ich ihn verschonen? Wegen der gerechten Strafe und wegen bla-bla-bla? Und das von dir, dem Oberzyniker.«

»Doch nicht wegen der gerechten Strafe, Mara.«

»Sondern?«

»Nur aus dem simplen Grund, weil du dann besser schlafen kannst. Lass nicht zu, dass dir irgendwer den Schlaf raubt. Schon gar nicht jemand wie Adrian Krucksdorf.«

Mara erwiderte seinen Blick, äußerte aber nichts.

»Vielen Dank, dass du gekommen bist, Mara! Ganz ehrlich, ich hatte nicht mehr damit gerechnet.«

»Ich auch nicht.« Sie grinste. »Vielen Dank für die Einladung.«

»Gern. Und so langsam habe ich wirklich einen Riesenhunger.«

Von Maras Smartphone drang ein Signalton an ihr Ohr. »Sorry!« Sie zog es aus der Brusttasche ihrer schwarzen Jeansjacke, die sie wegen der Kälte zurzeit unter der Lederjacke trug. Sie las die Nachricht und steckte das Handy wieder weg.

»Das war mein Kollege Rosen.«

»Schlechte Neuigkeiten?«, wollte ihr Vater wissen.

»Du hattest recht.«

Er lächelte. »Du gibst zu, dass ich recht hatte? Ein wahrhaft seltener Moment. Womit übrigens?«

»Mit deinem Spruch: Einen wie Blochin wird es immer geben. Denn prompt schreibt mir Rosen, dass Blochin angeblich von zweien unserer Spitzel gesehen worden ist, irgendwo im Bahnhofsviertel. Die Ratte hat sich also doch nicht aus dem Staub gemacht.«

»Typen wie Blochin sind eine ganz besondere Spezies. Eine, die nie aussterben wird.«

Um sie beide herum erklang unverändert leise das Geplauder anderer Gäste, doch an ihrem Tisch kehrte ein Moment der Stille ein. Gedankenverloren schaute Mara aus dem Fenster. »Das Leben ist eine verrückte Sache, findest du nicht?«

»Bei uns beiden ist das auf jeden Fall so. Und daran wird sich garantiert nichts ändern. Wir sind eben auch eine besondere Spezies.«

»Darauf trinke ich.«

Mara nahm einen Schluck Wein zu sich und ließ den Blick über Frankfurt schweifen, über *ihre* Stadt. Die Lichter tief unter ihnen bildeten ein riesiges glitzerndes Meer. Sie wusste nur zu gut, wie schnell man darin untergehen konnte, und es war besser, vorbereitet zu sein. Auf alles, was kommen mochte.

ENDE

Kommissarin Mara Billinsky in der Schuss-linie

Leo Born
VERGESSENE GRÄBER
Ein Mara-Billinsky-
Thriller DEU
ISBN 978-3-404-18093-6

Eine grausame Mordserie hält Frankfurt in Atem. Der Täter schlägt scheinbar willkürlich zu, allerdings mit einer Ausnahme: Alle Opfer sind jung und erfolgreich. Ihre Ermittlungen führen Mara Billinsky und Jan Rosen zu einer ehemaligen russischen Ballett-Tänzerin, die etwas über die Morde zu wissen scheint. Doch selbst als ihr eigener Sohn verschwindet, schweigt sie eisern weiter. Aber Mara lässt nicht locker und gerät – ohne es zu ahnen – mitten in einen tödlichen Rachefeldzug ...

Bastei Lübbe

Letzte Spur: Malmö

Tina Frennstedt
COLD CASE - DAS
VERSCHWUNDENE
MÄDCHEN
Thriller
Aus dem Schwedischen
von Hanna Granz
448 Seiten
ISBN 978-3-431-04138-5

Er lauert Frauen in den frühen Morgenstunden auf. Er überfällt sie in ihren Wohnungen. Er tötet sie – und verschwindet. Als an einem Tatort Spuren auftauchen, die auf einen alten Vermisstenfall hinweisen, übernimmt Tess Hjalmarsson, Expertin für COLD CASES, die Ermittlungen. Hängt das spurlose Verschwinden der damals 19-jährigen Annika, deren Fall nie gelöst wurde, tatsächlich mit den aktuellen Serienmorden zusammen? Tess ermittelt unter Hochdruck. Ein Rennen gegen die Zeit beginnt. Denn eines ist sicher: Der Serienmörder wird wieder zuschlagen ...

Spannung pur von Schwedens neuer Top-Thrillerautorin

Bastei Lübbe